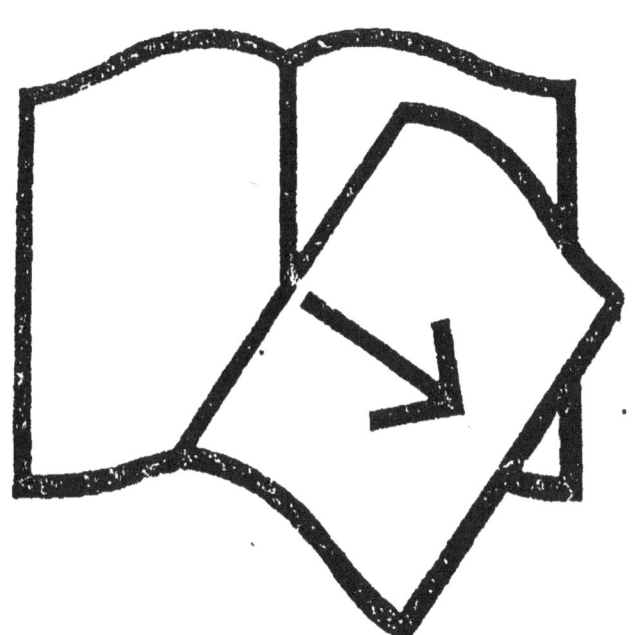

Couvertures supérieure et inférieure
manquantes

MARIE QUEUE-DE-VACHE

ŒUVRES DE

HECTOR FRANCE

En publication :

MUSC, HASCHICH ET SANG (*Le Réveil*).

En préparation :

LES NUITS DE LONDRES.

LA PUCELLE DE TEBESSA.

MASQUES ET TROGNES.

L'HOMME QUI JUGE.

J Hector France

MARIE

QUEUE-DE-VACHE

(*Funieron, Guyot et C*)

PAR

HECTOR FRANCE

LIBRAIRIE DU PROGRÈS

11, RUE BERTIN POIRÉE, 11

PARIS

I

AUBE DE MARS

A campagne s'ébauche mollement dans le brouillard comme les pensées confuses qui flottent entre les rêves. Arbres dépouillés, terrains bruns, champs nus, route grise et taillis semés aux pentes des collines fondent leurs lignes indécises sur lesquelles la froidure du matin a étendu sa nappe blanche.

L'aube livide s'éclaircit, le jour sort de l'ombre : il monte et avec lui les premiers bruits, tressaillements de la terre au réveil.

Une ombre noire marche à grands pas sur le chemin désert.

Un coq enroué a sonné la diane champêtre et des lointains invisibles répondent cent voix. Les buissons s'agitent, la poussière du givre tombe sous les battements d'ailes, une grenouille s'élance dans la saulée, et du troupeau accroupi et pressé dans un champ, sort par intervalles un bêlement plaintif.

Au milieu de la route une pie s'abat et saute

comme une balle élastique. Elle retombe plus loin, rebondit, saute encore et s'arrête au bord de la haie ; curieuse elle regarde le voyageur, jacasse et semble dire en son langage de pie :

— Où va-t-il donc, ce curé, si matin ?

Un chien de ferme aboie. Voici le grelot des chevaux et le roulement des voitures. Les cheminées des fermes fument. Les basses-cours s'agitent, le cochon grogne fouillant l'auge vide, les poules sautent au bas des juchoirs ; sans souci du froid ni du givre, un régiment d'oies s'en va boitant et caquetant, prendre, comme un pensionnat de jeunes Anglaises, son bain matinal.

Au bord d'un toit de ferme, une servante mameluc soulève en bâillant le rideau de sa fenêtre, montrant bras rouge, blanche épaule et regard étonné. De la porte de l'étable, d'où sort une buée chaude, un grand garçon la lorgne, lui désignant de l'œil le voyageur qui passe, et, tous deux, comme la pie, semblent dire :

— Où va-t-il donc, ce curé, si matin ?

Mais l'autre marche, inquiet de tous ces bruits qui se lèvent ; il s'est déjà retourné plusieurs fois, et maintenant hésite à poursuivre son chemin.

Car, au petit trot, arrivent les carrioles des laitières et les charrettes des maraîchers ; puis, d'un pas pesant, s'acheminent, à la quotidienne besogne, les cantonniers, les journaliers et tous les gens de la glèbe. Harassés de la fatigue de la veille, las d'avance de celle du jour, ils vont, épaules courbées, bras ballants, mine farouche et triste ; Caïns déshérités ! trois fois prolétaires, car sur eux pèse la triple malédiction du labeur stérile, de l'ignorance et de l'inconsciente servitude.

Eux aussi, se seraient dit sans doute «où va donc, ce curé, si matin ?» si l'autre s'était laissé voir, mais

visiblement contrarié de l'arrivée de ces voitures et
de ces gens, il se jeta, pour les éviter, dans un petit
chemin creux ourlé de buissons qui escalade la colline, et gravit, lestement avec toute la prestesse d'un
jarret vigoureux, les premières pentes abruptes.

C'était un tout jeune prêtre à figure et à encolure
de paysan, rougeaud et solide, avec le nez épaté et
les larges mâchoires de ceux chez qui dominent les
violents appétits. Son visage fatigué et ses yeux
creux décelaient une nuit sans sommeil. Au premier détour du chemin, après s'être assuré qu'il ne
pouvait être aperçu de la route, il s'arrêta pour respirer, regardant à droite et à gauche, mais surtout
du côté du village de *Saint-Jean-le-Faucheux*, dont,
par un repli de terrain, on découvrait la silhouette
du clocher.

II

LE CHEMIN VERT

IENTOT le brouillard s'empourpre et roulant vers l'occident découvre peu à peu la campagne. Un rayon d'or perce la brume encore flottante, les buissons s'emplissent de cris joyeux et voilà les hôtes des champs qui saluent le soleil.

Merles sifflent, bouvreuils chantent, moutons bêlent, moineaux pépient le long des haies; une alouette s'élance, monte, et là-bas, au ruisseau bordé de saules, le chœur bruyant des canards entonne ses matines.

Ah! le joli coin, lorsque les festons d'aubépines s'y déroulent en guirlandes sous les sourires des soleils du printemps. Mais, c'est surtout pendant les soirs étoilés, où frémissent les souffles amoureux qu'on peut entendre, mêlés aux gazouillements du rossignol, les bruyants éclats des baisers.

A mi-côte, au bord du sentier, un étroit taillis de noisetiers et de frênes offre un asile discret, aux approches des nuits chaudes, quand les foins sont rentrés et que garçons et filles sentent courir dans leurs membres des frissons de langueur.

Ils s'étirent les bras et disent : « Ce soir ». Et le soir, blottis dans la haie sombre, Daphnis guette Chloé qui passe tout exprès pour s'y laisser voler, en simulant de petits cris d'effroi, un baiser, puis deux, puis dix, puis tant, qu'à la fin on ne les compte plus; car, dit un proverbe anglais, donner des baisers c'est comme manger la soupe avec une fourchette : cela demande longtemps avant d'être rassasié.

Mais par les froides matinées de mars, quand les sentiers sont dépouillés et les taillis humides, les galants, fussent-ils prêtres, ne guettent pas d'ordinaire les filles désireuses d'amour.

Aussi, n'est-ce pas cela qu'il attend, mais que la route d'en bas soit libre, tout en veillant si quelqu'un ne vient pas d'en haut.

Il ne pouvait voir le village étendu sur le plateau, derrière un pli de la colline, il entendait seulement l'*Angelus* mêler sa grêle harmonie aux naissantes rumeurs du jour.

Tout à coup, il tressaille; un bruit clair, sonore, métallique montait de la route; le pas cadencé de deux chevaux et le cliquetis de l'acier sur l'acier.

Il s'arrêta brusquement, prêtant l'oreille.

Le bruit s'accentuait. Cliquetis! cliquetis! cliquetis!

— Les gendarmes! fit-il.

III

LES GENDARMES

UEL est celui qui s'étant écarté de la grande route-battue de la Vérité orthodoxe pour s'égarer dans les sentiers ardus des hérésies sociales; ou celui qui a manœuvré son esquif entre les rocs dangereux du Code; ou celui qui, aux heures de tourmente, a eu la mauvaise fortune de ne pas s'incorporer dans le bataillon du plus fort, n'a tressailli à ce mot : « Les gendarmes ! »

Un rien, une peccadille, une pomme volée, une égratignure dans la loi ou sur une face, un saut de mouton par dessus ce qu'on est convenu d'appeler la morale, un pas à gauche plutôt qu'à droite, une jambe dans le lit ou le jardin du voisin, un bouillonnement du sang, une abondance de phosphore au cervelet, un battement plus précipité des artères, un coup de canif dans une poitrine ou dans un contrat, ou un coup de poing, ou un coup de reins, ou un coup de tête ; moins que cela, un mot échappé sans qu'on y songe et que dix ou vingt ans après un homme comme vous, avec des passions ou des vices comme vous et souvent des trahisons et des crimes, vous rappelle d'une voix terrible se posant sur son fauteuil du prétoire en champion de la vertu que dans son alcôve il bafoue, et vous voilà auteur ou complice ou témoin coupable de quelque forfait, et voici le gendarme désormais dressé dans votre horizon, au milieu des nues chargées de foudres de la société outragée.

Jamais tête de Méduse pétrifia-t-elle autant de victimes vouées aux Eumenides, que le grand chapeau à bordure d'argent qui couvre ton chef paisible, ô modeste Pandore !

— Ah! l'on rit de toi, de tes moustaches, de tes bottes, de ton sabre, de ton jaune et antique baudrier! On te chante, on te charge, on te houspille, on te bafoue; on a donné, suprême outrage, ton nom à un poisson infect, le poisson du pauvre ; on t'appelle *bon*, c'est-à-dire naïf, ce qui n'empêche pas, aux jours des tempêtes de la rue, la rage populaire de se jeter sur toi !

Mais de ces affronts et de ces rires, de ces insultes et de ces colères, combien ton orgueil est vengé !

Tu parais; tout se tait dans la foule. Les faces pâlissent, les coupables tremblent, les délinquants s'esquivent sans bruit, les innocents ne sont pas rassurés..

Tu promènes autour de toi ton regard justicier et des frissons d'horreur descendent des nuques des vieilles. Sur quelle épaule ta redoutable main va-t-elle s'abattre ? Quel collet va-t-elle saisir ? Queis poignets vont meurtrir tes menottes ?

Notaire qui a dévoré les épargnes des familles, meurt-de-faim qui a volé un pain de deux sous ; obscur fripon ou gredin titré, repris de justice ou revendicateur de justice, victimes du ventre ou victime de l'idée, tous ont de toi une égale peur !

Gendarme, dieu de l'ordre, Loi faite chair, Code en arme, emblème de la Justice borgne, la main levée sur le coupable et assommant la victime; gardien des campagnes, héros des grands chemins, hirondelle des potences, écuyer des geôles, sabreur mécanique des foules, guerrier pacifique, coqueluche des filles de ferme, seul soldat de l'avenir que rêva dans la faim de l'exil et le grelottement des longues nuits sans sommeil, le doux et farouche auteur des *Incendiaires*, Vermersch, le Juvénal révolutionnaire, qui marqua des rayures de son fouet les coquins... et les imbéciles, aussi dangereux que les coquins : L'avenir

...... Lointain où le glaive
Aura la forme d'une faux.
Où la gloire n'aura de palmes
Que pour les héros forts et calmes
Faisant du bien avec nos maux.

Où les hommes, troupe sacrée,
Avec le lait, avec le miel,
Revêtus de tuniques blanches,
Iront célébrer sous les branches,
L'apaisement universel.

Gendarme, je te salue !

Je te salue au souvenir du respect dont tu m'emplis lorsque, proscrit et fugitif, je voyais paraître ton bicorne au tournant des routes et sur le seuil des stations.

Mais le prêtre ne songea pas à saluer les gendarmes et s'il ôta son chapeau ce fut pour s'enfoncer avec plus de facilité dans les profondeurs du taillis.

Cliquetis ! cliquetis ! cliquetis !

Ils gravissent la côte, silencieux et dignes.

Cliquetis ! cliquetis ! cliquetis !

Voici les bicornes enveloppés de la toile cirée

préservatrice, les têtes alourdies par le manque de sommeil.

Ah ! c'est un métier difficile,
Garantir la propriété !

Voilà les trêfles blancs des épaules de Pandore et les scintillements d'argent de ceux du brigadier.

Ils montent. Les chevaux à large croupe, à la robe brune et lustrée surgissent avec leur harnachement sévère.

Sous leurs pieds ferrés à neuf, les étincelles jaillissent des cailloux broyés. Ils soufflent bruyamment, et de leurs naseaux s'échappe une vapeur chaude. Rien devant eux, le sentier est désert. Ils sont déjà en haut de la côte. Ils passent et prennent le trot.

Et bientôt ils disparaissent sur la pente du village ; le bruit des pas sonores s'éteint peu à peu, et l'on n'entend plus que par intervalles, apporté par la bise, le heurtement de l'acier sur l'acier : cliquetis, cliquetis, cliquetis.

Alors le prêtre sortit du buisson.

— Le brigadier Fumeron, dit-il; j'ai sagement fait de ne pas me montrer.

Et il descendit prestement la côte.

IV

LE RÉVEIL

nviron deux heures avant, c'est-à-
dire vers quatre heures, alors que
l'aube se levait, la veuve Griboin frappait à coups redoublés à la porte du
presbytère de Saint-Jean le-Faucheux.
Pan ! pan ! pan !

— Eh ! monsieur le curé, eh !

Mais la porte que secouait la vieille rendait le
son d'un couvercle de cercueil vide.

— Il a le sommeil dur, cet homme, gromme-
lait-elle, *ben* merci.

Et elle recommençait à taper du poing. Pan ! pan !
pan !

— Eh ! monsieur le curé ! monsieur Chiquenelle ! eh !

Elle faisait pourtant assez de tapage pour réveiller tous les voisins, s'il y avait eu dans l'impasse
d'autres voisins que les morts de l'ancien cimetière
à droite et l'abside de l'église à gauche ; mais Sophie
Nicolle, dite sœur Perpétue, qui demeurait seule en

face dans la maison d'école, à l'autre bout de la ruelle, ouvrit sa fenêtre.

— Eh bien! cria-t-elle d'une voix aigre, qu'est-ce qu'il y a? Le feu est-il à la cure? En voilà des orgies! Jamais on n'a vu chose pareille! C'est vous, mère Griboin?

Et entre les battants des volets elle passa sa tête pâle, toute ébourriffée de cheveux roux, qui s'échappaient d'un petit bonnet crasseux, comme des touffes de crin par les éventrures d'un vieux matelas.

Habituée à la voir avec sa grande cornette des sœurs de Notre-Dame-de-Sion, la mère Griboin la regardait, presque sans la reconnaître.

Et elle riposta :

— Ben! il m'a commandé de le réveiller au petit jour, cet homme, je fais ce qu'on me dit.

Et elle recommença à taper et à crier plus fort.

— Pan! pan! pan! Eh! monsieur le curé!

— Réveiller des chrétiens à quatre heures! grommela sœur Perpétue. C'est toujours pas pour dire sa messe. Depuis quelque temps il a changé d'allures. On ne sait trop quelle vie il mène avec ce petit vicaire de Mottencourt, un mauvais prêtre de rien du tout. Des orgies, quoi! Vous verrez que ça finira mal.

Et elle referma à demi les volets, se cachant derrière pour ne rien perdre de ce qui pouvait se passer.

— Il doit pourtant bien entendre et il n'ouvre pas; c'est tout de même étonnant. Il y a de la Lecoiffier là-dessous; oui, j'en mettrais ma main au feu, la Lecoiffier est couchée avec lui pendant que l'imbécile d'homme est ivre. On ne sait pas ce qui se passe dans cet boutique-là; non, on ne le saura jamais. Et ça reçoit le bon Dieu tous les matins!

Ça fait frémir. Eh! vieille bête, ne tape pas si fort;
il faut bien donner le temps à la gueuse de fourrer
ses cottes et de se sauver par le cimetière! Ah! Jésus
mon sauveur! et dire qu'on ne peut pas avoir un
bon prêtre ici!

La mère Griboin appelait toujours.

— Eh! monsieur le curé! monsieur Chiquenelle!

Elle s'interrompit pour prêter l'oreille; rien ne
remuait à l'intérieur.

Alors elle se recula pour regarder au premier
étage, à la fenêtre de la chambre à coucher.

— Eh ben! le voilà éveillé. Drôle d'homme!
Qu'est-ce qu'il a donc à nuisarder comme ça derrière les rideaux sans me répondre ni descendre
m'ouvrir?

On distinguait vaguement à travers la mousse-
line claire, le long visage blanc du curé avec ses
grands cheveux noirs tombant sur son cou, car il
avait la face tout près de la fenêtre, le front appuyé
au carreau.

— Ben! merci! vous dormez bien, lui cria la
mère Giboin; quand vous vous y mettez, vous n'arrêtez plus. Voilà un bon quart d'heure que je piaule
et que je cogne. Tout le quartier en est en révolution, même que sœur Perpétue a cru qu'il y avait le
feu. Faudra dire au conseil de vous hourder une
cloche. J'en ai mal au poing. Eh ben! quoi! quand
vous me mirerez jusqu'à demain; il est quatre
heures et demie; vous entendez? quatre heures et
demie.

Mais le curé, le front toujours appuyé sur la vitre,
immobile et muet, ne paraissait pas l'entendre.

— Est-ce qu'il est encore dans les vignes, Qu'est-
ce qu'il manigance? C'est-il pour me faire endéver
que vous m'avez dit de venir? Quatre heures et

demie ! J'ai fait ma commission. Maintenant si vous voulez quelque chose de chaud, dites-le, ou ben je pars.

En dépit de cette menace, le curé ne fit pas un mouvement : comme un homme accablé ou abruti, il persévérait dans son immobilité et son mutisme.

Le jour se levait. Les coqs chantaient le réveil. On entendait dans le village les portes s'ouvrir et le claquement des volets contre les murailles. De sourds beuglements sortaient des étables avec des hennissements de chevaux à qui on jetait le foin dans les râteliers.

Tout à côté, dans le cimetière, les petits oiseaux voletaient autour des tombes, et en même temps, au clocher, dont la grande tour grisâtre projetait son ombre sur l'impasse du presbytère, la demie de quatre heures sonnait.

Le curé, derrière son rideau, continuait à demeurer impassible à la grande colère de la mère Griboin.

Elle qui, pourtant, passait dans le village pour n'avoir pas froid aux yeux, sentit un frisson de peur lui courir le long de l'échine ; elle n'osa plus regarder cette face blanche qui, derrière ce frêle tissu, paraissait couverte d'un suaire, et sans trop savoir ce qu'elle faisait, alla de nouveau loqueter et heurter la porte.

— Pan ! pan ! pan ! Monsieur Chiquenelle !

V

DEVANT LA FENÊTRE

A sœur Perpétue s'était coiffée à la hâte de son béguin et l'avait rejointe, suivie de quelques commères. Il en arriva d'autres, et bientôt l'impasse fut pleine. La nouvelle que le curé, enfermé dans sa maison et caché derrière son rideau, refusait d'ouvrir à sa femme de ménage, se répandait dans tous les coins du village.

— C'est drôle, tout de même, disait sœur Perpétue, allant de groupe en groupe, et faisant entendre de petits rires secs, on n'est pas mauvaise langue, mais on ne peut pas s'empêcher de dire que c'est drôle. Est-ce qu'on a vu Lecoiffier quelque part ?

La mère Griboin, toute pâle, haletante, les yeux fixés sur lafenêtre mystérieuse, racontait que M. le curé lui avait commandé la veille de le réveiller de grand matin parce qu'il voulait aller voir monseigneur à Nancy, et que depuis une heure qu'elle appelait et tapait, il restait là, derrière sa croisée, ne bougeant pas plus qu'une borne. Elle en avait la chair de poule ; le diable était dans la maison, pour sûr.

— Il y a longtemps qu'il y est, murmurèrent quelques femmes.

— Certes, affirma sœur Perpétue.

D'autres faisaient le signe de la croix et se montraient avec épouvante cette grande ombre immobile, vaguement dessinée, narguant avec des yeux de l'autre monde la foule stupéfaite.

Un gendarme parut enfin, puis le garde champêtre, suivi de Grugevin le maire, fort intrigué et rouge de colère qu'on l'ait arraché de son lit si matin.

Ils frappèrent tour à tour, et le nez en l'air sommèrent le curé de cesser cette plaisanterie et d'ouvrir.

L'abbé Chiquenelle fut sourd aux sommations de l'autorité, comme aux appels de la multitude et aux cris de la mère Griboin. Il continuait à appuyer contre la vitre son front impassible. On eût dit un mort sorti de la fosse pour assister aux travers de la trame de son suaire aux bruyantes sottises des vivants.

Alors, on délibéra.

Par le vieux cimetière on pouvait pénétrer dans le jardin de la cure, et, en enfonçant une fenêtre basse, dans la maison. Vingt bras vigoureux ébranlèrent la porte vermoulue de l'asile des morts et la foule passa.

Depuis dix ans que le cimetière gorgé ne recevait plus de nouveaux hôtes, les anciens, du fond de leur bière, n'avaient ouï pareils piétinements.

On escalada les tombes ; on renversa les croix de bois pourri ; on foula les grandes herbes, on envahit le jardin du curé.

Pendant ce temps, sœur Perpétue, parcourait les groupes de femmes restées anxieuses dans la ruelle.

— Je ne suis pas mauvaise langue, disait-elle ;

mais il faut que quelqu'un soit caché dans la maison
et ne sache plus comment sortir. Ça va être drôle. Si
on allait chez Lecoiffier ?

— Comment, la Lecoiffier est là ?

— Mon Dieu ! je ne dis pas cela, je ne l'ai pas
vue.

— Oui, oui, ma sœur, bien sûr, c'est elle.

Et toutes attendaient impatientes pour jouir de sa
honte. Et c'étaient des exclamations, des trémousse-
ments, des chuchottements, des rires. Quelques-unes
même, qui avaient de bons yeux, prétendaient voir
sa tête, derrière le rideau à côté de celle du curé.

Christophe Grugevin, maire, homme juste, et le
bedeau Fessard, conseiller municipal, homme sévère,
aidés de Poillu, garde-champêtre, durent rappeler
ces paysannes à la décence et à la pudeur.

—Des filles de la ville ne feraient pas pis, s'écria
le maire indigné.

Mais elles disaient : Où est Lecoiffier ? Il faut aller
chercher Lecoiffier ?

Il demeurait à cinq cents pas, de l'autre côté, entre
le vieux cimetière et le nouveau, tout au bout du
chemin vert ; deux ou trois polissons lui furent dé-
pêchés.

Mais, au grand désapointement des commères, ce
fut sa femme qui se présenta.

C'était une belle et solide matrone. On la vit arriver toute dépoitraillée, avec un enfant sur le bras.

Qu'est-ce qu'il y a donc ? demanda-t-elle.

Alors on cessa de rire, et tous les yeux se tournèrent vers la maison.

VI

LE CALEPIN.

LES autorités venaient d'y pénétrer par la porte de derrière qu'on avait forcée et où l'on posta aussitôt le garde-champêtre, pour prévenir une invasion.

On gravit le premier étage, l'on poussa la porte de la chambre à coucher, et là un spectacle étrange s'offrit à la vue.

La chambre était obscure, mais on voyait le curé debout, en chemise, le front contre la vitre ; ses cuisses, maigres et velues, tendues et raidies, dans l'attitude de quelqu'un qui se hausse sur la pointe des pieds pour regarder dans la rue.

Au bruit qu'on fit en entrant, il ne bougea pas, et le maire s'avança :

— Eh ! monsieur Chiquenelle, que faites-vous donc ? dormez-vous ?

Et il lui secoua l'épaule.

Mais aussitôt le curé se balança avec un mouvement de pendule. Son front se détacha de la vitre et on s'aperçut que le bout de ses orteils effleuraient seulement le sol.

— Il est pendu ! cria-t-on.

Et Thomas Fessard courut à la fenêtre de la chambre voisine pour lancer à la foule anxieuse cette sinistre parole :

— Il est pendu !

Le curé de Saint-Jean-le-Faucheux était pendu en effet, comme le dernier des Condés, à l'espagnolette de sa fenêtre. Une courroie de cuir l'y attachait et serrait si fortement le cou que la boucle avait excorié les chairs. Sa langue, noire et tuméfiée, sortait de sa bouche ; il avait un œil à demi fermé, tandis que l'autre, démesurément ouvert, regardait avec l'épouvantable fixité de la mort.

A part une chaise renversée près de là, nulle trace de violence ni de lutte.

L'*Angelus* sonnait, et bientôt il se fit un grand bruit au dehors.

Le brigadier Fumeron arrivait de tournée avec le gendarme Cornebois. A peine débouchaient-ils dans le village, heureux de la corvée finie, qu'on les assaillait de clameurs.

— Le curé s'est pendu ! Le curé s'est pendu !

Tandis que Cornebois écoutait les récits abondant de toutes parts, le brigadier, ancien cent-garde de Sa Majesté l'Empereur, qui avait pour principe, comme il le disait lui-même, de ne s'*épater* de rien, retroussa sa moustache et regarda sans mot dire et avec mépris ce populaire troublé.

Et il descendit de son cheval qu'il confia au gendarme Cornebois, et alla d'un pas majestueux examiner le cadavre, puis regardant Christophe Grugevin, hocha la tête.

— Eh bien, M. Fumeron, que pensez-vous de cet accident ?

Le brigadier haussa les épaules.

— J'ai dans l'idée, ajouta le conseiller Fessard, que ce n'est pas lui qui s'est mis cette cravate.

Le brigadier ferma un œil.

On fouilla de la cave au grenier : on visita les armoires, on interrogea tous les coins qui restèrent muets. Il ne sortait de cette maison, de ces chambres, de ces murs, de ces meubles, qu'une odeur de mystère et de délabrement.

— Il était rafalé comme défunt Job, dit M. Grugevin, et il me doit encore cinquante francs ! Canaille !

— Et moi, déclara le conseiller, qui joignait à ses fonctions de bedeau la profession de tailleur, il me doit 10 fr. 75 sur sa dernière soutane. Voleur !

— Crée boutique ! s'écria enfin le brigadier. *Turne* de malheur ! Curés, diable au corps. Bougres, pas tranquilles. Quelqu'un rôder par ici ?

Il appuya sur ce mot *quelqu'un* en regardant fixement le maire.

— Non, dit l'autre, il faudra s'informer.

On venait de rentrer dans la chambre Le médecin du village était arrivé et déclara que la mort remontait à plusieurs heures. Pendant ce temps Fumeron, qui examinait l'alcôve, souleva le matelas et poussa une exclamation.

Tous se retournèrent.

— Quoi? demanda M. Grugevin.

— Rien, répondit le brigadier.

— Vous avez dit : *Tiens* !

— Possible. J'ai dit : Tiens ! quelque chose là-dessous.

— Sous le matelas ?

— Non! répliqua Fumeron en remettant le matelas en place. Cas curieux, mais vu d'autres ; m'épate pas.

— Alors vous pensez qu'il y a comme qui dirait un crime.

— Moi ! jamais ! Pense rien avant le juge d'instruction.

Il aida à décrocher le cadavre, à l'étendre sur sa couche, puis, séance tenante fit une ébauche de procès-verbal.

Sa botte toute crottée sur le bord du lit, il écrivait sur son genou, s'installant carément en écartant les coudes comme s'il voulait empêcher qu'on approchât du pendu.

Il descendit le dernier, fit verrouiller la porte du jardin et plaça Cornebois à celle de la rue.

Tous étaient sortis, lorsque se frappant le front il remonta rapidement l'escalier et rentra dans la chambre du mort.

— Oublié mon calepin, dit-il au maire qui l'attendait en bas, et ostensiblement il étalait un vieux portefeuille portant deux initiales à moitié effacées : C. F. *Casimir-Fumeron.*

VII

ATTENTE AU BERCAIL.

ne huitaine de jours avant ce drame obscur, le petit appartement qu'occupait l'abbé Guyot, ex-premier vicaire de l'importante paroisse de Saint-Evres, respirait un air de fête. Les flambeaux étaient allumés ; les flammes dansaient joyeusement dans l'âtre, et sur la table, couverte d'une nappe éblouissante, s'étalait en face d'un couvert unique et flanqué de deux bouteilles cachetées, un gros bouquet de violettes et de primevères, indices du retour du printemps.

Le doux printemps est de retour ;
Il rajeunit, charme la terre,
Avec lui ramène l'Amour.

Le printemps, c'était l'abbé Guyot que madame Gertrude attendait.

De grands tableaux bibliques finement gravés or

3

naient les murailles ; non des scènes de massacres, des supplices d'Innocents, des femmes éventrées et autres signes des colères célestes, mais des sujets agréables à l'œil, où le demi-nu des formes s'unissait à la sainteté des personnages : Joseph et madame Putiphar ; les deux vieux juges et la chaste Suzanne ; le roi David convoitant Betsabée ; le pieux Loth et ses filles. *Omne tulit punctum qui miscuit utile dulci.*

Une glace entourée d'enfants ailés et joufflus, qu'on pouvait à volonté prendre pour des anges ou des amours, surmontait la cheminée de marbre rose aux coins de laquelle de jolies saintes de plâtre, vêtues comme des nymphes antiques paraissaient prêtes à recevoir avec soumission toute espèce de sacrements.

En face, s'ouvrait la porte de la chambre à coucher que dominait un grand christ d'ivoire cloué à une croix d'ébène, et à gauche, près d'un sopha, une petite bibliothèque remplie de livres édifiants. Oui, par ma foi, c'était un joli nid et d'une propreté exquise, où l'on sentait partout la main d'une ménagère dévouée.

Dévouée ! certes, madame Gertrude l'était et l'on eût cherché longtemps dans la ville, de *Malzeville* à *Bon-Secours* et de Saint-Evres à Saint-Nicolas, pour trouver sa pareille ; tous les messieurs du clergé la convoitaient, je parle de ceux dont l'âge tendre, interdisait l'introduction de grandes nièces à la maison. Aussi de combien de sollicitations n'avait-elle pas été entourée, obsédée, on peut le dire, depuis dix mois qu'elle était veuve de son cher abbé Guyot ! Veuve ? Entendons-nous. Honni soit qui mal y pense ! Je ne veux pas donner à soupçonner qu'il s'était passé entre elle et son maître rien de contraire à la vertu, mais veuve de sa présence, privée de sa vue, empêchée de l'entourer de ses soins.

Enfin, il revenait; il lui avait écrit : « Je rentrerai ce soir, vers six heures, à la nuit. »

Car l'abbé Guyot n'osait se montrer de jour dans une paroisse dont il avait été le plus bel ornement.

Il craignait de se trouver face à face avec quelques-unes de ses anciennes ouailles, douces brebis qui, autrefois, l'aimaient et l'admiraient et qu'il ne voulait pas rendre témoins de sa chute.

Il lui semblait encore entendre les fragments d'un couplet fredonné à ses oreilles et à son intention sur l'air de la complainte de Fualdès :

> Ne demandant pas l'avis
> De la mère de famille
> Il prit la petite fille
> Sans lui laisser de sursis.

Cependant il n'avait pas pris de petite fille, mais à la suite d'un de ces scandales de sacristie que le Seigneur permet de temps en temps pour éprouver le zèle de ses serviteurs et humilier les pécheurs orgueilleux, il avait été envoyé pendant dix mois dans une maison de pénitence, réfléchir combien il est dangereux pour un simple vicaire de convoiter les personnes du sexe, surtout quand elles sont jolies et ont déjà attiré les convoitises de supérieurs.

C'est facile d'être amoureux, mais ce qui ne l'est pas, c'est d'être prudent.

Prudence, prudence, tout est là. Et notre sainte mère l'Eglise, en imposant à ses ministres l'obligation irrévocable de vivre dans la continence donne une preuve du prix qu'elle attache à cette vertu, le plus bel ornement du clergé.

Continence et prudence, c'est ce qu'avait oublié

le pauvre abbé Guyot, dans de trop tendres épanche
ments avec de trop aimables dévotes.

Ah ! si le bon Dieu lui rendait sa grâce et monseigneur l'évêque sa place, comme il serait plus sage à
l'avenir !

Car non seulement on l'avait contraint de médi-
ter trois cents jours et autant de nuits chez les Ligoriens de Saint-Nicolas, maison austère où le sexe
qui perd les hommes n'est jamais admis, mais lorsque le père supérieur vint enfin ouvrir la porte de sa
cellule en disant :

— Vous êtes libre, allez en paix, mon fils.

— Où faut-il que j'aille ? demanda l'abbé Guyot.

— Où vous voudrez, mon fils.

— Me rend-on ma place ?

— Votre place, mon fils. Quelle place ?

— Ma place de premier vicaire à Saint-Evres.

Le bon moine se mit à rire, et d'un geste à la fois
énergique et bénin, poussa *son fils* dehors.

Le fait est que Monseigneur ayant prononcé l'interdit, il se trouvait sur le pavé, sans sou ni maille,
comme un pauvre, un gueux ou un simple communard au retour de Nouméa. Comment vivre ? Ah !
oui, comment vivre ? A lui à se débrouiller.

Il ne lui restait qu'à grossir les rangs de la bohême
cléricale, à s'enrôler dans la compagnie des Petites-
Voitures ou dans la fameuse imprimerie du boulevard
Pigalle, dont presque tous les correcteurs sont, dit-
on, de pauvres prêtres flétris, ou bien à se faire
instituteur privé, à enseigner l'histoire du père
Loriquet dans les pensionnats de demoiselles.

Mais il faudrait alors dire adieu à l'autel, et Guyot
ne pouvait s'y résoudre.

Il y avait été élevé, y avait grassement vécu, il

voulait saintement y mourir. Il aimait son métier ;
comme tous les vrais artistes, faisant de · l'art pour
l'art, il n'était jamais si aise que paradant sur les
tréteaux évangéliques, et pour rien au monde n'eût
voulu en descendre.

« Ne plus monter à l'autel ! » Cri désespéré que
poussa l'auteur du *Maudit*, victime aussi de l'arbi-
traire épiscopal, il le répéta avec des accents de
détresse ; il ne s'y résignerait jamais !

Ne plus monter à l'autel ! ne plus vêtir la blanche
aube de lin bordée de dentelles et la chasuble de
soie brodée de fleurs d'or ! Ne plus trôner dans le
temple, enveloppé comme un dieu de nuages de
parfums, entouré de fleurs et ensoleillé des doux
regards des femmes ! Cela n'était pas possible ; il
s'humilierait, s'aplatirait, ferait des bassesses, demanderait grâce ; il embrasserait, s'il le fallait,
comme les vaincus des trophées antiques, les genoux
de ses ennemis.

Ainsi fit-il, se courba, implora, s'humilia par
lettre et revenait plein d'espoir.

Aussi comme madame Gertrude se félicitait d'avoir
attendu et repoussé les offres brillantes ; et habillée
de sa robe de soie gorge de pigeon des jours de
fête, la tête ornée d'un beau bonnet tuyauté, les
cheveux gris lissés avec soin, et les poires d'or de
ses noces aux oreilles, elle allait de ses casserolles à
la pendule et de la pendule à la fenêtre avec toutes
les marques de la plus grande agitation.

Au coup de six heures, elle fut prise d'une vive
émotion et trempa précipitamment la soupe.

Alors prêtant attentivement l'oreille, elle ouit un
bruit de pas dans l'escalier, courut à la porte et,
troublée, agitée comme pucelle à un premier rendez-
vous, ouvrit.

2.

Mais elle tronça aussitôt le sourcil ; le pas était trop léger pour être le pas de son maître et du reste un petit froufrou caractéristique annonçait l'arrivée de jupons.

— Déjà ! fit-elle, ah ! par exemple ! et elle ferma vivement la porte.

VIII

LA VISITEUSE

n frappa discrètement.

Elle se tenait coite, retenant so.
haleine.

On frappe de nouveau.

« Frappe, frappe, se dit elle, frappe
toujours.

Mais l'illumination de la salle à manger qui se
décélait par le trou de la serrure et le bas de la porte
indiquait trop clairement que l'appartement n'était
pas vide ; et une voix fraîche, jeune, cria :

— Etes-vous là, madame Gertrude ?... C'est moi,
Virginie, ouvrez vite !

— « Ouvrez vite ! » répéta Gertrude ! A-t-on jamais vu ?

Elle obéit cependant, se disposant à recevoir de
la belle façon l'intrue.

Et une fillette de treize à quatorze ans, toute
rouge d'émotion, montra son joli minois.

— Est-il arrivé ? demanda-t-elle sans autre préam-
·bule et sans faire un pas de plus ?

— Ah ! c'est vous, mademoiselle **Virginie**, s'écria la gouvernante en jouant l'étonnement. Eh bien ! si j'attendais quelqu'un, ce n'est certainement pas vous. Non, il n'est pas arrivé, il ne viendra pas avant dix ou onze heures, peut-être bien minuit... non pas avant minuit. Mais comment savez-vous qu'il doit revenir ?

— Monseigneur de Ratiski l'a appris à maman.

— Et vous venez de la part de votre maman ?

— Oh ! non. Vous savez bien qu'elle est brouillée avec M. l'abbé. Et cela me fait beaucoup de peine.

— Oui, vous étiez de bons amis.

— C'est lui qui m'a fait faire ma première communion. Et il est si gentil ! Ecoutez, vous ne le répéterez pas. Eh bien, je suis venue en cachette. J'étais sortie avec Catherine et je me suis dit : Il faut que j'aille souhaiter le bonsoir à ce pauvre cher abbé. Il sera content de me voir, j'en suis sûre ; car je ne le verrai plus de longtemps, je retourne en pension demain.

— Oh ! vous le reverrez ; allons, partez bien vite. Je dirai à M. le vicaire que vous êtes venue. Il sera content. Bonsoir.

— Ne manquez pas ? Dites-lui que j'aurais été bien heureuse de le voir ; que je l'aime bien...

— Oui, oui. On fera votre commission. Sauvez-vous. Compte dessus, ajouta-t-elle, quand elle eut fermé la porte. En voilà une effrontée ! C'est pourtant cette petite peste-là qui est en partie cause des malheurs M. Guyot. Vous me direz que ce n'est pas sa faute ; ça m'est bien égal à moi ; je ne vois que le résultat, et il est joli le résultat !

Elle continua à monologuer et à maugréer de la sorte, très animée, écoutant, regardant la pendule qui déjà marquait la demie lorsque la porte s'ouvrit brusquement et l'abbé Guyot parut.

IX

L'ABBÉ GUYOT

**A**H ! il était bien changé! Ce n'était plus le bel homme souriant, plein de confiance en lui-même, haut en couleur, à large poitrine et à solide croupe que toutes les dévotes de Saint-Evres admiraient, le vicaire aux longs cheveux bruns dont les boucles soyeuses fr - sotaient sur le cou blanc, faisant, lorsqu'il passait, vêtu de sa belle soutane de drap fin, troussée de façon à déployer les rondeurs des mollets et chaussé de ses souliers à boucles d'argent, faisant, dis-je, tourner la tête aux petites ouvrières et aux demoiselles de la congrégation, tandis que les vierges mûres soupiraient s'emplissant, faute de mieux, la bouche de son nom: « M. l'abbé Guyot par-ci, M. le premier vicaire par-là! Ah! l'abbé Guyot! » du même ton qu'elles eussent dit: « Ah! mon aimable Sauveur! ou bien: « Ah! le bon sucre d'orge! »

Hélas ! il n'était plus que l'ombre de lui-même,

un fantôme d'abbé Guyot : maigre, rapé, les yeux cernés, les cheveux ras et en échelle, comme ceux d'un forçat, décati, lamentable. Il était à l'abbé Guyot d'autrefois ce que l'Eglise actuelle est à la vieille, l'autre, celle du bon temps, où MM. du clergé avaient le verbe aussi haut que la tête, emplissaient les rues, distribuaient les emplois, mariaient les jeunes crétins pieux aux veuves cossues et les jolies filles pauvres aux vieux marguilliers richards, taillaient, tranchaient, disposaient, canonisaient, excommuniaient, démolissaient les superbes *mal pensants* et élevaient les humbles *pratiquants*, faisant enfin le beau temps et la pluie, protégés qu'ils étaient par la très haute et très puissante Dame assise aux Tuileries dans toute la pompe des crino'ines, le luxe des garde-robes et les parfums de l'Occident.

. Il était si pauvre, si crotté, si pelé, si galeux, que Gertrude recula d'épouvante.

— Ah ! Jésus, mon sauveur ! s'exclama-t-elle, comme vous voilà fait ! Est-il permis d'abîmer un homme comme ça !

— Ils m'ont tué, dit Guyot en se laissant tomber dans un fauteuil, ils m'ont tué ! Mais ça ne fait rien, ma bonne Gertrude, la vie reviendra. J'ai la foi, moi. Je crois à la résurrection de la chair. Ah ! cela sent bon ici, meilleur que chez les Ligoriens.

Il levait le nez, humant l'odeur du pot-au-feu, regardant partout avec un air de satisfaction visible, et saisi d'un él n de reconnaissance, pressa les mains de Gertrude qui pleura de joie.

Et il se mit à table, mangea, but, s'empifra, tandis qu'elle le regardait, les yeux brillants de satisfaction.

— Mangez, disait-elle, buvez. C'est encore du vin que vous donna dans le temps madame de Bau-pertuis. Une petite goutte d'eau-de-vie, monsieur?

Elle vient de madame Collard. Préférez-vous de l'anisette ? Il en reste encore deux bouteilles de la douzaine que mademoiselle de Montluisant vous envoya pour votre fête ; ou bien du cassis que mademoiselle... Ah ! je ne sais plus le nom.

Et elle allait, venait, tournait, lui versant à boire, le servant, lui choisissant les morceaux, pleine d'attentions, s'approchant, lui tâtant les épaules et les bras.

— Plus rien, quoi ! Mon doux Jésus ! on sent les os.

L'autre se laissait faire, jubilant, satisfait.

— Le chagrin, ma bonne Gertrude, répondait-il la bouche pleine, les peines morales, l'indignation de l'honnête homme calomnié, le mépris de l'humanité perverse, le dégoût de la vie...

— Tenez, moi qui oubliais de vous mettre ces pantoufles que broda pour vous la belle madame...

— Ne me parlez plus de personne, Gertrude. Ceux sur qui je comptais le plus m'ont abandonné.

— Oui, mon pauvre Monsieur le vicaire.

— Vicaire ? Je n'ai plus droit à ce titre.

— Qu'allons-nous devenir ?

— Reposons-nous en Dieu ! dit l'abbé en se passant doucement la main sur le ventre.

— C'est un bon oreiller ; mais dans la vie du monde on ne peut toujours dormir.

— Voilà trois cents nuits que je passe sans sommeil, ajouta douloureusement l'ex-vicaire. Aux heures les plus indues, les bourreaux venaient m'arracher à ma couche de paille...

— De paille ?

— Oui, Gertrude, de paille, pour m'envoyer sonner matines dans les profondeurs obscures d'une humide chapelle. Ils m'ont infligé tous les tourments, mais je pardonne, Gertrude, j'oublie.

Et le bon abbé Guyot, ayant roulé son fauteuil
près du feu, comme il faisait autrefois, croisa les
mains sur son abdomen et se mit à sourire béatement, contemplant d'un air ravi les épaves soigneusement conservées de sa vie cossue de premier
vicaire aimé ; meubles coquets, pieux souvenirs,
tableaux doux à l'œil. Comme autrefois il s'y pré-
lassa, tournant ses pouces, digérant, savourant le
far niente des longues soirées oisives, quand le mauvais temps l'obligeait à garder le coin du feu, rêvant
à tout et à rien, feuilletant une brochure nouvelle,
attendant la discrète visite d'une ouaille avide d'onctueuses paroles, ou souriant aux agréables souvenirs
du confessionnal, voltigeant en sa mémoire comme
de légers lutins chatouilleurs. Il retrouvait son passé,
moins l'attente des dévotes, et, après ses tortures
morales et ses longs mois de cellule, il se sentit
pendant quelques jours, près de sa gouvernante,
faisant tout pour lui plaire, superlativement heureux.

X

MADAME GERTRUDE

ETTE excellente créature avait voué une profonde amitié à ce maître considéré longtemps par elle comme un saint. Mais si l'on peut, aux yeux de la foule s'envelopper constamment d'une fourrure de vertu, il n'en est pas de même pour sa chambrière. On a beau s'observer, il est des moments où l'on se décharge du roide et lourd affublement pour se mettre à l'aise dans le déshabillé du coin du feu et sans y songer, on découvre quelque coin de nudité.

Aussi Gertrude s'était plus d'une fois aperçue que le pieux apôtre dont elle admirait la rigidité des principes, descendait de temps à autre des hauteurs de l'empyrée pour glisser dans les communes faiblesses des mortels ordinaires ; mais si son admiration diminua, son attachement resta le même.

Dans le secret de ses pensées, elle ne fut pas fâchée de savoir son maître moins ange et plus homme.

3

Veuve à l'âge rassis, elle n'avait ni la fureur curieuse des vestales de sacristie, ni leur envieuse intolérance; elle se mettait à la portée des choses, disant, dans son gros bon sens de servante frottée aux vices de ses maîtres, que si le bon Dieu a donné à ses créatures quelques douceurs dans cette dure vie, ce n'est pas pour qu'on les laisse moisir.

Peut-être eût-elle aimé, tout comme une autre, tortiller entre ses doigts les cheveux ondulés du bel abbé et clore respectueusement sous ses lèvres ses yeux aux longs cils, car les vieux ont au cœur une sève qui étonnerait et effrayerait les jeunes, si les jeunes pouvaient la voir. Mais adoration muette, désir couvant sous la cendre de la jeunesse éteinte, besoin platonique d'aimer, rien ne parut que des élans maternels; et si elle jalousait un peu les belles dévotes qu'elle savait ne pas être trop cruelles pour son maître, elle se sentait pleine d'indulgence pour les faiblesses de celui-ci.

Il est certain que Guyot, privé des faveurs des jeunes, aurait, comme beaucoup de ses confrères, tenté de calmer les ardeurs d'un sang trop chargé de phosphore sur ce qu'il avait sous la main; mais, entouré d'un sérail de dévotes, il n'avait qu'à jeter son mouchoir.

Aussi lorsqu'elle le vit arriver des Ligoriens, calomnié, honni, renié, se promit-elle de redoubler de sollicitude. Il revenait sans place, pauvre, à la merci du bon vouloir de l'évêque; elle mit généreusement à sa disposition ses économies. Le grand cœur de la femme se montra. Elles valent mieux que nous-même avec leurs vices! elles se dévouent quand nous ne cherchons qu'à jouir.

Peut-être, cependant, y avait-il un peu de calcul.

Elle était presque heureuse de cet ostracisme qui allait resserrer leurs liens, rapprocher les distances, l'élever de l'humble position de servante au rang de bienfaitrice.

Cependant, connaissant son maître, elle eut peur. Depuis dix mois aucun souffle féminin n'avait brui à son oreille, depuis dix mois il n'avait entendu murmurer près de ses lèvres les mystérieuses confidences qui s'échangent de dévote à pasteur, frissonné au froissement d'une robe, tenu dans ses mains une petite main chaude, effleuré, respiré, humé la femme enfin.

Les pères Ligoriens, vieux tous, ce qui ne veut pas dire *sages*, mais invalides de la grande armée noire, cassés, infirmes, usés, surveillent, avec le soin jaloux de la vertu forcée, les coupables que leur envoie la justice diocésaine, ne laissant traîner aucune occasion de chute.

La vie est triste chez eux, les repas courts et les mortifications longues; mais qui ne sait que frugale nourriture, pain sec et eau claire ne sont antidotes d'amour? Il semble, au contraire, que plus le repas est maigre, la couche dure, le logis pauvre, plus la complexion se fait prolifique. Il n'est pas comme ceux que la misère hante pour être prodigues de la semence trop féconde qui jette nues sur la terre inclémente des légions de *parias*.

L'abbé Guyot s'en revenait avec la faim qui suit un long jeûne, et Gertrude, soupçonnant ce terrible appétit, redoutait une de ces folles équipées si fréquentes chez les jeunes prêtres, qui lui aurait à jamais fermé les portes du sanctuaire.

Elle se garda donc bien de parler de la visite de la petite Virginie, enfant trop précoce, aux imprudences de qui elle attribuait en partie ses malheurs.

Elle rêvait quelque canton ignoré où elle prendrait en souveraine le sceptre de la maison, dirigeant par son maitre, du fond de sa cuisine, l'église et la paroisse, et ne cessait de presser le cher homme.

— Remuez-vous. Vous n'êtes pas assez intrigant. Allez voir les gros bonnets.

Mais lui, qui goûtait délicieusement la paresse de sa nouvelle vie, répondait :

— Patientez, Gertrude. Cela viendra. Seriez-vous semb'able aux gens de peu de foi dont parle l'Evangile. Songez que Dieu n'abandonne jamais ses saints.

— Saint ! saint ! murmurait Gertrude en hochant la tête, saint tant que vous voudrez ; mais, peut-être, en attendant la protection du bon Dieu, feriez-vous bien de demander celle de M. Gobin.

XI

LE GRAND SAINT GOBIN

'ÉTAIT un homme sec, à visage maigre
et sévère que ce vicaire général. Il
ne parlait que par sentences et avec
onction. Les prêtres au diocèse le
craignaient comme la foudre, et l'appelaient par dérision et en cachette
« le grand saint Gobin », mettant en doute la pureté
de ses mœurs.

Il témoignait pour Guyot une sorte de commisé-
ration ; il n'oubliait pas qu'il avait été l'un des prêtres les mieux posés de la ville, à cause de sa belle
mine et de son influence sur le sexe, car dans le
clergé, comme dans l'armée, on fait grand cas des
beaux garçons.

Aussi quand Guyot se rendit chez lui à la nuit
tombante il le reçut avec cordialité.

— Ah! vous voici, mon pauvre Guyot, *Denique,
tandem*! Eh bien quoi! Eh bien! quoi! Vous avez
porté le cilice, vous vous êtes meurtri les chairs.

C'est bien. J'ai lu vos lettres ; elles respirent l'humilité chrétienne.

Et comme Guyot voulait parler :

— Plus un mot du passé ; il est mort, *mortuus est.* Soyez calme et pacifique. Rappelez-vous saint Mathieu : « *Beati pacifici quoniam filii Dei vocabuntur* » Bienheureux les pacifiques parce qu'ils seront appelés les enfants de Dieu. » Voulez-vous être appelé un enfant de Dieu, abbé Guyot?

— Oui, dit Guyot.

— J'ai une bonne nouvelle à vous annoncer ; Monseigneur, touché de votre repentir, vous destine la première cure vacante, à condition que vous restiez avec un cœur pur? Savez-vous ce que c'est?

— Oui, dit Guyot.

Mais le grand vicaire, paraissant douter de l'affirmation de son inférieur, continua :

— Avoir un cœur pur, dit saint Grégoire de Nysse, ce n'est pas seulement éviter les fautes contre la pureté, c'est, autant que le permet notre infirmité humaine, dégager son cœur de toutes les passions déréglées et volontaires de l'esprit comme de l'âme. Vous comprenez?

— Oui, dit Guyot.

— Alors soyez semblable à un cristal transparent où le rayon lumineux se joue dans toute sa limpidité. Souvenez-vous que la chasteté est une vertu toute divine qui fait de l'homme qui la conserve un ange, et de celui qui la perd un diable. *Qui castitatem servavit angelus est, qui perdidit diabolus,* a dit un saint docteur. Voulez-vous être un diable?

— Non, dit Guyot.

— Alors fuyez la femme. Elle est la tentation, l'impureté, le mal ; la glue envenimée dont se sert Satan pour s'emparer de nos âmes, déclare saint

Cyprien ; et saint Chrysostome ajoute : la plus dangereuse des bêtes féroces.

— La plus dangereuse, affirma Guyot.

— La femme, s'écria le grand vicaire avec une expression d'horreur, la femme ? une vomissure de Satan ! Pouah ! Pouah !

— Pouah ! fit Guyot.

— Alors, allez, mon ami ; j'ai toujours dit qu'il y avait en vous l'étoffe d'un bon prêtre. Persévérez, espérez, et méprisez les immondices de la terre. Allez, et qu'on vous dise un jour : *Tu es Elias, tu es Petrus*, de *cælo venisti*. Allez et soyez pur.

Guyot alla, mais en allant il se trompa de porte et se jeta dans une chambre à coucher.

Vigoureuse et forte en croupe, brune de crin et blanche de peau, une belle fille très déshabillée, étendue près de la cheminée, sur un foyer de peau d'ours, se chauffait ses chairs nues.

— Eh ! pas là, maladroit, cria le grand Saint-Gobin, c'est la chambre de ma nièce.

— Ah ! mille pardons, excusez-moi, dit Guyot, se retirant très ému et plein de confusion.

XII

MENUS PROPOS

L rentrasoucieux au logis et ne ré-
pondit qu'évasivement à sa gouver-
nante qui l'accablait de questions.

— Ne vous a-t-on pas promis une
cure ?

— Oui, mais...

— Mais quoi ?

— J'ai connu dans le temps une grande fille
jaune, pâle et blonde qu'on disait la nièce du vicaire
général. N'est-elle plus chez lui ?

— Ah! ça ne me tourmente guère. Est ce ça qui
vous chagrine ? Il en a beaucoup de nièces, M. Gobin;
il en a de rechange; il pourrait en repasser à ses
confrères qui n'en ont point. Vous, par exemple,
demandez-lui-en une. Ça marchera bien alors. Une
gouvernante pour servir la nièce et une nièce pour
aider la gouvernante ! c'est ce qu'il vous faut. Ah !
saints martyrs ! Et dire que voilà un homme qui revient des Ligoriens.

L'abbé Guyot, rendu circonspect par l'infortune,

se garda bien de parler de la jolie fille aperçue comme dans un rêve chez son supérieur, lorsque Gertrude insista pour savoir ce qu'avaient de commun avec sa prochaine cure les nièces du vicaire général, mais il ne cessait d'y songer.

Et comme elle le voyait triste et maussade, elle essayait des consolations :

— Nos malheurs vont finir. Nous aurons bientôt notre cure, une petite paroisse tranquille où nous ferons paisiblement notre besogne, et où nous serons heureux.

Et voilà justement ce qui irritait Guyot, ce *nous* tombant à chaque instant comme tuiles sur sa tête. *Nous! Nous!* quoi? pourquoi *nous?* Il n'était donc pas seul ? il n'était pas libre ? il avait toutes les charges d'un ménage sans en avoir les plaisirs. A quoi songeait cette vieille de mêler ainsi sa vie à la sienne, de se jeter comme un tas de pierres au milieu de son chemin? Elle lui prêtait de l'argent pour vivre ? Eh bien, après ? Ne savait-elle pas qu'elle plaçait cet argent sur bonne hypothèque, l'honneur d'un prêtre, et à gros intérêts. Et fallait-il que pour quelques misérables centaines de francs, elle crût acheter le droit de se cramponner à lui!

S'il n'avait pas cette vieille à sa remorque ne pourrait-il se donner, tout comme le vicaire général, une nièce de bonne volonté qui, le retenant le soir au logis, le détournerait de porter dans les périlleuses aventures du dehors les ardeurs que le bon Dieu avait mises en ses flancs!

Et il s'informait d'une voix cauteleuse des offres de place faites à Gertrude.

Elle lui cita une kyrielle de noms.

— M. l'abbé Michet, M. l'abbé Suzepain, M. l'abbé Fouinard, M. l'abbé...

— N'y a-t-il donc que des ecclésiastiques?

3.

— Aussi votre ancienne amie, madame Collard, la femme de l'inspecteur des contributions indirectes. Mais je crois que celle-là c'était pour me tirer les vers du nez, car elle est maintenant la fidèle de votre ennemi, monseigneur de Ratiski.

— Une femme dont la fausse piété m'a bien trompé. Et...

— Et quoi ?

— Et le mari ?

— Je suppose qu'il continue à prendre pour des lanternes toutes les vessies que sa femme lui montre et les prêtres comme têtes de turcs.

— L'imbécile ! Voilà de ces braillards peu dangereux ; que dis-je, ils nous servent par leurs exagérations, leurs contradictions et leurs sottises. Théorie et pratique, deux choses bien différentes.

— Le monde est ainsi. On dit blanc, on fait noir.

— Les charlatans, Gertrude, ou les niais. Moi, je suis logique et franc. Je n'affiche pas ce que je ne pense pas.

— Que pensez-vous, monsieur ?

— Qu. les hommes demandent à être trompés ; qu. les mensonges, les pieux mensonges, s'entend, sont nécessaires à leur bonheur. *Credo quia absurdum*, disait saint Paul.

— Et les femmes ?

— Encore plus que les hommes.

Il se tut. Il avait envie de questionner davantage, il n'osait. Gertrude le regardait fixement. Enfin il se décida.

— Et sa fille ?

— La fille de qui ?

— Eh ! vous savez bien.

— Nous y voilà. J'étais bien étonnée que vous ne m'ayez pas encore parlé de Chérubin : Je me disais :

est-ce qu'il n'y pense plus ? Vous pouvez bien y penser cependant puisqu'elle est en quelque sorte cause de notre déroute.

— Elle ! c'est faux !

— Faux ou non, le bruit en a couru et à Saint-Evres, c'est tout comme. Eh bien, mademoiselle Virginie Collard est en pension au couvent de Sainte-Elisabeth ; avec Mgr de Ratiski pour directeur ; désirez-vous l'y aller voir ?

— Certes, j'irais si je ne redoutais les calomnies aussi abominables qu'absurdes. J'ai le courage de mes actes, moi ! Un ange que je dressais pour le ciel !

— Dressé par un vicaire ou un évêque, c'est toujours le même chemin.

— Elle avait douze ans quand je la vis pour la dernière fois. J'étais malade, au lit, tourmenté de noirs pressentiments, de cauchemars. Tout à coup un gracieux lutin fait irruption dans ma chambre, l'emplissant de rires et de joie. Ah ! je fus guéri ! Douce et miraculeuse influence de la virginité ! de la pureté ! de l'innocence ! Voilà ce qui me charme, ce qui me séduit, ce qui me fait rêver aux anges du bon Dieu.

— Calmez-vous.

— Oui, je suis extasié quand ma pensée voyage dans les champs de lys immaculés. Songez, Gertrude, que le trône de Dieu est entouré d'un chœur de 11,000 vierges, onze mille vierges !

— L'eau vous en vient à la bouche, quoi !

— Voici bientôt une année de cela, continua Guyot se laissant aller au courant de ses souvenirs. Elle approche de treize ans ; et si jolie ! Et au pouvoir de ce bouc.

— M. de Ratiski n'est pas un bouc, c'est un évêque. Il sait se tenir. Puis il a des amitiés pour la

mère. Ne dirait-on pas que vous êtes amoureux de
cette petite et jaloux de monseigneur !

— Gertrude, fit sévèrement Guyot, vous vous
oubliez. Je suis prêtre et j'ai trente et un ans.

— Le roi David, qui était saint et avait plus de
soixante ans, ne devint il pas amoureux de la petite
Abisag de Sunam, qui n'en avait que douze ?

— Quinze. Puis était-il amoureux?

— Dame ! c'est écrit dans l'ancien testament, le
livre du bon Dieu. Vous le savez mieux que moi.
On y voit aussi que le patriarche Abraham, à l'âge
de cent ans, mit dans l'embarras sa pauvre servante,
Agar qui n'en avait pas seize ! Ah! les gueux
d'hommes! Ils ne valaient pas mieux autrefois
qu'aujourd'hui.

— Passions de vieux. C'est de l'histoire ancienne
que vous me contez là, des habitudes orientales, pri-
mitives, et nous vivons dans l'Occident. Autre
temps, autre pays, autres mœurs.

— Alors que craignez-vous de monseigneur?

— Moi ?

— Oui, vous.

— Je ne crains rien... Je vous dirai seulement que
cet évêque étant d'origine asiatique... Mais c'est parler
pour ne rien dire. Vous savez vous même, Gertrude,
si mes relations avec cette enfant ont été pures. De
l'amitié, de la pure et sainte amitié. Ah! le monde
est bien pervers ; il voit dans les actes les plus innocents des intentions immondes ; et cependant les
anges, lorsque je la tenais sur mes genoux, n'auraient pas détourné leur face en lisant au fond de
mes pensées. Songez-donc, je l'ai vue si petite. Entre toutes, je la distinguais au catéchisme, avec sa
bonne figure éveillée, ses joues fraîches comme des
pêches, et si veloutées qu'on avait envie d'y mor-

dre. Je l'appelais ma « petite vierge ». Hélas ! l'est-
elle toujours ?

— A treize ans ! espérons-le ; eh bien, merci. Mais,
pour le bien que ça peut vous faire, il vaut mieux laisser ce monde-là tranquille. Voyez-vous, monsieur,
c'est toujours ces amitiés-là qui nous ont porté malheur. Ce qu'il nous faut ? Je le sais bien, et je vais vous
le dire. Une bonne petite paroisse avec pas trop de
dévotes. Les dévotes, ça ne vaut rien. Ça ne pense
qu'à se fourrer dans les jambes du curé. De là propos,
jalousies, médisances ; un tas de vilaines histoires,
jusqu'à ce qu'un beau jour, patatras, le pauvre monsieur *écope*. Si vous voulez m'en croire, nous nous
arrangerons dans notre nouvelle paroisse à ne pas
nous laisser envahir par cette vermine.

— Oui, oui, dit Guyot, qui, lui, trouvait que
c'était cette bonne femme qui l'envahissait trop,
nous verrons ; nous avons le temps d'y penser.

XIII

DÉPART

 quelques matins de là, l'abbé Guyot, lisant son journal, *l'Espérance de Nancy, organe des intérêts catholiques*, poussa une exclamation de surprise.

Comme il se chauffait selon sa coutume le derrière au feu, Gertrude crut qu'il s'était brûlé et faillit laisser échapper dans son effroi la tasse de café à la crême qu'elle apportait à son maître ; mais celui-ci la rassura.

— Ce pauvre Chiquenelle, dit-il, le curé de Saint-Jean-le-Faucheux, vient d'être trouvé pendu dans sa chambre.

— Ah ! saints martyrs !

— Les mauvaises langues prétendent qu'il s'est suicidé, comme si un prêtre pouvait être capable d'un crime si lâche, mais *l'Espérance* affirme, et je suis de son avis, qu'il n'a pas été à ce point abandonné de Dieu.

— Le connaissiez-vous?

— Nous étions au séminaire ensemble, et déjà ses professeurs lui prédisaient que son tempérament le perdrait.

— Quel tempérament donc?

— Tempérament amoureux, répliqua Guyot.

Dame Gertrude baissa les yeux sans mot dire, mais ayant l'air de penser en elle-même qu'il n'y avait pas que le curé Chiquenelle qui eût le tempérament amoureux.

— On va peut-être vous envoyer le remplacer.

— J'en ai peur. Ce Chiquenelle aurait bien dû attendre un autre moment pour rendre son âme à Dieu. Saint-Jean-le-Faucheux est un saint de mauvaise réputation dans le diocèse. Les desservants n'y font pas de vieux os. Pourquoi? Je l'ignore. Vous comprenez que mes occupations pendant mon vicariat m'empêchaient de m'occuper de ces infimes paroisses. Tout ce que je sais, c'est que celle-ci est mal famée.

— Bah! nous savons à quoi nous en tenir au sujet des réputations et des renommées. Saint-Jean-le-Faucheux vaut mieux que Saint-Rien-du-tout, et ce n'est pas un homme comme vous qu'on laissera moisir dans un village. Vous verrez, nous saurons bien *nous* arranger là-bas.

Eh bien! c'est cela! *nous, nous,* toujours nous. Décidément l'abbé Guyot en avait assez. D'autres horizons surgissaient et dame Gertrude venait de se porter le dernier coup.

Aussi, quand il revint de l'évêché, où le lendemain même il fut mandé, annoncer à sa gouvernante qu'il partait pour Saint-Jean-le-Faucheux et que toute joyeuse elle se mit en devoir de préparer ses malles et de commencer l'emballage de ses meubles :

— Ce n'est pas la peine, dit-il.

Et il expliqua à la bonne femme stupéfaite que Monseigneur lui avait affirmé que son séjour dans ce village n'était que pour donner aux esprits le temps de se calmer, qu'on lui réservait un poste plus important, plus digne de ses capacités, et qu'il était inutile de faire les frais d'un déplacement.

— Je me servirai en attendant du mobilier du pauvre Chiquenelle, resté au presbytère. Ma bonne Gertrude, seulement quelques semaines à passer sans vous.

Il l'embrassa avec tendresse ; il lui fallait soutane et culotte neuves, et sa belle douillette commençait à se râper. Il ne pouvait, avec de telles hardes, faire une entrée décente dans sa nouvelle paroisse.

Gertrude fut la première à dire :

— Les paysans n'auraient aucune considération pour vous.

Et elle plaça sur le dos de son cher maître une partie de ses économies.

— Vous aurez le prix Montyon, dit l'abbé dans un élan de reconnaissance. Du reste, mon mobilier répond de tout.

— Ah ! cher monsieur, répliqua Gertrude, votre parole vaut tous les mobiliers.

Et elle accompagna son maître à la gare, portant un sac de nuit élégant renfermant le strict nécessaire pour une absence de quelques semaines, et Guyot partit joyeux.

Il était surtout joyeux d'être débarrassé de sa gouvernante, car sa position n'avait rien d'enviable. Être réduit à l'emploi obscur de desservant d'un humble village, après avoir brillé au premier rang des prêtres mondains d'une paroisse de grande ville !

Bah ! qu'importe ? Il était jeune ; il avait bon pied, bon œil et le jarret solide. Les belles dames de la ville avaient bien voulu le trouver aimable et beau garçon, les paysannes seraient-elles plus difficiles ? Une femme est toujours une femme après tout, et pourvu qu'elle soit complaisante et jolie, que peut-on demander de plus ?

XIV

PAR LES CHEMINS

A bise de mars soufflait par les che-mins et secouait les peupliers de la route. On les voyait s'incliner et se relever en cadence, comme des ran-gées de capucins qui salue t le nom de *Rosa Mystica* aux litanies de matines.

Un ruisseau jalonné de saules chauves s'en allait tristement en reflétant les grands nuages lugubres, fantastiques légions amoncelées courant dans le ciel à quelque lointain heurtement.

Une cloche apportait sa note féminine dans les mâles sifflements de la bise et fut bientôt couverte par l'assourdissant fracas d'un convoi de corbeaux qui raya l'espace avec des glapissements de sorcières étranglées.

— Halte ! dit un cantonnier posant son marteau. Midi sonne à Saint-Jean-le-Faucheux.

— J'entends les corbeaux qui chantent l'*Angelus*, mauvais signe. Ils ont chanté ainsi la veille où le curé s'est pendu. Bêtes du diable, le malheur les suit.

— Le malheur ! Le voici justement tout habillé de noir.

C'était l'abbé Guyot qui débouchait au tournant de la route. Le teint rosé et l'œil hardi, il s'avançait d'un pas agile. Le vent soufflant par rafales lui collait la soutane au corps, tantôt de flanc, tantôt de côté, soulevant les coins de sa douillette de drap fin, montrant ses attaches musculeuses.

Si c'était le Malheur, il ne pouvait se présenter avec mine plus florissante.

— C'est peut-être le nouveau curé de Saint-Jean-le-Faucheux, qui vient baver son latin à la place du pendu.

— Un curé comme ça pour nous ! Des bêtises ! Tous ceux qui nous arrivent sont maigres et râpés et aussi contents que des rosses qu'on étrille. Reluque celui-ci, avec sa capote de drap fin, son chapeau à glands, sa bouche en cœur et ses souliers à boucles. Ne dirait-on pas qu'il va au voyage d'amour ?

— Ils y vont tous. Pour le devoir de *coquebas* et la chose de culbuter les commères, à eux le pompon.

— Bonjour, mes bons amis, dit l'abbé Guyot. Suis-je encore loin de Saint-Jean-le-Faucheux.

— C'est là-bas après les peupliers, derrière la colline.

— Merci, mes bons amis.

— Ses bons amis ! murmura l'un des cantonniers ; je me suis laissé dire que leurs affaires branlaient dans le manche, et que les pratiques diminuaient dans la boutique du bon Dieu. C'est pour çà qu'ils sont si polis avec le pauvre monde, tandis qu'on les voyait,

avant, se dresser comme des ânes ornés d'un bât
neuf.

— Ce sont des malins, et ils nous rouleront encore.
Quand on parle latin, on en sait plus long que ceux
qui ne savent pas lire.

— A quoi sert de savoir lire pour casser les pierres
du chemin ? Je sais lire et écrire. Çà m'empêche-
t-il de travailler douze heures pour gagner trente
sous ?

— Fallait te faire curé, dit un troisième paysan qui
s'était approché, courbé sous le poids d'un fagot de
branches. Tu serais gras et à point comme ce mâle.
Avec l'argent qui brille à ses escarpins, on ferait huit
jours de ripaille. Que vous demandait le *ratichon* ?

— Le chemin de ton village, fossoyeur. Lui feras-
tu une fosse comme à l'autre ?

— Qui sait ? répondit le nouveau venu.

— Ouvre l'œil, si c'est votre nouveau curé. Un si
beau monsieur ! C'est pour le coup que vos femmes
vont se gonfler... et aussi vos filles. Ah ! ah ! ah !
Elles feront queue pour lui conter leurs péchés mignons !

Les cantonniers riaient, l'homme reprit son fagot
avec un mouvement de colère et monta en grommelant, à travers champs, la colline.

Les deux paysans le suivirent des yeux, hochant
la tête.

— Il y a douze ou treize ans, dit l'un, j'ai vu arriver cet homme droit comme un peuplier et solide
comme un chêne. D'un coup de poing, il eût assommé un bœuf, maintenant c'est une loque.

— La misère ? demanda l'autre.

— Non.

— La bouteille ?

— Non.

— Le cotillon ?

— Oui, le cotillon. Le cotillon de sa femme, celui de ses filles. Ah ! misères. Les femmes ? malheur ! Celles qui mangeaient son pain lui en ont fait voir de toutes les façons. La mère, les filles, même tripée toujours pendues aux soutanes.

— Ça fera l'affaire de celui-ci, les filles.

— Il y a longtemps que la grosse Lecoiffier leur a donné du bal i en leur disant : « Filez, salopes ! » Elles ne se le sont pas fait répéter, car elle leur menait la vie dure. Des filles de son mari ; tu penses si elle rageait de les voir pousser et lui faire concurrence. Enfin elle en a une autre petite à elle et les grandes sœurs ont dit en partant : « Celle-ci nous vengera », aussi le père la gare des soutanes!

XV

RÊVES

CEPENDANT l'abbé **Guyot** s'en allait à grands pas, insoucieux du bien ou du mal qui pouvait se débiter derrière lui.

Malgré le vent et les nuages noirs, la solitude et la tristesse de la campagne, les corbeaux volant au-dessus de sa tête semblant lui présager de nouvelles infortunes, il écoutait l'espérance chanter dans son cœur. Si le sort, vaurien malintentionné, avait jeté une lourde poutre au travers de la voie facile ou roulait paisiblement sa modeste fortune, eh bien ! il se détournait de la grand'route, comptant que bientôt, par les sentiers ombreux et fleuris, la paix des champs et les horizons tranquilles, il pouvait arriver aussi bien que dans la cité bruyante et luxueuse, au but poursuivi par tous, grands et petits, riches et pauvres, libres-penseurs ou dévots imbéciles : la jouissance de la vie.

Oui, qu'on l'avoue ou qu'on le dissimule, que les

lèvres s'épanouissent au rire ou se plissent dans l'hypocrite gravité, jouir, jouir, c'est ce que tous nous cherchons. Les uns veulent goûter aux courtes joies de la terre, les autres aspirent à se pâmer dans les éternelles félicités du ciel. Là est toute la différence.

Il n'était pas de ces derniers, le bon abbé Guyot; homme pratique, il pensait qu'un *tiens vaut mieux que deux tu l'auras,* et ne lâchait pas l'alouette en main pour saisir l'oie qui vole.

En ce moment il n'avait ni oie ni alouette, cependant il souriait.

Il souriait en songeant qu'il allait se repaître de cette bonne vie animale, grasse, plantureuse, oisive d'un bon curé de campagne, conseillant les maris, dirigeant les femmes, confessant les filles, ramassant çà et là les petits restants de félicité qu'accordent gratis les dévotes sensibles et se laissent voler les fillettes ingénues.

A côté de chaque mal, la nature sage a placé le remède. Pour la fièvre la quinine, la nausée suivant l'ivresse, après la satiété le dégoût, le mariage contre l'amour. Aussi il comptait bien trouver dans cette loi du juste équilibre, après la chute de ses rêves ambitieux, les compensations de l'obscurité : une bonne grosse fermière, une fraîche servante épanouie, une jolie Pérette à jupon court, sentant les prés et la fenaison, imprégnée de tous les parfums et de toutes les naïvetés champêtres à qui il enseignerait comme il faut les trois vertus théologales :

La *Foi* en M. le curé ;

L'*Espérance* en les promesses de M. le curé ;

La *Charité* pour ses désirs.

Sans compter une foule d'autres vertus accessoires qu'il avait la certitude de lui infuser avec onction, prudence et discernement.

Il en était là de ses rêves, lorsqu'il arriva au pied des peupliers.

Il s'engagea dans le petit chemin creux couronné de taillis où, quinze jours avant, le prêtre à figure rougeaude s'était caché à l'approche des gendarmes, et s'arrêta un instant ravi, à la vue du site. Viennent mai, juin, juillet, août, les mois où l'on muguette, où les ardeurs génétiques courent comme des souffles de chaude brise par les halliers en fleurs, les moissons blondes et les guérets, où tout ce qui vit, hommes, bêtes et plantes, obéit à la palingénésie éternelle, il viendra, lui aussi, écouter dans le bosquet !

Bientôt il aperçut à cinq cents mètres, la pointe d'un clocher d'apparence vulgaire. Cette vue le rappela à de plus sévères pensées. Son clocher ! son église ! Son cœur battit. Voilà donc le coin perdu où jusqu'à nouvel ordre il allait s'ensevelir !

Combien de semaines, de mois, d'années peut-être passerait-il là, derrière cette flèche d'ardoises, sous l'œil de ce cochelet dressant vers le ciel le grotesque panache de sa queue de fer-blanc ? —car il avait menti à sa gouvernante, l'évêque ne lui avait pas dit que sa position serait provisoire. — Quel troupeau allait-il trouver ? Y avait-il un nombre suffisant de dévotés pour payer ses messes et garnir les bancs. Et les messes lui seraient-elles comptées cinquante centimes ou vingt sous ?

Y mariait-on ? Y enfantait-on ? Y mourait-on d'une façon décente, ainsi que gens imbus du respect de M. le curé et de la crainte du Seigneur ? D'infâmes libres penseurs n'infectaient-ils pas le bercail ? Pourrait-il, en un mot, prélever quelques douceurs sur la crédulité de ses ouailles ? Graves questions bien dignes de préoccuper un nouvel arrivant. Car chacun sait que ce n'est pas avec huit cents misérables francs que l'État parcimonieux octroie à un pauvre desservant de campagne qu'il peut boire frais et souvent, manger salé, donner des croix de Jeannette aux filles et entraîner les dévotes sensibles dans les sentiers défendus. On a beau savoir qu'on est aimé pour soi-même, fût-on vigoureux comme Hercule et taillé comme Apollon, les soins dûs à Vénus exigent toujours de menus frais.

XVI

LA RÉCEPTION

IX minutes après, l'abbé Guyot fai-
sait aussi modestement que possible
son entrée dans sa nouvelle paroisse.
Avec ses souliers poudreux et son
sac de cuir, il ressemblait, soutane
catholique à part, à ces prédicateurs
anglicans, enthousiastes forcenés de la Bible qui,
poussés par la folie dévote, s'en vont de village en
village compléter l'abrutissement des ruraux et colporter sous forme de petits livres d'une pieuse niaiserie et le nom de *Bonne Nouvelle*, la sainte crétini-
sation.

Il paraissait humble, souriant, plat et cafard comme
eux, devant l'hostilité visible des ouailles que Dieu
et monseigneur l'évêque venaient de lui donner.

Car il faut bien le dire, ses paroissiens ne se précipitèrent pas à sa rencontre en poussant des cris de
joie, les chapeaux et les bonnets de coton ne s'agi-
tèrent pas frénétiquement à sa vue, et aucun d'entre
les gars ne songea à mettre en branle la cloche de

l'église, comme cela se faisait jadis, pour annoncer
au troupeau la venue du pasteur.

— Le curé ! v'là le curé ! crièrent en courant une
demi-douzaine d'enfants barbouillés de crasse ; et ce
fut toute l'ovation qu'il reçut.

Quelques têtes curieuses parurent aux fenêtres,
deux ou trois portes s'ouvrirent, des femmes chu-
chotèrent en le regardant venir, puis rentrèrent aussitôt dans les maisons, comme s'il leur faisait peur,
lui qui les aimait tant !

A mesure qu'il remontait la principale rue, il
cherchait à lire sa bienvenue sur un visage avenant,
dans un regard, un sourire, et quand il croyait
avoir enfin rencontré cela et s'apprêtait à dire, en
prenant son air le plus gracieux :

« Bonjour, chère madame, je suis l'abbé Guyot,
votre nouveau curé, je viens vivre au milieu de
vous, » on détournait bien vite la tête, feignant de
ne pas l'avoir vu.

Bref, il était reçu comme un de ces pauvres que
l'on voit de loin prendre, à votre approche, une
figure lamentable, et que l'on esquive adroitement
pour ne pas leur faire l'aumône.

Le pauvre abbé Guyot ne demandait que l'aumône d'un bienveillant accueil, et tous s'esquivaient
pour ne pas la lui donner.

Cette froideur glaça son âme.

Habitué, comme tous ses confrères, à la platitude
des gens de campagne devant ce qui porte béguin,
soutane ou froc, il ne pouvait s'expliquer cet étrange
accueil.

— Ces rustres n'ont pas la foi, se dit-il, mais
alors où la trouver, si elle fuit les ignorants ?

Où pouvait-on la trouver, en effet, mieux enra-
cinée que dans ce hameau perdu, écarté de la route ?
Personne ne vient à Saint-Jean-le-Faucheux ; aucun

voyageur n'y sème en passant les mauvaises doctrines, n'y jette l'esprit de doute, le mépris sur les
saints. Il n'est cependant qu'à deux lieues de la ville,
mais deux lieues sont une distance énorme pour le
paysan français. Rien de plus casanier que lui ; hors
de son clocher, il est expatrié, perdu. Si la civilisation ne venait le prendre de force, ce n'est jamais
lui qui irait la chercher.

Aussi ce n'est pas pour Saint-Jean-le-Faucheux
que l'instruction s'est faite populaire ; l'instruction
ne s'y étant montrée que sous la forme d'une ancienne
sœur converse et d'un vieux frère ignorantin. On
a beau vendre à dix centimes les merveilles du ciel
et les phénomènes de la terre, mettre à portée des
bourses les plus modestes et des plus vulgaires intel-
ligences les grandes épopées de l'histoire des nations,
et dévoiler les arcanes de la science au rabais, enseigner périodiquement pour un sou les mystères de
la politique, les secrets des religions et les règles de
l'économie sociale, tout cela sonne creux aux oreilles
des paysans.

A ces choses ils ne réfléchissaient même pas. Les
idées nouvelles n'avaient donc pu franchir les huit
kilomètres qui séparent le village de la plus proche
station, et les habitants y vivent aussi étrangers aux
aspirations des villes, que les misérables débris abo-
rigènes de l'Australie et de l'Amérique, sans cesse
englobés, dévorés, absorbés par les monstrueux
accroissements de la prolifique race anglo-saxonne,
le sont aux bienfaits de la civilisation.

C'est un de ces villages bénis, une de ces bonnes
pépinières d'idiots, d'où les générations poussées
dans la sainte ignorance auraient dû rester logique-
ment des ouailles respectueuses et dociles.

Pourquoi donc s'y écarte-t-on de la règle commune ? Qui avait volé ces stupides au bon Dieu ?

C'est ce que se demandait l'abbé Guyot en allant droit devant lui, faisant aboyer les chiens, grogner les cochons, fuir les canards, les oies et les poules, le cœur et le ventre serrés, pris de ce malaise qu'éprouvent ceux qui se sentent dans un milieu hostile.

Il allait, accueilli, comme une calamité publique, voyant le vide se faire à mesure qu'il avançait, les femmes disparaître, les hommes le regarder sournoisement derrière les vitres, les enfants s'arrêter avec des yeux atones et une curiosité imbécile.

Puis aussitôt passé, les commères sortaient, des groupes se formaient, les enfants couraient, et il entendait des appels :

— Eh ! Claude : Mathurin ! Ambroisine ! Séraphine ! Maria ! le curé ! v'là le curé !

Près de l'église, dont l'extérieur misérable ne fit qu'accroître son indignation, il rencontra une jeune paysanne fraîche et dodue.

— Mademoiselle, lui dit-il poliment, voudriez-vous me montrer le presbytère. Je suis votre nouveau curé, l'abbé Guyot, je viens vivre... Elle n'en écouta pas davantage, voyant un groupe de femmes chuchoter et rire, elle rougit, pâlit, et s'enfuit sans répondre, comme une biche effarouchée.

En même temps une bande de polissons poussa d'horribles coassements. Guyot indigné donna libre cours à sa colère :

— Race stupide, murmura-t-il, canaille grossière et impie ; je saurai bien vous ramener sous la verge de l'Église. La sainte Inquisition avait du bon, on ne peut le nier.

Comme il regardait indécis à droite et à gauche, une vieille en lunettes qui l'examinait de sa fenêtre, lui cria :

— La cure est derrière l'église.

4.

— Merci, mille fois, ma chère dame, répondit-il, se raccrochant à cette vieille comme un naufragé à une planche pourrie, je suis l'abbé Guyot, votre nouveau curé, je viens vivre au milieu de vous...

— Vous trouverez la clef chez le maire, Christophe Grugevin, là-bas, *au Coq enfariné*.

Le curé regarda dans la direction indiquée, mais quand il voulut saluer l'obligeante vieille, elle ferma brusquement sa fenêtre.

— Les femmes chuchottent en nous voyant, dit tristement Guyot, mauvais signe ; les filles se sauvent, mauvaise affaire ; mais si les vieilles idiotes se mettent contre nous, tout est perdu !

XVII

LE COQ ENFARINÉ

E *Coq enfariné*, étendait ses ailes blanchâtres sur une enseigne de zinc. Ce coq datait de loin, car la maison de Christophe Grugevin était vieille ; mais quoique toujours le même, il avait, comme le couteau de Jeannot, changé plusieurs fois de lame et de manche, c'est-à-dire de plumage et de nom.

Eclos coq gaulois sous le pinceau d'un artiste du cru au temps de Louis-Philippe, il se vit bientôt transformer en pélican, allusion flatteuse à la République de 1848 qui se saignait les flancs pour nourrir ses petits ; le coup d'Etat fit passer, à l'aide de quelques coups de brosse, le pélican démocratique au rang d'aigle impérial, lequel reprit sous le bon M. Thiers, au moyen d'un grattage, son ancienne forme de gallinacé. Mais les couleurs en étaient pâles, effacées ; on distinguait dans le plumage du coq des formes vagues d'aigle et de pélican ; amalgame indécis et plâtreux, d'où le sobriquet de *Coq*

enfariné, convenant du reste parfaitement à la maison, le patron vendant de la farine.

Républicain prudent et citoyen économe, il attendait pour remettre son oiseau à neuf ce qu'apporterait le lendemain.

M. le maire, qui cumulait le commerce de vins avec celui de l'épicerie et la vente en détail de la farine, imbu de ce principe qu'on ne peut recevoir de trop de côtés à la fois, était âgé d'une cinquantaine d'années ; joufflu, rondelet, avec les cheveux ras, les favoris courts et la moustache en brosse des anciens troupiers.

Lorsqu'il tira au sort il était le seul des conscrits du village qui sût lire, aussi n'avait-on pas été surpris de le voir revenir sergent après quatorze ans de service, avec 2,000 francs de prime de rengagement, augmentés d'une petite somme habilement prélevée sur l'ordinaire de la compagnie pendant qu'il était caporal.

Et quand il demanda en mariage Anastasie Maniguet, fille du propriétaire de l'*Aigle impérial*, laide, avare et sourde, celui-ci fut heureux de céder avec sa fille, son fonds à cet économe sergent.

Les affaires prospéraient, et les paysans ne l'appelaient que *Monsieur* Grugevin. Investi des fonctions municipales, il avait quitté la blouse pour le bourgeron ; mais n'en était pas plus fier, affirmant qu'il devait ses écus à la seule force du poignet ; métaphore signifiant qu'il avait donné quelques coups de pouce sur la balance, fait disparaître les acidités de son vin à l'aide d'un certain nombre de cruches d'eau et régénéré par un invisible amidon ou autres ingrédients inconnus du vulgaire l'avarie de ses farines.

Quant à ses opinions, il est presque inutile de dire que, dans la cognée politique, Grugevin avait

toujours eu soin de se mettre du côté du manche.
En sa qualité de maire, il recevait quelques jour-
naux *gratis*. Il pouvait donc voir à peu près chaque
semaine, où le manche se trouvait. Pas fier pour ça
non plus, il consultait de temps à autre le brigadier
de gendarmerie, pour s'assurer qu'il ne s'écartait pas
de la ligne.

— Allez y toujours, disait le gendarme, nous verrons bien quand ça changera.

Que ça change ou que ça ne change pas, cela lui
était bien égal. République rose ou République
bleue ; monarchie ou empire, Chambord, Orléans,
Gambetta ou Bonaparte, il s'en souciait comme du
roi Hérode, et s'il modifiait ses opinions suivant la
maxime de M. Thiers, « que les hommes qui ne
changent pas leurs idées sont les hommes qui ne pensent pas », ce n'est pas qu'il eût des idées, mais, citoyen d'ordre et de négoce, il disait qu'il fallait avant
tout écouler ses produits en résolvant ce problème
commercial, acheter le moins cher possible pour
revendre le plus cher qu'on peut.

XVIII

M. LE MAIRE

ORSQUE Guyot se présenta, le chapeau à la main, M. le maire avait mis les siennes dans les poches de son bourgeron et les jambes écartées, les reins appuyés à son comptoir, la pipe à la bouche, les yeux en l'air, il paraissait regarder attentivement les divers assortiments d'épicerie qui pendaient aux poutres de sa boutique.

— Monsieur le Maire ?

— C'est moi, répondit l'officier municipal en soulevant légèrement sa casquette. Qu'y a-t-il pour votre service ?

— Je suis l'abbé Guyot, votre nouveau curé ; monsieur le maire, enchanté de vous voir, je viens vivre au milieu de vous...

— Au milieu, répondit Grugevin d'un ton narquois. L'endroit est manifestement mauvais, empoisonné et délétère, rapport aux caractères dépravés et abominables de MM. les ecclésiastiques.

— Comment ? que voulez-vous dire ?

Mais M. le maire dédaigna de répondre à cette interrogation, et continua hochant la tête :

— Ah! c'est vous le nouveau!... Eh bien, mais alors... nous allons voir...

— Voir quoi? demanda Guyot s'armant de toute sa patience devant le regard curieux et malveillant du marchand de farine.

Christophe Grugevin n'aimait pas les prêtres, bien qu'il eût autrefois caressé le rêve de tous les paysans, compter une soutane dans les blouses de la famille. Mais le bon Dieu lui ayant pris un petit garçon destiné au séminaire, et n'ayant qu'une fille, il l'avait mise au Sacré-Cœur, pour lui donner une belle éducation,

— Puisque c'est vous qui remplacez le pendu, passez avec moi dans l'arrière boutique, nous serons censé, comme qui dirait plus commodément pour tailler une bavette ; j'ai à vous narrer un tas de choses pas propres, pour votre gouverne.

— Ma gouverne ! s'écria Guyot.

— Doucement, doucement ! Causons peu et causons bien. Attendez. Je vas appeler la bourgeoise, Madame Grugevin ! Eh ! là-haut ! Madame Grugevin ! La mère ? A la boutique !

Il prit un balai et de l'extrémité du manche frappa le plafond à coups redoublés.

— La bourgeoise a l'oreille un peu obstruée. C'est un vieux canon démoli. Faut lui souffler ça dans l'écouville. Mais la voici qui rapplique à l'ordre. Allons, la mère, au pas accéléré.

On entendit un grand fracas sur les marches d'un escalier de bois et une grosse mégère enluminée et couperosée parut.

— Et bien quoi! dit-elle en jetant sur le prêtre et sur son mari un regard courroucé. Qu'est-ce qu'il y

a ? En voilà un homme qui fait du genre ! Dirait-on
pas qu'il va tout avaler.

— C'est le nouveau curé, madame Grugevin, le
le nouveau curé ! lui cria-t-il dans l'oreille.

— J'entends bien ! le nouveau curé ! Et puis
après ? Avez-vous besoin de beugler si fort.

— Faut que je lui passe la consigne, madame
Grugevin, filez à la boutique, sans vous commander.

— Mauvais pays que Saint-Jean-le-Faucheux, pour
les curés je veux dire, vous ne ferez pas grandes
ribottes ici, monsieur.

— Mais, madame, répliqua Guyot avec dignité,
les ecclésiastiques n'ont pas, que je sache, coutume
de faire *ribotte*. Je ne viens pas pour m'amuser,
mais m'acquitter des devoirs de mon ministère.
Je n'ignore pas que des bruits défavorables ont couru
sur certains de mes prédécesseurs, ce qui a influé
d'une façon désastreuse sur l'esprit de cette paroisse;
ce m'est une raison pour veiller avec la plus grande
rigidité sur ma propre conduite.

— Qu'est-ce qu'il dit? demanda madame Grugevin.

— Qu'il se conduira bien, cria le maire.

— Il se conduira bien..., c'est sûr. Il y en a qui
ont fait les quatre cent dix-neuf coups, que c'est à
faire dresser les cheveux sur la tête, et qui disaient
qu'il se conduisaient bien. Demandez à l'homme.

L'*homme* hocha la tête d'un air grave.

— Il est des malhonnêtes gens dans toutes les
professions, répondit Guyot offensé, et parce qu'on
a vu des épiciers voleurs, l'épicerie n'en est pas
moins un commerce fort honorable.

— Qu'est-ce qu'il dit ? demanda Mme Grugevin.

— Que l'épicerie est un bon commerce.

— Un bon commerce ! ils sont tous à dire ça.

Pourquoi donc qu'ils ne se mettent pas épiciers eux-mêmes ? Ils verraient, quand il faut faire rentrer l'argent des mauvaises *payes* !

Et elle passa dans la boutique en faisant claquer la porte.

— Faut pas faire attention, reprit M. Grugevin. Elle est en colère à cause des saloperies accomplies dans ce village qu'un voile de pudeur et d'honnêteté m'empêche de tracer ; puis le pendu. M. Chiquenelle, sans vous offenser, nous doit cinquante francs de boissons et liqueurs dont il nous a fait faillite en passant dans l'autre monde.

— N'a-t-il rien laissé pour payer cette dette ?

— Rien, pas même deux chemises ; cet homme vendait tout pour satisfaire ses penchants pernicieux et ulcérés de vices. Et vous venez de Saint-Evres, comme ça ? Sans être trop curieux, pourquoi n'y êtes-vous pas resté ; c'est pas moi, si j'avais une boutique à Saint-Evres, qui viendrais m'oppresser les rognons à Saint-Jean-le-Faucheux. Mais monsieur aime peut-être la campagne. Faut pas discuter des goûts.

— Oui, j'aime les champs et les vertus champêtres.

— Des vertus ! c'est pas pour mécaniser le pays, mais vous n'en trouverez pas des multitudes dans mon administration, rapport aux orgies, comme dit sœur Perpétue, une bien brave sœur que vous connaissez sans doute.

— Non, monsieur le maire, non, je ne connais personne ici, je ne connaissais que mon prédécesseur, M. Chiquenelle, et encore depuis ma sortie du séminaire, c'est-à-dire depuis six ou sept ans, je l'avais perdu de vue. N'importe, c'est un ancien camarade, un confrère, et, quoi qu'il soit devenu, je considère comme sacrée la dette contractée chez vous.

Je ne suis pas riche, mais je m'inscris comme votre débiteur des cinquante francs qu'il vous doit.

— Mais, fit Grugevin, rouge de plaisir, je ne sais... non, non, je ne puis...

— Pardon, c'est une affaire entendue, monsieur le maire, n'insistez pas. Mon devoir est de soutenir l'honneur de l'Eglise et je le soutiendrai. Et maintenant, je puis bien vous l'avouer, à vous, qui êtes le premier fonctionnaire de cette localité, ce n'est pas l'amour de la campagne qui m'a poussé. Des ennemis puissants dont j'ai dévoilé les turpitudes se sont ligués contre moi et ont juré ma perte. Ils ont essayé de salir ma robe sacerdotale. Je leur ai laissé le champ libre, j'ai fait ce que nous recommande notre Sauveur, je leur ai pardonné et me voici.

Grugevin l'avait écouté sans l'interrompre le regardant du coin de l'œil, bourrant lentement sa pipe.

Quand le curé eût fini sa tirade, il resta un moment silencieux, puis cria :

— Nanette, une bouteille cachetée.

— Ça mord, pensa Guyot.

Mais cela *mordit* bien davantage lorsqu'il vit paraître une jolie blonde qu'il reconnut aussitôt pour celle accostée sur la place et qui s'était enfuie sans répondre à ses questions.

Elle gardait un air qu'elle s'efforçait de rendre sévère, salua M. le curé, posa sur la table une bouteille, deux verres, un pain, un morceau de fromage et disparut.

— Est-ce votre fille ? demanda Guyot.

— Oh ! fit le maire vexé, ma demoiselle est en pension au Sacré-Cœur à Motencourt, une pension premier numéro pour l'éducation des demoiselles. Ça coûte gros. Mais vous comprenez au jour d'au-

jourd'hui, à cause des débauches qui ulcèrent le
monde, on ne peut pas mettre ses enfants avec
tous les galvaudeux. Ça demande tant de supervi-
sion, une jeunesse du sexe. Cette petite, c'est la servante. Du velouté, buvez donc. A la vôtre !

XIX

A PROPOS DE SERVANTES

’EST du même, continua Grugevin, en faisant claquer en connaisseur sa langue, que je fournissais à M. Chiquenelle. Et sans être trop curieux, en introduisez-vous une dans la localité ?

— Une quoi ?

— Une servante.

— Non, répondit Guyot alléché, pensant qu'on allait peut-être lui offrir quelque jolie fille pour tenir son ménage, je suis seul.

— Eh bien, nom de Dieu, cria le maire en donnant un coup de poing sur la table, j'en étais quasi sûr, oui, j'aurais parié dix sous contre un. C'est dégoûtant.

Et il se croisa les bras, détournant la tête, comme si la vue du curé l'offusquait.

— Quoi ? qu'est-ce qui est dégoûtant ? demanda celui-ci au comble de la stupéfaction.

— Il en manquait donc, des jeunesses, à Saint

Evres ? Des servantes à tout. Vous viviez dans les garnis ?

— Pardon, je vivais chez moi et j'avais depuis cinq ans une excellente dame...

— Alors, sans vous commander, pourquoi ne vous a-t-elle pas emboîté le pas ?

— Mais, répondit Guyot qui trouvait cet interrogatoire des plus étranges. certaines raisons majeures.

— Je ne les demande pas Je respecte la pudeur que l'on doit poser sur les images et objets inciviques.

— Une veuve respectable de plus de cinquante ans.

— Je ne veux pas outrecuider les devoirs incombants de ma magistrature, et, sans violenter les lois de la morale, je puis dire que la femme de cinquante ans a du bon, étant le légitime d'une qui, mettant à part l'obstruction de ses ouïes, n'est pas, comme dit cet autre, piquée des hannetons. N'augurez pas une curiosité exagérée et intempestive si je vous demande si vous êtes apostillé d'une nièce.

— Non, monsieur.

— Nièce ou cousine, ou sœur, comme vous voudrez l'interpeller, ça m'est équilatéral. Nous n'y regardons pas plus que ne l'impose la police des bonnes mœurs et autres légalités. Du moment que la particulière du curé n'est pas née native de la région administrée par votre serviteur, nous nous en battons l'œil, militairement parlant.

— Monsieur, je n'ai ni nièce, ni cousine, ni tante, ni sœur, vivant avec moi, et je ne comprends absolument rien à ce que vous prenez la peine de me dire.

— Attention, pour lo s, voilà que ça vient. Je va vous l'accoucher. Une, deux! Une, deux! Ça

y est! C'est vexant mais c'est la consigne. Donc,
à la dernière réunion du conseil et pas plus tard que
hier, il a été décrété ce qui suit. Attendez, j'ai le
papier dans ma poche. Vous y êtes, je lis : Moi,
Christophe Grugevin, ici présent, notable commer-
çant et maire de la commune de Saint-Jean-le-
Faucheux, je vous donne avis en trois articles : à
savoir, premièrement, que le voile de pudeur que
MM. les curés ont soulevé à nos femmes et à nos filles
dans des scènes portant la marque du caractère le
plus délictueux des abominations immorales, oblige
les pères, époux et autres du conseil municipal à
dire ; secondement que le nouveau curé ait à se
repaître en dehors du territoire de la commune du
fourniment d'un célibataire, on sait ce que parler
veut dire ; et enfin, troisièmement, qu'il ne faut
plus qu'on nous inflibuse, sous prétexte qu'on parle
latin. Nous ne voulons plus être fourré dedans par la
proie des personnes du sexe faible que MM. les
curés ont présupposé jusqu'au jour d'aujourd'hui
qu'il leur revenait de droit. Fait à Saint-Jean-le-
Faucheux, signé et daté. Voilà.

Il se leva, vida son verre, enfonça d'un coup de
main sa casquette, et arpenta l'arrière-boutique.

— Ah! mon Dieu, s'écria Guyot tout pâle d'indignation, où suis-je tombé? où m'envoie-t-on vivre?

Quel monde, Seigneur, quel monde! hélas!
Et c'est l'opinion de ces gens sur le vicaire du
Christ. Mais d'où sortez-vous? quelle éducation
avez-vous reçue, que vous considérez le prêtre,
votre curé, votre pasteur, votre interprète auprès de
Dieu, comme un homme ordinaire, courbé sous les
sales besoins et les ordurières exigences de la chair?
Ne savez-vous pas que nous jouissons de grâces
toutes spéciales, reçues le jour même où notre digne
et vénérable évêque nous a ordonnés?

Quels infortunés abandonnés de Dieu ont donc passé sur cette terre d'Amalécites, pour que vous vous autorisiez à me tenir un tel langage. Mon Sauveur! mais c'est à se voiler la face! Abomination!

— Voilez-vous, mais ouvrez l'œil, répliqua le maire, en s'arrêtant brusquement les bras croisés devant son hôte; je dois interposer une addition. Ne parlez jamais d'abominations dans ce territoire, parce que, au vu et au su de tout un chacun, il y en a une sacrée brouettée à la cure. Vous connaissez l'apologue : « Il ne faut pas parler de corde... » et justement vous allez garnisonner dans le bastion d'un pendu. Ah! non, voyez-vous! La réputation du campement est si démolie que pas une jupe d'ici n'osera s'y montrer. Ni pour argent, ni pour or, vous n'extirperez dans le sexe, fille ou femme, — j'entends des jeunes — qui ne s'aplatisse au niveau de cuire votre fricot. Serait-elle la sainte Vierge en personne, on la blaguerait. La femme au fossoyeur qui est une luronne, et se fiche du tiers comme du quart, a été évertuée par la nécessité des manigances et circonstances malpropres, de lâcher l'ancien, rapport aux boniments malfaiteurs.

— Mais je n'ai pas besoin de jeune, s'écria le curé. C'est une vieille qu'il me faut.

— Pour lors, c'est différent. Mais autorisez-moi à vous infiltrer que vous n'avez pas eu raison de laisser là-bas cette bonne dame de cinquante ans et sans vous commander, moi je lui écrirais : « Vieille, arrive ici! Rapplique au ralliement! Avance à l'ordre! Faut du renfort dans le bastion. » Je sais bien que vous allez m'intercéder : « La pièce ne fonctionne plus. Voilà cinq ans que j'en use · elle est bonne à mettre au rancart. » On aime le changement, quoi! Je sais ce que c'est, moi qui vous

parle. Je suis un ancien troubade. Je me souviens
qu'au régiment, où la jeunesse inconsidérée est fal-
sifiée dans la perversité par la passion effrénée du
sexe, je me souviens, que quand nous quittions une
garnison numéro un pour quelque sale numéro cent,
une chose mettait du beurre dans nos épinards :
laisser les anciennes avec les marmites de rebut.
Nous disions : Ouf! ouf! un kilo de moins sur le
dos. Les remplaçantes ne valaient pas mieux, c'est
sûr, mais c'était du nouveau. Eh! nous sommes tous
organisés dans les mêmes règlements vitaux. C'est
la nature de l'homme ? Tous même pâte, n'y a que
le pétrin qui diffère.

Aussi comme sexe mâle, je n'ai pas de concen-
tration haineuse ; je comprends la difformité animale; mais comme maire, je vous réitère et au
besoin vous objecte que le régiment des soutanes a
fait ici un tel tremblement équivoque et clandestin,
qu'il faut que ça vienne à la fin finale. Je n'allusionne
pas au sexe ; c'est pas lui qui se plaint. Les femmes
sont comme les pauvres d'église, toujours prêtes à
tendre leur écuelle à M. le curé. Mais les autres ont
dit : halte! Moi, le premier. J'ai ma fille; la virginité et l'innocence accouplées, et je ne veux pas
qu'elle soit témoin oculaire ou auditoire d'atten-
tats libidineux. Maintenant, c'est fini, à la vôtre!
j'ai vidé mon sac.

Et le maire, soulagé, avala un grand verre de vin.

XX

CHANGEMENT DE FRONT

’ABBÉ Guyot avait reçu sans sourciller cette décharge de paroles. Se fâcher n'eût servi de rien, mieux valait trouver un moyen de se concilier ce rural. L'offre de payer la dette de son prédécesseur avait produit bon effet. Ayant en partie réussi en le prenant par l'avarice, il essaya de la vanité.

— Vous êtes ancien militaire, dit-il, je l'avais deviné. Les officiers portent sur leur physionomie quelque chose d'ouvert et d'énergique qui ne s'efface jamais. Car vous étiez officier?... capitaine, sans doute.

— Moi! s'écria le maire, s'épanouissant à la pensée qu'on avait pu le prendre pour un capitaine ; sacré nom d'un chien, comme vous y allez! Non, j'étais simple *sous-off*.

— Sous-lieutenant?

— Eh! non, *sous off*. Nous disons *sous-off*, nous autres, abréviation de sous-officier.

5.

— Seulement sous-officier! J'aurais juré que vous étiez capitaine.

— Vraiment! ah! ah! ah! dit Grugevin que le plaisir rendait écarlate. Non, non. Ce n'est pas pour me gonfler outrecuidamment, mais si j'avais resté sous les drapeaux, il y a beau temps que votre serviteur se collerait les deux épaulettes. Je connais des lascars éduqués par Christophe Grugevin, sergent de la 4ᵉ du 3, dans les préliminaires du port d'arme, qui ont subséquemment conquis la graine d'épinard; et je leur en montrerais encore au besoin, pour l'astiquage des buffleteries, le paquetage, le coup de torchon et autres sciences ou arts de Mars.

— Si vous étiez resté dans l'armée, vous seriez sans doute colonel?

— Euh! euh! colonel? Faut pas trop me pousser du col, fit avec modestie le maire; vous savez, on ne marche pas à un pas si gymnastique, rapport aux protégés qui vous passent sur le dos, mais je serais, pour sûr, chef de bataillon approximativement.

— Pourquoi ne portez-vous pas votre ruban?

— Mon ruban?... Ah! vous voulez parler de la tablette de chocolat, je n'en ai pas le droit, n'ayant pas été autorisé.

— Comment, pas décoré?

— Pas seulement la face à coco sur une médaille de plomb. Puisque je vous dis qu'on m'a fait toutes les saletés. Ils m'ont laissé partir comme un chien après quatorze ans de service sans même me dire: « Adieu, cochon. » Et vous vous épatez qu'on devienne républicain quand on voit des dégoûtations pareilles! Leur croix, je m'en bats l'œil comme d'un navet. On la crache à tous les voyous. Tombée dans la marmelade, quoi! Ils viendraient me supplier: « Tenez, M. Grugevin, sans vous offenser, la voilà, » que je leur répondrais: « Attachez-la au cul de mon

porc. » C'est bon, ces balançoires-là, quand on
est jeune ; ça fait bien sur l'estomac, rapport au
sexe enchanteur. Mais après, c'est des balivernes ;
des joujoux pour les bénets ; ça fait rire les gens sérieux. Non, monsieur, non, ils ne m'ont pas donné
l'étoile, mais, il faut tout vous dire, ajouta-t-il d'un
ton confidentiel, je faisais de l'opposition.

— Tout s'explique.

— Tel que vous me voyez, j'étais noté *dangereux*, anarchiste, révolutionnaire. Et le colonel,
un bonapartiste fini, n'a pas été fâché que je lui
montre si j'étais bossu. Il disait à l'adjudant-major :
« Ce sacré Grugevin, de la *quatrième du trois*, il fait
bien de se tirer les guêtres, par le temps qui court,
il nous donnerait du fil à retordre. » Oh ! oui, je
leur en aurais donné, à ces farceurs-là.

— Le gouvernement actuel devrait vous dédom-
mager.

— Peuh ! qu'est-ce que vous voulez. Tous se
valent. Rouge cochon ou cochon rouge. C'est *kif
kif !* Et puis, ça ne vaut pas le dérangement.

— Un ruban ne dépare jamais une boutonnière.

— C'est pour les grigous, je vous dis, les vrais
grigous.

— En faisant valoir vos services...

— C'est pas l'embarras ; peut-être que si je le demandais, on me le donnerait tout de même...

— On ne peut vous le refuser.

— Faudra que je voie ça. Pour en revenir à ce
que nous disions... Eh bien ! c'est égal, vous m'avez
l'air d'un bon zigue. Tenez, vous êtes le premier,
depuis que j'ai déboutonné la culotte rouge, qui me
parliez de cela. Venez donc manger la soupe avec
nous, ce soir, sans façon. Vous ferez connaissance
avec ma demoiselle que j'attends vers cinq heures

par la voiture du courrier. Nous parlerons de celui
qui est mort la corde au cou.

— Et sait-on la cause?

— Un mystère. Ce qu'il y a de sûr c'est qu'on ne
l'a pas tué pour son magot. On a l'œil sur un nommé
Lecoiffier, fossoyeur, une mauvaise gueusaille, qu'on
a déjà soupçonné d'avoir démoli l'autre... Mais
qu'est-ce que vous voulez? Ni vu ni connu.

— Pourquoi le soupçonne-t-on?

— Bon! voilà les intempéries de faits qui oppres-
sent la morale publique, s'écria Grugevin, qui parlant d'ordinaire à peu près comme tout le monde,
se servait d'un jargon spécial chaque fois qu'il se
souvenait de son poste de premier magistrat de sa
commune. Maire, il m'est interdit de dévoiler les
habitudes abjectes qui ont plongé ce territoire dans
les ténèbres de l'immoralité. Mais on voit tous
les jours des maris subornés par des liaisons trop
manifestes et criminelles de leurs épouses et aussi
des pères calcinés de chagrins par la conduite
intempérante et éhontée de leurs filles. Et c'est le
cas! Et tenez, voilà l'explication légitime et natu-
relle de ce que je vous avise, ajouta-t-il en baissant
la voix. Voici justement *Marie-Queue-de-Vache*, la
fille au fossoyeur. Regardez par le petit carreau. Des
gens d'ici affirment qu'il n'y aurait rien d'étonnant
qu'elle ne soit pour quelque chose dans la pendaison. Une méchante petite rousse et une enfant.
Enfin, comme dit cet autre, il y en a pour tous les
goûts, pas vrai?

XXI

MARIE QUEUE-DE-VACHE

E ne sais pourquoi s'est attachée une défaveur sur les rousses, je parle des vraies, si ce n'est que brunes, châtaines et blondes, envieuses de l'éclatante blancheur de leur peau, ont fait courir toutes sortes de mauvais bruits. « C'est une rousse ! » se contente de dire la moins malveillante avec une petite moue dédaigneuse qui laisse tout supposer.

Eh ! mesdames, ne soyez pas ainsi injustes. La rousse a, tout comme vous, des saveurs sans égales, et dans les splendeurs de ses chairs, le ciel s'y trouve aussi bien que chez vous.

L'antiquité, plus artiste que nous, et plus admiratrice de la couleur et de la forme, la plaçait au-dessus des brunes et des blondes. Elle faisait du roux la couleur royale, et aujourd'hui encore, dans les harems, il est coté deux fois plus que le noir. Qui pourrait énumérer les passions fougueuses inspirées par de rouges chignons, auxquels s'accrocha la destinée des peuples. L'histoire en fourmille d'exemples.

Grâce aux séductions de ses tresses d'or, plus qu'à celles de son nez retroussé, la célèbre Roxelane, entrée esclave dans la couche du grand Soliman, en sortit souveraine ; et la grosse servante de Mentschikoff dut aux teintes ardentes de ses lourdes nattes, autant qu'à ses puissantes mamelles, la gloire de se couvrir de la pourpre des czars ?

N'est-ce pas le feu de la chevelure de Lucrèce qui jeta dans les veines du pape son père et des cardinaux ses frères d'incestueuses flammes ? Et tous les princes de l'Europe ne tinrent-ils pas en grand honneur de célébrer les attraits secrets de Marie de Crumbrugge, la belle maîtresse de Philippe de Bourgogne, en se parant de la *toison d'or*.

Et les artistes qui ont le plus fouillé la beauté de la femme n'ont-ils pas choisi le roux comme couleur de volupté. Elles sont rousses, les plantureuses flamandes de Rubens ; rousses, les belles Vénitiennes que Titien immortalisa ; rousses, les amoureuses Madeleines ; et parmi les vierges du divin Raphaël, les plus suaves ont les cheveux d'or.

Donc la fille qu'examinait l'abbé Guyot était rousse, rousse ardente, rousse aux reflets de feu. Fin connaisseur, il admirait en silence cette crinière frisotante, rebelle, qui, tordue autour d'un peigne insuffisant, retombait, dénouée sur le cou savoureux.

— Sale petit souillon ! fit Grugevin.

Elle s'était retournée, et le curé vit de grands yeux bleus rayonnants entre les franges de longs sourcils noirs.

— Et c'est cette fillette que vous appelez *Queue-de-Vache* ?

— On l'a baptisée comme ça quand elle était petite,

XXII

LE PRESBYTÈRE MAUDIT

ERRIÈRE l'église, au fond d'une impasse obscure, embusqué comme un malfaiteur qui se dissimule dans l'ombre, se trouve le presbytère. Resserré entre l'abside et le mur croulant d'un vieux cimetière, le rez-de-chaussée ne reçoit que rarement les rayons du soleil. Aussi l'humidité a détaché morceau par morceau le crépi de plâtre, rongé les pierres et couvert de larges maculatures vertes les briques de la toiture, qui, en dépit des réparations indispensables après les pluies de chaque automne et les neiges de l'hiver, laisse filtrer l'eau dans le grenier.

Ces réparations sont les seules que, depuis vingt ou trente ans, les conseils municipaux se décident à voter, et les desservants envoyés pour y abriter leur tête foudroyée par les colères épiscopales, ont tous été trop pauvres, ou considéré leur halte trop courte pour songer à consacrer leurs épargnes à des améliorations dont ils n'eussent pas profité.

Delabré, piteux, laid et malsain comme un mendiant attitré de paroisse, le presbytère est isolé des maisons voisines ainsi qu'un gueux qu'on tient à l'écart. Une seule lui fait face de l'autre côté de l'impasse en potence, ouvrant sur lui deux fenêtres que des railleurs pourraient prendre pour les yeux d'un argus attentif, car elles appartiennent à la gendarmerie. Pandore cependant ne s'y montre jamais ; la chambre qu'elles éclairent ayant été donnée par le Conseil municipal à Sophie Nicolle, dite sœur Perpétue, qui enseigne aux petites Fauchoises la lecture, l'écriture et le catéchisme après toutefois les prières chantées matin et soir d'un ton uniformément nasillard.

> Il n'est pas de créature
> Sur la terre ou dans le ciel
> Ni si belle, ni si pure,
> Que la Vierge d'Israël.
> Ô Vierge que Dieu lui-même
> Aima d'un amour si doux
> Jusqu'à notre heure suprême
> Nous voulons n'aimer que vous.

Avec sœur Perpétue, il n'était nul besoin de l'œil d'un gendarme pour surveiller le presbytère, et si la maison n'avait eu qu'une façade, jamais vertu de curé n'eût été mieux gardée.

Malheureusement il y en avait une autre, puis une seconde porte, ouvrant sur la sacristie et tout ce qui entrait ou sortait par là échappait à sa vigilance. Cette porte donnait sur une petite cour humide communiquant par quatre marches branlantes à un jardin que, par mesure économique, la municipalité avait pris sur le champ de repos. Les choux et les carottes du curé n'etaient séparés du domaine laissé aux morts que par une haie d'épine et l'allée principale, à l'instar des anciennes basiliques, était dallée des pierres funéraires des morts couchés sous le jardin. Le pasteur pouvait encore y déchiffrer les noms et les épitaphes des aïeux de ses ouailles, s'assurer que tous avaient été d'excellents pères, de tendres fils, des modèles d'époux.

Ainsi, assombri d'un côté par les ombres de l'église, attristé de l'autre par le champ funèbre, avec ses lézardes, sa moisissure, sa décrépitude, son isolement, le presbytère de Saint-Jean-le-Faucheux a un aspect sinistre et une mauvaise réputation.

Depuis trois ou quatre générations, y pèse une fatalité maudite. Et tous ses hôtes ont courbé la tête en murmurant : *Fatum.*

FATUM ! mot inexplicable des événements inexpliqués, derrière lequel le vulgaire aime à couvrir les étrangetés de cer aines destinées humaines !

N'était-ce pas plutôt l'esprit du siècle, le vent chargé des effluves matérialistes qui avait soufflé jusque-là, murmurant aux habitants de cette baraque pastorale, ruine enfermée entre deux ruines, le champ des morts oubliés et le théâtre désert des formules moribondes : «Bois, mange, aime, vis et jouis; laisse le ciel aux sots et prends possession de la terre. Le vieux Dieu part. »

Et trop hâtifs, les uns viciés dans les sacristies, fouettés, après une trop longue contrainte des lanières cuisantes du satyriasis tous avides de jouissances, l'esprit et la chair en révolte, s'étaient livrés sans prudence aux fureurs de la bête en rut.

Combien d'épouses y avaient été infidèles, combien de vierges y avaient dénoué leur ceinture, combien de servantes y étaient devenues maîtresses, combien d'enfants en étaient sortis pollués !

On ne sait, mais il était fatal. Le malheur, monstrueuse araignée, y avait tissé ses toiles. Accroupi en quelque coin, il guettait chaque nouveau venu.

Ah ! il en est peu qui ne te connaissent, toi qui t'empares une nuit du logis, étends tes pattes de goule et règne en autocrate scélérat ! Tu creuses les yeux des jeunes, pâlis les faces des vierges, blanchis les têtes plus vite que les ans, rides les fronts, et teins de deuil les robes des épouses et des mères. Tu t'attaques aux corps, aux âmes, aux cœurs, aux entrailles, frappant à droite et à gauche, sans raison et sans conscience, comme les brutes couronnées de l'Orient ou de méchants enfants qui jouent avec la souffrance de plus faibles ! Et quand tu as vidé l'âme des vivants tu jettes un crêpe sur la maison.

Et les misérables, frappés, hébétés, stupéfiés, s'écrient : « Pourquoi ! Qu'est-ce ? Qu'avons-nous fait ? » tandis qu'ils n'ont qu'à regarder en arrière pour trouver le problème du désastre au fond de quelque fissure du passé.

XXIII

LES DESSERVANTS DE SAINT-JEAN-LE-FAUCHEUX

TEL est le presbytère.

Le malheur s'y était étendu comme une gangrène, dévorant successivement ses hôtes. On le connaît dans le diocèse comme lieu de malédiction, la guérite maudite dont parlent les légendes de guerres prenant chaque nuit un soldat plein de vigueur et le rendant au matin la poitrine trouée ; ou encore l'un de ces postes de la colonie algérie que que l'on confiait aux officiers républicains ou ivrognes — tare identique aux yeux de l'Empire — bien certain de ne plus les revoir que couchés sur une civière, en route pour l'hôpital ou le *champ de navets*.

Ici, ce qui attendait le condamné ne valait guère mieux. La maison centrale de Clairvaux en compte parmi ses pensionnaires ; et au bagne de Nouméa, à jamais sacré par tant de victimes, les combattants de la Commune ont heurté plus d'une fois leurs chaînes à celles de deux pâles curés de Saint-Jean-le-Faucheux.

On n'envoyait dans cette cure aux noires légendes
que les prêtres détestablement notés, dont l'évêque,
par indulgence, pitié, ou peut-être horrible calcul,
n'avait pas voulu prononcer l'interdit : les fornicateurs imprudents, c'est-à-dire ceux qui se sont laissé
prendre, les raisonneurs, les fauteurs de trouble, les
culbuteurs de commères, les vendangeurs marrons
dans la vigne prohibée, les semeurs en terre vierge
qui laissent étourdiment pousser la moisson, les
Socrates amoureux des jolis Alcibiades, les Tantales
affamées de chair, rompant par de trop bruyantes
secousses les liens qui les attachent au rocher du
célibat, tous ceux qui, de leurs dents affriandées,
ont mordu sans vergogne dans les victuailles plantureuses des ripailles de la vie, les nautonniers
cyniques enfin, qui se sont livrés à d'indécents
branle-bas sur le pont du navire diocésain.

Aussi, quand un jeune vicaire regardait ses pénitentes d'un œil trop langoureux, ou les évangélisait
dans le confessionnal un temps dépassant les limites
permises, ses confrères lui disaient :

— Prenez garde, l'éclat de vos prunelles va vous
servir de phare pour Saint-Jean-le-Faucheux !

Et si les ardeurs du tempérament, plus fortes que
les conseils de la prudence, entraînaient le bouillant
apôtre à se laisser surprendre à une répétition de
quelque scène biblique : le pieux Abraham ensemen-
çant Agar, l'aimable Ruth se glissant sous le man-
teau du sage Booz, la jeune Abigaïl réchauffant la
vieillesse du saint roi David ou encore le même
David déshabillant l'épouse d'Uri, ses confrères ne
tardaient pas à le voir prendre la route de la terre
qu'ils lui avaient promise et murmuraient comme à
un mort : *Requiescat in pace.*

Parfois aussi la tragédie avait posé son cothurne
au milieu des bucoliques des jeunes, le drame se-

coué ses goutelettes de sang dans les priapées des vieux.

Un soir, regagnant son domicile, le prédécesseur du dernier prêtre reçut sur la nuque un coup dont il ne se releva plus. C'était en hiver et il prétendit avoir glissé sur les marches humides de son escalier de pierre. On dut le croire, car homme doux et tranquille, on ne lui connaissait pas d'ennemis; mais le médecin resta convaincu qu'une bêche, tenue par une main robuste n'était pas étrangère à sa mort.

Quant à l'autre, après un séjour d'une année à peine, on l'avait trouvé, accroché, comme le dernier des Condés, à l'espagnolette de sa fenêtre. Aucun héritier n'ayant intérêt à cette fin subite, beaucoup conclurent que, fatigué de la vie misérable, il avait aspiré à un monde meilleur. Mais le plus grand nombre, composé de toutes les commères, s'obstinait à voir quelque chose là-dessous.

On conçoit qu'à la suite de ces faits, accumulés, amplifiés, dénaturés par la légende, la position de desservant fût difficile, à Saint-Jean-le-Faucheux. L'éloignement que le presbytère inspirait rejaillissait sur l'Église, et la déconsidération attachée au ministre déteignait sur le tabernacle.

Comment croire aux leçons de vertu quand le professeur s'épanouit dans le vice ? à la miséricorde de Dieu, quand ses serviteurs sont les premiers frappés de ses colères ? aux flammes de l'enfer quand celui qui vous en menace va se pendre après le sermon ? « Faites ce que je vous dis, ne faites pas ce que je fais ! » est une devise qui, chez les ignorants même, n'excite plus que les rires ; aussi le pasteur de ce troupeau démoralisé, défiant et tant de fois tondu, ne pouvait-il guère compter sur la docilité et l'affection des brebis.

XXIV

LE FOULARD BLEU.

e curé eut froid en voyant cette lugu-
bre demeure. La façon peu révéren-
cieuse dont le maire l'avait reçu d'a-
bord le remplissait d'humiliation et
d'une sourde colère. Mais quand il vit
quel logis on lui donnait, sa colère
n'eut plus de bornes.

S'il n'avait écouté que son premier mouvement, il
serait sur-le-champ parti de ce village inhospitalier,
jeter son froc au nez de l'évêque; mais du premier
mouvement il faut se méfier, disent les sages. Bon, il
nous pousse aux folies; mauvais, aux sottises. Il attendit donc le second, et le second conseilla la
patience. Le grossier encens brûlé sous le nez de ce
maire imbécile lui ayant réussi, pourquoi le reste ne
réussirait-il pas ?

Cependant il visitait ces chambres sales, nues, humides, obscures, et se sentait courir des frissons. Lui qui, jusque-là, s'était prélassé dans de petits appartements coquets, au milieu du confort d'une paroisse plantureuse, riche en dévotes, rembourrée d'aumônes, cossue de bonnes œuvres, ornée de gracieusetés et de sourires, capitonnée de soins, d'attentions, de sollicitudes ; quelle chute !

Au rez-de-chaussée, l'humidité avait décollé le papier des murailles, fait pousser dans tous les coins et au fond des armoires de petits champignons d'un mauvais aspect.

Un mobilier boiteux, délabré, sordide. Sur la cheminée de la pièce principale, le salon, une glace fendue, une pendule de bois sans aiguille, des chandeliers d'auberge. Des cadres jaunes entourant de grotesques images coloriées de saints et de martyrs, donnaient à cette misère un cachet de crétinisme.

Le maire l'avait prévenu ; mais il était loin de soupçonner une telle incurie. Et il comprit que dans ce milieu de tristesse, l'insatiabilité de désirs et la perte de tout espoir aient poussé son prédécesseur au suicide.

Là-haut, au-dessus de sa tête, s'était passé le drame. Il monta, escorté d'un noir cortège de pensées, l'escalier obscur.

Il poussa une porte et se trouva en face d'une alcôve fermée par des rideaux sales.

Une odeur de moisi emplissait la chambre ; il voulut ouvrir la fenêtre, mais à peine sentit-il le froid de l'espagnolette, qu'il retira sa main avec dégoût.

— C'est là ! dit-il.

Et il lui semblait voir le misérable s'agiter dans les derniers spasmes de son infâme agonie !

Se tuer ? pourquoi se tuer ?

Parce qu'il est des heures mauvaises ! Est-ce donc

6

que la mort ne viendra pas assez tôt d'elle-même sans
qu'on hâte sa venue ?

La vie, toute triste qu'elle soit, est encore plus
gaie que la mort. Songer que ce ventre qui s'emplissait de bonne chère, et ce nez qui humait les parfums, et ces lèvres qui se promenaient frémissantes
sur la peau satinée des femmes, et ces yeux qui se
plongeaient dans les mystérieux retraits de leurs
charmes comme en un bain de volupté, pourriront
mangés des vers! et que c'est fini ! et que tout est
dit ! et que vous avez passé sur les clartés de la terre
pour vous effacer lentement dans ses ombres!

Il écarta les rideaux.

Le lit était défait cmome si un couple amoureux
s'y était livré à de folles gambades, l'oreiller jeté
dans un coin, et, sur le bord, pendait le traversin.
En homme qui aime à être bien couché, il allait
essayer du bout de ses doigts l'élasticité de cette
couche, lorsqu'il sentit quelque chose de doux, un
foulard de soie, un joli fichu bleu et blanc, imprégné
d'un parfum féminin.

— Oh ! fit-il, que me chantait donc ce maire, en
prétendant que le sexe n'entrait pas ici !

Eglise, autel, ornements, sacristie, tout était vieux,
laid, sale, digne du presbytère. Le plafond était vulgaire et bas comme celui d'un bal de barrière et de
grandes toiles d'araignées pendaient aux corniches
semblables à des haillons de noyés. La rouille ron-
geait le Christ. Les saints étaient mutilés, sans nez,
manchots, quelques-uns sans tête. On eût dit que le
bon Dieu, devenu misérable et chassé de partout,
avait pris pour asile une grange abandonnée.

Horrible! horrible! Comment parader sur un si
piètre théâtre ? se faire admirer des femmes sur de
pareils tréteaux, vêtu de ces oripeaux démodés?

Mais ce qui indigna par dessus tout l'abbé, c'est la

figure du patron du lieu, vieille statue de bois gros-
sièrement peinte, taillée par quelque sculpteur d'enseigne en l'honneur de Saturne et donnée en pâture
à l'adoration des fidèles sous le nom de Saint-Jean-
le-Faucheux. Par quelle bizarrerie, à la suite de
quelles vicissitudes le père des dieux mythologi-
ques était-il descendu à ce rang obscur de la hiérarchie du ciel chrétien. De quelle boutique de bric à
brac avait-on décroché le Temps faucheur, pour le
hisser sur cet autel ?

Etait-ce une cynique allusion d'un prêtre facétieux
aux secrètes saturnales célébrées par ses confrères
et lui-même avec les filles de la paroisse, ou simplement la divinité ancienne achetée au rabais par
un conseil de fabrique économe et transformée en
déité nouvelle ?

Saint ou dieu, même grimace. Corybante ou curé,
égal satyriasis. Défroques d'hier, défroques d'aujourd'hui ne seront demain que haillons du passé.
Oripeaux, évangiles, dieux et pontifes, turlupinades,
superstitions, jongleries, demeurent à quelque
variante près, éternellement les mêmes ; il n'y a
comme en politique, que des noms de changés.

Une chose cependant lui plut au milieu de cette
misère. La porte de la sacristie communiquait avec
la cour de la maison.

On pouvait donc y entrer ou en sortir sans être
vu. Commodité inappréciable et pour le pasteur et
pour les brebis.

On se dirige paisiblement à l'église prier le cher
bon Dieu. Le mari crie, mais on laisse crier
l'homme brutal, un mauvais sujet qui ne finira
pas bien. On ne veut pas finir mal, mais dans le
sein de Jésus et on s'agenouille à ses pieds. Le
temple est désert, le silence règne sous les voûtes,
la quiétude s'épand sur le cœur. On la sent tom-

ber comme une rosée paradisiaque ; et toute humec-
tée de miel divin, on se glisse dans la sacristie. Elle
est ouverte à tous. On a besoin de parler au bedeau ; on veut demander un renseignement au sacristain, s'informer de l'heure exacte où M. le curé
confesse et commander une messe pour le repos
de cette bonne vieille tante morte au dernier Noël.
Mais ni le sacristain ni le bedeau ne sont là, il n'y a
que M. le curé qui se hâte d'ouvrir l'autre porte,
celle du presbytère, prêt à donner à la chère âme
au coin de son feu ou au bord de son lit les renseignements et les consolations désirées.

XXV

MADEMOISELLE CÉLESTE

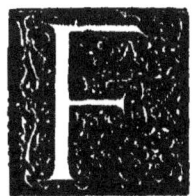LATTÉ d'avoir été pris pour un capi-
taine, Grugevin avait voulu laisser
son hôte sous cette impression et
fait un bout de toilette. Il avait
changé le bourgeron quotidien
contre la redingote de drap noir
des dimanches, malgré les récriminations de son
épouse, qui prétendait que c'était trop d'honneur
pour ce méchant curé.

Il aurait bien voulu poser un œillet à sa boutonnière pour s'illusionner lui-même; mais pas
d'œillet en cette saison, et de temps en temps il
jetait un regard désolé sur cette boutonnière vide.

— Alors, comme ça, vous avez cru que j'étais
décoré?

— Oui, dit Guyot.

— Ça peut encore se manigancer.

— Certes, puisque vous êtes magistrat.

— Si j'avais des protections !

— Vous en aurez.

Et il donna à entendre qu'il était au mieux avec certains hauts personnages, le général de Beaupertuis entre autres, un de ses bons amis, de ses meilleurs paroissiens et dont, à Saint-Evres, il confessait la femme.

— Oh ! alors tout va bien, dit Grugevin en clignant de l'œil ; la confession a du bon tout de même ! eh ! eh ! pas vrai, la mère ?

— Qu'est-ce que vous racontez ?

— Je dis que la confession a du bon.

— N'allez pas dire de salauderies devant votre fille.

— Où est-elle ?

— Elle fait des manières, dit madame Grugevin ; c'est timide, ça a peur de tout, ça n'ose pas ouvrir la bouche, ni lever les yeux. Ce que c'est, que la bonne éducation. En voilà une qui, si elle venait à faire mal, ce serait sans le savoir, par innocence pure. Céleste ! Céleste ! entre donc, grande bête ; M. le curé ne te mangera pas.

Et allongeant le bras dans la cuisine, elle en tira une grande fille de quinze à seize ans, habillée de bleu, très blonde, très gauche, et assez jolie, qui se présenta rougissante et yeux baissés.

— Mademoiselle, dit Guyot en se levant avec empressement, enchanté de faire votre connaissance ; je suis l'abbé Guyot, votre nouveau curé, je viens vivre au milieu de vous.

La jeune personne fit la révérence.

— Charmante, dit Guyot pleine de modestie.

— Je pense bien, répliqua le maire, ça me coûte 800 francs par an sans compter les extras ; mais la sœur supérieure m'a promis qu'elle aurait à sa sortie le grand prix de sagesse.

— Et aussi d'*accomplissement*, ajouta madame

Grugevin; seulement elle est gauche devant le monde.

— Mademoiselle est timide comme toute jeune fille bien élevée doit l'être.

— Ah! pour sûr elle l'est, bien élevée. Pour 800 fr. et plus par an, on doit s'attendre à ce qu'une fille soit bien élevée. Pas vrai, l'homme?

— On ne doit pas regretter son argent quand on voit comme il profite. C'est pas que la pension soit incommensurable, mais il y a un tas de superfluités d'ordonnance rapport aux livres, et autres excentricités. Justement voilà une note que j'ai réglée l'autre jour.

Vertu miraculeuse du cordon Saint-Joseph.......	1 fr.	25
Mois de mars des âmes pieuses,.................	•	50
L'eau divine introduite.	•	25
Éclaircissements sur l'Immaculée Conception. ...	1	50
L'immolée à l'amour du Sacré-Cœur de Jésus.....	•	75
Le petit jeu du Sacré-Cœur........	•	25
Manière de recevoir le doux Jésus, avec images..	1	•

— Et tous les trimestres, c'est le même ordinaire, c'est-à-dire qu'il faut changer.

— Oui, mais elle est très savante, cria l'épicière, elle sait tout, tout ce qu'on peut imaginer, l'histoire sainte, toutes les espèces d'écritures, ronde, moulée, est-ce que je sais, et jusqu'à l'orthographe, les participes, les divisions, les cantiques en latin, monsieur, et les rois de France, et autres choses encore, on s'y perd. Céleste, dis à M. le curé tout ce que tu as appris.

— Laisse-la donc, madame Grugevin; faut pas esbrouffer les jeunesses; M. le curé sait bien ce qu'une demoiselle apprend en pension.

— Eh! pensa Guyot, oui, oui, je le sais bien, et la petite paraît en avoir profité.

Il avait assez confessé de filles pour savoir à quoi s'en tenir sur ces airs de niaises qu'elles croient devoir afficher en public, et se promit dans le secret de son âme de sonder les profondeurs de cette ingénuité.

XXVI

ADEMOISELLE Céleste ne parut pas
à table. Elle prétendit avoir mal à
la tête, mais tout bas elle avoua
que la présence du curé la gênait.

Comme la plupart des parents
qui font donner à leurs enfants une
éducation supérieure à celle qu'ils ont reçue, les
époux Grugevin, pénétrés d'une respectueuse admiration, cédaient à tous les caprices de cette petite
merveille, qui savait. la mère le répétait avec em-
phase à toutes les commères du village, l'Histoire
sainte, les diverses espèces d'écriture, l'orthographe, les règles, les divisions, les cantiques en latin, les rois de France, enfin, tout, quoi !

On dîna donc sans elle et Guyot se sentit même
plus à l'aise pour verser l'amertume de son indignation au sujet de la façon dont on osait loger
un ministre de l'Evangile. Mais Grugevin, soupçonnant un appel à la munificence du conseil municipal, faisait la sourde oreille et, pour changer

le tour de la conversation, se mit à parler de l'enterrement du curé pendu.

— C'est le petit vicaire de Motencourt qui l'a enterré, dis ait-il. M. le doyen Calestroupat s'est fait porter malade, et il n'y a que trois ou quatre curés des environs qui sont venus. Le pauvre M. Thiriot était aussi pâle que le défunt. Il ne savait ce qu'il faisait. C'était une bonne paire d'amis. Le soir il avait la fièvre et, trop malade pour retourner à Motencourt, il a couché dans le lit du pendu. Il n'a pas froid aux yeux, ce petit bourgeois-là. Un bon garçon, au fond. Vous le connaissez, peut-être.

— Non, dit Guyot; il était absent de Motencourt, lors de mon passage. Je n'ai vu que M. le doyen Calestroupat.

— Un vieux ladre! Mais c'est des affaires que je n'anticipe pas; vu que chacun fait comme il l'entend pour la gérance de sa boutique. Pour lors, il paraît que le pendu est venu tirer les pieds du petit vicaire, parce qu'il n'est pas resté longtemps dans son lit et la sœur Perpétue, qui demeure en face, l'a entendu pousser des gémissements et courir comme un fou avec des chandelles dans toute la maison, jusqu'au petit jour. Et le lendemain il est parti, comme un déterré, sans rien dire personne, en emportant la clef de la cambuse.

Il a fallu que j'envoie la chercher à Motencourt. Alors il a dit qu'il l'avait perdue. Enfin, il a fini par la retrouver. Mais le plus *rigolo*, c'est que la mère Griboin, qui servait l'autre, a juré l'avoir vu courir à l'heure de minuit dans le cimetière le lendemain de son enterrement.

L'abbé Guyot haussa les épaules.

— On est entré au presbytère, dit-il, depuis le départ de l'abbé Thiriot.

— Oui, pour faire le lit et mettre tout en cendre. La mère Griboin n'a pas voulu y aller seule. Sœur Perpétue l'accompagnait.

— Mais, objecta le curé, elles n'ont pas fait le lit, ou quelqu'un, depuis, s'y est couché...

— Vous voulez rire. Personne n'est entré. Elles m'ont rapporté la clet que j'ai sortie aujourd'hui seulement de mon tiroir pour vous la remettre.

— Alors elles ont eu peur et se sont sauvées, car le lit était bouleversé et j'ai trouvé un fichu en soie que je me suis gardé de toucher.

— En soie ! Ce n'est pour sûr pas à la mère Griboin, et sœur Perpétue ne porte que des fichus de laine. Eh, la mère, entends-tu ce que le curé dit ? Il a trouvé un fichu dans le lit du pendu. Faut voir ça, c'est trop drôle !

Mais au même instant une voix rude cria dans la boutique :

— On m'a dit que le nouveau curé était ici. Y a-t-il moyen de lui parler ?

— Que lui voulez-vous ?

— Dire deux mots et rendre sa farine. Je suis pauvre, mais je ne demande l'aumône à personne. Et si mes enfants manquaient de pain, ce n'est pas à la porte du presbytère que je les enverrais frapper. Vous savez ce que parler veut dire, M. Grugevin, et que je ne mange pas de ce gruau-là. Il sent trop mauvais. Alors voici la farine, vous pouvez rendre l'argent.

— Etes-vous soûl, Lecoiffier ?

— Peut-être. Il y a beaucoup de manières d'être soûl.

Vêtu d'une blouse rapiécée, maigre, un peu voûté, mais encore musculeux, la barbe et les cheveux grisonnants, ce paysan, d'aspect farouche, portait sur sa face hâlée, les profonds sillons que

creusent avant l'âge, la misère, les chagrins ou le
travail forcé.

L'abbé Guyot crut devoir intervenir, et, maîtrisant son indignation, cria d'un ton patelin :

— Mon bon ami, je ne m'explique pas votre
colère. Il est vrai que vous ne me connaissez pas.
Je suis l'abbé Guyot et appelé à vivre au milieu
de vous, j'ai pensé que je pouvais sans faire injure
obliger un père de famille, mon bon ami.

— Je ne suis pas votre ami, riposta l'autre.

— Oh! oh! vous êtes fier! soit! monsieur.

— Je ne suis pas un monsieur, je me nomme
Lecoiffier, le fossoyeur, père de deux filles présentement salopes, par la grâce de MM. les curés.
Oh! je ne m'en cache pas. Ça ne me servirait à
rien, tout le monde le sait trop ici. Des affronts et
des risées, j'en promène un tombereau. Mais
c'est assez. Je ne veux pas que la troisième qui
pousse suive le chemin de ses sœurs. M. le maire
est là qui l'entend.

— Attention, Lecoiffier, n'outrecuidez pas davantage l'intempérie de votre audace, s'écria Grugevin, qui, dès qu'on faisait appel à son titre de
maire, reprenait son jargon déclamatoire ; mâchez
vos paroles avant de les cracher; ouvrez l'œil.
Il y a l'innocence ici, qui peut vous entendre
et rester pervertie par le déplacement de votre
langage outré et malpropre. Fermez la porte, madame Grugevin; maintenant causons peu et causons bien. Attention. Premièrement, vous êtes un
mauvais garçon; j'ajouterai consécutivement, un
malhonnête. Silence! pas d'observation. M. le
curé, que vous venez mécaniser à ma propre table,
n'a rien à démêler avec vos omnipotences de père
de famille. Ne confondons pas, s'il vous plaît.
On vous envoie des politesses et vous retournez des

flagrations inconvenantes. Vous êtes un rustre ; montrez vos talons et accélérez.

— On les connaît, les politesses de ces messieurs, grommela le fossoyeur, on sait ce qu'elles valent et pourquoi ils les font, surtout à des filles !

— Attention ! nom de Dieu ! Vous avez dégoisé la moitié de trop. Je vous réitère qu'il y a l'innocence qui écoute peut-être à cette porte, entendant les images dégoûtantes qui ulcèrent son âme bien née et frémissant de ce langage pervers. Mais comme il ne faut pas que les petits qui crèvent la faim chez vous soient punis par votre outrecuidance délictueuse, je vous récupère de remporter cette farine. C'est moi seul et mon épouse qui vous font crédit. L'argent versé, je vais le réintégrer à monsieur. Et maintenant, assez causé. Demi-tour, et pas accéléré.

— Si c'est comme çà, j'accepte, dit le fossoyeur. Bonsoir la compagnie.

— Fallait lui reprendre le sac, s'écria l'épouse Grugevin, montrant qu'elle n'était pour rien dans les largesses de son mari. Il ne paiera jamais.

— J'ai payé, dit Guyot atterré de cette scène, je ne reprendrai pas mon argent.

— Il faudra que je lui compte tout de même, dit Grugevin d'un ton de victime, et reprenant son langage de simple citoyen, quitte à nous arranger après, car c'est un mauvais coucheur. Vous avez vu l'homme ? Pauvre comme un rat d'église et plus fier qu'un pou sur la calotte du pontife. Jamais on n'a rien vu de pareil. Un jour ils étaient dans la débine la plus carabinée ; voilà une de ses filles, je ne sais laquelle, qui envoie de l'argent et un paquet de nippes presque neuves pour la petite

7

sœur. Est-ce qu'il n'a pas le toupet de déchirer les nippes et de vouloir renvoyer l'argent. Mais la Lecoiffier s'est montrée... Ah ! elle a tenu bon ; elle a du poil, une riche femme tout de même, pour les amateurs.

XXVII

LE LIT DU PENDU.

L faisait depuis longtemps nuit,
lorsque le curé, Nanette et Gruge-
vin sortirent du *Coq enfariné*. Le
vent soufflait aux portes mal closes,
ébranlant les chambranles disjoin-
tes, secouant les châssis.

Rues et ruelles étaient désertes. Çà et là une
lumière filtrait par une fenêtre et s'éteignait tout
à coup. De temps à autre un volet détaché frappait la muraille et, en passant près des étables, on
entendait le ruminement des bœufs ou le piétine-
ment d'un cheval de labour.

Au fond de la place dont l'église borde un des
côtés est une maison plus grande que les autres,
avec une porte surmontée d'un drapeau de zinc
grinçant sur une hampe de fer.

— C'est la gendarmerie, dit le maire, et aussi
la maison commune, l'école et la salle de bal.

Il frappa à plusieurs reprises, puis cria :

— Cornebois ! eh ! Cornebois !

Au bout de cinq ou six minutes, on se décida à ouvrir une fenêtre :

— Qu'est-ce qu'il y a ? dit une voix bourrue.

— C'est moi, Grugevin, M. Fumeron n'est pas rentré ?

— Pas encore, il est parti cette après-midi à Motencourt, pour cette sacrée pendaison. Le curé de là-bas nous embête. C'est pas fini, cette chienne d'affaire. Vous avez du monde avec vous ? Je passe mes culottes et je descends.

— C'est le nouveau curé. Nous venions justement pour causer un peu.

— Affaire de service ?

— Il faut que vous nous accompagniez au presbytère, on va vous montrer un flagant délit.

—Permettez, alors. Je passe *Joséphine.*

Il parut bientôt, en tenue de service, bouclant le ceinturon de son sabre qu'il appelait Joséphine.

— Encore du grabuge, là-dedans ?

— Oui, et nous allons réveiller sœur Perpétue.

Ils tournèrent la ruelle, et frappèrent aux volets de la religieuse.

— En voilà des orgies, cria-t-elle, passez votre chemin, ivrognes.

Mais le maire s'étant nommé, elle se leva en toute hâte et vint rejoindre le groupe.

Grugevin, tira de sa redingote un paquet de chandelles, en alluma une, et monta, escorté du gendarme. La sœur Perpétue suivait, puis Nanette ; le curé fermait la marche. La petite servante, tremblante et saisie de cette délicieuse peur qu'aiment les enfants et les femmes, se pressait contre lui. Et tout aise de sentir cette fraîche fille, émoustillé par le vin, il la poussait doucement aux hanches.

— Ah ! disait-il, il ne faut pas trembler, allons, montez donc.

Et il la retenait pour l'empêcher de monter trop vite.

— Le diable est là-haut, ajoutait-il en riant.

Elle n'était plus sauvage, elle ne pensait plus à fuir, seulement son regard se fixait sur le dos de la religieuse, comme si elle craignait de la voir se retourner.

On arriva dans la chambre à coucher. Grugevin planta deux chandelles allumées dans les flambeaux de cuivre, et tous s'approchèrent du lit. Alors sœur Perpétue poussa une exclamation de surprise :

— C'est pourtant vrai, on y a couché !

— C'est visible, ajouta Guyot ; mais voici qui mettra sur les traces du délinquant.

Il pensait au foulard bleu, et il était si sûr de son fait qu'il allongea le bras pour le prendre ; mais la pièce de conviction avait disparu. Il passa fiévreusement les mains sur le matelas, regardant dans tous les coins, dessus, dessous, par terre, secouant traversin et couvertures.

— C'est une mystification, dit-il enfin. Monsieur le maire, il y avait là un foulard, je vous le jure, un foulard de femme.

Grugevin hochait la tête.

— Quand je vous dis qu'il y a des orgies, s'exclama la sœur. On ne veut jamais me croire et cependant je ne suis pas une mauvaise langue, mais je répète qu'il se fait des orgies.

— Des orgies! répéta Guyot. Quelles orgies, ma sœur, peuvent se passer dans ce presbytère inhabité ?

— Oh ! monsieur le curé, habité ou inhabité,

ça ne fait guère de différence. On sait ce qu'on sait.

— Eh ! demanda le gendarme, muet jusque-là, qui a posé ici ces fleurs ?

Il venait de prendre sur la cheminée un petit bouquet de violettes fraîchement cueillies, et le tenait du bout des doigts, le montrant aux assistants stupéfaits.

Mais Guyot riait ; il trouvait la chose très drôle. Bouquet de violettes et foulard de fille dans une maison où jamais femme, au dire du maire, n'osait mettre les pieds !

— M'est avis, dit Grugevin, qu'il y a là, comme vous l'avez obtempéré, quelque mystification incongrue. Gendarme, verbalisez la chose. J'étais le seul dépositaire légalement et magistralement de la clef dudit lieu. Il faut que le particulier ou la particulière qui s'est sous-introduite ici ait en son pouvoir un exemplaire de la clef. Alors, c'est grave. Donnez la pièce de conviction, Cornebois, pour qu'elle serve à l'occasion. Attaché avec du fil noir. Mauvais signe.

— C'est le diable, murmura Nanette.

— Peut-être, fit Guyot avec componction, l'esprit malin se joue quelquefois des mortels.

Le gendarme haussa les épaules.

— Il y a une femme là-dessous, fit-il d'un air capable.

— C'est quelquefois la même chose, dit Guyot.

— Oh ! protesta Nanette tout en jetant un coup d'œil malin au nouveau curé.

XXVIII

LE CIMETIÈRE

ANETTE eut lestement fait le lit, et il se coucha de bonne humeur. Tout cela ne l'inquiétait guère; cependant il verrouilla ses portes et poussa une chaise contre celle de sa chambre, dépourvue de loquet et de serrure. Mais son sommeil fut troublé de cauchemars.

Il rêva que l'âme maudite du suicidé hantait la maison et gémissait à sa porte cherchant à la forcer. Elle la secouait avec violence, criant en notes basses et plaintives : « Guyot, ouvrez-moi ! Guyot, ouvrez-moi ! »

Il se réveilla en sursaut; le vent faisait trembler et la porte et la chaise et toutes les chambranles démolies de la vieille masure. Il se rendormit et voilà de nouveaux appels. Ce n'était plus le défunt qui geignait, mais une voix plus douce. La petite *Marie-Queue-de-Vache* venait réclamer son foulard de soie. « Comment, lui disait-il, comment êtes-vous entrée, vous avez donc la clef. Expliquez ce mystère. Venez, venez. » Et elle s'approchait en souriant, son gros chignon à moitié dénoué sur ses blanches épaules de fillette, sa petite robe légère collée aux hanches et ses jambes nues dans ses gros souliers à clous. Il lui rendait son sourire et lui jetait au visage, pour la taquiner, un tas de petits bouquets de violettes liés avec du fil noir, le fil même dont Gertrude se servait pour raccommoder ses culottes. Mais au moment où la petite paysanne, rieuse, lui rejetait les fleurs à la figure et qu'il ripostait prenant de plus en p'us plaisir au jeu, il entendit dans la ruelle un pas pesant et une voix dure qui criait : Ma fille est là, ma fille est cachée là, dans la chambre du curé !

Une seconde fois il se réveilla les nerfs agités, saisi de terreur, et il lui sembla en effet ouïr, non un pas, mais un léger bruit dans sa cour. Le vent s'était tu, il se leva, descendit à tâtons et prêta l'oreille; rien ne bougeait ni au dehors ni au dedans de cette maison solitaire.

En même temps, il se sentit pris d'une soif ardente; le vin frelaté du marchand lui brûlait l'estomac. Il se rappela avoir vu une pompe dans sa cour, sortit et but à même de larges gorgées.

Quelques marches branlantes, débris de monuments funèbres, le séparaient du jardin, il les gravit et reconnut ce qu'il n'avait pas remarqué d'abord, que ce jardin entrait comme un coin dans le vieux cimetière, et que la terre où il planterait ses légumes et sèmerait ses fleurs était un morceau volé aux morts.

Autour de lui des tombes. Mais quoique placées primitivement en rangées correctes, le temps avait rompu les lignes et fait des trouées dans les rangs.

Le plus grand nombre s'es: éboulé sur le vide laissé par l'effondrement du cercueil et disparaît sous les herbes. Double oubli, double enfouissement. Le mort dessous, effacé de la mémoire, la pierre dessus, effacée sur le mort.

Quand le soleil rit sur ces sépulcres, on peut distinguer à demi cachés par la lèpre verte, des mots qui apprennent aux vivants que là reposent des épouses modèles, des époux *éternellement* regrettés, des fils et des filles, et des pères et des mères qui, après avo'r sangloté, sur le coin de terre fraîchement remuée, sont à leur tour allés grossir le tas.

Et de ces drames d'autrefois, pleurs, sanglots, joies secrètes, basses convoitises, longs et honteux espoirs réalisés pour quelques jours, ne reste que la vieille tombe grise ou deux morceaux de bois pourris. Pères, mères, enfants, époux, crimes, remords, larmes et rires, plus rien, pas même le souvenir !

Près du jardin, les morts moins vieux, car les tombes sont moins rongées, les épitaphes plus visibles, et l'on peut compter encore les bosselures du sol. L'oubli cependant a passé là aussi, les plantes parasites ont étouffé les fleurs plantées par des mains pieuses; sur les bras de croix vermoulues, de petits oiseaux chantent au printemps leurs amours, et de jolis lézards aux yeux u'émeraude prennent dans les beaux jours des bains de soleil.

Depuis dix ans l'herbe pousse dans les allées désertes.

Dix ans ! Le temps qu'il faut à l'enfant que fouette sa mère pour devenir jeune fille et avoir dix amoureux. Dix ans ! et l'oubli !

Où sont les derniers qui larmoyèrent sur ces tombes? Là-bas, couchés dans un coin du cimetière neuf. Ou bien encore debout, livrés aux luttes de la vie, rêvent-ils au bonheur que leur apportera demain !

Souvenirs, douleur et deuil, combien durez-vous ?

Combien de jours vivez-vous, mémoire des êtres aimés ? On a crié : « Mourir avec toi ! » et 'l'on n'est pas mort ; et la mauvaise herbe de l'oubli a poussé vigoureuse et drue avec ses ombres qui effacent tout.

Peut-être l'abbé Guyot, en buvant l'eau de ce puits sépulcral, pensait-il, lui aussi, effacer son passé lorsqu'un bruissement le rappela au présent.

Etait-ce le vent qui courbait les hautes herbes ? l'ombre de quelque mort curieux, l'un de ses prédécesseurs désireux de contempler l'hôte que sa mauvaise chance amenait ? Là, là, à quelques pas, glissait un spectre.

Il se sentit froid. L'image du pendu le hanta, et essayant de donner à sa voix une assurance qui lui manquait, il cria :

— Y a-t-il là quelqu'un ?

Rien ne répondit. De grands nuages noirs paraissant chargés du deuil des générations évanouies, roulaient, découvrant par intervalles un scintillement d'étoiles. Quelque chose de glacé lui effleura la joue ; il se recula avec horreur et vit une grande chauve-souris décrire des paraboles au-dessus de sa tête. Et en même temps une chouette jetait du clocher son sinistre hululement.

Il regarda avec épouvante. Le spectre semblait

s'être dédoublé. L'un à droite, l'autre à gauche ; tous deux immobiles, au milieu des tombeaux.

— Qui est là ? cria-t-il encore... Qui que vous soyez, il ne vous sied pas de troubler le repos des morts.

Les ombres disparurent, s'évanouissant dans les ténèbres.

Il ne jugea pas à propos de les poursuivre, rentra chez lui et poussa les verrous.

XXIX

PREMIÈRE MESSE

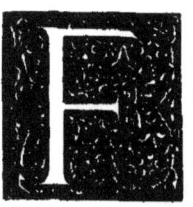ATIGUÉ de sa nuit sans sommeil, il se leva tard et n'eut que le temps de s'habiller pour courir à sa messe du dimanche. Autrefois, avant son séjour chez les Ligoriens, habitué aux attentions minutieuses d'une femme dévouée, il aurait amèrement senti son isolement. Plus d'eau chaude pour sa barbe, plus de soutane soigneusement brossée, plus de culotte parfumée de lavande, disposée sur sa chaise, jambes écartées, de façon à ce que le maître n'eût qu'à glisser les siennes ; plus de biscuit de Reims, trempé dans le verre de fine-champagne ou de Graves, destiné à faire patienter l'estomac jusqu'au *mêlé-cassis* du Saint-Sacrifice !

Mais son temps de pénitence l'avait endurci ; il avait trempé son âme dans l'adversité, mangé le pain des forts, bu le calice d'amertume des épreuves, et s'il regretta un instant l'active sollicitude de sa gouvernante, ce regret fut adouci par l'espérance de se procurer les mêmes satisfactions doublées d'autres béatitudes.

Le soleil riait au travers des rideaux de sa fenêtre chassant les fantômes et les terreurs de la nuit.

Puis il était soucieux de connaître l'accueil qu'on lui réservait et le nombre du troupeau.

Aussi fut-il tout en joie quand, à son entrée dans la sacristie, le bedeau lui affirma n'avoir jamais vu tant de monde à l'église, que tout le village y accourait, que c'était plus plein qu'à la confirmation, quand monseigneur vient gentiment tapoter les joues des garçons et des filles.

Il revêtit à la hâte un rochet d'une blancheur douteuse, prit avec répugnance l'aube, l'étole et la chasuble effrangées, et, précédé de deux enfants de chœur, méchants garnements goguenards, et du bedeau, drôle mielleux à face patibulaire, — la paroisse n'ayant jamais voulu se donner le luxe d'un suisse — il marcha d'un pas grave à l'autel.

On n'avait pas menti, l'église était pleine; hommes et femmes, se pressaient dans l'enceinte, en nombre à peu près égal; on eût dit d'un temple anglican où le pieux crétinisme et l'obligatoire hypocrisie ont touché du doigt, avec impartialité, les fronts des deux sexes. Mais Guyot ne put se faire longtemps illusion sur le motif qui lui amenait tant d'ouailles. La dévotion était, à n'en pas douter une seconde, complètement étrangère à cette assemblée de chrétiens.

La curiosité, la laide curiosité, attirait seule la foule, et les campagnards auxquels les distractions ne sont pas communes accouraient contempler leur nouveau curé comme ils seraient allés voir *Ompdrailles, le tombeau des lutteurs, le veau à deux*

têtes, la fille à deux natures, ou tout spectacle fo-
rain, et d'autant mieux que celui-ci était gratis

Il y avait bien quelques faces hébétées de dévotes convaincues, de ces incorrigibles qui adore-
raient le diable si elles le voyaient coiffé d'une
mitre, et lui baiseraient la queue s'il l'avait trem-
pée dans l'eau bénite ou qu'il eût attaché une
médaille au bout, vieilles enragées qui assiègent
les confessionnaux au grand désespoir des vicaires,
volant le temps destiné aux jeunes, puis en sortant
à regret, hésitantes, comme si elles avaient omis
l'aveu de quelque crime, et rentrant à la maison,
bourrelées de remords de n'avoir pas tout dit,
font subir à leurs maris le long martyre de leur
piété rageuse.

Il riait intérieurement en les voyant proster-
nées devant l'idole païenne replâtrée, suppliant le
grand saint Jean-le-Faucheux de leur préparer une
bonne place au ciel, car elles demandent toujours
ces vieilles qui ne donnent jamais.

La fille du maire, qu'il aperçut au fond de
l'église dans le banc réservé aux notables, l'édifia
par sa piété. La tête doucement inclinée comme
une victime prête au sacrifice, elle priait avec une
angélique ferveur.

Quant à sœur Perpétue, placée juste en face
de la chaire, son temps et son attention étaient
absorbés par l'indiscipline des turbulentes petites
filles, parmi lesquelles Guyot chercha vainement
des yeux cette Marie-Queue-de-Vache dont le
souvenir avait si étrangement troublé son somme.

Tout alla convenablement jusqu'à l'épître. Et le
curé monta en chaire pour se présenter à ses paroissiens.

Il les appela *mes chers enfants, mes frères aimés,
mes bons amis.* « Je suis votre nouveau curé, dit-il,

je viens vivre au milieu de vous. C'est au sein des paisibles campagnes qu'on respire l'innocence et la paix. C'est au milieu de ces braves habitants que les âmes blessées comme la mienne vont chercher la guérison et la quiétude. Car, mes excellents amis, j'ai été persécuté comme Jésus, mais je bénis mes persécuteurs; calomnié comme les apôtres, je bénis mes calomniateurs; on m'a souffleté sur la joue gauche, je suis prêt à tendre la droite comme notre divin Maître, puisque persécutions, calomnies, soufflets, m'ont jeté au milieu d'une population de braves gens si sympathiques, si fervents, si pieux. »

Pendant qu'il parlait et bénissait tout le monde, les garçons chatouillaient les filles, leur pinçaient le bas du dos ou, feignant de ramasser leur livre ou leur casquette, leur saisissaient le gras du mollet, ce qui causait dans l'assemblée des tressaillements soudains, des mouvements convulsifs accompagnés de petits cris étouffés. On eût dit qu'un courant électrique passait dans la foule, frappant çà et là les filles, ou qu'elles étaient prises d'accès de danse de saint gui.

Mais l'abbé Guyot parut ne pas remarquer cette conduite indécente, ne voulant pas se montrer sévère le premier jour. Il continua d'une voix désolée, en faisant allusion à la triste fin de son prédécesseur, « qui a plongé l'Église dans les larmes et le deuil. »

Ces paroles ayant rendu l'assemblée attentive, il en profita pour lancer la belle tirade apprise autrefois par cœur dans un recueil de sermons, et qui lui avait valu l'admiration des dévotes de Saint-Evres et le cœur de trois femmes sensibles.

— Oui, mes bons amis, l'Eglise traverse un

temps d'épreuves. On entend des cris de détresse, des plaintes étouffées...

Les filles qu'on pinçait, croyant qu'il faisait allusion à elles, rougirent et donnèrent en sournoises de grands coups de coude et de pied aux garçons, pour les avertir de se tenir tranquilles; mais ceux-ci, sans pitié pour la détresse de l'église, continuaient silencieusement leur cour, suivant la coutume du pays.

S'apercevant que ses plus beaux morceaux hagiologiques restaient sans effet sur cette tourbe ignorante, et que, non seulement les rires et les chatouillements persistaient dans les groupes des jeunes, mais que, du côté des vieux, beaucoup commençaient à dormir, il se hâta de terminer en faisant appel à la fierté, aux sentiments du devoir, à la ferveur religieuse et, finalement, à la générosité de ses ouailles, en attirant leur attention sur le misérable état de l'église du pays.

Ce fut un coup de foudre, l'éclat des trompettes qui fit écrouler les murailles de Jéricho, le clairon de l'archange qui sonnera la diane finale aux générations couchées dans la vallée de Josaphat : les dormeurs s'éveillèrent, les dévotes jaunirent, les nez s'allongèrent, les filles cessèrent de rire, les garçons de pincer, le malaise et l'inquiétude emplirent la maison de Dieu. Et tous, prévoyant une quête, s'éclipsèrent sournoisement, les uns après les autres, marchant sur la pointe des pieds, comme s'ils craignaient de troubler l'office, devenus tout à coup pleins de respect pour le lieu saint, laissant le curé achever son sermon et sa messe dans un temple presque désert.

XXX

CONVOITISES

E n'était pas une brillant début et le curé couvrit d'imprécations aussi énergiques qu'intimes ce troupeau d'imbéciles et de crasseux ; mais il eut grand soin de n'en rien laisser paraître.

Il n'était pas homme à se décourager pour un premier échec. Ses récentes infortunes lui enseignaient la patience et la vertu que l'Eglise ne se lasse pas de prêcher à ses fils : la sainte tenacité.

— Je viendrai à bout de ces crétins, dit-il, et je veux voir leurs femmes lécher mes culottes. Ah ! on me jette la honte au visage. On n'écoute pas le meilleur de mes sermons ; on essaye de m'effrayer ; car qui sait si ces fantômes, ce foulard, ces fleurs ne sont pas mystifications de drôles envoyés pour se jouer de moi !

Une chose cependant le consolait, l'affriandait, lui faisait venir l'eau à la bouche, monter le sang au cerveau et passer comme un gourmet en face d'un plat de choix, la langue sur ses lèvres et lui donnait à penser que son poste ne serait pas aussi mauvais qu'on s'efforçait de le lui faire accroire.

Pendant son sermon, tout en parlant, avec cette habitude des orateurs religieux ou populaires d'envelopper des riens dans des mots ronflants et de débiter des lieux communs qui emplissent d'une agréable sonorité les oreilles et laissent la pensée vide, il examinait la partie féminine de son troupeau, et, au milieu des faces inintelligentes, ahuries, bestiales, laides, une certaine quantité de jolis minois avait réjoui son œil.

Les belles filles étaient même nombreuses, et là, dans l'église, les regards sur les siens, ces jeunes villageoises ne paraissaient nullement farouches ; leur sauvagerie de la veille, alors que traversant le village, elles affectaient de le fuir, avait disparu ; et leur complaisance à se prêter aux jeux de leurs compagnons tout en sachant garder un petit air innocent et naïf témoignait de la valeur de leur vertu.

Il comprenait et s'expliquait, devant ces fillettes faciles les appréhensions des parents, les avertissements du maire et souriait à la pensée des grasses pâtures où ses prédécesseurs avaient dû s'abattre sur ce terrain du bon Dieu, de leurs joyeuses vendanges dans cette vigne du Seigneur.

« Ils ont manqué de prudence, se disait-il, trop tondu l'herbe, trop mordu à la grappe ; moi, je serai plus habile. Un prêtre averti en vaut deux. »

Tout en se dévêtant de sa défroque sacerdotale, il examinait le bedeau, petit homme au teint bilieux, à la mine sournoise, que le service de l'église inflige à ses fonctionnaires même les plus obscurs, et après quelques propos banals, lui demanda si par hasard il ne connaissait pas quelqu'un pour faire provisoirement son ménage.

— Non, répondit celui-ci, à moins que la mère Gribouin...

Guyot se rappela avoir entendu prononcer ce nom chez Grugevin.

— Une veuve un peu âgée, mais bien conservée, continua le bedeau. On ne lui donnerait pas plus de soixante ans, quoiqu'elle en ait soixante-dix. On l'appelle aussi la *Téteuse* en parlant par respect. Monsieur le curé veut-il que je la lui envoie.

— Oh ! s'écria le curé, saisi d'horreur, la Téteuse ! quel singulier nom ! et soixante-dix ans, dites-vous ? Et elle a servi mon prédécesseur ?

— Oui, monsieur le curé.

— Merci, je n'aime pas beaucoup cela. N'est-il donc personne autre dans ce village qui veuille prendre soin d'un curé. C'est un poste envié partout.

— Je ne pense pas qu'on se le dispute ici, répliqua bénoîtement le bedeau.

— Pourquoi ?

— M. Grugevin n'a-t-il pas parlé à monsieur le curé ?

— Oui, dit Guyot, avec l'audace de sa conscience pure de nouvel arrivé n'ayant pas encore failli.

— Alors, monsieur le curé n'a pas besoin de me questionner, il doit savoir pourquoi il ne trouvera pas facilement une ménagère.

— O mon Dieu ! murmura Guyot en levant les yeux au plafond, je t'offre en holocauste les avanies que je reçois, car toi seul, ô mon Dieu, connais le fond de mon cœur.

— *Amen* ! fit le bedeau.

— Je crois qu'on a dans ce pays la langue fort légère. J'en ferai l'objet de mon prochain sermon.

— On a besoin d'un bon prêtre, d'un prêtre qui remue, vous savez... un prêtre qui remue...

Et le bedeau se frappa la poitrine.

— Je remuerai, dit Guyot, c'est dans ce but qu'on m'envoie. Oui, en dépit du mauvais vouloir, de l'hostilité, des calomnies, je ferai le plus de bien possible. Et quand je partirai, on me regrettera ; c'est moi qui vous l'affirme.

Il se rendit au Grand Cerf, l'unique auberge du village, pour commander son dîner.

Il entra par la cuisine et trouva deux grosses servantes, manches retroussées, montrant les appétissantes rondeurs de leurs bras grenus, enluminées du feu des fourneaux, et agitant des casserolles avec des mouvements d'épaules et de hanches, qui décelaient toute la vigueur de ces filles des champs. Leurs jupes courtes ondoyaient voluptueusement autour de leurs jambes et en les regardant d'un œil admiratif, l'abbé pensa au pastophore dont parle Apulée, devenu amoureux de la servante de son hôtesse, en la voyant remuer un hachis.

L'arrivée du prêtre les fit brusquement abandonner leur besogne. Elles rougirent, se poussèrent du coude, et finalement disparurent, en riant et se bousculant, par une porte du fond.

Mais le curé ne s'en formalisa pas. Cette joie, loin de l'offenser, lui plaisait. Il aimait le beau rire jeune et franc, le rire aux dents blanches épanoui sur les lèvres fraîches, ce bon rire de fille, qui éclate comme une chanson, réjouit les cœurs et rend les vieilles tristes, et il eût ri volontiers avec elles sans savoir pourquoi, rien que pour le plaisir de rire, car il sentait bien qu'il n'y avait là ni moquerie ni intention blessante, mais quelque grivoise arrière-pensée.

Bientôt elles reparurent, sérieuses, précédées d'une matrone qui, à son tour, sourit agréablement.

Décidément il aurait les femmes. Les hommes pouvaient, si bon leur semblait, rester réfractaires.

Après avoir commandé ses repas jusqu'à nouvel ordre, il fit la même demande, qu'au bedeau, au sujet d'une bonne... provisoire... seulement pour quelques jours. Et il regardait les deux grosses filles d'un œil qui disait : « Je m'accommoderais volontiers d'une de vous. »

— Oui, répondit la matrone, il y a la mère Griboin.

Il s'en alla. Il pensait interroger plus amplement la servante qui lui apporterait son dîner, car il comptait bien voir arriver une de ces belles rieuses. Ah ! ah ! ah ! il la chatouillerait sous le menton, pour la faire rire plus fort. « Petite coquine, vous vous êtes moquée de moi ! Où êtes-vous le plus chatouilleuse, mademoiselle ? Voyons, dites, où ça, où ça ?... » Et l'on rirait, et l'on rirait ! Laquelle viendra ? La blonde ? la châtaine ? A vrai dire, cela lui importait peu. Les deux également lui plaisaient, il ne voulait pas faire son choix. Si la châtaine lui avait parue plus jolie, la blonde était plus avantagée en chair. Et pas de corset ! Il était certain qu'elle n'avait pas de corset. Oh ! les belles paysannes. Allez donc trouver à la ville des filles aussi fermes ! Ce n'est pas Mme

Collard, sou ancienne amie... ni Mme la générale de Beaupertuis. Fi donc!

Oui, on lui aurait demandé : Laquelle veux-tu, mon ami Guyot? Embarrassé, il eût clos les paupières, étendu les bras et tâté au hasard.

Certes, il n'avait pas l'intention de s'écarter de la morale ; mais enfin pourvu d'yeux comme vous et moi, il voyait ce qu'il voyait ; il eût été drôle qu'il les fermât en parlant au sexe aimable, et puisqu'ils étaient ouverts, il ne pouvait les empêcher de se complaire devant les agréables tableaux.

Ainsi se parlait-il à lui-même, attendant derrière le rideau de sa fenêtre, curieux de connaître laquelle des deux lui enverrait le destin, lorsque déboucha au coin de l'impasse, portant gauchement son dîner, un grand godelureau dégingandé et sale.

— Il n'y a donc pas de servante au *Grand-Cerf?* demanda-t-il indigné; lorsque le soir il le vit reparaître, répandant, avec une partie de la sauce d'un ragoût, une forte odeur d'écurie.

— Oh! que si, répondit l'autre, et deux belles!

Et il riait; lui aussi riait, le goujat! montrant ses dents d'un air niais, stupide. Guyot lui eût volontiers jeté son ragoût à la tête.

— Puisqu'il y a des servantes au *Grand-Cerf,* pourquoi vous distrait-on de votre service? Car vous soignez les chevaux, n'est-ce pas ?

— Et aussi les vaches; et c'est moi qui tue les cochons. Mais la bourgeoise a dit qu'elle ne voulait pas que ses filles d'auberge vous portent la soupe.

— Et pourquoi donc a-t-elle dit ça, votre bourgeoise?

— Ah! vous savez!

Et il riait encore, il continuait à rire, ce godelureau imbécile.

— Quoi! je sais? je ne sais rien! Vous voyez
bien que j'arrive dans votre village.

— Dame! C'est des histoires que je ne peux
pas vous raconter... des histoires de curés et de
filles.

XXXI

LA MÈRE GRIBOIN

INSI, c'était bien vrai, pas d'illusion possible, le maire ne lui avait pas menti. Il était bien véritablement à l'index, et aucune fille se respectant ne mettrait les pieds dans sa demeure. Quelle abomination? Tas de canailles? Mais alors que faire? Demander cette mère Griboin? Appeler Gertrude?

Il en avait pourtant assez de sa servante, à qui il devait tant et qui prendrait forcément sur lui des droits acquis par ses services rendus.

Il achevait tristement son souper, lorsqu'une vieille édentée, avec la figure plus ratatinée qu'une pomme sur laquelle ont passé les neiges de décembre, se présenta devant lui.

— Il n'y a que moi, fit-elle sans autre préambule, en regardant le curé d'un air triomphant.

— Quoi! fit Guyot.

— Oui, on a couru tout le village, on a quémandé au *Coq enfariné*, au bedeau, au *Grand-Cerf;* on aurait voulu peut-être pignorer la gaupe au fossoyeur, mais, bernique, rien, c'est encore la mère Griboin qu'on est obligé de quérir.

Elle accusait bien ses soixante-dix années et même un nombre supplémentaire, et pendant qu'elle parlait, ses lèvres blanches rentraient et ressortaient tirant alternativement son menton et son nez.

— Qu'est-ce que vous racontez ? dit le curé, visiblement chagriné à la vue de cette vieille. Qui vous envoie ?

— Ben ! c'est M. Grugevin, le maire.

— Il est bien aimable.

— C'est pas un mauvais homme, pour sûr. Il m'a dit d'aller vous trouver. Alors, me v'là.

— Vous avez servi l'autre curé ?

— Le pendu ? Oui. C'était pas un mauvais homme non plus, bien qu'il aimât un peu trop l'eau du muid. J'ai remplacé la Lecoiffier, quand Lecoiffier n'a plus voulu la laisser venir rapport à des parleries. Et l'autre aussi, je l'ai servi. Même que c'est moi qui l'ai cousu.

— Comment cousu ?

— Oui, dans le linceul.

— Quel autre ?

— Le père Chaubard, donc ! Le grand maigre, juste de votre taille, mais pas si rembourré. Un cent de clous, lui ! Ah ! il faudra pour vous plus de toile. Vous ne l'avez pas connu ? celui qui aimait tant les jupes ! Mon Dieu ! mon Dieu ! J'ai jamais vu un homme pour aimer comme ça à mignoter les bacelles. Il a reçu finalement sur la tête un coup de pioche qu'il peut vous dire, s'il revient la nuit, n'avoir pas volé. Il en a vu tant de chandelles que ça lui a crevé les mirettes. Ben ! tenez ; vous direz tout ce que vous voudrez, c'était pas

8

encore un mauvais homme; car pour pas que le
monde soit levraudé, il a juré qu'il avait fait la
culbute, la tête sur le décrottoir. On a cru ce qu'on
a cru. Mais moi qui vous parle, je m'en remémore
bien. Je venais même de teter la grande Rosalie,
la fille au bedeau, et j'ai entendu le coup.

— Comment? Que voulez-vous dire? Vous
avez teté la fille du bedeau!

— Ben, oui! la grande Rosalie, une qui a mal
tourné à cause des curés. L'enfant était mort. Son
lait ne pouvait pas jaculer. Je tette les filles que
leur lait les étouffe. On ne vous a donc pas dit
que j'étais téteuse de mon état?

— Je n'avais pas compris. J'ignorais qu'il existât
une profession de ce genre. Et vous gagnez votre
vie à téter des filles-mères?

— Pas seulement des filles, des femmes aussi;
mais c'est les bacelles les meilleures pratiques. On
ne peut pas dire qu'on y gagne sa vie. C'est pas
l'embarras, on la gagnerait tout de même si on
tétait tous les jours; mais vous comprenez bien,
monsieur le curé, le pays est petit, il n'y a pas
toujours des pis à traire. Puis, faut tout cracher, ça
dépend des curés qui passent.

— Comment? s'écria Guyot bondissant sur sa
chaise. cela dépend des prêtres!

— Ben, oui! Faut pas vous fâcher. Vous demandez, je réponds. Les pucelettes d'ici, voyez-vous,
c'est comme les pucelettes de partout; c'est pas de
mauvaises filles, mais ça aime égrener le chapelet d'amour. Les curés aussi; c'est p. s un mal;
ces pauvres gens, ils sont tout seuls. Et tout seul,
la vie est tedieuse. Faut bien qu'ils se gaudissent.
Alors vous comprenez, tous ces égrenages de chapelet, ça fait venir le lait aux filles, et le lait c'est
comme le vin tiré du muid, faut qu'il soit bu.

— Et la géniture ? demanda Guyot avec mépris,
ne voulant pas désigner du nom d'enfants des êtres
nés en dehors des lois sociales et de la permission
de l'Eglise.

— Les vachelets ? Ils sont morts, ils meurent ;
on n'en voit plus. C'est justement cette affaire-là
qui me fait gagner le pain que je mange, et j'en
mange pas des goulées. Une bacelle qui a de l'honneur ne peut pas nourrir un bâtard. Les gens sau-
raient qu'elle a eu un amant. Ça ferait une belle
hurlerie. On la houspillerait. On la chasserait du
village. Ah ! on ne crache pas sur la morale ici,
allez, monsieur. Les amants, c'est bon seulement
pour les femmes mariées... Oui, tout ça m'aide à
vivoter, quoi ! et je ne coûte rien à mes enfants ; je
leur octroie ce que je gagne et je ne mange pas
beaucoup ; non, ils ne peuvent pas dire que je leur
lippe plus que je rapporte, surtout quand je tette,
parce que d'abord la tétée nourrit et ensuite on
me donne une bonne goutte.

— Et combien d'argent ?

— Ça dépend des femelles. Y en a qui ont de
jolis petits seins mignons que c'est un miel de leur
prendre le tetin ; d'autres, des vrais pis et du
lait, que c'en est une inondation ; d'autres qui
ont le lait doux, d'aucunes fort. Alors, je fais mon
prix sur les estomacs. On me dit : « Combien que
vous prendriez, la mère Griboin, pour une tétée
à ma femme ? — C'est les femmes mariées, vous
comprenez, les bacelles viennent sans trompette
et je leur prends dix sous. — Alors je réponds à
cet homme : C'est selon mon *fien*, faut voir la marchandise ; allons, ma biche, que je dis à la dame,
sortez-moi ça. » Quand c'est quelque chose de
gentil, je réponds : « Pour vous ce sera cinq sous
et la goutte. » Mais quand je suis offusquée par

ces gros cataplasmes qui juttent quatre pintes, j'augmente de deux sous. N'ai je pas raison?

— Certainement.

— C'est pas cher, n'est-ce pas? Ben! il y en a encore qui veulent me capoter et qui croient se passer de la mère Griboin. Tenez, Lecoiffier, le fossoyeur, que vous connaissez peut-être, il n'a pas voulu de moi, rapport à ce que j'avais tété, dans le temps, Aglaé, leur bacelle. Donc, il achète une pipe. Ecoutez-moi bien : ça lui a d'abord coûté deux sous, parce qu'il faut une pipe neuve ; puis le lait de son épouse lui a tant margouillé le cœur, à cet homme, qu'il a été obligé de lamper un cinquième d'eau-de-vie : six sous... et deux de pipe, huit sous. Et enfin, finalement, il a encore été forcé de venir me quérir. Et savez-vous combien ça lui a coûté, cette gésine-là? Ben, il n'a pas dû en être quitte pour vingt sous. Ah! on me connaît, allez. Et c'était pain béni pour ce Lecoiffier, parce que lui, voyez-vous, je ne le crois pas un bon homme.

— Mais, dites-moi, madame Griboin, qui soupçonnez-vous du meurtre du curé Chaubard?

— Ni vu, ni connu ; pas vu, pas pris.

— Et croyez-vous que le curé Chiquenelle se soit pendu?

La mère Griboin se mit alors à marmotter des paroles inintelligibles, hochant la tête, agitant son index et regardant dans le vide. A la lueur de la chandelle fumeuse, ses yeux caves brillaient comme ceux d'une chouette derrière la grise broussaille de ses longs sourcils. Elle fit presque peur à l'abbé Guyot, qui crut voir en elle le mauvais génie attaché au presbytère et jetant un sort sur les pauvres curés.

— Moi, insista-t-il, voyant qu'elle ne se décidait pas à répondre, j'ai peine à croire qu'il ait mis lui même fin à ses jours.

— Il ne faut pas loquacer de lui, dit-elle à voix basse en faisant un geste de terreur.

— On a trouvé, vous le savez, un foulard de femme sur son lit et le foulard a disparu.

— Ne jabotons plus de ça.

— Au contraire, il est des choses qu'il faut éclaircir. Qu'est-ce que vous pensez?

— Pas du bon.

— On m'a dit que vous prétendiez avoir vu le défunt courir dans le cimetière.

— Plus bas, répliqua la mère Griboin en se rapprochant du prêtre, les morts ont l'oreille fine et n'aiment pas qu'on glose d'eux. Il se passe ici des micmacs qui horripilent. Oui, comme je vous vois, à présent, je l'ai vu de mes yeux, à l'heure de minuit. Il faisait de grandes enjambées avec sa grande robe noire et barbotait dans les fosses. Tenez, la glace me coule dans le dos.

— Vous avez rêvé.

— Rêvé! Ben! l'abbé Thiriot, le vicaire de Motencourt, a-t-il rêvé, lui? Il n'a rien voulu loquacer, mais la nuit de l'enterrement, lorsqu'il a couché ici; la sœur Perpétue, qui récitait les patenôtres des trépassés, l'a vu courir comme un dératé dans toute la maison avec une chandelle. Il n'a pas dormi, allez, et bien sûr le pendu est venu le tirer par les jambes. Demandez-lui quand vous le verrez. Mais peut-être il ne le dira pas, car il était tout pantois au matin.

Le curé se mit à rire.

— Eh bien! j'espère que le pendu ne viendra pas me tirer cette nuit par les jambes et je vais me coucher. Ma chère madame Griboin, je n'aurai

probablement besoin de vos services que provisoirement, car j'attends mon ancienne gouver-
naute. Vous voulez bien faire mon ménage ?

— A condition que je ne coucherai pas ici.

— Comme vous voudrez.

— Alors, c'est entendu, vous me prenez jusqu'à
ce que l'autre arrive. Toujours là, moi, avant,
pendant, après.

— Après quoi ?

— Après votre gouvernante. On viendra encore
quérir la mère Griboin. Et après vous, l'autre !

— Quel autre ?

— Ben ! celui qui vous remplacera, si vous
vous pendez, ou qu'on vous chasse, ou qu'une
bêche vous tombe sur le nez.

— Beau pronostic, s'écria Guyot, en regardant
la vieille.

Mais elle ne riait pas ; elle parlait sans rire, et
ses lèvres, sans qu'aucun son en sortît, continuaient à s'agiter.

XXXII

MAISON HANTÉE

L avait vu venir la nuit avec inquié-
tude; la visite de cette vieille aug-
menta ses appréhensions. Comme
ces sorcières qui, au retour du
sabbat, laissaient derrière elles une
odeur de soufre, elle lui laissa
une vague peur.

Il s'était écoulé si peu d'heures, depuis son
arrivée dans ce village; il avait été tour à tour si
surpris, si indigné, si désillusionné, si stupéfait
par les étrangetés entendues et arrivées, en quelque
sorte, sous ses yeux, qu'il n'avait pas pris le temps
de réfléchir; mais, maintenant, les pensées l'assaillaient.

Des jupons de cette pauvre femme semblait
être sortie une nuée de rêveries lugubres. Elle
était propre pourtant, et sa propreté contrastait
avec l'état de délabrement et d'incurie du presbytère; elle portait une cornette bien blanche, un
fichu nouvellement repassé couvrait ses épaules

et sa poitrine en plis corrects, pas une tache ne salissait sa vieille robe d'indienne et ses galoches étaient cirées avec soin; mais la misère perçait sous tout cela. Et l'abbé Guyot n'aimait pas la misère, et il regardait autour de lui, et il voyait tout misérable et triste.

Comment s'arranger un intérieur supportable dans ce bouge ? Où placerait-il sous ces plafonds fendillés, à ces murs crevassés, tachetés de la lèpre de la moisissure, ses tableaux de l'Ancien Testament, ses belles statues de la Vierge, ses crucifix d'ivoire, ses magots de la Chine, ses anges nus et ailés comme des amours, ses pieux souvenirs, ses broderies de femme, ses photographies de jolies dévotes, et tout son cher mobilier. Et comment enfin ferait-il venir son mobilier sans Gertrude. Oui, malgré les désagréments attachés à ses services, il l'appellerait; vieille pour vieille, elle valait mieux que la mère Griboin.

Il en était là de ses réflexions lorsque le vent, recommença à glisser ses plaintes aiguës aux fentes des huis comme s'il voulait jeter des sanglots dans ses pensées soucieuses. Il entendit bientôt toutes sortes de craquements. On ébranlait les portes, on secouait les armoires, on marchait au grenier.

Il se leva à plusieurs reprises, criant : « Qui est là ? qui va là ? Est-ce qu'on frappe ?... » Puis il se rasseyait se disant que les souris et les rats commençaient leurs rondes, et, en effet, il en vit sortir des fentes des boiseries vermoulues, courir çà et là, après l'avoir examiné curieusement avec confiance et audace, preuve d'une longue sécurité.

Mais les *djins* le hantaient déjà, tressautant dans son imagination avec un bruit de grelots sinistres.

Les avertissements égrillards du maire, les injures du fossoyeur, la sournoise insolence du bedeau, la malveillance trop visible des villageois, s'effacèrent devant d'autres craintes. Les contes de la vieille réveillaient ses croyances d'autrefois, alors que, crédule catéchumène, il écoutait, les yeux dilatés par l'épouvante, des récits du monde occulte.

L'isolement de cette maison entre une église et un cimetière, les drames passés, ce pendu d'hier, ce lit mortuaire défait par un hôte mystérieux, ce foulard de femme oublié et repris, ces fleurs laissées par une main invisible, et surtout l'apparition de la nuit précédente, qui semblait confirmer les dires de la mère Griboin, faisaient naître l'appréhension d'aventures tragiques.

Il eut peur de l'inconnu, des bruissements des ombres, des souffles sortis de bouches sans lèvres, des lueurs glauques qui passent, laissant dans l'œil des formes de suaire.

Bref, toutes les histoires d'âmes en peine de prières, de messes, de neuvaines, de cierges bénis; les contes ridicules des quémandeurs de l'autre monde rôtissant dans le purgatoire ; toutes les vieilleries fantastiques si souvent débitées par lui aux jeunes niaises et aux septuagénaires idiotes, dans le but de soutirer leur argent, et dont il riait comme un fou, une fois le tour accompli, repassaient dans son esprit malade.

Avant de se coucher, il fit le tour des appartements, verrouilla et barricada les portes, et, au moment de se mettre au lit, regarda dessous comme une chambrière peureuse, puis s'enfonça dans ses couvertures, cherchant à s'endormir.

Mais il se retourna longtemps en tous sens, faisant grincer les ressorts usés de sa couche sans parvenir à trouver le sommeil ni à chasser l'image du pendu. Elle obsédait son insomnie, comme, la

nuit précédente, elle avait hanté ses rêves avec un
cortège de larves.

Il voyait la chambre s'emplir d'ombres et le
pendu accroché au plafond, portant la mitre pon-
tificale et les clefs de saint Pierre, entouré, d'une
foule de femmes, de filles, d'enfants, demi-nus,
souillés par d'immondes désirs accomplis, et étalant les traces de leurs souillures ; et tous, montrant le poing à ce cadavre, l'Eglise morte, criaient :
« Qu'as-tu fait de nous ? qu'as-tu fait de nous ? »

Tandis qu'accroupie dans un coin, sur un tas de
nouveaux-nés, la mère Griboin, ornée d'ailes de
vampire, tetait, avec une soif inextinguible, des
mamelles gigantesques — des voix glapissantes
hurlaient, en le parodiant, le mot célèbre de Bos-
suet :

« L'Eglise se meurt ! L'Eglise est morte ! »

Etait-il éveillé ? Il ne se le rappela pas : mais
peu à peu les figures sinistres et grotesques se
fondirent, le pendu disparut, les petits enfants des
filles-mères, victimes de la criminelle imbécilité
sociale, la vieille Griboin, ses ailes de vampire, et
les mamelles d'hécatées s'effacèrent ; il ne resta
que des perceptions vagues, des flottements de
lumière ; et, perdant la conscience des choses, il
n'entendit plus que faiblement le vent souffler sous
la porte, comme une voix qui se cache :

« L'Eglise se meurt ! L'Eglise est morte ! »

Il se souvint cependant d'avoir compté un à un
les douze coups de minuit et peut-être n'y avait-il
pas cinq minutes qu'il dormait, quand il fut ré-
veillé en sursaut.

Le vent ne pleurait plus ; mais un bruit sourd
montait jusqu'à lui.

Haletant il se glissa jusqu'à sa fenêtre avec pré-
caution, comme s'il craignait d'attirer l'attention

des gnômes et écarta un coin du rideau. Son œil effaré fouilla le cimetière ; mais comme s'il avait été découvert par une prunelle invisible, le bruit cessa.

Il regardait en tous sens dans les rangées funèbres. Quoi ? Quest-ce ? Il y avait là quelqu'un ! Il ne se trompait pas, cette fois. Ses yeux étaient bien ouverts. A la même place, que la veille, à vingt pas de lui, de l'autre côté de son jardin, une ombre surgissait au milieu des tombeaux. If ou cyprès peut-être ? Il n'y avait là ni cyprès ni if.

Il ferma les paupières, puis les rouvrit. L'ombre était là ; il distinguait vaguement une face blanchâtre, et cette face se tournait vers lui.

Instinctivement il recula, comme si, derrière ce rideau, il pouvait être vu, et s'assit sur le pied de son lit, en proie à mille conjectures, se demandant encore s'il ne rêvait pas ; puis retourna vers la fenêtre, avec l'intention de l'ouvrir et de héler le revenant.

D'abord, il crut le fantôme évanoui ; mais bientôt il le découvrit, accroupi à quelques pas plus loin, se livrant à une œuvre qu'il ne pouvait comprendre.

Il regardait, regardait..., et il lui semblait sentir ses yeux s'en aller de leur orbite et ses cheveux se dresser sur son front. Il distinguait maintenant...

Un prêtre, tête nue, agenouillé sur le sol, au milieu des grandes herbes, essayait, à l'aide d'un levier, de soulever la pierre d'un sépulcre.

Et quand il eut réussi à lever un des coins, l'abbé Guyot le vit plonger son bras sous la pierre.

XXXIII

SECONDE MESSE

I**L ne se sentit le courage ni de descendre ni d'interpeller cette goule
ensoutanée qui fouillait les sque-
lettes. Etait-ce un vivant ? une ombre ? Il ne voulut pas le savoir.

La nuit devint plus profonde,
une pluie fine mouillait et enveloppait les tombes
et les herbes. Tout s'effaça dans le noir.

Il n'entendit plus que la suite des heures qui
tombèrent une à une, lugubrement, comme un
glas. Un... deux... trois... quatre... Il lui semblait
que son agonie tintait à ce clocher maudit, et il
compta jusqu'à ce que l'aube blanchit les toits;
alors, seulement, il s'endormit.

Ce fut la mère Griboin qui le réveilla. Elle criait
et frappait comme pour l'autre.

« Pan ! Pan ! Pan ! monsieur le curé! Eh!
monsieur le curé ! »

Et en face, au bout de la ruelle, la sœur Per-

pétue ouvrait sa fenêtre, montrant sa figure bour-
souflée sous son énorme béguin.

— Est-ce que les orgies commencent déjà,
disait-elle, est-ce qu'il est pendu comme l'autre !
Un prêtre du bon Dieu rester couché si tard.
Qu'est ce qu'il a pu faire cette nuit ?

Et elle courut raconter cet évènement aux commères du village : « Il était encore au lit à huit
heures ; la mère Griboin a fait un bacchanal d'enfer
pour le réveiller ; oui, madame, à huit heures.
Quelle orgie ! »

— Vous m'avez donné la suée, dit la vieille, il
faut s'attendre à tous les maléfices ici, et je vous
cuidais trépassé comme M. Chiquenelle. Et votre
messe ! c'est-il pour Pâques ?

— Ma messe ! Mes paroissiens ne me semblent
pas très dévots et je ne pense pas que je doive
beaucoup me gêner sur ce point. A quelle heure
mon prédécesseur la disait-il ?

— Ben ! c'était pas ça qui le chiffonnait non
plus, car n'y avait oncques personne. Jusqu'à la
sœur Perpétue qui rechignait pour y patenoter, à
cause des orgies, qu'elle piaulait.

— Quelles orgies ?

— Est-ce qu'on sait ! Des orgies, quoi ! Il remplissait une burette de cassis et l'autre de cognac
pour simuler le vin blanc et le vin rouge, et il lam-
pait ça en avalant le bon Dieu. C'est pas un
grand méchef, mais la sacristie relentait la boisson
comme la salle du Grand-Cerf, et sœur Perpétue
marmonnait que ça lui hoquetait l'estomac. C'est
égal, le bon Dieu devait se siroper dans les boyaux de
M. Chiquenelle comme un pruneau dans un pichet
de trois-six. Il confisait, quoi ! ça veut pas dire
pour ça que c'était un mauvais homme ; mais ça
chassait la pratique. Vous, c'est bien différent,

9

faut croire que vos paraboles d'hier ont apistolé
le monde; dépêchez-vous, l'église déborde.

— Ah! s'écria Guyot, le terrain est fertile, il
était mal cultivé, voilà tout. Il ne s'agit que de se
mettre à la besogne et de jeter la semence.

— On en a jeté de la semence, grommela la
mère Griboin, de quoi remplir de quenilleux tous
les guérets. Graine de gueux pousse comme chien-
dent. Ah! mon Dieu, si on s'écoutait, le monde
serait bientôt trop plein et les pauvres comme des
étalons en mai se mordraient la nuque. Vaut mieux
qu'une fille fasse boire son lait à une vieille qu'à
une bestiole humaine; ça coûte moins cher.

Le curé ne répondit pas, cette sorcière le dégoûtait et, se souciant peu de prendre une telle confi-
dente, il se rendit à l'église.

Il eut la satisfaction de la voir, sinon pleine,
du moins garnie du nombre de dévotes nécessaires
à une messe basse. Une douzaine de femmes,
quelques fillettes et cinq ou six hommes se grou-
paient devant l'autel. Un peu surpris de cette
ardeur sur laquelle il ne comptait guère, Guyot
promena sur cette assemblée d'élite un regard
reconnaissant, puis commença l'*Introïbo* :

Je m'approcherai de l'autel de Dieu
Du Dieu qui réjouit ma jeunesse.

Mais lorsqu'il se retourna pour lancer son premier *Dominus vobiscum*, il eut la douleur de voir
qu'il s'était encore fait illusion et que, pas plus
que la veille, ses ouailles ne montraient de piété.
Elles avaient bien leur livre en main, mais au lieu
d'y suivre attentivement les prières, comme il sied
à des dévotes de la messe quotidienne, laquelle
n'étant ni pompeuse ni obligatoire, suppose, de
celles qui y assistent, un complet abrutissement

ou une passion hystérique pour le prêtre, ces mauvaises chrétiennes chuchotaient entre elles, tandis que les hommes riaient en le regardant.

Le Dieu qui avait réjoui sa jeunesse semblait mettre en gaieté tous ces imbéciles-là !

Bien plus, Thomas Fessard, le bedeau, qui était en même temps Thomas le sacristain, et aurait dû se trouver le premier à l'église, entra avec fracas au beau milieu de l'offertoire et, loin de se rendre humblement et discrètement à son poste, suivant la coutume des employés fautifs, il fit insolemment retentir les dalles de ses gros souliers ferrés en allant s'adosser à un pilier d'où il examina son supérieur avec une outrageante attention.

— Ce drôle ne restera pas longtemps à mon service, murmura l'abbé Guyot, qui le surprit faisant des signes pendant l'un de ses *vobiscum*.

Il pensa qu'il valait mieux ne rien laisser paraître encore, et passa son indignation en émiettant avec colère le pain à cacheter où s'aplatit le bon Dieu.

— Je ne vous avais pas prévenu de l'heure de ma messe et je suis cause que vous êtes en retard, dit-il au bedeau dans la sacristie.

— Oh! il n'y a pas de mal, monsieur le curé.

— Mon intention est de ne gêner personne. A quelle heure pensez-vous que je puisse dire ma messe, mon cher monsieur? Huit heures?

— Cinq, si vous voulez? Il ne faut pas me consulter, moi. Je suis debout au petit jour, ayant l'habitude de dormir la nuit.

— Habitude excellente, indice de la santé du corps et de la tranquillité de l'âme. Satan veille à la porte de ceux qui ne dorment pas, et dans l'insomnie fermentent les plus horribles péchés.

— Je n'ai pas de peine à vous croire.

— Vous avez des enfants, monsieur Fessard?

— Trois filles...

— Oh! dit imprudemment Guyot, trois filles!

Mais, se rappelant aussitôt la grande Rosalie, tétée par la mère Griboin, il comprit qu'il venait de faire une sottise.

— Monsieur le curé désire les connaître?

— Ne dois-je pas connaître toutes mes brebis?

— Je pensais que M. Grugevin avait conseillé à monsieur le curé de ne pas trop s'occuper des brebis du sexe; du moins, c'est ce dont nous autres, du conseil de la commune, l'avions chargé.

— Le prêtre ne connaît pas de sexe, répliqua Guyot dévorant l'affront, les sexes n'existent pas pour lui. On a ici une triste opinion des ecclésiastiques, et j'en suis navré. Je ne sais si ceux qui ont passé avant moi ont mérité cette avanie, mais en supposant que quelques-uns aient été abandonnés de Dieu, leurs fautes ne doivent pas rejaillir sur leur successeur. Et j'ai peine à comprendre qu'un homme comme vous, M. Thomas, intelligent, honoré de ses concitoyens, un conseiller municipal, un serviteur de l'église, se fasse l'écho de commérages d'imbéciles! Vous me parlez de M. le maire. Il est, je puis vous en assurer, revenu de ses préventions, et vous en reviendrez aussi, monsieur Thomas, quand vous me connaîtrez mieux, et vous en aurez honte, c'est moi qui vous le dis, honte!

Le curé se souvenait de la facilité avec laquelle il avait fait humer l'encens de ses flatteries au vaniteux maire, et il essayait du même encensoir sous le nez du sacristain; mais celui-ci secouait le nez, hochait la tête.

— Faudrait pas alors commencer si vite.

— Que dites-vous ? Vous parlez de commencer ? Commencer quoi ?.

— Oh ! rien. Une parole que je lance comme ça. Les paroles, ça vole, comme disait le défunt M. Chiquenelle ; faut les laisser voler et ne pas courir après. D'autant plus que c'est pas mes affaires, puisque c'est pas sur mon terrain qu'on maraude. J'ai payé ma part, chacun son tour.

— Je ne comprends pas vos allusions, monsieur; je vous prie de vous expliquer.

— Mais, je ne sais rien. La Griboin vous racontera ça, si elle veut. J'aime pas les chipots, moi.

Et Thomas Fessard, sacristain, conseiller municipal et tailleur, sortit avec dignité.

XXXIV

MYSTÈRE

A colère de l'abbé Guyot était à son comble.

Il s'apprêtait à interpeller la mère Griboin, mais elle avait déserté la cuisine, et il l'aperçut, causant avec la sœur Perpétue, qui, de sa fenêtre du rez-de-chaussée, agitait en secouant la tête sa grande cornette.

Elle levait les mains à hauteur de ses oreilles en signe de saisissement et d'horreur, et si elle eût été moins éloignée, il aurait sans nul doute entendu les mots habituels exprimant l'indignation mêlée de dégoût de la religieuse : « Orgies ! orgies ! »

— Les gens de votre village sont bien malhonnêtes, dit-il à la vieille quand elle lui apporta sa tasse de chicorée. Ils paraissent avoir appris la politesse et les égards dus à un ecclésiastique avec leurs cochons et leurs vaches.

— De quoi vous chevretez-vous ?

— J'observe partout l'irréligion, l'impiété et le manque de convenances.

— Ben, faut pas vous lamenter ; n'aviez-vous pas une bonne charretée de dévotes.

— De belles dévotes, ma foi. Elles feraient mieux de rester chez elles que d'apporter le scandale dans la maison de Dieu.

— Fallait bien qu'elles vous reluquent.

— Qu'elles me voient ! N'ont-elles pas eu tout le loisir de me voir hier à la messe et aux vêpres.

— Oui, mais depuis hier, il a coulé de l'eau sous le pont, car il y a quasiment quinze heures. Et on fait du chemin en quinze heures, surtout la nuit que l'on croit que tous les chats sont gris. Et paraîtrait que vous avez arpenté, pour revenir à la même borne.

— Quel chemin ? Qu'est-ce que vous chantez.

— Ben, ce que tout le monde piaille ; et il a un bon gosier, le monde. Moi d'abord j'ai rien vu. Ce que j'ai pas vu, je le jaspine pas. Vous n'avez toujours pas dormi toute la nuit, pour sûr ! Dites voir si vous avez dormi ?

— Non, certes, j'ai même passé une nuit fort mauvaise.

— Alors faut pas vous trémousser parce qu'on ne vous fait pas les yeux doux. Voilà deux jours que vous êtes arrivé et vous commencez déjà.

— Je commence à avoir par-dessus la tête de votre pays, et de vos sots paysans.

— C'est pas de mauvaises gens, répondit avec bonhomie la vieille, seulement faut vous méfier, voilà tout. Avec la huaille à Lecoiffier, rien à barboter de bon. Quand on m'a glosé de çà, tout à l'heure, j'ai riposté. « C'est le pendu. » Mais les revenants ne se sauvent pas si on les chasse, tandis que vous galopiez, révérentement parlant, comme une vache piquée du taon.

— Madame Griboin !

— On pourrait se tromper, s'il y avait trois douzaine de curés dans le village; mais vous êtes tout seul. C'est pour çà qu'il y avait tant de dévotes à prier le bon Dieu ! Elles voulaient voir la mine que vous faisiez après que Lecoiffier vous a dépisté.

— Moi ! moi ! s'écria Guyot indigné.

— Ben ! c'est pas moi pour sûr:

— Et ce misérable prétend m'avoir reconnu ?

— Faut aller lui faire le catéchisme.

Guyot, exaspéré, se leva sans même achever son maigre déjeuner.

— Où demeure ce scélérat !

— Ben ! vous le savez, puisque c'est parce qu'il vous a vu mugueter autour de sa cahute qu'il a tripoté sa trique !

Quel mystère l'enveloppait donc ? Quel complot se tramait ? Quelle ridicule comédie se jouait à côté du drame ?

Depuis deux jours à peine il avait pris possession de ce presbytère maudit et surgissait il ne savait quel odieux fantôme dont on lui attribuait les méfaits nocturnes !

Déjà, dans son ancienne paroisse, s'étant heurté à plus puissants que lui, il avait payé pour leurs vices : mais ici où il arrivait, et n'avait encore fait de mal à personne, où, inconnu, il ne demandait qu'à suivre paisiblement son petit chemin, enveloppant du mieux qu'il pouvait ses besoins, ses convoitises et les nécessités de sa chair pour les empêcher d'être vues du dehors profane, il était arraché brutalement à ses projets de discrètes joies par les médisances sans causes, les méchants propos absurdes et les injures d'ignorants.

Sans qu'il eût ni rien dit, ni rien fait, ni donné l'ombre d'un soupçon, le voilà calomnié et victime; pris, lié, englué comme une pauvre mouche dans une toile d'araignée, et il sentait qu'au moindre effort imprudent, il s'engluerait davantage.

Sa première pensée fut de courir porter plainte au maire, mais le maire était parti de grand matin conduire Céleste au couvent du Sacré-Cœur et rapporter de la ville des approvisionnements. C'était ainsi chaque semaine ; il allait la prendre quand il le pouvait le samedi soir et la reconduisait le lundi.

Le curé ayant jugé inutile de faire rien entendre à la mère Grugevin, s'en revint donc chez lui réfléchissant qu'il fallait avant tout avoir le cœur net de la vision de la nuit.

Dès qu'il fut seul, il passa de son jardin dans le vieux cimetière, chose facile, car la haie trouée et le sol foulé indiquaient que ses prédécesseurs avaient dû porter bien des fois au milieu des tombes leurs pas solitaires, la double tristesse de l'isolement et de l'ostracisme, ou encore leurs projets d'avenir.

Il se dirigea d'abord vers l'endroit où, à deux reprises différentes, il avait aperçu le spectre, examina les tombes une à une et ne tarda pas à constater des traces de profanation. Cinq ou six pierres plates paraissaient avoir été soulevées, comme si un bras de goule eût fouillé dans les fosses ; et, caché sous les touffes d'herbes, il trouva un levier de fer.

Il n'y avait cependant pas de « seigneur pourrissant sous de riches tombeaux », comme disait François Villon, qui portent encore à leurs doigts, leurs bras ou leur cou de squelette les bijoux dont ils n'ont pas voulu se séparer.

9.

Rien à rapiner, sous ces croix de bois et ces pierres de sable. Seules des générations de villageois y étaient alignées, prolétaires, serfs de la glèbe, ilotes séculaires, Jean Guetté, Jacques Bonhomme, va-nu-pieds et meurt-de-faim !

Que demandait donc à ces restes oubliés de misérables ce prêtre profanateur ? Car, plus de doute, c'était bien un prêtre que la mère Griboin avait vu, qu'il avait vu lui-même et qu'on venait de surprendre à sa sortie du champ des morts, alors qu'il fuyait, sa besogne accomplie.

A l'autre bout du cimetière, près d'une porte de bois vermoulu, aux gonds rongés, les hautes herbes fraîchement foulées indiquaient un récent passage. Le curé n'eut qu'à la pousser pour l'ouvrir et se trouver dans une étroite ruelle séparant l'ancien cimetière du nouveau. On pouvait descendre de là aux premières pentes de la côte et rejoindre, sans être aperçu du village, le chemin vert débouchant sur la route de Motencourt.

Il n'avait pas fait dix pas qu'il entendit un bruit confus, et découvrit, flanquée au coin du mur croulant du terrain des ancêtres une masure d'aspect misérable, d'où sortait le bourdonnement, comme d'une ruche trop pleine.

XXXV

AMÉNITÉS CONJUGALES

L la reconnut aussitôt sans l'avoir
jamais vue, cette maison délabrée,
isolée, mais toute bruyante de vie
au milieu du silence des morts, la
demeure tapageuse et gorgée d'enfants du pauvre qui sème sans pré-
voyance sa graine, insoucieux de la compagne
crevant sous le faix, sans se demander jamais
comment croîtra la moisson. C'était là, il le devinait, le gîte du fossoyeur.

Il s'arrêta, n'osant faire un pas de plus de peur
de se trouver seul et face à face avec ce mauvais
paroissien qui repoussait avec une si insolente
fierté les aumônes d'un prêtre et déjà le calomniait
dans le pays. Ah ! il demanderait des explications, il en exigerait, mais ce serait escorté de
témoins pour mieux confondre ce coquin !

Si la prudence lui conseillait de rebrousser
chemin, l'âpre curiosité le retenait. On parlait à
haute voix, et il eût manqué à toutes les traditions

cléricales s'il n'eût essayé de saisir les paroles au passage.

Le vieil axiome *verba volant scripta manent*, n'est qu'une fiction pour gens d'église comme pour gens de justice, car jamais parole imprudente échappée d'une bouche étourdie ne se loge mieux qu'en l'oreille d'un magistrat si ce n'est en celle d'un curé.

Une voix de femme dominait, celle de l'épouse, sans aucun doute. Sa curiosité en fut éveillée davantage. Elle avait, disait la chronique, accordé ses bonnes grâces à son prédécesseur.

Il savait bien qu'un pauvre curé de village ne peut être difficile et que, faute de grives, on prend des merles ; mais enfin, en chassant des merles on peut tomber sur une grive. C'était, de plus, la mère de la jolie rousse, et matrone qui tira de ses flancs si appétissante fillette méritait considération.

Quand un régiment quitte une garnison, il donne à celui qui le remplace la liste des femmes faciles en même temps que le nombre des balais de corps de garde et les noms des cabaretiers qui *font l'œil*. On évite ainsi des avanies, des pertes de temps et de grossières méprises. Les prêtres, plus décents, se recommandent les dévotes.

La chose au fond est la même ; il n'y a que les mots de changés. Mais n'est-ce pas par des mots qu'on satisfait les hommes ; il y a d'excellentes gens qui ne voient dans les droits achetés si chèrement par le peuple que le plaisir de s'appeler *citoyens*.

Guyot, successeur d'un mort, n'ayant reçu nulle consigne, voyageait en pays inconnu. Il lui fallait tenter fortune, étudier ses paroissiens en

écoutant aux portes et expérimenter à ses risques
sur son propre troupeau.

Il fit quelques pas encore, les oreilles bien ouvertes pour ne rien laisser perdre de la voix per-
çante qui arrivait à lui. Ce n'était pas le roucoule-
ment de la colombe amoureuse, mais des caquet-
tements de poule pondant un œuf trop gros.
Pauvres maris! qui d'entre vous ne connaît cette
note des matins de lunes rousses, alors qu'éclate
comme un clairon de guerre avec des graillements
de corneille, le soprano aigu de la tourterelle
irritée !

On se houspillait, tant mieux. Il n'est que la
colère pour vider les fonds de sac. Plus que dans
le vin, les vérités s'étalent. La bile et les rancunes
fermentées, montent à la gorge ; il n'y a qu'à les
éjaculer.

Rien comme les scènes conjugales pour mettre
les voisins en joie en même temps qu'au courant
des intimes misères. La langue de l'épouse en
furie est chargée de venin, et, dût-elle en empoi-
sonner les siens, il faut que tout parte, et en
quelques minutes elle a tout lancé. Mais c'est
entre quatre yeux, nez contre nez et poings sur la
hanche, que les matrones, harcelées par la rage,
aiment à cracher à leur *homme,* surtout lorsqu'elles
l'ont *joué,* ses sanglantes vérités.

Et en ce moment, la Lecoiffier ne les envoyait
pas dire, elle les criait, les vociférait, les hululait
et les hurlait au mari dont la réplique plus basse
n'atteignait malheureusement pas le tympan du
bon abbé Guyot.

Mais il avait assez d'entendre la femme pour
jubiler et rire. Ah ! la bonne luronne, elle n'avait
pas sa langue en poche, elle tenait, comme on dit,
le crachoir, et si le mari était muet, elle parlait

en conscience pour deux. Enfoncés les lâches hommes ! Le sexe faible, timide et doux se montrait.

« Meurt-de-faim, gueux, bois-sans-soif, va-nu-pieds, va-de-la-gueule, cochon, poltron, *feignant* », toutes ces épithètes de l'épouse furibonde tombaient dru comme grêle sur la tête du mari. On lui reprochait sa misère, on le raillait des trous de ses culottes et des reprises qu'on n'avait pas faites à ses bas.

L'abbé Guyot se frottait les mains.

Il était aux anges ; il se sentait plein de sympathies pour cette brave femelle qui le vengeait de ce mâle. Sans la connaître il l'aimait, il lui voulait du bien, il la souhaitait jolie pour le lui prouver ; ne fût-elle même pas jolie, il se trouvait disposé à faire pour elle quelque sacrifice. « Ah ! la bonne commère, comme elle arrangeait ce drôle insolent tout coi devant sa furie. Voilà des femmes comme il en faudrait pour l'église ; voila comment les maris doivent être menés ! »

— Refuser de l'argent qui vous tombe du ciel ! Faut-il être canaille ! Mais réponds donc, lâche !

— La brave créature ! murmurait Guyot.

— Tu n'oses pas, capon ; tu as peur d'une femme. Et c'est un homme, ça ! ça fait le fier, ce sans le sou... Bouge un peu que je t'écrabouille la face, cocu !

Le bon Guyot se pâmait.

— Mais, ça ne remuera pas. On l'insulte, ça reste comme un poteau. Mais puisque je te dis que tu es cocu ! cocu ! sale cocu !!!

L'éclat retentissant d'une main vigoureusement appliquée sur une joue suivit ce mot conjugal.

— Ah ! brigand ! l'innocent a presque reçu le coup ! tu veux tuer tes enfants, assassin !

Guyot entendit un grand fracas de meubles renversés, de vociférations que couvraient par instants les clameurs de la marmaille.

— Assassin ! Assassin !

Flèche du Parthe, car aussitôt la porte s'ouvrit avec violence et une grande et forte gouge, échevelée, très brune, le sein en l'air, l'œil brillant et la joue en feu, s'élança dans la ruelle. Elle tenait sur son bras gauche un poupon qui piallait à tue-tête, fort mécontent du rôle de bouclier qu'il paraissait jouer dans la lutte.

Une nichée de guenillards barbouillés, le bouchon au derrière, ébouriffés, dépenaillés, pieds nus, mais joufflus et bien en vie se ruèrent à la suite de leur mère en poussant des cris de paon, tandis que le fossoyeur, le bras levé, pâle et l'œil hagard, paraissait sur le seuil.

La fillette rousse s'était jetée au devant de lui, barrant le passage, se cramponnant de toutes ses forces à son bras, secouant sa rutilante crinière sur ses épaules nues, l'implorant :

— Père, mon père ! laisse maman. Pardonne-lui ! ne lui fais pas de mal.

— Ote-toi, Marie, dit le fossoyeur cherchant à se dégager, mais sans brutalité, de l'étreinte. Rentre, je te dis, je veux la faire taire. Ote-toi, ou c'est toi que je cogne.

Mais la brave enfant s'attachait davantage à son père, haletante, l'œil dans l'œil, pendant que la mégère hurlait :

— Il tue sa fille ! A l'assassin !

XXXVI

ENQUÊTE

'ABBÉ Guyot aurait bien voulu rebrousser chemin au plus vite. Mais ne s'attendant pas à cette brusque sortie, il restait cloué sur place.

Ce fut la femme qui, la première, l'aperçut.

— Ah! cria-t-elle. Voilà quelqu'un! On vient à mon secours. Tu n'oseras peut-être plus m'assassiner ni achever d'égorger tes enfants.

L'autre, tout blême, fixait sur Guyot des regards hébétés.

— Calmez-vous, ma bonne dame, dit le curé en essayant de sourire et montrant de la main toute cette marmaille reluisante de la santé que le grand air infuse dans le sang des enfants des campagnards, ces petits *égorgés* paraissent se porter à merveille! Oui, vraiment, ils ont de belles joues rouges. Les jolis chérubins!

Il pensait, en donnant ainsi implicitement tort aux exagérations de la femme, se concilier le

mari et il savait qu'en flattant leurs marmots on
est sûr de gagner les mères.

— Que le Dieu de paix fasse descendre le Saint-
Esprit sur vous, ajouta-t-il. Quand la discorde
pénètre dans une famille, l'esprit du mal l'accom-
pagne. Encore une fois, ma bonne dame, remet-
tez-vous. Désolé de faire votre connaissance dans
une circonstance aussi pénible; je suis votre nouveau curé, l'abbé Guyot, je viens vivre au milieu
de vous... Non, il ne faut pas se laisser emporter
par la colère; elle met dans la bouche des paroles
injustes... des injures imméritées que l'on regrette
d'avoir dites... Ah! quels jolis enfants!

Il débita cela tout d'une haleine, s'avançant
avec circonspection, regardant tantôt la mère,
tantôt les petits, mais évitant l'œil menaçant du
fossoyeur, près de sa fille, immobile sur le pas de
la porte.

Cette tête farouche le gênait extraordinairement;
il s'approchait cependant du groupe d'un air
aimable pour tapoter les joues des polissons qui se
reculaient, sauvages et disgracieux, derrière les
jupes maternelles, et lui de s'exclamer encore :

— Ah! les beaux petits! les jolis enfants! Et il
regardait la mère qui ramenait fébrilement sur sa
gorge son fichu chiffonné dans la lutte, un fichu
neuf, soyeux, un fichu bleu et blanc exactement
semblable à celui disparu si mystérieusement du
lit. Cette vue le troubla, et il répéta machinalement à plusieurs reprises : « Les beaux chérubins! les jolis petits! »

— Excusez-nous, monsieur le curé, dit la
femme d'un ton plus calme, il ne faut pas faire
attention. On a comme ça dans les ménages des
raisons... mais ça ne dure pas. Mon homme est
vif; moi, le sang me bout. Alors, on se dispute,

on se dit des méchancetés, on tape, mais on ne
s'en veut pas.

— Certes, répliqua Guyot, voilà des paroles
sensées. Allons, monsieur Lecoiffier, ne gardez
pas rancune à votre femme.

Mais Lecoiffier, se voyant interpellé, loin de
répondre, rentra brutalement dans la maison en
poussant devant lui sa fille.

— Ne vous formalisez pas de la malhonnêteté
de mon homme, dit-elle, il a des idées dans la tête;
depuis que M. Chiquenelle s'est pendu, il rêve
qu'un curé rôde la nuit autour de chez nous.

— Ma bonne et chère dame, sans m'attacher à
ce qu'il y a de ridicule en ceci, je suis heureux de
cet aveu. Vous m'enlevez un grand poids du cœur;
je venais précisément demander des explications à
votre mari au sujet de propos inconcevables dont,
je le tiens de bonne source, il est l'auteur.

— Et moi aussi, je préopine avec monsieur,
s'écria tout à coup M. Grugevin en débouchant
brusquement d'un sentier derrière la maison; des
explications c'est ce qu'on va nous obtempérer.
Serviteur, monsieur le curé. Où est votre mari,
femme Lecoiffier ? Avancez, garde-champêtre.

Le garde-champêtre, petit vieux tout sec, avec
des favoris gris en broussaille, un képi de sous-
lieutenant sur la tête, et un baudrier jaune sous sa
blouse, parut sur les talons de son supérieur avec
les signes d'une prudente circonspection.

— Me voilà! dit le fossoyeur. Qu'y a-t-il pour
votre service, monsieur Grugevin ?

— Il n'y a pas de Grugevin, ici. C'est le maire
en sa qualité municipale qui vous objurgue. Qu'est-
ce que toutes ces histoires de dégoûtation que le
cœur s'en soulève. Vous avez proféré ce matin
que vous aviez poursuivi cette nuit un ecclésias-

tique et vous avez insinué à la population outragée que c'est ce digne monsieur. Attention à ce
que vous allez déboulonner, mon brave homme.
On a l'œil sur vous, vous savez. Ne vous blou-
sez pas dans les feux de file, mon garçon.

— On a l'œil sur moi ! riposta Lecoiffier avec
colère... Qu'est-ce que ça me fiche ? Ai-je fait
quelque chose de mal ? Depuis que ce sacré curé
s'est pendu, on a l'air de dire que c'est ma
faute, on m'espionne, on envoie les gendarmes. Et
tout ça parce que je suis pauvre, et que je n'ai pas
voulu que ma femme ni ma fille mettent les pieds
dans cette sacrée taverne du diable. Allons ! la
marmaille, au chenil ! Il y a du pain sur la planche
aujourd'hui, qu'on le bouffe et me fiche la paix !
Marie, ferme la porte... Des explications ! je vais
vous en donner. Eh bien, oui ; il y a un curé qui
rôde autour de chez moi... Femme, n'ouvre pas le
bec et ne hausse pas les épaules ou je te caresse
l'autre joue... Je sais ce que je dis, je ne suis ni
fou ni saoûl ; un curé est venu cette nuit encore ;
il est sorti par la porte de derrière du cimetière et
s'est arrêté à la mienne.

— Causez toujours, fit Grugevin, après ?

— Après ? Qu'est-ce qu'il demande ?

— Vous avez peur qu'il vous vole ?

— Je suis un pauvre homme, monsieur le maire,
mais j'ai ma fille, et vos curés de malheur, vous
le savez, ne comptent pas l'âge des enfants.

— Allons donc, farceur, vous allez nous faire
croire peut-être qu'on galvaude déjà après votre
rousse ! Faut aller conter ça à la sœur Perpétue
mais pas à nous. J'ai roulé un peu ma bosse, le
sac au dos, et ce n'est pas moi qu'on interloque.
D'abord, en supposant qu'on s'est embusqué à
votre porte, est-ce que tout un chacun n'a pas le

drci: de périgriner dans la ruelle. Vous avez un rude aplomb de vous imaginer, parce que vous êtes fossoyeur, que vous allez réglementer les abords du cimetière.

— On n'a pas le droit de venir écouter la nuit à ma porte.

— Vous êtes toujours à vous harpailler dans votre sacrée cambuse; les gens qui passent s'arrêtent pour voir si vous n'écrabouillez pas votre légitime. Tout à l'heure, elle criait : *à l'assassin !*

— La gueuse me ferait bien pendre.

— Et vous avez eu le toupet d'insinuer que ce digne monsieur, qui est dans la commune sensément depuis deux jours et qui vous a comblé d'honnêtetés que j'en étais confondu moi même...

— Pardon, interrompit Lecoiffier. Je n'ai nommé personne. Je ne pouvais pas accuser le curé, puisque la première fois que je me suis aperçu qu'on rôdait autour de chez moi, il n'était pas ici.

— Mais vous m'avez attiré des désagréments, dit amèrement Guyot. Ce matin même, dans ma propre église, j'ai été l'objet de risées.

— Ce n'est pas ma faute,

— Il n'est pas moins vrai, s'écria la femme, qu'il est de ton devoir d'aller au village et de dire que ce n'est pas M. le curé.

— Inutile, répliqua Grugevin avec dignité. Je suis là présent et oculaire, et mes administrés savent que ça suffit.

XXXVII

FUSION DES PARTIS.

UYOT fut très heureux de cette solution. C'était un commencement de réhabilitation dans l'esprit public. Il avait été calomnié, la calomnie venait d'être reconnue, il ne pouvait manquer d'être plaint des femmes, et la pitié est sœur de la sympathie. Pour dissiper les derniers doutes de Grugevin, s'il avait pu lui en rester, autant que pour arriver à éclaircir cette mystérieuse affaire, il lui parla, quand ils furent seuls, du visiteur nocturne qu'il dit seulement *avoir cru voir* errant au milieu des tombes. Il ne donna pas d'autres détails, de crainte d'abord d'être accusé de couardise pour n'avoir pas osé descendre et courir sus au *revenant*, puis, prévoyant là-dessous quelque diabolique affaire de soutane, il était assez pénétré de l'esprit de corps pour ne pas dévoiler aux profanes les ténébreuses équipées d'un confrère.

Grugevin n'écoutait que d'une oreille distraite;

évidemment sa pensée était ailleurs; toutes ces histoires de curé l'*embêtaient*; seulement il hochait de temps en temps la tête par politesse comme s'il était très attentif.

— J'ai pensé, dit-il, quand le prêtre eut fini, à ce dont nous avons parlementé l'autre jour.

— A ce dont nous avons parlementé ? répéta Guyot, en fronçant le sourcil, car il se rappelait ses avis gouailleurs à propos des servantes.

— Vous ne vous souvenez plus ?

— Pas exactement, capitaine... pardon! monsieur le maire, veux-je dire.

— Hé! hé! hé! hé! voilà que vous m'appelez capitaine, maintenant. Me voici passé capitaine, ha! ha! ha! Malheureusement, je ne puis plus me revêtir de cet insigne; mais ce que je puis être... c'est décoré.

— Vous le serez, affirma Guyot.

— Ce n'est pas fait encore; et ça demandera peut-être du temps. Alors, je me suis dit, — histoire de penser à quelque chose, — je me suis donc dit : puisque M. le curé connaît le général Beaupertuis, et d'autres particuliers de la haute, ça pourra peut-être avancer mes légumes.

— Et vous avez raison de compter sur moi, cap... pardon, monsieur le maire.

— Oh! il n'y a pas d'offense.

— Aujourd'hui, pas plus tard, car il ne faut pas laisser traîner ces choses en longueur, je vous recommanderai chaudement à mon excellente amie Mme la générale.

— Eh bien! vous êtes un brave homme. Je vous revaudrai cela. J'ai déjà rivé son clou à ce gredin de Lecoiffier... Il ne vous mécanisera plus, j'en réponds. C'est qu'on commençait déjà à clabauder outrecuidamment, mais je ne m'effarou-

che pas des vadrouilleries, et j'ai dit : halte! Nous
représentons le gouvernement, n'est-ce pas, donc ?
Vous, la religion et le bon Dieu ; moi, l'administration, la magistrature, le fonctionnement de
la loi et la loi ; M. Fumeron, l'armée et l'ordre.
L'autorité sacrée à nous trois, quoi! C'est pour
ça qu'il faut pas se détériorer le fourniment.

— Monsieur Fumeron ?

— C'est le brigadier de gendarmerie, un ancien
cent-garde, à cheval sur les mœurs, je ne vous
dis que ça. Pour en revenir à notre manigance,
vous introduirez à cette dame que j'ai quatorze
ans de services et que je suis bon républicain. Ah!
mais, attention! pas de bêtises ! Est-ce qu'il est
républicain, le général de Beaupertuis ?

— Heu! heu! des généraux républicains, il
n'en pleut pas. Mais je crois qu'il est républicain
depuis la République.

— Vous êtes sûr, au moins ?

— Oui, oui, très sûr.

— Eh bien! c'est comme ça que je comprends
le mécanisme des malins. Il faudra dire alors que
je suis très bon républicain depuis la République.
Sans être trop curieux, est-ce que vous êtes républicain, vous ?

— Moi? ultramontain, je suis ultramontain.

— Ultramontain ?

— Oui, c'est-à-dire que je n'ai d'opinions que
celles qui me viennent de l'autre côté de la mon-
tagne... de Rome ; comme Mme de Beaupertuis...

— Oh! elle l'est! Eh bien, mais... si vous lui
écriviez que je suis—comment appelez-vous ça?...
ultramontain ? Ça ferait peut-être bien dans le tableau.

— Certainement, ce sera une très bonne note.

— Moi, je m'en bats l'œil, vous comprenez.

Alors, c'est entendu, me voilà ultramontain... républicain ultramontain.

— Il me vient une petite objection, dit Guyot, je me souviens que vous m'avez dit avoir fait dans votre régiment de l'opposition à l'empire, ce qui a nui à votre avancement. Le général de Beaupertuis était avant la République un enragé bonapartiste. Comment arranger cela?

— Ah! diable, fit le maire en se grattant la tête. Mais il n'y a pas besoin de lui infiltrer l'opposition que je faisais. A vrai dire, personne n'en a jamais rien su; c'était en moi-même que je faisais l'opposition, c'est-à-dire que quand je voyais de ces choses qui me dégoûtaient, je pestais, voilà tout. Mais je savais bien que ce n'était pas la faute de l'empereur et, au fond, je l'aimais assez, cet homme.

— Alors, tout va bien.

— Si jamais j'étais décoré, s'écria Grugevin, enthousiasmé, nom d'un chien! je ne sais pas ce que je ferais pour vous.

— Mais vous ne me devrez rien, absolument rien. Je serai amplement récompensé par la satisfaction d'avoir fait rendre justice à un brave *officier*... Si vous êtes décoré, comme je l'espère, ce sera grâce à vos mérites personnels... Oui, mon cher monsieur, à vos mérites personnels.

— C'est égal, je vous devrais un rude mêlé-cassis.

— Je ne réponds de rien encore, mais je vais faire mon possible. Le général de Beaupertuis est très influent, grand propriétaire, membre du conseil général; il peut beaucoup, mais ne peut pas tout. Et si nous ne réussissons pas de ce côté...

— Ah diable!

— Ne vous tourmentez pas, nous réussirons

d'un autre. J'ai plusieurs cordes à mon arc. Le
malheur est que je suis un peu en froid avec
madame de Beaupertuis.

— Ah ! fichtre !

— Mais je sais comment la prendre ; on n'a pas
confessé pendant cinq ans une dame sans la connaître à fond.

— Hé ! hé ! hé ! dans les fins fonds, quoi ?

— Et je vous communiquerai ma lettre. Allons
je vous quitte, capi... pardon ! toujours ce capitaine à la bouche. Je vais écrire de ce pas, et je
compte bien vous appeler bientôt, sans faire er-
reur, monsieur le chevalier !

Rentré chez lui, l'abbé Guyot se jeta sur une
chaise, pris d'un fou rire. Il avait laissé le maire
à la porte de sa boutique en lui secouant vigoureusement les mains. Quelques paysans, témoins de
ces marques d'intimité, allaient colporter dans le
pays que ce curé, d'abord accueilli comme une
peste, était au mieux déjà avec le premier magistrat
du village, Grugevin le richard. Une vieille qu'il rencontra le salua respectueusement, et deux vachers
portèrent la main à leur bonnet de coton. La réaction se faisait.

Il ne perdit pas de temps, et songea sérieuse-
ment à tenir sa promesse. Cela ne l'engageait à rien
et il saurait bercer d'espoirs ce vaniteux imbécile,
tant qu'il serait dans la commune.

On n'accorde pas une croix, tout de suite,
comme ça, à la première pétition. Il faut renouveler, faire agir les influences, écrire, intriguer ;
cela demande six mois, un an, quelquefois deux,
et d'ici là il pensait bien échanger contre une
meilleure, sa misérable cure, et dire adieu pour
toujours à la paroisse et aux paroissiens.

Il connaissait, en effet, de longue date, la géné-

rale, et aussi intimement qu'un jeune prêtre galant
peut connaître une dévote amoureuse ayant dé-
passé de dix automnes l'été des femmes aimées de
Balzac, oui, il la connaissait, depuis les premiers
soupirs du confessionnal jusqu'aux dernières extases du canapé. C'était un fruit très mûr, mais
les bouchées mordues lui avaient semblé plus
douces, le souvenir l'émouvait dans sa solitude
et sous l'influence de cette émotion il écrivit :

« Madame, si j'avais été coupable, j'aurais été bien
puni et le châtiment aurait depuis longtemps expié
ma faute. Mais je ne suis pas coupable et je me
demande parfois quand viendra l'heure de la justice. Vous m'avez fermé votre porte, madame,
préférant écouter les calomnies de perfides que la
disculpation d'un homme de bien.

« Vous m'avez fui, comme on fuit un chien
galeux, comme on s'éloigne d'un cholérique, mais
je vous ai pardonné, non parce que notre divin
Maître me l'ordonne, mais parce que sondant le
fond de mon cœur, je n'y ai trouvé pour vous
qu'affection, admiration, dévouement, estime.

« Et pour vous prouver, madame, que je suis
sans rancune, je viens implorer votre protection,
non pour moi, mais pour un ancien militaire, un
brave officier qui, pendant quatorze ans, a exposé
sa vie sur tous les champs de bataille et n'a reçu
aucune récompense.

« Il est des nôtres, madame, c'est un *bien pensant*. Cela vous explique l'ostracisme du gouvernement. Ses concitoyens l'ont vengé en lui donnant
leur confiance. Il est maire de sa commune, honoré, estimé et *riche*. Il ne lui manque que l'étoile
de la Légion d'honneur.

« Et vous savez quel prestige a ce morceau de
ruban aux yeux des simples et surtout des cam-

pagnards. Aussi n'est-ce pas pour lui que M. Christophe Grugevin, maire de Saint-Jean-le-Faucheux, demande la croix. Cet homme, d'une haute intelligence, n'a pas les vanités puériles du vulgaire, mais il veut que les bons principes de la vieille France, la France de saint Louis, la France chevaleresque, loyale, religieuse et monarchique, de la France des preux enfin, qu'il représente si dignement, soient honorés en lui, et que les paysans, trop penchés vers les mauvaises doctrines, voyant l'étoile d'honneur briller sur la poitrine de leur maire, disent entre eux : Suivons-le, il est dans le bon chemin. »

Grugevin fut enthousiasmé quand le curé lui communiqua cette lettre, en lui laissant, afin d'enlever tout doute, le soin de la *poster* lui-même. Une chose cependant inspirait quelques scrupules au maire, tout en le flattant ; d'abord la qualification d'officier que lui donnait Guyot, puis les nombreux champs de bataille où il le promenait pendant ses quatorze années de service ; or, l'ex-sergent ne pouvait se glorifier d'autres combats que ceux livrés par lui aux différentes Vénus qui installent leur Cythère derrière les murs des casernes.

Mais Guyot expliqua que cette lettre n'était qu'un simple ballon d'essai, et que ce titre d'officier joint à la multiplicité des campagnes ne pouvait manquer d'attirer l'attention.

— Puis, dit-il, si vous n'avez pas vingt campagnes, ce n'est pas votre faute, n'est-ce pas ?

— Non, certes, s'écria Grugevin, j'avais le diable au corps de la rage de me distinguer !

— Alors, on doit d'autant plus vous savoir gré d'être resté dans l'ombre.

— Encore une petite interjection, fit timidement Grugevin. Vous avec dit que le général de

Beaupertuis était bonapartiste et vous parlez dans votre lettre des bons principes, de la loyauté... ça ne ne s'accorde pas.

— C'est juste. Mais voici l'explication. Mme de Beaupertuis est profondément attachée aux idées légitimistes. Alors, vous comprenez, comme c'est elle qui va mettre la chose en train...

— Très bien !

— Entre les mains du général de Beaupertuis, vous redeviendrez bonapartiste... vous saisissez.

— Ah ! ah ! j'y suis. C'est pas bête, ça.

— Et une fois appuyé, recommandé, patronné par lui, vous repassez républicain.

— Il y a des nuances !

— Vous choisirez la vôtre alors, suivant le mouvement du jour.

— Et je serai décoré.

— Et vous leurs rirez au nez à tous.

— Ah ! ah ! ah ! vous êtes un drôle d'homme ; eh bien, vous me bottez, oui, là, vous me bottez. C'est justement mes idées à moi.

— Que voulez-vous, dit avec humilité Guyot, il faut faire son petit chemin.

XXXVIII.

PROJETS

T voyant son petit chemin se débarrasser peu à peu de pierres, il résolut de continuer pendant qu'il était en veine. Allons, tout marchait bien, il ne serait peut-être pas si à plaindre qu'il appréhendait d'abord. Ce qui lui déplaisait le plus et dont il voulait se débarrasser aussitôt que possible, c'était des services de la mère Griboin. Il écrivit à Gertrude, mais quand il eut terminé sa lettre, il s'aperçut qu'il ne lui avait réclamé que son linge et quelques objets de son mobilier. Pour la personne, il n'y songeait plus.

Il venait de réfléchir que si l'opinion revirait en sa faveur, comme cela semblait en prendre la tournure, il trouverait aisément dans le troupeau des dévotes revenues à lui et désormais apprivoisées par sa vertu et ses bonnes œuvres une brebis docile. Qui sait même si le maire ne serait pas le premier à lui recommander quelque aimable

chambrière tout heureuse de servir M. le
curé.

Il lui avait déjà dit en riant et en lui donnant un
petit coup de coude dans les côtes, émoustillé et
joyeux par l'espoir de sa promotion future :
« Eh ! eh ! quand viendra votre nièce ? »

Et comme Guyot, plein de pudeur, se récriait :
« Oh ! oh ! monsieur le maire ! oh ! oh ! »
Grugevin avait ajouté : « Allons donc ! je suis un
vieux *pied de banc de la quatrième du trois*. Je sais bien
qu'il faut que jeunesse se passe. Eh ! eh ! vous y
êtes ? » Et avec un nouveau coup de pouce sur le
côté, il conclut dans le tuyau de l'oreille : « Tâ-
chez de la prendre jolie. »

Parbleu ! il ne demandait pas mieux ; mais il ne
fallait pas se hâter, qui sait ce que lui réservait la
divine Providence ? Les lendemains sont pleins
d'inattendus. Une rencontre, un coup d'œil, un
rien changent une vie. En attendant, la femme
Lecoiffier ne pouvait-elle faire le service ? Il y
songea tout à coup, un jour qu'il la vit passer avec
ce mouvement nonchalent qui donnait tant de
charmes à ses hanches ; malgré sa nichée d'enfants, elle était bonne à *orner* un lit, comme disait
la reine de Navare, et elle viendrait, il le sentait
bien, orner le sien à la première œillade.

Le difficile était de gagner le mari, le ramener
à des sentiments honnêtes. La famine plus d'une
fois devait hanter sa maison, et la faim étouffe
les scrupules. Quand le ventre crie trop haut,
la conscience est prête à se taire. Les prisons
seraient plus avides si les estomacs étaient plus
pleins.

Et c'est pourquoi il se gardait de parler à personne du mystérieux foulard disparu et retrouvé
sur la gorge de cette appétissante matrone. Il

comptait bien, au moment psychologique, exploiter ce secret.

Quel mobile avait poussé cette femme à la cure ? Pourquoi ce lit défait ? Elle y avait donc de secrètes intrigues ? En tous cas elle possédait une clef du presbytère ; il aurait tôt ou tard le cœur net de ceci.

Mais le mari l'effrayait.

Peut-être quand sa réputation de vertu serait solidement établie, ce misérable, revenu de ses préventions, n'empêcherait-il pas sa femme de gagner une récompense honnête ?

Puis il était d'autres gouges ; le pays abondait en femmes et en filles jolies. C'était, sous ce rapport, une terre de Chanaan. Au lieu d'une récolte de plantureux fruits, une moisson de plantureuses chairs. Oui, certes, il avait vu de gentes pucelles, et précoces et bien à point. Et la fille du fossoyeur se jetait dans sa pensée.

Oh ! l'éclatant bouton de mai ! Dans ses grands yeux bleus se lisait tout un monde de pensées confuses : les embryons de la science du mal, peut-être, avec les étonnements de l'innocence qui se déchire. Si cette enfant était intelligente, et elle le paraissait, quelle singulière idée devait-elle avoir du monde, des hommes, des choses et de la vie !

Dans une atmosphère empestée des tragiques scènes conjugales, au milieu des discussions intestines, des drames grotesques, des colères, des injures mutuelles, des vociférations et des batailles que la misère traîne à ses trousses dans les antres où la civilisation refoule le pauvre, une fille peut-elle conserver sa candeur ?

Mais avant de s'aventurer, il fallait bien asseoir sa réputation et pour quelque temps se mettre au régime. Le printemps ne se montrait pas, avril

arrivait froid et pluvieux ; il ne perdait pas grand'-
chose à rester chez lui, attendant le soleil et l'occasion qui ne manque jamais de s'offrir au sage.

Il avait remis à la fin de la semaine une visite à
son supérieur direct, le doyen Calestroupat, curé
de Mottencourt, homme sec et peu sympathique,
vivant chichement, rognant sur sa propre pitance,
non pour les pauvres, mais pour ses vieux
jours.

Il l'avait reçu fort mal, et Guyot tenait à entrer
dans les bonnes grâces de ce supérieur ascétique.
De plus, comme son devoir exigeait qu'il lui relatât
ce qui s'était passé, il croyait bon d'être renseigné
plus amplement.

Mais le mauvais temps l'empêcha de se mettre
en route et, du reste, le fantôme n'avait plus reparu.
Gendarmes et garde champêtre faisaient, paraît-il,
bonne garde, car les bruits mystérieux ne vinrent
plus troubler son sommeil.

Entre temps, il reçut la réponse de Mme de
Beaupertuis, réponse un peu froide, mais assurant
qu'on prenait bonne note de sa lettre. Il n'en
souhaitait pas plus.

Encouragé par les bonnes paroles du vicaire
général, il se hasarda à lui écrire aussi pour se
plaindre de l'état horrible dans lequel se trouvaient
et le prêtre, et le presbytère, et le lieu saint, et le
troupeau.

La missive de ce fonctionnaire fut moins satis-
faisante :

« Mon pauvre abbé Guyot, vous oublierez donc
toujours que cette vie n'est qu'un passage, une
épreuve, une préparation ? C'est le moment où l'or
s'épure au fourneau et souffre les ardeurs des coups
de feu divin. Quiconque entend autrement la vie
se fait la plus complète illusion et sera obligé, tôt

ou tard, de revenir aux idées de pureté et de mortification, ou de se briser comme l'infortuné Chiquenelle, votre prédécesseur, sur les écueils du découragement, de l'ironie sceptique et d'un affreux désespoir. »

Ainsi, certain de ne rien attendre du dehors, il se dit qu'il fallait en prendre son parti et s'arranger de façon à couler le moins désagréablement possible la vie qui lui était faite. Mais, hélas ! il n'y avait pas deux semaines d'écoulées qu'il se sentait mourir d'ennui et de tristesse.

Tous ces riens agréables, ces occupations frivoles qui remplissent les heures des prêtres de grandes villes et rendent leurs journées si courtes, il ne les avait plus : mystérieuses visites de dévotes, commérages de sacristies, compétitions, jalousies, soupirs des jeunes, rages amusantes des vieilles, tout lui manquait.

Et les petites promenades dans le parvis de l'église, lorsque, passant d'un pas pressé, n'ayant rien à faire qu'à voir et à se laisser voir, il était arrêté par une de ses fidèles, qui, l'œil ardent, lui contait d'une voix précipitée les scandales de la paroisse... Puis il allait, venait, flânait, tuant gaiement le temps, voyant arriver avec plaisir le soir, où l'attendait toujours quelque invitation, un succulent dîner, un concert pieux, une petite fête ! Ah ! la bonne vie nulle ! comme elle coulait doucement, comme tout était bleu dans ce ciel d'autrefois qu'il trouvait pourtant, à de certaines heures, si terne et si gris !

Aujourd'hui, que faire ? Désœuvrement complet. Où aller ? Que devenir ? L'église même, ce théâtre du prêtre, auquel, comme les acteurs, il se cramponne jusqu'à la mort, l'église lui pesait.

Jadis, à Saint-Eusèbe, il y rentrait chaque fois

avec une douce émotion, certain d'y trouver un
visage aimé ou ami, de petits yeux vifs pleins
de tendresse, ou de grands yeux brillants ou
ternes qui s'allumaient au bruit de son pas sur les
dalles sonores.

Il marchait tête haute, se sentant chez lui,
content de lui et aussi des autres qui lui accor-
daient leur respect et leur admiration. Il savait
que ce n'était pas Jésus de Nazareth qu'on venait
voir, mais Guyot, de Saint-Evres.

Et il allait s'affaisser, comme un homme accablé sous le poids de ses bonnes œuvres ou écœuré
des vanités du monde, sur les marches de l'autel
de la Vierge immaculée, sa Vierge, son autel, sa
chapelle, à deux pas de son confessionnal où en
gros caractères dorés était écrit son nom, son nom
alors aimé :

M. l'abbé GUYOT
Premier Vicaire
*Confesse les vendredis et samedis
de 4 à 6 heures.*

En hiver il avançait le moment ; choisissant en
toute saison celui où le crépuscule se répand
dans l'église. Les cierges ne sont pas allumés ; il
ne fait plus jour, mais il ne fait pas encore nuit.
Les dévotes peuvent entrer et sortir enveloppées
d'une pénombre discrète.

De petits groupes de femmes stationnaient, en
une extase perpétuelle. Toutes ne se confessaient
pas ; elles venaient seulement pour prier, voiler
leur visage de leurs mains blanches, contempler
le beau vicaire, respirer son air, et rentrer au logis le cœur plus léger. Et lui, à genoux, dans une
muette adoration, se sentait caressé de tous ces
yeux de femmes. Alors il inclinait la tête avec
grâce, de façon à laisser entrevoir, sous les

boucles soyeuses de sa chevelure parfumée, les mates blancheurs de son beau cou d'homme brun, à en déployer les musculeuses attaches.

Puis il se relevait, saluait la statue par une génuflexion savante destinée à étaler les rondeurs du mollet, passait près des groupes avec un petit sourire béat, promenant ses regards en coulisse, ses yeux satisfaits de beau garçon, qui semblaient dire : « C'est bien, chère âme, vous êtes là ; je vous vois ; merci de votre piété ; mon cœur voudrait être sur vos lèvres ! » ayant eu soin de mordre légèrement les siennes afin de les rendre plus rouges.

Et il partait, jetant au hasard, à droite et à gauche, certain qu'elle serait recueillie, une étincelle amoureuse entre ses paupières baissés ; il partait, et l'église devenait triste.

Maintenant rien, plus rien. Pour qui se rendrait-il à l'église quand son service ne l'y appelait pas ? Pour qui se mettrait-il en frais, serait-il aimable, s'oindrait-il la tête, découvrirait-il son cou et parfumerait-il de jasmin son mouchoir de batiste ? Pas une dévote à ses trousses, pas un sourire à sa rencontre. Désolation de la désolation ! Indifférence sur indifférence ! Hostilité et mauvais vouloir ! Dans ce misérable hameau pourri, pas pour deux liards de religion !

XXXIX

INQUIÉTUDES

OSTILITÉ et mauvais vouloir! Il sentait ce double poids sur ses épaules, car la réaction se faisait moins vite qu'il ne l'avait espéré. Il avait beau donner publiquement et bien ostensiblement de vigoureuses poignées de mains au maire, et celui-ci jurer à ses administrés que tous les calotins n'étaient pas des gueux, qu'on rencontrait des braves gens partout, que l'abbé Guyot était la crème, « un prêtre charitable, bon comme le pain, un homme d'éducation, et pas fier, un calomnié, une victime, un méconnu, qui devrait être à l'heure actuelle le chef du régiment des soutanes de Saint-Èvres, comme lui, Grugevin, aurait dû être, sans l'injustice et la jalousie de ses supérieurs, capitaine retraité avec la médaille et la croix! « la méfiance campagnarde subsistait. On n'efface pas en quelques jours vingt ou trente années de mauvaise réputation, et les mères de

famille, initiées jadis, à l'époque de leur première communion, aux secrets des nuitées d'amour par un professeur tonsuré, les pères dont les filles avaient fui le pays, grosses des œuvres cléricales, les maris dont les femmes avaient reçu « un coup de langue », à cause des tendresses du sacerdoce, tout ce monde, et c'était le plus grand nombre, continuait à le tenir prudemment à l'écart.

Quelques saluts de droite et de gauche pour condescendre aux désirs de M. le maire, qui ne cessait de recommander le respect pour ce *brave homme*, le curé n'obtenait rien de plus. Pas de familiarité, pas d'abandon, pas de confiance. La mère Griboin, qui lui rapportait méchamment les propos du village, lui prouvait qu'il était encore loin de répandre autour de sa soutane des parfums de sainteté.

Il redoublait d'efforts pour ramener à lui ce troupeau rebelle, car il existait, indépendamment de la situation morale, une grosse question matérielle. Sans dévotes, sans messes payées, sans offrandes le dimanche, comment se tirer d'affaire avec ses huit cents francs ! Comment vivre et liquider son passif ? Pas de foi, pas de sous !

Il avait été pendant cinq années le vicaire d'une bonne paroisse, mais un vicaire ne gagne pas gros. S'il y a de l'argent dans l'escarcelle, M. le curé l'empoche. On a beau recevoir petits cadeaux de dévotes, paniers de vins fins et corbeilles de fruits choisis, carafons de liqueurs et pots de confiture, on ne vit pas de cela.

Les rabats ourlés de perles blanches, les calottes de velours à Saint-Sacrement de soie, les agneaux pascals brodés sur de chaudes pantoufles ne comblent pas tous les besoins. Les invitations à dîner même sont insuffisantes, car c'est surtout au len-

11

demain des succulents repas que l'estomac se montre le plus exigeant.

Un vicaire est pauvre comme un sous-lieutenant et, poussé aux dettes, pour peu qu'il tienne au linge fin et aux belles soutanes. Il est des moments où la soutane s'entr'ouvre, et quoi que la brebis élue fasse profession d'adorer le bon Dieu pour le paradis et le beau vicaire pour lui-même, elle ne dédaigne pas sentir sous ses doigts des tissus parfumés.

Cette robe noire est si triste! il faut bien la rehausser un peu et, à moins d'être sainte, sainte à mettre dans le calendrier, nulle dévote n'est parfaite. Soif des voluptés du ciel, mépris de tout ce qui, sur cette misérable terre, fait la joie des criminelles mondaines, n'empêchent d'être femme et, si le doux directeur répandait de trop fortes odeurs hircines, s'il faisait passer ses suavités au travers de dents noires, s'il introduisait dans ces bouches mignonnes une hostie maculée par des ongles sales, s'il ressemblait au bienheureux Labre, les dévotes ne l'aimeraient pas, ou l'aimeraient moins, et Guyot avait voulu être bien aimé.

Qui allait l'aimer maintenant? Hélas! qui allait l'aimer? Les filles, ces sottes, persistaient à le fuir. Il avait cru lire quelque espérance dans leurs yeux, il s'était abusé. Quand il passait, on continuait à fermer les portes. Ah! si elles pouvaient regarder une seconde au fond de son cœur, elles verraient combien ce cœur était tout à elles, brûlant et amoureux!

Cependant il ne se découragea pas. Il fit revenir plusieurs objets de son mobilier, et Gertrude, qui en payait le port, lui écrivait : « Je vois bien que vous ne voulez plus de moi, vous avez trouvé une jeune, c'est sûr ! »

Il s'indignait alors comme un voleur de profession accusé, une fois par hasard injustement, de vol. Comment, il était affligé d'une sorcière et on le soupçonnait de s'ébaudir avec une jouvencelle ! Peine sans profit ! A quoi servait sa vertu ?

Et il répondait avec toute la dignité de l'honnête homme outragé. Il offrait à sa cuisinière de venir le surprendre quand elle voudrait, le jour, la nuit, le matin, le soir.

Puis il se radoucissait; lui contait ses peines, lui promettait de l'appeler aux premiers beaux jours, quand il aurait mis un peu d'ordre dans ses affaires et contraint sa paroisse de revenir à lui. Elle trouverait tout prêt, cette bonne Gertrude, elle n'aurait qu'à entrer, s'installer, reprendre son petit train-train près de son cher maître ; elle devait lui savoir gré de cette prévenance.

Le mystère non éclairci du cimetière et l'ombre du visiteur nocturne assombrissaient parfois sa pensée. Il n'avait plus rien vu, rien entendu, mais de vagues craintes l'assaillaient. Sous ce silence suspect, que se tramait-il? Ne fabriquait-on pas dans la nuit quelque odieuse machine infernale destinée à éclater tout à coup dans ses jambes au moment où il ne s'y attendrait plus. La fin tragique de ses prédécesseurs indiquait assez qu'un sort funeste s'attachait à ce presbytère maudit.

Il essayait bien de se faire croire que ce profanateur des tombes n'était qu'un fantôme évoqué dans son cerveau par les contes ridicules de la vieille servante; les traces d'herbe foulée, celle des pieds des villageois; la barre de fer que son imagination lui avait montrée comme un levier destiné à soulever les sépulcres, un débris de vieille grille.

Le fossoyeur, lui-même, ne pouvait-il avoir été dupe d'un mauvais plaisant, ou peut-être d'un simple amoureux et affublé d'une soutane pour dérouter les soupçons ? Enfin, ne se trompait-il pas quand il avait cru reconnaître sur le cou de cette gouge le foulard disparu ?

La mère Griboin lui en parlait sans cesse : « C'est toujours pas l'abbé Thiriot qui l'a semé. Et ce bouquet de violéttes ? Vous verrez que ça finira mal. »

Cet abbé Thiriot, le curé ne l'avait pas encore vu, car il était absent lors de son passage à Mottencourt ; il désirait fort le connaître ; ancien ami de Chiquenelle, il pouvait lui fournir d'utiles renseignements.

Si Guyot ne se décidait pas à se rendre au chef-lieu de canton, c'est que la réception faite par le doyen à sa première visite ne l'engageait que médiocrement à en presser une seconde.

Cependant il ne pouvait plus reculer. Il lui fallait instruire son supérieur direct des mauvais auspices de son début, de l'abominable esprit de la paroisse, du délabrement de l'église et du presbytère, lui demander conseil et aviser aux moyens de ramener au bercail les brebis égarées.

XL

LE DOYEN

Un terrible personnage, le doyen Calestroupat : de haute taille, maigre avec une figure longue, des yeux gris et durs, la voix sourde et la bouche sans lèvres des avares ; l'opposé de l'ancien patron de Guyot, le sybarite Gaudion, curé de Saint-Evres, ivrogne et fainéant, couvrant son égoïsme d'une fausse bonhomie. Vraie ou fausse, celui-ci n'en avait aucune. Raide et cassant comme un théologien anglais pourvu d'une riche prébende, il effaroucha du premier coup Guyot, peu poussé vers les ascètes.

— Ah ! vous voilà ! avait-il dit, c'est vous, Guyot ? Vous avez de tristes notes. Je vous préviens, il faudra filer doux.

— Comment filer doux ? protesta l'autre.

— Oui, filer doux ! répliqua le doyen en le regardant fixement avec ses yeux terribles. J'ai l'habitude de plier mes desservants comme des baguettes d'osier... ou bien je les casse comme des branches de bois sec.

— Oh ! oh !

— Il n'y a pas de *oh ! oh !* Et d'abord votre tenue est peu convenable, pour un prêtre de campagne.

— Ma tenue... Qu'a-t-elle d'inconvenant ?

— Ces vêtements de drap fin ! ces boucles d'argent à vos chaussures !... cette ceinture de soie !.. ces glands à votre chapeau !

— La saleté est-elle obligatoire dans ma paroisse ?

— Votre paroisse ! vous n'en avez pas. Votre paroisse, c'est la mienne. Vous n'êtes qu'un desservant sous mes ordres ; il faut vous en souvenir et ne faire que ce que je vous ordonnerai.

— Certainement, monsieur le curé, dit humblement l'ex-premier vicaire, intimidé par ce ton de maître, je n'ai qu'à m'incliner pour ce qui est du ressort de mon ministère ; quant à nos vêtements, il n'est pas, je crois, de règle canonique fixant la qualité du drap.

— Non, monsieur, mais l'Eglise défend le luxe aux évêques, à plus forte raison, aux humbles prêtres. Le quatrième concile de Carthage prescrit aux plus hauts dignitaires de l'Eglise des ameublements modestes, des vêtements simple s, une table frugale. Il exige que les prélats se distinguent seulement par ceci : la pureté des mœurs et l'éminence des vertus. Et le concile de Trente le rappelle en termes explicites à la tête du décret sur cette matière. Voilà, monsieur, une petite leçon d'histoire, vous paraissez en avoir besoin. Ce sont les gens comme vous, monsieur, qui avilissent et déshonorent le saint ministère.

Guyot voulut protester ; il ne lui en laissa pas le temps et continua avec fureur :

— Oui, les mauvais prêtres, les fornicateurs, les fricoteurs, les gourmands, les mondains, les impurs. Ils sont cause que le peuple se retire, que la foi s'en va, que l'Église s'appauvrit. Ils ont perdu le village de Saint-Jean-le-Faucheux, bon autrefois... Et voilà où cela mène ! A l'indifférence, à l'incrédulité, au dégoût, à l'hostilité du troupeau et au suicide du pasteur. Pourquoi votre prédécesseur s'est-il pendu ?

— Je n'en sais rien.

— Vous n'en savez rien ! Je vais vous le dire. Parce que c'était un mauvais prêtre. Il avait été chassé de son ancienne paroisse... comme vous. Et il était retombé dans les mêmes vices, la concupiscence, la luxure, l'ivrognerie ! Et non-seulement ces misérables commettent des fautes, entraînant à la damnation, mais ils poussent les autres à en commettre. Car, j'ai été obligé de mentir, oui, monsieur, de mentir. J'ai dû feindre de croire que ce malheureux ne s'était pas suicidé, afin de sauver l'honneur du corps ecclésiastique, j'ai ordonné un enterrement auquel, il est vrai, je n'ai pas voulu assister, j'ai fait mettre la gendarmerie sur pied pour découvrir un prétendu criminel, quand le seul criminel était cet infâme mort. Et voilà, monsieur ! Je ne sais encore ce qui vous attend, mais je crois devoir vous prédire que, si vous ne vous amendez pas, vous finirez comme lui, peut-être plus mal.

— Ce serait difficile. Mais ayant toujours été pur, je n'ai pas à m'amender.

— Pur ! s'exclama l'autre en ricanant, ce n'est pas ce que disent vos notes. Enfin, tant mieux si

vous êtes pur. Prouvez alors votre pureté et vos
vertus à vos ouailles. Elles en ont besoin.

Et Guyot avait pris congé là dessus.

Il revenait aujourd'hui, n'ayant encore pu
prouver aucune de ses vertus à son troupeau rétif,
mais il le dirigeait depuis si peu de temps.

Il arriva à l'heure du dîner et trouva son supérieur dévorant, sur le coin d'une table, un restant
de purée de pois.

— Asseyez-vous, lui dit le doyen sans se lever,
je ne vous offre pas de partager mon repas. Je
suppose que vous n'arrivez pas le ventre vide ; et
du reste, ajouta-t-il, en enveloppant la belle ro-
tondité de son inférieur d'un regard chargé de
mépris, mon régime serait un peu maigre pour un
gras comme vous.

— Je vous remercie, j'ai déjeuné avant de me
mettre en route, répondit Guyot, qui, venant de
faire pédestrement deux lieues, avait eu le temps
de digérer sa tasse de café au lait.

— C'est ce que je pensais. Vous n'êtes pas
homme à vous embarquer sans biscuit. Chez moi,
on ne festoie guère. Ce que vous voyez vous représente à peu près l'ordinaire de chaque jour.
Aussi, quand je prêche la frugalité, on sait que je
prêche d'exemple. Cela se voit, au surplus, à ma
mine. Prêcher d'exemple, monsieur le curé, ce
n'est pas tout ; mais c'est quelque chose.

— Sans doute.

— Eh bien, quoi de neuf? demanda le doyen,
en recueillant soigneusement, du bout de ses
grands doigts jaunes, osseux et poilus, les miettes
de pain éparses sur le morceau de toile cirée
et les engloutissant dans sa bouche sans lèvres.
Comment vous trouvez-vous là-bas?

— Mal.

— Je suppose que vous ne vous attendiez pas aux délices de Capoue. Il faut subir la peine de ses fautes. *Suum quique.*

— Alors, ma peine serait légère. Mais dût-el'e être lourde, je ne vois pas pourquoi je subirais le châtiment des erreurs de ceux que je remplace. Dieu punit les enfants des crimes de leur père jusqu'à la dixième génération, mais je n'ai rien de commun, en tant que parenté, avec les curés de Saint-Jean-le-Faucheux, et il se passe là-bas des choses étranges, que peut expliquer peut-être la conduite de mes prédécesseurs....

— Vos prédécesseurs et vous, interrompit l'irrascible doyen, êtes gens de même farine.

— Je vous remercie, mais voulez-vous me permettre de vous exposer l'objet de ma visite ?

— Exposez.

Le desservant commença le récit de ses déboires ; il appuya d'abord sur le délabrement du presbytère, de l'église, des vêtements sacerdotaux.

— Et que voulez-vous que j'y fasse ? s'écria le doyen. Pensez-vous que j'aille vous acheter des chasubles, des aubes et des étoles? Etes-vous fou ? Vous venez donc me demander de l'argent? Elle serait forte cette outrecuidance ! Est-ce que votre église me regarde ?

— A qui faut-il m'adresser ? N'est-ce pas du ressort de votre juridiction ?

— Sans doute. Mais n'ai-je pas la mienne ? De l'argent? D'où sortez-vous ?

— Mais, monsieur le curé, je ne vous demande pas d'argent, je vous demande de quelle façon je pourrais m'en procurer.

— Vous pouvez vous vanter de tomber en moment opportun. Vous choisissez votre temps,

11.

mon bon ami, merci! Mais c'est de l'aberration.
Vos notes disent bien que vous n'avez pas toujours l'esprit sain. Comment! c'est au moment où
vous savez que je suis préoccupé de mille soucis,
que j'ai fait une perte considérable, que vous
venez me parler de vos balivernes ?

— Quelle perte ?

— Thiriot ne vous a-t-il pas dit que j'ai été
dépouillé d'une somme relativement énorme ?

— On vous a volé? demanda Guyot.

— Oui, volé ! vous venez de dire le mot. Frus-
tré, volé, et juste au moment où, comptant sur
ces dix mille francs, je venais de m'engager dans
de nouvelles réparations.

— Dix mille francs!

— Eh bien! oui. Vous voyez d'ici ce qu'on
pouvait faire avec dix mille francs. Thiriot ne
vous en a donc pas parlé?

— Je n'ai pas encore eu le plaisir de voir
M. l'abbé Thiriot.

— Vous n'avez pas vu Thiriot? s'écria le doyen
en regardant avec étonnement le curé. Il m'a
affirmé avoir couché chez vous.

— Ah! s'exclama celui-ci, désolé d'avoir commis quelque bévue, et désireux de la réparer ;
attendez-donc, monsieur le curé, quel jour ?...

— Quel jour! Qu'est-ce encore que ces cacho-
teries-là ? Ah ça! et ce que vous commenceriez
déjà, mon camarade? Allez-vous, comme Chiquenelle, débaucher mon vicaire ? Je vous déclare
alors que vous n'irez pas loin. Non, j'y vais mettre le *hola !* et de suite. Mais, le voici!

XLI

L'ABBÉ THIRIOT

E vicaire arrivait tout essoufflé, empressé et mielleux. Prévenu de la visite du curé de Saint-Jean-le-Faucheux, il avait couru, préparant sa plus belle mine; car gens d'église ont faces de rechange, ils peuvent à volonté, comme les grimaciers de foire, exprimer la gaieté ou la componction, et passer subitement du masque de la béatitude à celui du plus affreux désespoir.

C'est celui de la béatitude que prit d'abord Thiriot, mais devant l'œil furibond de son supérieur, il le changea prestement contre celui de l'innocence étonnée.

C'était un tout jeune prêtre à la physionomie commune, à la fois naïve et astucieuse comme celle de la plupart des paysans. L'éducation, le travail intellectuel, le frottement des villes, effacent à la longue ces signes de l'ignorance générique et de l'antique servitude d'une race, mais

jamais assez complètement pour que ne paraisse,
à certains moments, la marque originelle.

Elle s'étalait avec ses plus vulgaires stigmates
sur la face de ce jeune homme insuffisamment
dégrossi par le séminaire, à l'intelligence ébauchée
par les arides ergoteries théologiques, et qui s'était
fait prêtre, comme beaucoup de ses confrères,
parce qu'on passe plus agréablement sa vie dans
un presbytère, buvant et mangeant bien, qu'à
conduire les vaches aux champs. « Vocation du
ventre », disait Calestroupat.

L'intelligence seule éclaire les physionomies, et
le visage de ce petit abbé ne montrait que des
préoccupations puériles ou des passions basses.

— Un jeune homme adonné à la chair ! se dit
Guyot; et cette réflexion, jointe à la furie du
doyen, lui rendit à l'instant le vicaire sympathique.

La loi qui rapproche les contraires n'est
vraie que pour les sexes. De plus, la haine ou la
défiance commune de l'éternel ennemi, le maître,
devaient unir les deux subordonnés.

Thiriot entrait donc souriant, mais le visage de
son curé glaça le sourire ébauché.

— Quand je vous ai envoyé chercher l'autre
nuit, pour porter l'extrême-onction à la vieille
dame, lui dit-il brusquement et sans préambule,
où etiez-vous?

— Je vous en ai informé, répondit avec assurance le vicaire, j'étais chez M. le curé de Saint-
Jean-le-Faucheux.

— Il a de l'aplomb, pensa Guyot.

— Le voici, le curé de Saint-Jean-le-Faucheux, monsieur Thiriot, dit le doyen en s'incli-
nant avec ironie, je vous le présente, car vous
semblez ne pas le connaître.

— Mais, pardon, riposta le vicaire en jetant sur Guyot un regard suppliant et inquiet.

— Certainement, appuya Guyot, très embarrassé, placé qu'il était entre la peur de se compromettre et celle de compromettre un confrère, certainement... Seigneur! continua-t-il *in petto*, que la dissimulation est déjà bien entrée dans le cœur de ce jeune homme ; ce gaillard fera son chemin... Et comment allez-vous, mon cher abbé ?

Et il tendit sa main, que l'autre serra avec effusion.

— Allons, je vois que vous êtes des intimes, dit Calestroupat; mais moi, je suis sourd, fou, ou imbécile, car j'affirme n'y rien comprendre. Ne venez-vous pas de me déclarer que vous n'aviez pas encore vu mon vicaire ?

— Ici, monsieur le doyen. Je voulais dire ici. Lors de ma première visite, M. le vicaire était absent. Vous me parliez du vol dont vous avez été victime, alors je vous répondais que M. l'abbé Thiriot ne m'en avait pas informé ici... que je ne l'avais pas vu. C'est ce que je voulais dire, monsieur le curé. Je me suis mal expliqué.

Le vicaire remercia son allié du regard.

— Eh bien, oui, on m'a volé ; je puis prononcer ce mot sans être taxé d'exagération, car, plus j'y réfléchis, plus je vois que c'est *volé*, volé, archivolé! s'écria le doyen en regardant tour à tour les deux prêtres, comme s'il s'attendait à découvrir en l'un d'eux le voleur.

— Monsieur le curé, hasarda Thiriot, qui avait changé son visage d'innocence étonnée contre celui d'innocence accablée de tristesse, tout n'est pas perdu; la vieille dame n'est pas morte... non, elle n'est pas encore morte.

— On dirait que cela vous peine.

— Moi! oh! par exemple! pauvre chère vieille dame! Non, certes, cela ne me peine pas. Bien au contraire, j'espère qu'elle vivra longtemps.

Et Thiriot se couvrit aussitôt de tous les accessoires de la vertu calomniée.

— Voici huit jours que vous me chantez la même chose : « Elle n'est pas morte! la vieille dame n'est pas morte! » Sans doute elle n'est pas morte ; mais c'est tout comme pour moi. Ce sont mes 10,000 francs qui sont morts, envolés ; et pourtant, je les tenais, oui, je les tenais.

— Et qui vous a empêché de les garder?

Mais le doyen ne répondit pas ; il s'était approché de la fenêtre et se mit à tambouriner avec colère sur les vitres.

— Sortons, dit Thiriot tout bas au desservant, j'ai besoin de vous parler.

— Moi aussi, et de plus je meurs de faim.

— Avez-vous vu notre belle église? demanda le vicaire à haute voix.

— Pas encore.

— Alors vous n'avez rien vu; c'est une des merveilles du diocèse que nous devons à M. Calestroupat. Le curé de Saint-Nicolas en est jaloux. Oui, c'est tout ce qu'il y a de plus beau, et si notre doyen veut me permettre de vous servir de cicerone.... Monsieur le doyen ?...

— Plaît-il? répondit l'autre qui, derrière le rideau de sa fenêtre, regardait dans la rue.

— Si vous n'avez plus besoin de M. l'abbé Guyot, je vais lui faire les honneurs de notre superbe église.

— Laissez donc le curé de Saint-Jean-le-Faucheux tranquille ; je suppose qu'il se soucie de mon église comme d'une vieille au confessionnal!

— Oh! monsieur le curé, s'écria Guyot, ce n'est pas généreux. Je connais depuis longtemps, par ouï-dire, la magnificence du temple que vous avez élevé à Dieu, et mon plus grand désir...

— C'est bon, interrompit le doyen, pas tant de compliments ; si vous tenez à la voir, je vous accompagnerai. Thiriot a autre chose à faire, et puisque nous parlons de vieille, où en êtes-vous avec Mme Custor ?

— Mais, répondit Thiriot dont le visage se couvrit aussitôt de tristesse, la pauvre vieille dame...

— ... N'est pas encore morte, c'est ce que vous allez dire.

— Et est toujours dans la même disposition d'esprit. Je ne m'explique pas ce qu'a pu lui faire monsieur le doyen.

— Comment ! ce que je lui ai fait ? J'ai voulu la ramener à Dieu ! J'ai voulu qu'elle expiât ses fautes, j'ai voulu qu'aux portes de la tombe, déjà un pied dans la fosse, elle fît amende honorable... qu'elle se rachetât enfin des griffes de Satan... Mais ces vieux sont plus âpres aux biens de la terre que les jeunes ; ils se cramponnent d'autant plus à toutes les fausses vanités du monde, qu'ils peuvent moins en jouir. Enfin, n'en parlons plus ; j'ai fait ma croix sur cette fosse béante ; mais j'attends la misérable à son dernier hoquet. Ah ! ah ! je la guetterai ; elle m'appellera, je le sais ; je serai là, je veux la tenir sous ma main, horripilée, pantelante et criant merci. Et je lui dirai : « Non, non, vieille femme ! pas de merci, trop tard, trop tard, Dieu est las ! »

Puis se calmant :

— Elle vous supporte, tant mieux ; combien

de temps cela durera-t-il ? Tout ce que nous pouvons espérer, c'est quelques messes...

— Et un enterrement de première classe.

— J'ai déjà pris mes dispositions Il faudra la mettre dans le nouveau terrain, à côté du baron ; les places y sont très chères, il est bon que l'Eglise profite de tout. Je vous parle de cela, parce que je viens de voir passer votre grand gendarme.

— En êtes-vous certain ? demanda le vicaire avec inquiétude.

— Oui, je tambourinais machinalement sur les carreaux, et il a levé la tête.

— Vous êtes sûr que c'est le brigadier ?

— Je l'ai très bien reconnu, je ne suis pas encore aveugle.

— Alors, je ne puis aller chez la vieille.

— Qu'est-ce donc ? demanda Guyot.

— Rien ; on vous racontera cela...

Ils descendirent tous trois.

— Vous n'avez pas besoin de nous accompagner, dit le doyen à son vicaire... Il faut passer au conseil de fabrique et demander si les honoraires du curé pour les convois de première classe ne sont pas portés de 200 à 250 francs comme on me l'a promis. Il serait à souhaiter que le conseil votât avant que j'enterre la vieille. J'aurai besoin d'un prêtre assistant ; ce sera 25 francs pour vous, abbé Guyot ; j'espère que quand vous les aurez touchés, vous ne perdrez pas de vue que mon église a besoin de réparations. C'est une aubaine qui vous tombera du ciel, il est juste que vous lui en témoignez votre gratitude. De plus, M. Thiriot, voyez l'architecte, il est urgent que les travaux de la chapelle de Saint-Marlou soient terminés avant la Fête-Dieu.

—— — Je vous retrouverai à six heures, souffla le
vicaire dans l'oreille de Guyot, qui ne put répri-
mer une grimace de se trouver seul en la compagnie de ce désagréable doyen.

Celui-ci ne s'en aperçut pas, et commença
d'une voix dure ses récriminations contre les malheurs du temps : « La loi s'en va. Les bourses se
resserrent. A ce symptôme-là on reconnaît l'esprit
d'une paroisse. Ah! vous vous plaignez de la
vôtre ! Je voudrais vous voir à ma place, avec
une église que depuis vingt ans je ne parviens
pas à achever. Et un vicaire qui m'aide le moins
qu'il peut et passe son temps je ne sais où.

— Drôle de petit bonhomme, fit Guyot.

— Ça a vingt-six ans, répondit Calestroupat.
Ça a reçu les ordres majeurs depuis un an à peine.
Les dévotes l'aiment assez, mais ça manque de
zèle. Vous l'avez vu, ça est tout en l'air. Je ne
sais à quoi ça rêve. La mort de Chiquenelle paraît
l'avoir complètement changé.

— Ils étaient liés ? demanda Guyot.

— Peuh ! liés ! Est-ce qu'on sait ? Mais il est
maintenant tout ahuri.

— Il faut l'excuser, il est si jeune.

— Ça n'est pas un défaut. Moi, monsieur, si
j'étais jeune, je voudrais voir mon église achevée
et la plus belle du diocèse. Jeune ! jeune. Ah!
Tout est là. Mais il faut savoir se tenir ; et j'ai
une exécrable paroisse.

XLII

FONDS DE PAROISSE

ALESTROUPAT exagérait.

P ut-être, en effet, à ne considérer que la vraie piété et la foi sincère, sa paroisse ne valait guère mieux que celle de l'abbé Guyot. Cependant, la dirigeant depuis cinq lustres, il n'avait pas le droit, comme l'abbé Guyot, de rejeter la cause du mal sur ses prédécesseurs. Mais il comptait au nombre de ces saints qui représentent la vertu sous des traits si peu séduisants et des couleurs si sombres, qu'ils en découragent la pauvre humanité.

Puritain catholique, il prétendait conduire de force au paradis ses ouailles, à coups de trique s'il l'eût osé, comme un troupeau de récalcitrantes bourriques, montrant la porte du ciel si étroite, et les faisant passer, pour y arriver, par de mauvais petits chemins si ardus, si pleins de désenchantements, si hérissés de ronces évangéliques, qu'il avait dégoûté la foule des célestes béatitudes et fait prendre en grippe le bon Dieu !

Il ne lui serait resté qu'un nombre infime de fa-
natiques imbéciles, de ces égoïstes convaincus,
sacrifiant sans le moindre scrupule père, mère,
enfants, pour s'assurer une place au ciel, si de
vieux libertins blasés, de jeunes hypocrites ambitieux, quelques débris de l'aristocratie locale,
d'anciennes Phrynées édentées et des Magdeleines
chauves, le fonds sérieux de toute paroisse enfin,
ne venaient grossir par calcul ou désœuvrement
l'essaim léger et flottant des coquettes de petites
villes qui n'ont guère d'autre théâtre, pour exhiber
la robe nouvelle et le chapeau arrivé de Paris, que
la maison du Seigneur.

Tout cela aidait à faire bouillir la marmite
cléricale et entretenait tant bien que mal la passion de Calestroupat; car cet ascète avait une
passion coûteuse.

Dans les longues heures de paix que le sacerdoce laisse à ses oints, il est nécessaire, pour ces
hommes vivant en dehors de la famille, n'en
ayant ni les charges ni les soucis, de se créer des
occupations qui chassent l'ennui et tuent le
temps.

Tuer le temps! but du célibataire stérile, du
riche oisif, du parasite social. Tuer le temps? Que
de ruines, de larmes et de hontes le tueur de temps
laisse derrière son imbécile ou scélérate nullité!

On entend souvent d'honnêtes et pieux bourgeois, soucieux, à juste titre, de la vertu de leur
femme et de la virginité de leurs filles, se récrier
avec colère contre les loisirs dangereux que la vie
de garnison fait aux officiers; quant aux loisirs du
presbytère, ils n'y songent pas.

Il ne viendrait jamais à l'idée de ces bons pères
de famille de laisser madame ou mademoiselle en
tête-à-tête avec le sous-lieutenant d'en face : mais

le gros abbé d'à côté ou le petit vicaire du coin
ont près de ces jupons bien-aimés le plus libre
accès. On ferme la porte au nez de Lovelace, s'il
se présente en culotte rouge, mais, s'il se glisse
en robe noire, on lui ouvre à deux battants.

Cependant, le noir enfant de Jésus n'a-t-il pas,
comme le brillant fils de Mars, jarret dispos et
reins solides, bon estomac et trente-deux dents
gourmandes, toujours avides de mordre dans la
pomme qu'Ève leur offre.

Il est jeune, le fils de Jésus, aussi bien que le
fils de Mars ; plus onctueux, si l'autre est plus
brillant. Mais quand il presse, c'est de même
manière, et si ses lèvres sont sans moustaches,
elles n'en sont pas moins friandes de baisers.

L'éducation érotico-mystique du séminaire, les
cantiques aussi naturalistes que brûlants adressés
au *Vase d'élection*, au *Speculum de chasteté*, à la
Vierge inviolée et à la *Rose mystérieuse*, le manuel
des confesseurs où tous les cas possibles des
sixième et neuvième commandements depuis la
bestialité simple jusqu'à la sodomie complète, sont
prévus, annotés, expliqués, commentés avec une
précision, une minutie et une science de détails
qui prouve avec quelle ardeur et quel entrain les
pieux casuistes ont tourné, retourné, étudié et
approfondi ces délicates questions : les interroga-
toires et les réponses des impubères, les confidences des filles hystériques et les déclarations
platoniques des dévotes amoureuses ; tout cela,
comme aiguillon d'Éros, ne vaut-il pas l'*Examen
de Flora* ou les *Matinées de Cythère*, qui font la joie
des chambrées de dragons ?

Où transvaser ce trop-plein qui déborde ? que
faire de cette pléthore qui va crever la peau ?

A moins de jeter son rabat par dessus l'autel

et sa calotte dans le bénitier, le petit vicaire ne peut pourtant pas courir dans les bocages de Vénus à l'heure où l'oiseau met la tête sous son aile, pas plus que celle où la femme met la sienne sur l'oreiller.

Alors, le grand nombre, le menu fretin, ceux à qui l'ambition n'est pas permise et qui n'ont droit à rien de l'avenir, ceux pour qui un bonnet de curé de village est la mitre épiscopale, ceux qui pensent savoir assez de théologie pour enseigner le catéchisme et d'art oratoire pour effrayer les vieilles, tous ceux ayant douze heures par jour à tuer, comment les tueraient-ils ?

« Cherchez et vous trouverez », a dit le Seigneur mon Dieu.

Ils cherchent et ils trouvent.

Ils trouvent des filles naïves et des épouses fragiles, des pères aveugles et des maris confiants.

« Frappez et l'on vous ouvrira. »

Ils frappent, on leur ouvre. Les voici au foyer ; et du coin du feu à la couche, il n'est souvent qu'un pas.

XLIII

LA PASSION DE CALESTROUPAT

 des occupations moins profanes, le doyen de Mottencourt employait les loisirs que lui donnait le bon Dieu.

Agé de plus de soixante ans, les artifices de Satan restaient sur lui sans effet, et si, parfois, le malin levait sournoisement la tête, cherchant, vilain reptile, à se glisser sous la soutane sainte, il l'écrasait aussitôt du talon comme fait la Vierge quand, un pied posé sur le croissant de la lune, elle foule de l'autre le serpent maudit.

« Un pur » l disait-on, dans le diocèse, et, par le fait, c'était un pur. On en trouve un ou deux dans le tas.

Donc, d'autres soins le préoccupaient que celui de calmer les fureurs hystériques des vieilles ou diriger à son profit les platoniques ardeurs des jeunes. Il avait renoncé aux promenades autour des touffes de roses épineuses dont sont semés les

sentiers de Cythère. A cela, rien de mieux ; chacun va où son plaisir le pousse, mais le mal est
qu'il prétendait empêcher ses vicaires de s'y aventurer. Il les surveillait, les épiait comme une
vieille surveille et épie les allées et venues des
jeunes ; les menaçait, non des foudres du ciel, ce
qui les eût fait rire, mais des foudres épiscopales,
ce qui les faisait trembler.

Et pour les tenir sous sa férule, il exigeait qu'ils
demeurassent à la maison curiale, dans une chambre où rien ne fermait à clef.

« Le sage ne doit pas avoir de secret, » leur
disait-il, « et vous êtes tous des sages, » ajoutait-il
avec ironie. '

Aussi tous avaient mal fini. Rien de mauvais
comme un désir rentré. Il pèse sur la poitrine et
prend des proportions colossales, jusqu'à ce qu'il
étouffe ou qu'on le satisfasse comme un buveur
lâche ses hoquets. Ils avaient lâché leur hoquet
avec des éclats terribles et s'étaient enfuis au plus
vite, après un court séjour, coupé de déboires,
comme chiens fourvoyés en cuisine, happant un
morceau ici, recevant un coup de pied là et qui,
finalement, se sauvent une casserole à la queue.

Le seul qu'il fût parvenu à garder, c'était le
petit Thiriot; mais depuis quelque temps, il le
constatait avec peine, le drôle se dérangeait.

Quelle passion basse et honteuse dévorait ce
néophyte ? Il se le demandait chaque soir en
voyant rentrer ce rougeaud à face bonnasse, œil
sournois et front soucieux.

Quant à lui, une passion aussi le dévorait, mais
il ne la cachait pas, elle n'était ni basse ni honteuse. Il pouvait lever la tête en l'avouant, et regarder les gens en face.

Les pauvres âmes endolories dans le célibat

arrivent presque toutes à couver un amour bizarre qui éclot tôt ou tard dans la chaleur de l'intimité. Explosions de tendresse avec toutes les fureurs des espérances envolées et des illusions perdues.

Cette prude adore un *matou* perfide, cette dévote gorge un neveu libertin, ce vieux magistrat baise les genoux d'une nièce coquette, ce gros chanoine les seins de Jeanneton; chacun, enfin, dans cette vallée inondée de larmes, cherche un coin pour poser son cœur.

L'objet de la passion de Calestroupat n'était ni un chien, ni un chat, ni un serin, ni une nièce, ni une servante, ni une voisine, ni le bon Dieu, ni même la vierge Marie, qui fait flamber tant de cœurs sans emploi, c'était son église. Pour elle il eût tout sacrifié, voisine, nièce et servante et toute la paroisse. Pour son église, il commettait des bassesses, se courbait, implorait, s'humiliait. N'étant pas assez opulent pour l'entretenir, il la faisait entretenir par d'autres, il recevait de toutes mains, des riches, des pauvres, des saints, des pervers, des consciences pures et des consciences sales. L'argent n'a pas d'odeur; il mendiait.

L'archevêque hérétique de Canterbury lui eût envoyé par dérision *six pence* qu'il les eût acceptés. Un communard lui eût jeté deux sous à la tête, il eût ramassé les deux sous.

Il était pour son église comme un vieil amant près d'une jeune maîtresse, il reniait toute dignité et toute pudeur. Pour la parer, l'embellir, l'orner, la couvrir de superfluités, de dorures, pour qu'elle fût la plus belle, pour que ses confrères le jalousassent et l'enviassent, il assiégeait depuis vingt ans municipalités, sous-préfets, préfets, évêques, archevêques, conseils généraux, sénat, ministères. Il avait même fait appel à la générosité du Saint-

Père. On lui répondit que le Saint Père reçoit de l'argent, mais n'en donne jamais, et qu'on exige rait son interdit s'il osait renouveler une si indécente demande.

A chaque session, la Chambre des députés voit arriver ses pétitions. Il pleure pour son église comme on pleure pour des familles en détresse. Les inondés et les affamés n'ont pas soulevé de cris plus désolés que l'église de Calestroupat. Supplications pour un maître-autel ? C'est Calestroupat. Un nouveau baptistère ? Calestroupat. Un serpent d'argent aux pieds d'une Vierge ? Calestroupat. Un nez à saint Joseph ? encore Calestroupat. Une barbe d'or à un bon Dieu ? Calestroupat, Calestroupat. Une guirlande de figuier pour voiler la nudité d'une Eve indécente et une feuille de vigne à poser sur celle du père Adam ? Calestroupat toujours.

Pendant dix ans, il harcela l'Empire. L'impératrice, lassée des importunités de ce mendiant tenace, lui envoya une de ses quatre cent soixante-dix-huit robes pour en finir. Il la trafiqua aussitôt pour 50 francs à une marchande à la toilette, laquelle la revendit le lendemain 200 à la maman Fumeron, du n° 59 de la rue du Maure-qui-Trompe, derrière Saint-Evres, qui en tira un immense profit. Au prix relativement modique de 10 francs par soirée, elle en parait une de ses *dames*, et celle-ci, vêtue de la robe de l'épouse de César, voyait affluer les clients. « Ah ! s'écriait la maman Fumeron, si seulement nous avions la chemise ! »

— « Malheur ! répliquait M. Jules son fils, le roi de Prusse ne serait pas mon cousin ! »

On l'exhibait encore il y a quelques années,

car l'oripeau de soie dura plus longtemps que la
fortune impériale.

Il n'était pas encore trop souillé lorsque la *sœur
Cunégonde*, connue sous le nom de *belle Madeleine*,
fut, dit-on, la dernière qui s'en affubla.

Ce don, qui prouvait que pour lui la cassette
était vide, ne découragea pas le doyen. Il écrivit
encore. On ne lui répondit plus.

Aussi, bien qu'il fût républicain comme la cuisinière de Veuillot et le goupillon de Buffet,
Calestroupat, vexé, acclama la République et re-
nouvela ses pétitions.

Il lassa le petit Thiers. Il fatigua le maréchal.
La maréchale elle-même fut indignée de cette
mendicité sans vergogne. M. de Broglie donna
dix francs. M. Grévy souscrivit pour dix sous. Il
ne se formalisa pas de cette dernière insulte. Il
empocha bravement l'aumône. « Autant de pris
sur l'ennemi ! » dit-il, montrant ainsi le fond de
son sac.

Nul n'aurait pu dire ce qu'il avait déjà englouti,
des fondations à la nef. Il ne le savait même pas,
mais certes plus qu'il n'en aurait fallu pour bâtir
vingt écoles et doter trois cents instituteurs.

Maintenant, il était aux abois, il avait tant tiré
sur toutes les cordes, qu'elles étaient usées. On ne
donnait plus.

— Plus rien, disait-il à Guyot ; les riches dévotes elles-mêmes, des ouailles assidues depuis
vingt ans, pâlissent quand elles me voient, et je
devine dans leurs manchons les mains se crisper
sur la bourse ; les vieux banqueroutiers font la
sourde oreille, les jeunes fils des croisés s'esquivent. Il ne me reste que ma maigre récolte à la
quête dominicale et l'espoir en quelques bonnes
âmes fidèles au malheur.

Mais les *bonnes âmes* d'église ne sont pas généreuses. Elles étaient fatiguées aussi ; elles donnaient sou par sou ; elles *liardaient* et tous ces sous, ces liards, ces mauvaises pièces péniblement amassées, s'engloutissaient comme gouttes d'eau dans le sable.

Aussi, les travaux restaient inachevés. On se heurtait constamment à quelque échaffaudage dans un coin de chapelle, et un vieux dévot cossu, impatienté de s'abîmer le nez sur une échelle emplâtrée, au moment où il allait abîmer son âme dans l'adoration, comptait en rechignant la somme nécessaire ; huit jours après, planches, échelles, truelles, mortier, reparaissaient ailleurs.

XLIV

MADAME CUSTOR

IL y avait cependant une ouaille, ouaille unique, sur la tête de laquelle Calestroupat pensa asseoir ses dernières espérances.

Nouvelle venue dans la ville, depuis quelques mois seulement, elle fréquentait son église paroissiale, mais dès les premiers jours elle attira son attention et gagna ses sympathies.

Parée comme une chasse, l'or et les bijoux ruisselaient à ses doigts, à ses poignets, à son cou, à ses oreilles, essayant de remplacer le soleil éteint de la vie, car ses étés s'étaient envolés, et même les automnes avaient succédé aux automnes; et si les neiges de l'hiver ne poudraient pas sa tête, c'est qu'elle s'en était garée par de blonds cheveux d'autrui.

Cependant, malgré boucles d'oreilles, bracelets et bagues, malgré perruque frisée et sourcils peints, roses et lis épanouis en couches épaisses sur les rides du visage, elle portait bien les soixante ans sonnés au cadran de son ciel.

Elle ne manquait ni grand'messe, ni vêpres, et chaque fois qu'on lui présentait le plateau de vermeil ou la sacoche de velours bleu, elle tirait d'un porte-monnaie de cuir de Russie à fermoir d'or, une pièce de vingt sous toute neuve qu'elle déposait avec un sourire à l'adresse du pieux quêteur, ayant soin de montrer en même temps main blanche et grassouillette, une de ces mains qui de leur vie n'ont fait œuvre trop dure.

Si généreuse et si riche étrangère fit d'abord sensation. Le suisse et le bedeau la prirent pour une comtesse en villégiature, d'autant plus qu'elle avait loué une petite maison dans le faubourg entre cour et jardin. Ce fut donc avec un peu de dépit qu'on apprit que cette douairière s'appelait prosaïquement et roturièrement Mme veuve Custor, nom qui ne manqua pas d'inspirer aux jeunes débauchés du lieu les plaisanteries les plus équivoques. Quant au défunt Custor, tout ce qu'on en put savoir, c'est qu'il avait été un riche négociant, dont la veuve ne désigna pas le genre de négoce.

Mais si Mme Custor n'avait nul droit au titre de comtesse, les gens bien pensants la trouvaient digne de le porter, car elle affichait très haut ses principes de femme de bien, les étalant même à son cou sous forme d'une fleur de lys de perles, enchassées sur un médaillon d'or.

L'abbé Calestroupat n'eut pas plutôt vu son église ornée de cette nouvelle brebis, qu'il flaira une magnifique affaire et entoura la veuve de prévenances et de soins. Du plus loin qu'il l'apercevait, il la saluait jusqu'à terre, et bientôt lui demanda avec sollicitude des nouvelles de sa santé.

Dieu merci ! la vieille dame allait bien, à part quelques suffocations et des accès de goutte.

Il eût bien voulu la sonder dans les confidences du confessionnal, mais sur ce point Mme Custor, s'écartant de la règle orthodoxe, déclara que, quoique bonne catholique, elle se refusait à la confession.

— Mais, chère madame, dit Calestroupat, comment ferez-vous vos Pâques? Mon église serait-elle témoin de ce scandale de voir une haute et grande dame comme vous s'abstenir d'un sacrement qu'accomplissent les plus tièdes du troupeau.

— Alors, nous en parlerons à Pâques, mais nous n'en sommes pas encore là.

Caprice à respecter chez aussi importante ouaille. La religion ne brusque que les pauvres; pour les riches elle est pleine de concessions. Calestroupat se garda bien d'insister; mais, un jour, à la messe, dans un sermon où il menaçait, avec des imprécations terribles, les impies, les fornicateurs et autres scélérats de même farine, des éternelles flammes de l'enfer, il traça des supplices des damnés un tableau si épouvantable que la vieille dame en tomba malade de peur.

Elle fit appeler Calestroupat, qui se rendit chez elle en toute hâte. Il la trouva entre une grosse cuisinière à rouge trogne, et une femme de chambre éveillée et jolie.

Le doyen resta deux heures enfermé avec sa cliente. Que se passa-t-il ? On ne sait; mais, quand il sortit, il paraissait tout joyeux.

Le soir même, à table, il se versa un demi-verre de vin, qu'il avala d'un trait, et dit à Thiriot, stupéfait de cette débauche :

— J'ai gagné dix mille francs.

— Est-ce possible, s'écria le vicaire en regardant autour de lui. Où sont-ils ?

— Eh ! vous êtes trop curieux, répliqua brutalement le doyen, se repentant de son moment d'abandon, où ils sont, ils sont bien. Vous voulez trop savoir, mon ami.

Le soleil cependant, le beau soleil qui allumait de ses dix mille rayons les espérances de Calestroupat ne tarda pas à se couvrir de nuages. Les rayons s'effacèrent et il ne resta plus un matin qu'un fromage de Hollande que le doyen reçut avec une lettre.

Il mangea tristement le fromage et jeta la lettre au feu.

— On me chasse, dit-il à son vicaire avec amertume, je suis vieux, on n'aime pas les vieux. Les paroles du Seigneur, coulant au travers de bouches ridées, endorment même les vieilles. La *bonne nouvelle* reste sans effet, quand le pasteur a passé soixante ans. Allez, Thiriot, allez, mon ami, allez terminer l'œuvre commencée. J'ai semé, vous ferez la récolte.

— Ils ne sont donc pas récoltés vos dix mille francs ?

— Hélas ! non ; je vais vous expliquer la chose.

Et après explications Thiriot alla frapper chez la veuve.

Et depuis deux mois Thiriot allait. Il n'avait pu encore ouvrir les portes du ciel à la vieille dame, et le doyen chaque jour voyait s'accumuler de nouveaux obstacles entre lui et les dix mille francs.

C'est en faisant visiter son église à Guyot qu'il dévoila quelques-unes de ses secrètes misères ; à plusieurs reprises, le curé de Saint-Jean-le-Fau-

cheux essaya de parler des siennes, mais l'autre
répondait :

— Chacun sa peine, chacun sa croix.

— Hélas ! fit Guyot.

— Voici vingt ans que j'ai entrepris une œuvre,
et je mourrai sans l'avoir achevée.

— Non, dit Guyot, la vieille dame mourra et
vous aurez vos dix mille francs.

— Depuis deux mois elle agonise, et les héritiers, avides, viendront. Ils viennent déjà. Ah !
ma pauvre église...

— Si vous voyiez la mienne ? hasarda Guyot.

— La vôtre ! Certes, elle n'est pas belle. Mais
faites comme moi. Remuez-vous. Croyez-vous
que j'aie élevé ces pierres, orné ces murs, trouvé
ces chandeliers d'or, cette belle grille de fer forgé,
en tournant mes pouces au coin de mon feu ?
Tenez, les têtes d'anges que vous voyez là, ça n'a
l'air de rien, et ça me coûte cent francs la pièce,
sans compter les ailes qu'il a fallu payer à part. Et
rien n'est fini. Ces dix mille francs tombaient
comme du ciel. J'étais sauvé.

XLV

MAISON SUSPECTE

NFIN, à la nuit tombante, il laissa Guyot libre.

— Dépêchez-vous, fit-il, il n'est pas encore six heures, et dans deux vous pourrez manger votre soupe. Allez en paix.

— Je croyais qu'il ne vous lâcherait pas, dit tout à coup Thiriot qui le guettait à la porte de l'église. Venez vite, le dîner refroidit.

Ils descendirent le faubourg.

— Maintenant, dit Guyot, vous allez me donner quelques explications.

— Ne parlons pas d'explications, mais dépêchons-nous.

— Où me conduisez-vous donc ?

— Ne vous inquiétez pas. Lucullus soupe chez Lucullus.

— Comment, c'est chez vous ?

— Eh non ! *Chez moi*, c'est la maison curiale ; elle n'est pas agréable, comme vous avez pu en juger et j'y reste le moins possible. Ce n'est pas chez moi, mais c'est tout comme. J'ai, moi aussi, bien des choses à vous dire et des renseignements à vous demander. Aimez-vous la bonne chère?

— Eh! eh! tout le monde aime la bonne chère.

— Excepté Calestroupat... Alors, si vous l'aimez, vous serez satisfait.

Ils s'enfoncèrent dans une ruelle bordée de murs.

— Attention! fit Thiriot, assurons-nous si la ruelle est libre. Ne voyez-vous pas de gendarme?

— De gendarme! s'exclama le curé stupéfait. Non, mais avez-vous peur des gendarmes?

Thiriot, sans répondre, fit quelques pas, regarda à droite et à gauche, puis s'arrêta devant une porte grillée au travers de laquelle on apercevait au fond d'une cour plantée d'acacias une maison blanche et coquette.

— Quel est ce mystère? demanda Guyot qui suivait, très intrigué.

— Nul mystère, seulement je n'aimerais pas que l'on rapportât au doyen que nous sommes venus ensemble ici, car c'est ici.

Une bonne odeur de viandes rôties et de ragoût pimenté, en chatouillant agréablement les narines du curé, coupa court à toute nouvelle objection.

Thiriot sonna.

— Enfin, pourrai-je savoir où nous sommes?

— Chut! voici Mlle Juliette. Monsieur le curé de Saint-Jean-le-Faucheux, madame Custor nous invite à dîner.

« Aller dîner chez une vieille dame moribonde qu'on ne connaît pas et qu'on n'a jamais vue, sur la présentation d'un homme que l'on n'a fait qu'en-

trevoir, voilà de ces aventures, pensa Guyot, qu
n'arrivent qu'à moi ! »

Aussi, au lieu de s'avancer, fit-il deux pas e
arrière.

Mais le fumet des ragoûts l'empêcha de conti
nuer ce mouvement de retraite. Le ventre, qu
dirige la bonne moitié des actions humaines,
chassa ses hésitations. Il parla en maître et les derniers scrupules de Guyot humblement s'effacèrent.
Il oublia jusqu'à sa terreur de se compromettre
aux yeux de Calestroupat. Le ventre « poids
redoutable » comme dit Victor Hugo, l'entraîna
il ne savait où.

Mlle Juliette ouvrait la porte ; la nuit était noire,
on ne pouvait distinguer le visage de la soubrette,
mais elle répandait autour d'elle un parfum de
fraîcheur et d'eau de Lubin, qui pénétra jusqu'au
cœur du curé. Des yeux, brillants comme des es-
carboucles, se fixèrent un instant sur les siens et il
se sentit tout ému.

— Est-il venu ? demanda tout bas Thiriot
avant de passer outre.

— Oui, répondit-elle sur le même ton.

— Il est parti ?

— Oui.

— Il y a longtemps ?

— Oui.

— On nous attend ?

— Oui.

— Alors on peut entrer sans crainte ?

— Oui.

— Eh! eh! se dit *in petto* Guyot tout joyeux, si
elle dit toujours oui, ça ira bien, ça ira bien.

Et il se frottait les mains d'aise en traversant la
petite cour.

— Monsieur le curé a froid, dit la soubrette, la

soirée est fraîche; mais monsieur va pouvoir se réchauffer, il y a un bon feu.

— Certainement, répliqua Thiriot, nous allons nous réchauffer le dedans et le dehors.

Et il poussa Guyot du coude.

Ils gravirent les marches d'un perron et pénétrèrent dans un vestibule éclairé par une belle lampe.

La soubrette les avait précédés :

— Donnez vos chapeaux, messieurs. Monsieur le curé, permettez-moi de vous débarrasser de votre douillette.

Guyot regardait en souriant la jolie fille. Il lui semblait avoir vu ce minois quelque part.

Et quand il fut débarrassé de la douillette, il avisa une petite glace à cadre d'or placée en face du porte-manteau, se déganta et passa ses doigts dans les longues boucles de sa chevelure, qu'il disposa d'une façon à la fois poétique et correcte, secoua son rabat et tira le bout de ses manchettes enfouies jusque-là pour échapper à l'œil sévère du doyen, de fines manchettes de dentelle, souvenir d'une de ses anciennes amies de Saint-Evres, il ne se rappel it plus au juste laquelle, Mme de Beaupertuis ou Mme Collard, ou peut-être bien Mlle de Montluisant.

— Mais c'est l'abbé Guyot! soufflait pendant ce temps la soubrette dans l'oreille du vicaire.

— Oui. Vous le connaissez?

— Vous aviez annoncé à madame, le curé de Saint-Jean-le-Faucheux.

— Eh bien, oui, l'abbé Guyot, curé de Saint-Jean-le-Faucheux.

— Ah! je ne sais pas maintenant comment elle va prendre ça.

Une voix aigre s'éleva d'une pièce voisine.

— Qu'est-ce qu'il y a ? Vous ne laites pas entrer ? Qu'avez-vous donc à jaspiner dans le corridor ?

Mlle Juliette se précipita, et annonça les visiteurs :

— M. l'abbé Thiriot ! M. l'abbé Guyot !

— Hein ? fit la vieille dame.

— Eh ! oui, chère madame, dit Thiriot en passant le premier, permettez-moi de vous présenter l'abbé Guyot, curé de Saint-Jean-le-Faucheux, un de mes bons amis.

Guyot se sentit pris de malaise. Il lui semblait que son nom avait sonné désagréablement à l'oreille de son hôtesse ; cependant il fit un profond salut, déployant les avantages de son torse, le jarret tendu pour développer les rondeurs de la croupe.

Ce fut avec un sourire forcé, que madame Custor rendit le salut.

— Qu'a donc cette vieille ? se dit Guyot, qui n'avait jamais vu si grotesque poupée ; si c'est pour elle que Calestroupat prépare un enterrement, elle n'a pas l'air d'être morte !

Elle n'était pas morte, en effet, la vieille dame, et ne paraissait nullement moribonde, ni avoir la moindre envie de mourir.

Une perruque à la Ninon, qui ne trompait qu'elle, ornait son crâne chenu, mais elle en avait disposé si habilement les petites boucles blondes, mignonnes et frisottantes qu'on ne voyait pas les rides du front. Quant à celles des joues et du bas du visage, une couche de *cold-cream*, deux de poudre de riz et trois de rouge les avaient effacées, de sorte qu'à dix pas et à la lumière filtrée par un globe opaque et rosé, avec ses yeux encore vifs, ses sourcils et ses cils teints, ses lèvres peintes et sa puissante encolure, elle semblait respirer la santé.

Du reste, des épaules grasses, couvertes de poudre, étalées orgueilleusement, et d'énormes seins pressés l'un contre l'autre, dont on apercevait, à l'échancrure d'une robe de soie noire, pour mieux faire ressortir leur blancheur, l'étroite et profonde ravine, montraient qu'elle portait gaillardement ses soixante années.

L'abbé Guyot resta stupéfait des efforts savants de cette vieille pour se donner un reflet de jeunesse et cacher sous un déploiement d'opulence les outrages du temps. Il fut presque aussi ébloui du scintillement des pierres fines et du ruissellement des dorures que de la somptuosité de la table.

Un magnifique service de cette belle et chaude faïence anglaise, réjouissait l'œil de ses vives couleurs. C'était, avec une argenterie massive, le seul vrai luxe de cette salle à manger, dont de grotesques lithographies coloriées, mises en cadres coûteux, étalaient du premier coup les goûts les plus épaissement bourgeois et la plus crasse ignorance, tandis que, de chaque côté de la cheminée, de mauvais portraits au pastel, du roi et de la reine *martyrs*, sortis de quelque boutique de bric-à-brac, affichaient les sympathies politiques de la maîtresse de céans.

La vieille dame, assise près de la cheminée, dans un vaste fauteuil que mademoiselle Juliette roula jusqu'à la table, s'excusa de ne pas se lever pour recevoir ses hôtes, mais elle avait justement eu le jour même un accès de goutte. Elle désigna de la main les places, Guyot à sa droite, Thiriot à sa gauche, côté du cœur, et c'est surtout vers lui que se portèrent ses attentions.

Elle parlait peu ; la présence de Guyot, évidemment, la gênait, et si elle minaudait parfois au vicaire, elle se bornait à remplir l'assiette du curé. Après tout, c'est ce qu'il demandait ; il mangeait comme quatre et buvait de même. La cuisine était exquise et le vin lui plaisait.

Mademoiselle Juliette allait et venait avec une vivacité charmante, servant sa maîtresse, servant les convives et courant à la cuisine chercher de nouveaux plats. De temps à autre, elle jetait des regards à la dérobée sur la vieille dame puis sur Guyot, et le curé se disait : « Où donc ai-je vu ces yeux-là ? » Car ils étaient jolis et brûlants à faire fondre la vertu la plus cuirassée d'étoupe, frangés de longs cils noirs, flamboyants, langoureux, doux, chatoyants, moirés, des yeux mosaïques, comme dit le poète, où chantait toute la gamme des bleus :

Bleu des songes dont on s'enivre,
Du ciel orageux et serein,
Et bleu de sulfate de cuivre,
Et bleu d'ardoise et bleu marin ;

Bleu de pervenche humble et pudique,
Bleu des vins alcoolisés...
Dans un ordre périodique
Tous ces bleus sont juxtaposés.

Et le bon Guyot regardait ces yeux tout en vidant sa coupe, se sentant heureux pour la première fois depuis bien longtemps, le dos au feu, le ventre à table, servi par une belle fille, tout ce qu'il avait rêvé.

XLVI

VENTRE A TABLE

ERS la fin de la seconde bouteille, se sentant le cœur inondé d'indulgence et n'y trouvant pas le moindre sentiment de rancune, bien qu'il eût été vexé d'abord que lui, le plus ancien et l'étranger, fût éclipsé par ce vilain petit vicaire, il sentit le besoin de devenir expansif et, cherchant l'occasion de placer un mot agréable, soulevait machinalement sa fourchette en la regardant sans la voir :

— Oh ! elle est en argent, dit aigrement la vieille dame, qui examinait ce mouvement avec indignation ; Monsieur suppose peut-être que notre service est en plomb.

— Moi, madame, s'écria le curé, oh ! par exemple ! Parce que je suis l'humble desservant d'un pauvre village, me croyez-vous un vulgaire paysan ? Non, madame, je sais apprécier les belles choses et je me disais précisément que chez madame la générale de Beaupertuis — que vous connaissez peut-être — je n'ai pas vu si beau service.

— Il n'est pas nécessaire d'être générale pour avoir *de la belle argenterie.*

— En voici la preuve, madame.

— Feu Custor, mon défunt, ne se serait pas fait couper... les oreilles pour 200,000 francs.

— Moi non plus, dit Thiriot.

— Vous ! s'écria la veuve Custor, vous n'avez pas le sou.

— Non, mais j'ai des oreilles et j'y tiens.

— Bah ! pour ce qu'elles vous servent, riposta la vieille dame.

Puis, tout à coup, elle se mit à rire en poussant de petits cris d'une façon si convulsive que son ventre tressautait comme un couvercle de marmite qui emprisonne un liquide en ébullition.

— Oh ! c'est trop bête ! dit-elle, Juliette, passe-moi mon mouchoir, j'en pleure. Drôle de petit ! Ça fait du bien tout de même.

Mademoiselle Juliette riait, Guyot riait aussi, mais le rire, quoique contagieux, ne gagna pas l'abbé Thiriot.

— Ça le chiffonne qu'on rie ! Voyez la drôle de tête qu'il fait. C'est égal, il en ferait encore une plus drôle si on les lui coupait... Je parle de ses oreilles ! Ah ! ah ! ah !

Et le ventre de la vieille dame recommença à tressauter. Puis elle fut prise d'une grosse toux.

— Des suffocations, quoi ! Juliette, tape-moi dans le dos, j'étouffe.

Mademoiselle Juliette tapa dans le dos et dégrafa le corsage d'où jaillit aussitôt une cascade de chairs. Guyot, qui s'était précipité pour porter secours, se détourna pudiquement tandis que Thiriot guignait cette avalanche d'un œil calme...

— Ce n'est rien, dit enfin madame Custor rentrant, aidée de sa femme de chambre, cette graisse
débordée, ça me prend toutes fois que je ris trop.
Alors il faut penser à des choses tristes... C'est
donc vous qui remplacez ce pauvre M. Chiquenelle ? En voilà une fin ! Moi, j'ai toujours dans
l'idée que ce n'est pas lui qui s'est occis.

— Un étrange mystère, dit Thiriot.

— Et encore d'autres choses bien plus étranges,
appuya Guyot.

— Quoi donc ? fit la vieille dame.

— Si vous m'en croyez, interrompit le vicaire,
il vaut mieux ne pas parler de cela. Madame nous
a fait l'honneur de nous inviter pour passer avec
elle quelques heures agréables. Ne l'attristons pas
par des histoires de morts et de pendus. Le soir,
surtout, c'est lugubre.

— Mais monsieur Thiriot, si monsieur veut raconter des histoires, il est libre.

— Non, madame, non, dit le curé, ce ne sont
pas des histoires, mais des contes à dormir debout,
tout simplement. Un maraudeur est entré la nuit
dans le cimetière et les bonnes femmes l'ont pris
pour un revenant; il a été surveillé par les gendarmes et moi-même, et n'est plus revenu.

— Tiens, on ne m'a pas parlé de cela.

— C'est que ça n'en valait pas la peine, répondit
Thiriot.

— Les connaissez-vous, les gendarmes de votre
village ?

— De vue, seulement, madame.

— Vous n'avez jamais parlé au brigadier?

— Non, madame, je n'ai fait que l'entrevoir,
bien que nous soyons voisins.

— Ce n'est pas un homme à beaucoup fréquen-
ter, dit Thiriot.

— Qu'entendez-vous par-là? riposta aigrement l'hôtesse. Fumeron est un brave homme, vous entendez, mon petit; aussi honnête que vous.

— Mais je le sais bien, madame, ce n'est pas ce que je veux dire, répliqua le vicaire, tout penaud de s'entendre traiter avec ce sans-façon devant son confrère; certainement, c'est un très brave homme, mais je veux dire... que...

— Que quoi? Allons, taisez-vous. Moi, je vous dis que les gendarmes valent les curés; ils rendent pour le moins autant de services.

— Certainement, appuya Guyot, inquiété de la tournure que prenait la conversation. Les uns sont commis à la garde des âmes, les autres à la garde des corps. Que deviendrions-nous sans ces braves fonctionnaires? Pour moi, j'adore les gendarmes, vivent les gendarmes! Je bois à leur santé et mon plus grand désir est de faire connaissance avec M. Fumeron.

— Ça viendra, dit Thiriot.

— A Saint-Evres, j'ai dû me trouver en contact avec un certain Fumeron...

— Vous étiez à Saint-Evres? interrompit madame Custor; votre figure ne m'est pas inconnue.

— C'est possible, belle dame; je prêchais tous les dimanches dans notre église paroissiale; c'était moi qui faisais tout, car le curé, l'honorable abbé Gaudion, était toujours malade et enrhumé; de sorte que si vous êtes entrée un dimanche, vous avez pu me voir en chaire, ou même officier au maître-autel, ou peut-être encore passer dans la rue. Vous n'avez pas habité le quartier de Saint-Evres, belle dame?

— Non, répondit la vieille.

— C'est ce que je me disais, car je vous y aurais rencontrée, et je m'en souviendrais; vous n'êtes pas de ces personnes qui ressemblent à tout le monde...

— Qu'entendez-vous par là?

— J'entends que vos manières... votre toilette... enfin j'entends que l'aristocratie et l'élégance ne courent pas les rues.

— Je ne suis cependant pas noble, fit modestement observer madame Custor.

— Pas noble? vous m'étonnez, madame. Ne vous appelle-t-on pas *Madame de Custor?*

— Non, Custor, Custor sans rien devant, Custor tout seul!

— En tout cas, si madame ne possède pas la particule, elle est digne de l'avoir, et, sans regarder sa personne, il suffit de jeter un coup d'œil sur les portraits de ces augustes souverains, victimes des fureurs démagogiques, pour reconnaître qu'on n'entre pas chez la première dame venue.

Madame Custor remercia Guyot d'un sourire:

— Non, reprit-elle, mon nom s'écrit sans *de*, quoique j'eusse pu m'en coller un aussi bien que quiconque, car je suis certaine que nous avons été nobles, ayant eu des parents guillotinés à la Révolution. Et ce qui prouve encore que nous sommes de bonne famille, c'est que Custor, mon défunt, était dévoué corps et âme à la maison royale, il a même rendu quelques petits services au duc de Berri.

— Ah! vraiment!

— Oui, de ces petits services intimes...

— Il était sans doute employé à la cour?

— A la basse-cour, murmura Thiriot.

Mais la vieille dame l'avait entendu. Elle se leva

comme une furie, oubliant son accès de goutte et s'écria, écarlate de colère :

— Que dites-vous, petit paysan ? vilain pique-assiette ! Qu'est-ce qui vous a affublé d'une soutane, mauvais calotin ? La basse-cour ! c'est vous qui devriez y être, ou plutôt à l'étable à torcher le cul des vaches, méchant propre à rien !

— Madame ! fit Thiriot suffoqué.

— Il n'y a pas de madame ! as-tu fini tes manières, monsieur ! Des messieurs comme toi, on en trouve autour des auges. Ah ! tu es donc venu ce soir pour que je te rive ton clou aussi, comme à l'autre, ta vieille ganache de Calestroupat, qui s'était fourré dans la caboche que j'avais travaillé honnêtement toute ma vie pour mettre de côté 10,000 francs, et les soustraire à la rapacité de cette gueuse d'Aglaé, pour en faire cadeau à sa vieille bête de figure, afin de poser des roses sur les fesses de ses saintes et des cornes sur la tête de saint Joseph ! As-tu fini ! Et ça s'est permis d'être insolent et de me traiter d'épicière parce que je renâclais. Aussi, je lui ai acheté un fromage et lui ai envoyé pour solde de compte et liquidation d'affaires ! Vieux filou, va ! Et voilà ce jeune monsieur qui suit les mêmes principes. Basse-cour ! attends voir ! Je t'en fournirai des basses-cours de filles. Tu aurais bien voulu, toi, la faire ta basse-cour, et joliment basse encore à Juliette, canaille. Il y a assez longtemps que tu la reluques, gueux ! Est-ce que tu crois que je ne t'ai pas vu et que j'ignore que tu viens ici pour ça. Mais tu peux te fouiller, petit cochon !

— Madame ! madame !

— Et pour agripper mes dîners, gourmand ! Tu vas me montrer les talons, tout de suite ; tu entends. Ah ! tu croyais que j'allais t'entretenir à

13.

rien faire, et te procurer ensuite ma femme de chambre par-dessus le marché. Sale crapule! Et d'abord, tu vas me rendre mon argent!

Et apostrophant Guyot qui, épouvanté de ce qu'il entendait, gagnait sournoisement la porte :

—Eh! vous, là-bas! ne vous sauvez pas comme ça! j'ai encore à causer, mon fils.

— Madame!

— Oui, tout à l'heure, nous nous donnerons du *monsieur* et de la *madame*. En attendant, Juliette donne un tour de clef. Il ne s'agit pas de venir s'empiffrer chez les gens et de se tirer les quilles.

— Mais, madame, s'écria Guyot au comble de la stupeur, je ne me sauve pas. Je ne voulais pas être témoin d'une scène dans laquelle je n'ai que faire.

— Au contraire, je tiens à ce que vous soyez témoin. Ce n'est pas moi qui ai été vous chercher, mon gros, et, puisque vous êtes venu, vous assisterez à la danse! Vous faites payer assez cher vos enterrements pour qu'on vous fasse payer vos ripailles. Oui, vous avez beau me regarder avec vos gros yeux, c'est comme ça! *Treize cent quarante-cinq francs!* que vous n'avez pas eu honte de me soutirer l'année dernière...

— Moi, madame!... moi!

— Oui, vous, monsieur Guyot! vicaire à Saint-Evres! Vous ne vous rappellez donc plus la belle Madeleine, la *sœur Cunégonde*, que vous avez voulu confesser malgré elle, et qui vous a chassé en vous appelant *cafard*, et que vous avez enterrée tout de même en grande musique avec des plumets et tout votre tremblement parce que ça vous rapportait 1,345 balles. Ah! voyez-vous, mes petits agneaux, faut pas mettre la Fumeron en colère; parce qu'une fois qu'elle y est, elle

ne s' gêne pas pour allonger ses jambes dans le
plat. Et elle se fiche de la casse. Oui, c'est
comme ça, mon petit. Je m'appelle Fumeron, née
Custor, du nom de mon papa; et mon fils cadet
s'appelle Jules Fumeron, dit *Tonton-Pièce-Blanche*,
rapport à sa bonne nature; et mon fils aîné s'appelle Casimir Fumeron, brigadier de gendarmerie
à Saint-Jean-le-Faucheux; et ma coquine de bru
s'appelle Aglaé Lecoiffier, dite *Joli-Bec*, rapport à
ce qu'elle n'a pas la langue dans un sac, et qui me
remplace au n° 59 de la rue du *Maure-qui-Trompe*,
maison qui a eu l'honneur de votre visite, mon fils;
et voilà l'histoire de la famille! et maintenant, si
ça ne vous ennuie pas trop, je vas vous dire celle
de ce petit curé.

— Madame! s'écria le vicaire revenu de sa stupeur, vous vous oubliez! taisez-vous!

— De quoi! de quoi! monsieur commande?
Eh! mon *fiston?* Où sont mes *Vidanges et Engrais*
et mes *Jouissances Midi?* Tu vas me rendre tout ça
et sans tergiverser. Ce n'est pas à moi qu'on joue
le tour. Je te connais, tu sais. Aboule! aboule! et
plus vite que ça, ou je crie au voleur!

— Mais, madame je ne les ai pas dans ma
poche, *vos vidanges!*

— Va les chercher alors; et je retiens monsieur
en otage. Cours vite ou je mets, tu sais qui, à tes
trousses. Tu as beau faire des grimaces et rire
comme une guenon sur une cheminée.

— Madame, calmez-vous, interrompit l'abbé
Guyot. Ah! quelle horrible aventure! Je crois
rêver. Des *vidanges!* des *jouissances!* Qu'est-ce que
tout cela veut dire? Voyons, ma chère madame
de Saint-Custor, si M. l'abbé Thiriot vous doit de
l'argent...

— Dix mille francs!

— Eh bien ! il vous les rendra, madame, il vous les rendra. Je vous ferai observer que je ne suis pour rien dans cette affaire; j'ignorais, madame... Dix mille francs ! Comment devez-vous une aussi forte somme à madame, monsieur l'abbé Thiriot ?

— C'est un dépôt, un dépôt de madame. Est-ce que je le nie ? Des valeurs en dépôt. Je ne sais pourquoi madame, qui a eu jusqu'ici confiance en moi, me couvre ce soir d'un tel affront... et ose traiter un prêtre de la sorte ! Mais elle est malade, et Notre-Seigneur Jésus-Christ ordonne de pardonner.

La colère de madame Fumeron, née Custor, comme celle de toutes les dames à tempéramment irascible, était d'autant plus courte qu'elle était plus violente. Un feu de paille, une succession de bruyants pétards et tout s'éteignait. Le cœur gonflé se vidait et devenait flasque. La surprise, l'écrasement, quelques secondes de silence suivent les terribles explosions. Ainsi de la vieille dame. Elle s'affaissa, anéantie. Puis le bruit recommença, mais sur une autre note : aux rugissements de la tempête succédaient les accents mouillés de la pluie.

La chaudière crevée laissait couler le liquide; la nue orageuse se dégorgeait après les coups de tonnerre. Une averse jaillit, laissant sur son passage, ainsi qu'un torrent débordé, des traces de dévastation. De longues traînées rayèrent le vermillon des joues, roulant, sur le blanc enduit de la poitrine, des gouttelettes saignantes.

Mademoiselle Juliette, discrètement éclipsée pendant ces ébats, rentra aux premiers sanglots essuyer le visage de sa maîtresse, qui parut alors boursouflé, barbouillé, repoussant, comme celui d'un affreux marmot qui a mangé gloutonnement se poignées de mûres. La soubrette, trempant le bout d'une serviette dans un verre d'eau la lava délicatement jusqu'à ce que la face de la maman Fumeron, déteinte, reprit sa couleur naturellement jaunâtre, ce qui produisit un étonnant contraste avec ses éblouissantes épaules.

Elle étouffait. Il fallut la dégrafer de nouveau, et les ecclésiastiques tout pâles et non encore revenus de leur émotion, assistèrent une seconde fois au débordement des chairs.

— Qu'ils s'en aillent, murmura la veuve d'une voix dolente... Allez, mes petits, allez. Je ne vous en veux pas.

Les deux prêtres ne se le firent pas répéter et gagnèrent prestement la porte.

XLVII

CRAINTES

UF! fit Guyot quand ils furent dehors. Où m'avez-vous mené? Vous allez, j'espère, me donner l'explication de tout ceci.

— Vous m'en voyez honteux, confus, confondu. Jamais je n'aurais soupçonné une telle scène. Je l'avais prise pour une dame respectable; et je travaillais pour le bien de l'Eglise.

— Allons donc. N'essayez pas de me donner le change. Il vaut mieux parler franc. Je suis plus ancien que vous et sais ce qu'il en retourne. J'étais loin cependant de m'imaginer qu'en vous rendant service, en mentant au doyen pour vous obliger, vous profiteriez de cette faiblesse pour m'entraîner dans ce guet-apens.

Quand on connaît des gens de cette sorte, on se compromet tout seul chez eux, on n'a pas l'imprudence d'y entraîner un confrère. Me voilà compromis, sali, oui, monsieur, sali.

— Eh! vous vous y êtes compromis avant, puisqu'elle vous connaissait. J'ignore quelle profession exerçait cette vieille. Vous paraissez mieux instruit que moi.

— Les devoirs de mon ministère m'ont appelé une nuit dans la maison qu'elle tenait, et qui est un lieu de débauche. Et, puisque vous m'interrogez, voulez-vous me permettre d'en faire autant, et de vous demander quelle est cette somme reçue en dépôt, et qui ressemble fort aux 10,000 francs dont notre doyen déplore la perte.

— Pas de jugement hâtif; j'irai vous voir demain, ou après; enfin, aussitôt qu'il me sera loisible, pour vous parler longuement, seul à seul. Il y a, dans tout ceci un affreux mystère, peut-être un crime.

— Le crime, monsieur, est de garder 10,000 .. appartenant à une vieille, et 10,000 fr. gagnés... le diable sait comme. Je suppose que vous allez lui retourner ce sale argent.

— Ce sale argent! Plût au ciel que je l'aie! Je ne le garderais pas deux minutes. Mais je n'en ai pas un rouge liard! Non, monsieur, aussi vrai que je crois au bon Dieu, j'ai les mains blanches de cet abominable argent. Mais assez. Il ne faut pas que le curé sache que nous nous sommes revus et surtout séparés si tard.

— Mais, monsieur, si notre honorable doyen m'interroge, que lui répondrai-je? Il vous semb'e facile à vous d'altérer la vérité. Mais moi, monsieur, moi, je ne sais pas tremper ainsi dans le mensonge. J'ai déjà été victime des fautes des autres, monsieur?

— Vous ne serez victime de rien; je vous dirai tout. Mais en attendant, je vous en supplie, silence, et discrétion.

— Et ce brigadier, le fils de cette femme, quelle figure ferai-je devant lui, s'il vient à savoir de quelle façon sa mère m'a traité ? Ah ! monsieur !

— Il ne saura rien. Je vous dirai pourquoi.

— Et cette fille de chambre?

— Ne redoutez rien d'elle. J'en suis sûr comme de moi. Le doyen m'attend. Adieu ! Ainsi, c'est bien entendu : je puis compter sur vous? Alors, à bientôt.

Il ne voulait pas s'engager, il ne répondit ni *oui* ni *non*, et regagna pédestrement son presbytère, réfléchissant tout le long du chemin. Qu'est-ce que cette louche histoire? Cette somme convoitée par le doyen, confiée, puis réclamée au vicaire, ce prêtre traité comme un voleur par une vieille marchande d'amour, et tout effrayé et tout petit garçon devant ses insolentes et ridicules menaces.

Mystère et peut-être crime ! avait dit Thiriot. Ce dernier mot l'épouvantait. La mort de son prédécesseur était-elle donc mêlée à cela?

Son devoir était d'instruire le doyen; mais maintenant qu'il avait menti en soutenant par camaraderie une fausse assertion de ce drôle, que penserait le terrible homme, qui déjà n'avait pas de lui une opinion très favorable ? Comment raconter son dîner chez cette vieille proxénète ? Qui croirait qu'il y a été conduit à son insu?

A qui persuaderait-il qu'il ne connaissait pas la veuve Fumeron, puisqu'au su de tous, il était entré dans le repaire infâme pour confesser une fille ? Quelle nouvelle arme pour ses ennemis ! Ne diraient-ils pas qu'il s'était rendu dans cette demeure suspecte pour s'y livrer, de concert avec ce petit prêtre vicieux, à quelque *partie carrée* immonde, comme faisaient, dit on, de vieux magistrats de l'Empire, au sortir des huis-clos, dans quelque succursale de la fameuse avenue Marbeuf?

Comment se blanchirait-il avec ses mauvaises notes et sa mauvaise réputation? Ce n'est pas ses paroissiens qui plaideraient en sa faveur! Il résolut donc d'attendre les explications de Thiriot.

Mais, le surlendemain seulement, le petit vicaire donna signe de vie, et encore par lettre :

« Je ne puis aller maintenant jusqu'à vous. De votre côté, ne venez pas. Notre respectable doyen a vu d'un mauvais œil notre liaison; je ne veux ni lui déplaire, ni lui désobéir. Cher ami, permettez-moi de vous donner ce nom, comptez sur ma parole, je compte sur la vôtre. »

Cette lettre, le curé s'en aperçut du premier coup, était habilement rédigée.

Au cas où il eût voulu la montrer au doyen, elle ne pouvait compromettre son auteur. Il vit qu'il avait affaire à un rusé drôle, et, quoique fort intrigué, persévéra dans ses projets de prudence en ayant le moins de relations possibles avec ce confrère compromettant.

Car, au moindre esclandre, il serait interdit cette fois, chassé pour tout de bon, et ce serait la fin finale.

La pensée qu'on pouvait lui retirer cette cure, si modique, si infime, si misérable qu'elle fût, fit qu'il s'y attacha, et il se jura de redoubler de surveillance sur ses actes.

Dans sa première paroisse, il s'était, il est vrai, livré à ses passions avec prudence; mais tout en conservant la décence de rigueur, il y avait mis certaine bonhomie, ne cachant que ce qu'il faut cacher pour le vu'gaire imbécile.

Maintenant, il le voyait bien, il n'en était plus de même. Non seulement il devait garder le

décorum, mais ne pas donner prise au soupçon. Il
se savait observé, guetté, épié par les gens de sa
paroisse. La sœur Perpétue, comme une chienne
affamée en arrêt devant un os à moelle, ne le quit-
tait pas de l'œil. Qu'il entrât ou qu'il sortît, il
rencontrait sa sournoise prunelle.

Le brigadier de gendarmerie lui-même, grand
escogriffe à longue moustache brune, sur la figure
duquel il reconnut, en caractères plus rudes, les
traits de Jules Fumeron, tout en lui faisant le salut
militaire, semblait le surveiller, comme il eût fait
d'un forçat qui a fini sa peine. Le doyen Calestroupat vint même un soir le surprendre, et le
trouva le nez sur son bréviaire qu'il avait su ouvrir
à temps. Il se méfiait de lui, le craignait comme
un écolier fautif redoute son maître. Mais le doyen,
sans faire allusion à rien, lui recommanda de redoubler de zèle pour ramener au bercail son troupeau égaré.

XLVIII

FEUX SOUS LA CENDRE

E printemps ne se montrait pas encore, les pluies refroidissaient l'atmosphère, rendant le presbytère plus humide et plus triste, et parfois le vent ébranlant ses vitres et secouant ses portes venait avec ses gémissements évoquer le souvenir du hanteur de tombes et la sinistre image du pendu.

Il passait de longues heures près de son feu, enfoncé dans un fauteuil, attendant le moment de se mettre au lit, incapable d'aucun travail, sentant le fouet de l'isolement lui cingler le cerveau et les chairs.

Il allait quelquefois chez Grugevin achever de tuer la soirée, mais la mère Grugevin le voyait d'un mauvais œil, et la vieille Griboin lui dit un matin qu'il ait à se méfier, car le bruit courait déjà dans le pays qu'il était attiré chez le maire par les beaux yeux de sa fille.

Quelle sottise ! il songeait bien à cette petite

niaise, maigre et gauche. Il n'aimait pas les maigres d'abord; puis, cette pécore, il ne pouvait s'imaginer pourquoi, semblait avoir une peur horrible de lui. Avait-elle donc surpris un éclair de convoitise dans son œil et s'en était-elle effrayée?

A vrai dire, comme, après tout, elle était jeune et joliette, il n'eût pas mieux demandé que de s'assurer de la solidité de cette vertu qu'on vantait; et dès le principe, il avait choisi les jours de congé de la pensionnaire pour faire ses visites à Grugevin; mais c'est à peine s'il pouvait l'apercevoir. Quand elle venait du samedi soir au lundi matin, elle ne paraissait jamais dans la boutique, étant *trop bien élevée* pour s'occuper de quoi que ce soit dans la maison paternelle. Ses parents ne l'eussent pas souffert : « Ce n'est pas la peine d'apprendre l'histoire sainte, les règles, les participes, les divisions, l'analyse, les cantiques en latin, toutes les espèces d'écriture et les rois de France pour servir des chandelles à un tas de galvaudeux. »

— Certes, disait Guyot.

— J'aimerais bien qu'elle soit religieuse, ajoutait la mère, c'est très *comme il faut*.

— Ce n'est pas que l'épicerie n'ait ses agréments, objectait sagement Grugevin. Mais c'est embêtant d'être le domestique du populaire.

— Aimeriez-vous être religieuse, Mademoiselle? demandait le curé.

— J'agirai suivant la volonté de mes parents, répondait Céleste en faisant la révérence.

Puis elle s'éclipsait.

— Elle aimera mieux un mari, disait Grugevin

C'était au si l'avis de Guyot; mais voilà, elle filait toute rougissante et il ne la revoyait plus.

Et l'ancien premier vicaire, habitué à sentir les jolies dévotes de Saint-Evres à ses trousses, se trouvait très mortifié de la conduite à son égard de ce petit chiffon : « Une sainte n'y touche, disait-il ; ça doit avoir des vices cachés ! »

Aussi s'abstint-il de paraître chez Grugevin les jours de sortie de Céleste, ne se souciant pas de subir le désagrément des coups de langue sans avoir leurs compensations.

Non, ce n'était pas Céleste qui l'attirait au *Coq enfariné* mais la petite servante Nanette, si farouche en public et si aimable en privé. Il se rappelait le soir de son installation au presbytère, lorsque montant derrière elle l'escalier, il la poussait, légèrement pris de vin, appuyant les mains sur ses hanches grasses : « Montez, montez, » disait-il, « avez-vous peur ? » Mais elle semblait n'être prise que d'une peur, celle de voir se retourner sœur Perpétue. Ah ! il avait été bien imprudent, ce soir-là, mais Nanette avait été discrète, il lui en savait gré; il l'avait aperçue deux ou trois fois chez Grugevin et elle s'était cachée pour lui faire un petit signe amical, montrant dents blanches et jolies fossettes.

Une fois même il eut une terrible peur. Au moment où il riait familièrement avec la petite servante qu'il apercevait au fond de la cuisine, mademoiselle Céleste entra.

Grugevin, dans la boutique, servait un client. Guyot se trouvait donc seul. Mais au lieu de se retirer comme d'habitude quand elle apercevait le curé, elle ferma la porte de la cuisine et lui dit confidentiellement, yeux baissés :

— Est-il vrai que M. l'abbé Thiriot va quitter la paroisse !

— Mais, je ne pourrais vous répondre, mademoiselle. Vous connaissez M. l'abbé Thiriot ?

Mademoiselle Céleste rougit très fort :

— Oui... Non... C'est-à-dire que oui.

— N'est-il pas votre confesseur ?

— Il confesse quelquefois les pensionnaires.

— Et vous ?

— Moi... oh ! non... si, une fois... ou deux.

— M. Calestroupat vous dirige d'habitude ?

— Oui, monsieur le curé.

— Mais je croyais que, absorbé par les soins de son église, il avait remis la direction du Sacré-Cœur à M. Thiriot.

— Oui... Non... ah !

— Quelle bonne petite menteuse ! se dit Guyot, et il félicita de nouveau le maire d'avoir une fille si accomplie.

— Je pense bien, répondit Grugevin ; pour plus de huit cents francs par an qu'elle me coûte, elle peut s'infuser des accomplissements ; et modeste, et timide, et innocente. Tenez, je vas vous raconter quelque chose qui va vous faire crever de rire. Elle couchait avec sa mère les dimanches de sortie. Mais depuis cinq ou six mois, elle ne veut plus. Elle dit qu'elle est trop grande. On lui a descendu un lit derrière le jardin.

— C'est tout naturel, fit Guyot, pensant aussitôt à cette ingénue des contes de Boccace qui se fit dresser un lit dans la galerie du jardin pour entendre chanter le rossignol.

— Attendez donc ; ce n'est pas tout. Comme notre chambre est à côté de la sienne et qu'on peut entendre de l'une ce qu'on fait dans l'autre, elle ne veut pas que je partage le lit de mon épouse tant qu'elle est dans la maison ; elle prétend que ce n'est pas décent pour une jeune fille de savoir un homme et une femme dans le même lit. Je me suis donc fait monter une cou-

chette sur le devant tout en pouffant de rire.
Mais, il faut respecter l'innocence.

— Et vous avez raison, capitaine.

— Eh! à propos, et ma croix?

— Ça viendra, ça viendra; plus vite que vous
ne pensez.

Je l'avais bien deviné, se dit-il, en rentrant
chez lui. Cette petite niaise n'est pas si niaise
qu'elle le paraît. Elle se fait donner une chambre
à part, elle éloigne son père sous prétexte de décence, pour n'avoir pour voisine que sa mère,
sourde comme un pot. Il y a quelque rossignol
dans le bocage.

Il interrogea Calestroupat quand il le vit.

— C'est un ange, répondit le doyen, un modèle d'innocence et de vertu.

— Et vous en confiez la direction à Thiriot?

— Moi! Pas du tout. Une ou deux fois, je l'ai
chargé de me remplacer au Sacré-Cœur; mais pas
davantage.

Le curé de Saint-Jean-le-Faucheux ne fit pas de
nouvelles questions, mais pensa qu'autour de lui,
il y avait bien des feux couvant sous la cendre.

Il y pensait dans ses heures de solitude, et
l'isolement est funeste. Malheur à l'homme seul,
s'il n'a pas la sainte ardeur du travail, s'il s'égare
dans les sentiers louches où les vices sont embus-
qués!

Le vice s'empare même de lui sans qu'il bouge
de place. C'est la passion dominante, le désir in-
cessant qui se transforme peu à peu. De bel oiseau
bleu il devient chauve-souris. Il ne change pas
tout d'un coup et ne surgit pas ainsi qu'une
louve sur la lisière d'un bois noir, car il épou-
vanterait, mais graduellement il opère. Tout doucement, au coin du feu, il mijote comme une pa-

nade que met sur la cendre une vieille, mitonne,
couve sans bruit et le voilà cuit à point.

Oui, pour les faibles et les oisifs, la solitude
est mauvaise conseillère. « Elle ouvre la porte au
diable », dit saint Augustin.

Et le diable véritablement s'emparait de l'abbé
Guyot.

Il s'ébattait en lui, emplissant les vides du cerveau d'images de jeunes femmes et au coin de son
foyer solitaire, le curé se prit à désirer le péché
avec des ardeurs inconnues :

In solis sis tibi turba locis,

dit le doux Tibulle : « Sois un monde à toi-même
dans la solitude. » Incapable d'être à lui-même un
monde, il s'en créa un.

Après les jolies filles aimantes et suaves vinrent les belles gouges effrontées, puis les matrones aux larges hanches, puis la première venue.
Dans son imagination enfiévrée se succédèrent de
monstrueuses amours, des accouplements d'em-
pereurs usés de débauches. Néron, Tibère, Hélio-
gabale ; des promiscuités de jeunes et de vieilles,
d'anges déchus et de femmes damnées, des jeux
de sorcières au sabbat, alors que le bouc Belzébuth,
la croupe en l'air et le pied levé, fait éteindre au
milieu du désordre de la ronde furieuse, les torches
infernales.

Les passions des vieux le gagnaient.

Et plus son imagination se corrompait et sa
pensée devenait lascive, plus sa face prenait les
lignes onctueuses de la placidité, plus son regard
se voilait chastement et plus le miel évangélique
coulait de ses lèvres gourmandes de chair. Ses

sermons ne roulaient que sur un thème unique : pudeur, chasteté, virginité, innocence, vertu.

A mesure que la gangrène intime le dévorait, l'extérieur se révêtait de componction et de piété.

En quelques semaines s'opéra cette métamorphose. Gertrude n'eût plus reconnu son maître.

Mais il restait vertueux, vertueux par force, vertueux parce qu'il avait peur dans son coin tout noir d'austérité, chaste comme beaucoup sont probes, par crainte du gendarme.

XLIX

LA LAITIÈRE

EPENDANT le diable le poussait et parfois étouffait la prudence. Un matin, levé plus tôt que de coutume, ayant été appelé pour donner des consolations à une vieille moribonde, il rencontra Nanette.

Elle lui parut plus fraîche et plus jolie.

L'air du matin lui mettait aux joues des couleurs de pêches mûres et la bise collant ses jupes sur ses hanches en dessinait les harmonies.

Elle portait un pot au lait comme la Pérette de La Fontaine, et légère et court vêtue, marchait comme elle à grands pas.

Quand elle vit le curé, elle ralentit l'allure, et s'assurant que personne ne l'observait par un petit coup d'œil à droite et à gauche, passa près de lui.

— Eh! quoi! vous êtes laitière?

— Oui, pour M. Grugevin, je porte son lait aux pratiques.

— Il vend donc du lait ?

— Il vend de tout.

Et elle s'en alla riant au curé, tournant un peu
la tête pour que lui seul pût voir la blancheur de
ses dents de jeune chien.

En déjeunant, il trouva son lait détestable : « Il
sent la vache, » dit-il à la mer Griboin.

— Ben ! voudriez-vous pas qu'il sente le bouc.

— Où le prenez-vous ?

— Toujours au même coin. A la ferme de
Francis-Jean. Ça vous chiffonne ?

— Peuh ! fit Guyot. Le lait de M. Grugevin est
bien meilleur. Je lui ai, du reste, des obligations
et n'en ai pas à Francis-Jean, qui est un mauvais
paroissien et que je ne vois jamais à l'église.

— Et vous ne voulez plus de sa marchandise.
Voilà ce qui s'appelle aimer le bon Dieu ; après
ça, c'est votre affaire, pas vrai ? Seulement, il est
sur mon chemin, Grugevin ne l'est pas.

— C'est différent, dit le curé, qui se garda bien
d'insister ; mais, le lendemain, il dit, laissant sa
tasse à moitié vide :

— Décidément, vous ne prendrez plus de lait
chez Francis-Jean, je préfère m'en passer.

La mère Griboin haussa les épaules, marmot-
tant selon son habitude, sans faire entendre aucune
parole distincte. Et quand elle lui servit son déjeuner, le jour suivant :

— Je vous avais dit hier, objecta Guyot, que
je prendrais désormais mon café sans lait.

— Ben ! ne vous harpignez pas tout seul. Goû-
tez-le seulement votre lait. Il ne sent plus la
vache, il sent la pucelette. Il vient tout droit de
chez votre ami, et c'est la Nanette qui l'a apporté.
Goûtez donc. Du jus de bacelle ! Vous allez lui
trouver le goût du muscat, pour sûr.

Guyot ne crut pas de sa dignité de répondre à
l'apostrophe de cette sorcière et se contenta de
dire, après avoir vidé sa tasse :

— En effet, il est bien meilleur.

Nanette vint donc tous les matins, et Guyot,
posté derrière son rideau, guettait l'arrivée de
cette fleur des champs. Elle avait seize ans, elle
était saine et dodue, et belle de la plantureuse
beauté des jeunes campagnardes lorraines, et ses
yeux qu'elle levait sur ses fenêtres, du bout de la
ruelle, lui mettaient le feu au sang.

Il ne pensait plus ni à la femme Lecoiffier, ni à
Céleste; et la gracilité enfantine de son ancienne
petite amie Virginie Collard, s'effaçait devant la
grasse puberté de celle-ci.

Mais à quoi cela lui servait-il? Nanette n'entrait jamais. La vieille Griboin ouvrait la porte,
prenait le lait, et la jouvencelle s'en retournait
trottinant, tandis que, derrière son rideau, il suivait, l'œil luisant, le mouvement de ses hanches
qui faisait voltiger à droite et à gauche son petit
jupon court.

Il aurait bien voulu descendre et dire à Nanette : « Mais entrez donc, entrez donc? » Mais
la vieille téteuse, exacte comme le Malheur, était
toujours fixe au poste, à six heures et demie, tandis que Nanette n'arrivait qu'à sept. Aussi se dé-
cida-t-il :

— Cela doit être fatigant pour vous, madame
Griboin, de venir chez moi si matin. Restez plus
tard au lit. En vérité, je n'ai pas besoin de vous
avant ma messe.

— Et votre lait? Qui le prendra?

Et elle le regarda avec une telle fixité qu'il
pensa un instant que cette vieille lisait au dedans
de lui-même. Il n'osa insister, seulement, deux

ou trois jours après, comme il avait passé la veille au soir chez Grugevin, il dit à la mère Griboin :

— J'ai oublié mon bréviaire au *Coq enfariné*, vous seriez bien aimable d'aller me le chercher.

— Votre bréviaire? Ben! vous pouvez bien lantiponner et papelarder sans lui. Pour une fois, c'est pas une affaire. D'abord, Nanette va apporter le lait ; j'irai après pour peu que ça vous chagrine.

Plusieurs fois il essaya de semblables subterfuges pour éloigner cette vieille gardienne de sa vertu ; mais sans succès. Forcé d'être honnête malgré lui, il ne réussit qu'à s'aliéner le fermier Francis-Jean, auquel il retirait une pratique.

L

TRANSFORMATION

ɴ jour, cependant, il crut être arrivé à ses fins. Il envoya la mère Griboin porter un petit paquet à une bonne femme qui demeurait à l'extrémité du village, cela pressait très fort; des médicaments pour le pauvre homme malade...

— Ben ! si ça pressait tant, fallait les carrier hier, dit la terrible vieille.

— Hier? hier, il était trop tard, et les médicaments étaient chez moi, et il faut que ça soit pris ce matin.

— Vous êtes guérisseux, maintenant.

— Et vous bien peu charitable; pour quelques pas de plus, vous laisseriez périr votre prochain ! Je vais y aller, alors...

Et il fit mine de se préparer à sortir.

La vieille s'en alla en grommelant, et cinq minutes après, arrivait Nanette. On eût dit qu'elle le savait seul, car elle marchait très vite, et, pour

comble de chance, le volet de sœur Perpétue n'é-
tait pas encore ouvert.

— Oh ! vous voici, dit Guyot, la mère Griboin
vient de sortir. Entrez, entrez.

Son cœur battait avec violence, et comme Nanette n'entrait pas assez vite, paraissant hési-
tante, il la tira par la main :

— Mais entrez donc.

Elle riait et se laissait tirer ; il avait repoussé
du pied la porte un peu brusquement.

— Attendez donc, lâchez-moi, vous allez verser le lait.

Il la lâcha et elle entra hardiment dans la cuisine, posant sa cruche sur la table, le regardant.

— Où est-elle, votre chose ?

— Quelle **chose** ? fit Guyot.

— La machine au lait ?

— Ah ! ah ! la machine au lait, je vais vous la
donner, je **vais** vous la donner, jolie Nanette...

Mais au même instant retentissait sur l'escalier
le sabot de la mère Griboin.

— Te voilà donc, toi ? s'écria-t-elle en apercevant Nanette. T'as bien besoin de venir si matin
apistoler M. le curé. En voilà une effrontée ; tu
savais bien pourtant que je n'étais pas là.

— Eh ! je le savais-t-il ? riposta l'autre. Est-ce
que je suis dans votre chemise ?

— Oui, tu le savais. Allons, file, mauvaise
graine, ajouta-t-elle en la poussant dehors. N'y a
plus d'enfant, monsieur le curé, n'y a plus d'enfant. En voilà une, si elle l'a encore, qui ne l'aura
bientôt plus. Ça ne rêve qu'à se gaudir et à galo-
per au vice. Faut vous méfier de cette gale.

— Pourquoi cela ? dit le curé tout saisi de
cette brusque irruption et tremblant de colère.

— Oui, si vous batifoliez, seulement histoire

de rire, avec cette malificieuse, elle est capable de
faire une couvée avec un autre et de la mettre à
votre compte. Ah ! elle a du vice.

Guyot ne répondit rien, mais il réfléchit et se
dit que la vieille pourrait avoir raison, et qu'il lui
fallait à l'avenir être aussi prudent que cette jeune
villageoise l'était peu.

Et le dimanche suivant, en chaire, il tempêta
contre les filles aux mœurs faciles qui ne reculaient devant aucune audace ni aucune honte pour
satisfaire leurs appétits dévergondés. Et, dans ce
village, où tant de ses confrères avaient failli, il osa
parler des prêtres calomniés, persécutés, bannis,
flagellés, crucifiés comme le Sauveur, mais qui
un jour ressusciteront comme lui, armés du glaive
vengeur pour châtier les vrais criminels.

Les paysans, venus pour l'entendre par curiosité, ne savaient plus s'ils devaient s'effrayer ou
rire. Ce curé, qu'ils avaient presque accueilli par
des huées et des moqueries se montrait à leurs
yeux sous un aspect terrible et menaçant.

Il perdait sa physionomie ouverte de prêtre bon
vivant, aimant la vie et son métier parce qu'il lui
procure aisément, par une besogne honorée et facile, toutes les jouissances de la vie.

Il n'avait que peu maigri; il y a des gens qui ne
maigrissent pas, même dans l'infortune; ce sont
ceux dont l'appétit est toujours égal et dont les
organes fonctionnent librement; mais les roses de
ses joues s'effaçaient et ses yeux, cerclés de noir,
annonçaient des combats intimes.

Du reste, pas un seul fil blanc n'argentait sa
brune chevelure, qu'il parfumait comme autrefois. Tête de fou ne grisonne pas, dit la sagesse
des nations; et comme il ne travaillait pas à ce
que l'Ecriture appelle la *Science des Saints*, il ne

pouvait avoir les signes de la maturité que donne cette science à ses jeunes adeptes.

Jamais il n'ouvrait d'autre livre que son bréviaire, dont il lisait machinalement les puérilités, comparant son bien-être passé à sa misère présente, se stérilisant, s'abêtissant, s'atrophiant dans une contrainte incessante, une mortification forcée, et traînant partout son ennui.

Mais, on l'a vu, ce n'était pas que l'ennui qui le dévorait. Il passait parfois de longues heures derrière son rideau à guetter les fillettes. Quelques-unes pénétraient dans le vieux cimetière, se promenant au milieu des tombes, le dimanche surtout, après vêpres. Et il suivait ardemment les gestes, les mouvements de ces filles dont la plupart étaient jolies.

Il les désirait, les convoitait, les déshabillait et jouissait d'elles, dans sa pensée malade et se disait que pour les robustes ardeurs de la première venue d'entre elles, il oublierait toutes les pâles mièvreries des bourgeoises parfumées de jadis.

Puis il sortait pour calmer le bouillonnement de son sang. La face grave, le nez sur son bréviaire, sans lever les yeux, sans regarder personne, il allait à pas lents sur la route, et les bonnes femmes commençaient à dire :

— Comme il prie Dieu, le saint!

LI

LE CATÉCHISME

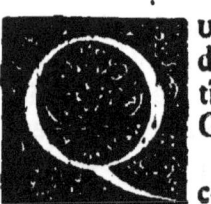UELLE est donc cette petite mendiante à qui vous causiez ce matin? dit un jour le curé à la mère Griboin.

— Une rouge? Ben! vous la connaissez, c'est pas une mendiante, c'est la fille à Lecoiffier, *la Marie Queue-de-Vache*. Vous lui voulez quelque chose à cette guenilleuse? C'est pas du gerbage pour vous.

— Madame Griboin, vous oubliez à qui vous parlez. Vraiment, depuis mon arrivée, mes oreilles entendent d'étranges propos, cependant je ne m'y habitue pas. Je vous demandais qui était cette enfant, parce que je ne l'ai pas encore vue à l'église, et je vais commencer le catéchisme...

— Faudra loqueler sans celle-là, pour sûr! Votre catéchisme germinera tout de même.

— Comment? N'est-elle pas catholique? Pourquoi serait-elle exempte des devoirs de notre sainte religion?

— Vous savez, les Lecoiffier ne sont pas de bonnes gens, mais faut pas leur cracher tout le margouillis. Ils ont eu des déveines ; ensuite, c'est minable comme Job avec leur grainaison ; et la pucelette qui est glorieuse se chevretera pour aller avec ses méchantes nippes au mitan des autres *bacelles*. Elle me jabotait que sa sœur Aglaé arriverait bientôt ; alors elle l'attifera.

— Quelle Aglaé ?

— Une rien qui vaille. Faudra tout de même qu'elle ne soit pas peureuse pour mettre ses escafignons ici. Après ça, elle est peut-être dans la débine et ne sait où poser son lopin. Ces humeuses, ça roule sur des pièces de vingt francs aux matines et ça n'a pas un liard à la vesprée pour se mouiller le gorgeron. L'argent du diable s'en retourne au diable, c'est-il pas vrai ?

Le curé ne parla plus de Marie ; mais le dimanche suivant, il annonça au prône qu'il allait commencer le catéchisme pour la première communion.

Le lendemain, en effet, une bande de petits garçons et de petites filles vint bruyamment s'asseoir sur les bancs de l'église.

— Le catéchisme aura lieu tous les jours, dit le curé, trois fois par semaine pour les garçons et trois fois pour les filles ; de cette façon, je m'occuperai davantage de vous tous. Mes petits amis, vous pouvez vous en aller, je vais commencer par les jeunes demoiselles.

Les gamins sortirent en se bousculant et poussant des cris de joie.

Resté seul avec les filles, l'abbé Guyot fit l'appel. Marie Lecoiffier manquait.

— *A n'viendra po c't'elle là,* dirent les petites villageoises.

— Comment ! elle ne viendra pas ? demanda
sévèrement le curé.

— Sa mère *a n'veut po.*

— Et pourquoi, s'il vous plaît ?

— *Pasque alla dit comme ça qu'alle n'a po ed robe
à se mette.*

Au sortir du catéchisme, il se dirigeait chez le
maire pour le consulter, lorsqu'il aperçut Lecoif·
fier travaillant dans le jardin ; il rebroussa chemin et, prenant bravement son parti, se rendit
chez le fossoyeur, certain de ne pas l'y rencontrer.

La porte était entr'ouverte : il frappa. Mais un
piaillement de marmaille empêchait qu'on l'entendit. Il la poussa et pénétra dans une chambre où
tout sentait la misère que traînent fatalement à
leur suite les couches trop fécondes des femmes
des prolétaires.

A son aspect, les enfants se précipitèrent dans
la pièce voisine, d'où sortit tout effarée leur sœur.

Ah ! la belle fillette ! comme elle parut jolie au
curé, en jupon court, jambes et pieds nus, avec sa
somptueuse crinière mêlant ses cascades d'or au
blanc laiteux de ses épaules et attachant sur lui ses
grands yeux bleus pleins d'étonnement.

— J'ai à vous parler, mon enfant. Votre maman
est-elle ici ?

— Oui, monsieur le curé. Dans le jardin.

— Et votre papa ? appelez-le.

— Papa travaille au village.

— Nous avons commencé le catéchisme. Pourquoi n'êtes-vous pas venue ? Vous seule y man-
quiez. Vous ne voulez donc pas faire votre première communion ?

La petite fille baissa la tête.

— Tous les chrétiens doivent faire leur première
communion, mon enfant. N'êtes-vous pas chré-

tienne ? Celles qui savent bien leur catéchisme ont une belle image, et le jour de la première communion, je donne un beau livre à toutes.

— Je voudrais bien y aller. Papa ne veut pas.

— Et votre maman ?

— Maman non plus.

— Mais c'est horrible. Appelez votre mère.

La Lecoiffier, prévenue par les petits, arrivait dépoitraillée comme de coutume, avec son éternel marmot sur le bras. Il était facile de voir que ce nourrisson, sevré à peine, ne serait pas le dernier et que le fossoyeur semait en bonne terre.

Elle enveloppa le prêtre de son regard étrange :

— Ce n'est pas moi, dit-elle, qui empêche Marie d'aller au catéchisme : c'est Lecoiffier ; il a ses idées et il est le maître.

— De mauvaises idées, ma chère dame. Il outrepasse ses attributions de chef de famille. Il n'a pas le droit de priver ses enfants de la parole de Dieu. Il ne suffit pas qu'un père donne aux siens le pain du corps, il faut qu'il leur facilite les moyens d'obtenir le pain de l'âme.

— C'est que je vais vous dire... Filez, les enfants. Nous avons des filles qui ont mal tourné ; pas les miennes, Dieu merci, mais celles de la première femme à mon homme...

— Ne parlons pas de cela, chère madame, mais de votre enfant à vous. Voulez-vous donc la laisser grandir dans l'ignorance ? la pousser à s'écarter, elle aussi, de la ligne droite ?

— Il est justement arrivé aux autres des histoires avec des curés qui étaient avant vous...

— Encore une fois, ne parlons pas de cela... Une enfant de treize ans !

— Le père a une fille qui a justement commencé

à cet âge, par la faute d'un curé. Et il s'appuie
là-dessus.

— Et votre mari juge tous les prêtres sur un
seul. Moi je suis étranger dans toutes ces vilenies.
Seulement il faut bien que vous sachiez que votre
mari, en agissant de la sorte, s'expose à perdre sa
place de fossoyeur. Si M. le doyen, qui est un
homme fort sévère, connaissait la moitié des avanies que votre mari m'a faites, il demanderait son
renvoi immédiat ; à plus forte raison s'il apprend
qu'il refuse d'envoyer ses enfants au catéchisme.
Le cimetière appartient à l'église, madame, et par
conséquent le fossoyeur. Ecoutez-moi donc ; je ne
vous menace pas ; loin de là, je suis un homme de
conciliation et de paix ; je ne demande pas mieux
que de tout arranger à l'amiable. Si votre mari
s'oppose à ce que son enfant aille au catéchisme,
envoyez-la sans lui en parler.

— Il le saura toujours bien, et alors gare dessous.
Puis il y a une autre raison. La petite n'a ni chaussures ni robe propres. Elle devient grandelette et
à cet âge on est déjà fier et on n'aime pas à être
plus mal mis que les autres.

— S'il n'est que cet obstacle pour arracher une
jeune âme à Satan, on lui achètera des souliers et
une robe. J'en parlerai au maire ; en attendant
prenez ces cinq francs.

— Vous êtes bien bon, monsieur.

— Je suis certainement meilleur que votre mari
ne pense.

— Il reviendra à de plus honnêtes sentiments
quand il vous connaîtra mieux.

— Je l'espère.

Elle souriait, et Guyot, dont le regard caressait
les belles formes de la robuste matrone, ajouta :

— N'avez-vous pas servi l'abbé Chiquenelle ?

— Oui, répondit-elle, quelques semaines.

— Je vous demande cela, parce que j'aurais besoin d'une bonne femme de ménage. Je n'ai pris la mère Griboin que provisoirement... elle n'est pas suffisamment alerte... elle est très vieille, la mère Griboin, et si vous vouliez... si votre mari consentait à vous laisser venir chaque matin...

— Il n'y a pas de danger. Il n'entendra pas de cette oreille-là. Vous ne le connaissez guère.

— Même revenu à des sentiments honnêtes ?

— On ne sait pas... vous avez bien vu la scène qu'il a faite chez Grugevin parce que vous vouliez payer notre dette. Ah ! il est drôle ; tout ce que je demande, c'est qu'il ne sache pas que vous avez donné cinq francs pour Marie.

— Ne lui en parlez pas, et il l'ignorera, répondit en riant Guyot.

Et il s'en alla tout joyeux d'avoir pu enfin mettre un pied dans cette maison du pauvre, distribuant quelques sous aux enfants.

— Les femmes, se disait-il, il n'est qu'elles pour nous comprendre. Tant que nous les aurons, le monde est à nous !

LII

LA ROBE.

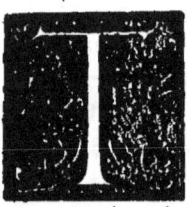ROIS ou quatre jours après, Marie Lecoiffier arriva au catéchisme avec une belle robe qui excita l'étonnement de ses compagnes. De plus, contre son habitude, elle portait bas et souliers neufs. Le curé avait emprunté vingt francs à Grugevin et donné adroitement dix à la mère. Aussi, Marie, qui se trouvait un peu en retard, vit son entrée faire sensation.

— Queue-de-Vache! Voilà Queue-de-Vache!

Cette exclamation courait sur les bancs, et les petites filles, envieuses déjà comme des femmes, examinaient de la tête aux pieds la nouvelle venue, se poussant le coude et ricanant.

Elle s'avançait toute honteuse ne sachant où s'asseoir, car le curé, le nez sur son livre, feignant de ne pas l'avoir vue, ne lui désignait pas de place et les autres se serraient pour ne pas lui en faire, se bouchant le nez, avec des airs de dégoût.

— Elle pue la rousse ! elle pue la rousse !

Guyot qui, sous ce nouveau costume, la trouvait fraîche et jolie comme une fillette de Greuze, se gardait bien de prendre sa défense, il la gronda même d'arriver en retard et la fit asseoir sur le dernier banc.

— Demande-lui qui a payé sa robe ? chuchotait-on de tous côtés.

Mais aucune n'osa le lui demander, ni pendant, ni après le catéchisme, car la fille du fossoyeur, très grande et très forte pour son âge, aurait certainement répondu par un soufflet.

— Mâtin ! dit la vieille Griboin ; vous avez donc la petite Lecoiffier, maintenant. Le monde se convertit, quoi ! C'est affaire à vous Et quelle belle nippe ? Est-elle atournée ! On voit que le père travaille chez Grugevin ; il ne se prive plus. C'est sûr pour faire endêver les autres que la Lecoiffier l'a envoyée à votre catéchisme.

Et le surlendemain, sœur Perpétue vint exprès pour examiner cette *mauvaise espèce* avec sa robe neuve, et ses souliers neufs et ses bas neufs, et elle courut en grommelant à sa classe :

— C'est pas avec les quatre sous que gagne le fossoyeur qu'il peut faire pour sa nichée des folies comme ça ! Il se mijotte des orgies, c'est sûr !

Comment le farouche fossoyeur n'objecta-t-il rien ? Comment sa femme lui expliqua-t-elle ses dépenses ? C'est ce donc le curé ne s'inquiéta que peu. Il savait de quel art les femmes enveloppent leurs mensonges et avec quelle facilité les maris sont dupés, et comment tout en se croyant les forts et les maîtres ils passent docilement par les petits sentiers où l'épouse les conduit.

Lui, le bon Guyot, gagnait à son catéchisme une jeune fille de plus, une filltte dont les grands

yeux réjouissaient les siens, et il eût bien aimé
voir de plus près, de tout près, cette prunelle de
vierge.

> Que l'orfèvre taille et polisse
> Nul ne rêva, ne cisela
> Si fier bijou qui ne pâlisse
> Devant cette prunelle-là...

Dans ce but, de a dernière place, petit à petit,
il la fit passer à la première, et cela sans injustice,
sans qu'on pût trouver rien à redire, en suivant les
règles de la parfaite équité. Mieux que toutes, elle
savait son catéchisme, et il ne pouvait s'empêcher
de reconnaître à haute voix ce que toutes recon-
naissaient avec lui.

— La première de la classe, c'est Marie Lecof-
fier.

— La plus sage, c'est encore Marie Lecoiffier.

On s'inclinait devant le mérite, et il lui donnait
une belle image à la fin de chaque semaine.

Ce qui le charmait, c'était de retrouver en elle
quelque chose de cette belle petite fille qu'il avait
tant choyée et aimée dans son ancienne paroisse,
cette Virginie Collard, sa vierge, son doux agneau,
sa brebis sans tache, qu'un affreux bélier emmitré,
avait peut-être, à l'heure présente, empreinte.

Même figure enfantine sur un corps déjà modelé
pour l'amour, même peau blanche, même luxu-
riance de chevelure, même sève puissante dans les
veines, mêmes rayons d'innocente à travers de
longs cils.

Et celle-ci le consolait de la perte de l'autre.

Il essaya un jour de savoir jusqu'où allait son
ignorance du mal.

— Où sont vos grandes sœurs ? demanda-t-il.

— Aglaé est à Nancy, dans le commerce.

— Quel genre de commerce ?

— Maman dit que c'est dans les cierges.

— Gagne-t-elle beaucoup d'argent ?

— Je ne sais pas, monsieur le curé.

— Et votre autre sœur ?

— Nous n'avons pas de ses nouvelles.

— Si elle n'est pas tout à fait innocente elle est au moins très discrète, se dit Guyot, n'osant la questionner davantage, car il voyait attachés sur lui tous les regards curieux des enfants.

Cependant, sa réputation commençait à s'affermir. Il n'inspirait plus autant de méfiance. Les préventions premières s'effaçaient.

Depuis l'affaire du cimetière, où tout le monde reconnut qu'il avait été injustement calomnié, il n'avait pas donné une seule fois prise à la médisance. Sœur Perpétue n'osait plus elle-même prononcer son terrible mot *orgies*.

Autrefois quand il passait dans les rues et surtout près du lavoir, il entendait des chuchottements et des rires qui le faisaient blêmir; car c'est au lavoir que se rédige la chronique de l'endroit, que s'élaborent les histoires scandaleuses ; on sait là que Jean-Pierre a battu sa femme la nuit passée et on en commente les causes; que la grosse Margot est encore pleine, que Jeanneton a flanqué un soufflet à Baptiste et que le grand Rouget a été vu escampant à une heure du matin de chez la femme à Giboux, sa culotte sur le bras; là enfin que se font et se défont les réputations et les renommées.

Les commères, penchées sur leur linge tout en donnant de grands coups de battoir, donnent de plus furieux coups de langue, et il faut des vertus bien solides pour résister à ces assauts.

Mais solide devenait celle de l'abbé Guyot.

Étudié, retourné, espionné, épluché, vidé, on

ne trouvait en lui rien de louche, et la plupart des commères auraient donné leur langue à couper, cette bonne langue pourtant si utile, que leur curé était un saint.

Un jour cependant, il manqua encore aux lois de prudence et faillit d'un coup détruire le travail de trois mois.

Il venait de terminer le catéchisme et les enfants étaient sortis de l'église, lorsqu'il aperçut Marie, restée sur son banc, alignant comme un jeu de cartes ses images sur ses genoux.

— Eh bien ! Marie ; vous ne partez pas ?

— Non, monsieur le curé ; il pleut, et je ne veux pas abîmer ma robe.

— Venez attendre la fin de la pluie chez moi ; venez, chère petite, je vous montrerai d'autres belles images. Vous allez vous enrhumer ici

L'enfant plongea ses grands yeux dans ceux du curé comme pour lire au fond de sa pensée, puis se préparait à le suivre, lorsque, se ravisant tout à coup :

— Oh ! non, maman me gronderait.

— Parce que vous seriez entrée chez moi ?

— Elle me l'a bien défendu.

— Et pourquoi, mon enfant ?

— Elle m'a dit que les curés faisaient du mal aux petites filles.

— Oh ! par exemple ! Et croyez-vous cela ? Me croyez-vous capable de vous faire du mal ?

— Oh ! non, monsieur le curé ; mais maman a dit : « Si monsieur le curé t'appelle chez lui, tu n'iras pas, tu entends ! »

— Votre maman est une sotte, s'écria-t-il indigné, vous pourrez le lui répéter.

Ainsi, voilà, la mauvaise réputation persistait

dans quelques recoins du village et chez les plus
infimes, chez ceux pour qui il avait fait le plus.

Il n'avait cependant aucun mauvais dessein, il
se le disait bien haut, en engageant cette enfant
à entrer au presbytère.

C'était dans son intérêt à elle, pour lui éviter
de stationner seule dans une église humide. Il
s'intéressait certes un peu plus qu'il n'eût fallu à
la fille d'un ennemi ; mais n'était-ce pas une brebis ramenée au troupeau, une enfant égarée, et
l'on s'attache davantage à ceux qu'on a cru perdus. Qu'est-ce qu'il éprouvait pour cette rousse?
Rien que de la bienveillance ; et le bon François
de Sales qui, outre son beau morceau poétique
intitulé *Vive Jésus*, a écrit un superbe traité sur
l'*Amour divin*, excuse ce sentiment !

« L'amour qui n'est pas divin se divise en
deux parties, dit-il, l'amour de bienveillance et
l'amour de convoitise.

« L'amour de convoitise est celui par lequel
nous aimons quelque chose pour le plaisir que
nous en prétendons ;

« L'amour de *bien-veuillance* est celui par lequel nous aimons quelque chose pour le plaisir
d'icelle, car qu'est-ce autre avoir l'amour de
bien-veuillance envers une personne que lui vouloir du bien. »

Ce ne pouvait donc être que le simple amour
de *bien-veuillance* que l'abbé Guyot professait pour
la petite Marie, et il tenait à lui prouver qu'il lui
voulait du bien.

Mais ces rustres sont stupides. La fillette refusa
et il resta seul avec le poids de son imprudente
invitation.

LIII

AVANCES

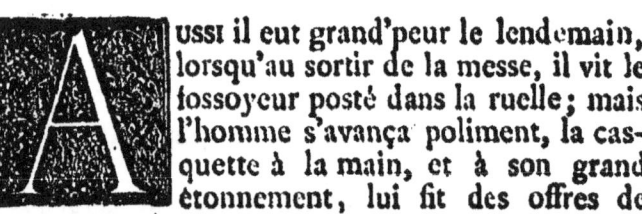

Aussi il eut grand'peur le lendemain, lorsqu'au sortir de la messe, il vit le fossoyeur posté dans la ruelle; mais l'homme s'avança poliment, la casquette à la main, et à son grand étonnement, lui fit des offres de service pour mettre son jardin en ordre. C'est le maire qui l'envoyait, ou plutôt la Providence.

— Vous voyez bien, lui avait dit celle-ci, sous la forme de l'officier municipal, que notre curé est un brave homme. Un saint, quoi! qu'on incorporera dans le calendrier aussitôt qu'il aura tourné l'œil! Allez le trouver, vous arrangerez son jardin et vous deviendrez bons amis.

— Je n'y tiens pas, avait répondu Lecoiffier.

— Tenez, s'écria le maire indigné, savez-vous ce que les gens d'ici disent de vous, fossoyeur? Que vous êtes un *feignant* et que vous aimez bien tomber sur l'ouvrage *toute faite*.

— Ah! on dit ça !

— Oui, on dit ça ; et que c'est de votre faute, si vous êtes dans la débine. Il ne s'agit pas de faire le faraud, de demander de l'ouvrage et de prier le bon Dieu de ne pas en trouver.

— D'abord, sauf votre respect, je ne prie jamais le bon Dieu, monsieur Grugevin.

— Et vous feriez peut-être mieux de le prier, ça ne marcherait peut-être pas si mal chez vous. Farceur! Allez toujours voir le curé. Vous n'êtes pas forcé de lui faire risette parce que vous alignerez ses carrés et planterez ses choux !

Lecoiffier obéit et Guyot, avec son habileté cléricale, se fit un peu prier.

— Arranger mon jardin ! fit-il en jouant la surprise, vous êtes donc jardinier ?

— On fait ce qu'on peut.

Il se mit à la besogne, et sa femme traversait le vieux cimetière pour lui porter sa soupe. Mais la marmaille, restée seule à la maison, l'inquiétait; le troisième jour, elle envoya Marie.

Le curé voyait la jolie fille passer ses bras arrondis par dessus la haie, puis attendre dans le cimetière que son père ait fini son repas. Il n'osait trop la regarder au catéchisme, mais là il l'admirait à son aise, et, quand elle partait, il suivait de l'œil, à travers les tombes, ses petits mouvements onduleux, sa croupe naissante et sa crinière rousse, jusqu'à ce que tout ait disparu derrière la vieille porte de la ruelle.

Il alla trouver Grugevin.

— Eh bien! mon cher capitaine, bonne nouvelle, tout est en excellente voie.

— Bah ! s'exclama l'autre, qui se laissait maintenant appeler capitaine sans sourciller.

— Oui, le général de Beaupertuis vous a appuyé près du préfet comme enragé bonapartiste.

— Pas possible !

— Encore quelques mois et vous vous appellerez M. le chevalier.

L'épicier se mit à rire, épanoui, regardant sa boutonnière et disant :

— Eh ! eh ! ça fera bien, eh ! eh ! C'est la petite qui sera fière !

— Oui, dit Guyot, mais ce qui ne fait pas bien ce sont les maraudeurs qui continuent à s'introduire dans le vieux cimetière. Je fais arranger mon jardin et j'entends manger mes légumes.

— Comment ? le fameux revenant aurait-il reparu ? Alors, nous allons le *piger*.

— Le plus simple serait de mettre une serrure à la porte du fond; fermée, on ne passera plus.

— J'en parlerai demain au conseil. Etes-vous content de ce dévorant de Lecoiffier ? Vous l'ai-je apprivoisé cet ours ? Et la petite *Queue-de-Vache* ?.. Il y a dû avoir du tirage dans leur turne, avant qu'on la laisse venir au catéchisme.

Deux jours après, quand Marie, son panier au bras, voulut traverser le cimetière, elle trouva porte close. Il fallut faire le tour et passer par le village. Ce fut le curé qui lui ouvrit :

— La porte de là-bas est fermée, dit-elle.

— Entrez, mon enfant, vous trouverez votre papa au jardin.

Il ne dit rien autre et regarda s'éloigner avec de violents battements de cœur la gracieuse silhouette. Il sentait qu'il commençait un jeu dangereux.

remonta dans sa chambre et s'assit devant sa table, pensif, troublé, plein d'émoi.

Il avait été remué par toutes sortes de frissonnements lorsqu'elle était passée près de lui, sa robe effleurant sa soutane, dans le corridor étroit et obscur. Se sachant attardée, elle avait couru et les capiteux aromes qui se dégageaient de ses chairs montaient au cerveau du curé.

Il resta dans cet état de surexcitation jusqu'à ce qu'il eût entendu l'enfant revenir, traverser le corridor, fermer la porte, et il la suivit des yeux jusqu'à ce qu'elle disparut au coin de la ruelle.

LIV

CIRCONSPECTION.

L y avait fort à faire dans le jardin
du presbytère, car le curé, pris tout
à coup d'une belle passion pour
l'horticulture, le faisait bouleverser
de fond en comble. Bonne aubaine pour le jardinier. Le patron
n'était pas *lésinant*, du reste ; il attendait la petite
fille dans le corridor, et, posait dans son panier
une bouteille de vin pour papa...

Le vin du *sacrifice* y passa ; puis Grugevin four-
nit quelques douzaines de *vieux à crédit*, car le
curé voyait partir sa dernière pièce et était contraint à un nouvel appel à la bourse de Gertrude.

Le fossoyeur, qui refusa brutalement la première
bouteille, la retrouva le lendemain dans son panier. Il l'y laissa sans y toucher, et la fillette, en
s'en retournant, la posa doucement sur la table de
la cuisine. Guyot ne se découragea pas, il porta al
troisième.

— Vous avez donc peur que je vous empoisonne ?

— Oh! c'est pas ça. Nous avons convenu de 2 francs par jour et pas de 2 francs et une bouteille. Je ne demande que mon dû.

— Vous êtes un honnête homme, répondit Guyot. Mais à Saint-Evres, j'avais un jardinier auquel je donnais 3 francs et qui ne travaillait pas moitié si bien que vous. Je suis pour les braves ouvriers, moi. À chaque peine son salaire. Je trouve que vous gagnez plus de 2 francs, je ne veux pas que vous soyez dupe. Je ne suis pas riche, je ne puis vous augmenter en argent, j'ai du vin en cave, je vous paye en nature.

Lecoiffier se rendit à cette raison et accepta désormais sa bouteille.

Cependant lui et sa femme interrogeaient la petite fille :

— Est-ce qu'il t'a parlé, le curé?

— Oui papa.

— Ah! qu'est-ce qu'il t'a dit?

— Il m'a dit bonjour.

— Imbécile, ce n'est pas ça qu'on te demande. Une autre fois :

— Qu'est-ce qu'il t'a dit le curé?

— Il m'a demandé comment mes petits frères se portaient?

— Il ne plaisante pas avec toi? il ne te tape pas sur les joues?

— Non maman.

— Jamais embrassée?

— Oh! par exemple, jamais.

— Qu'est-ce qu'il te dit enfin quand il te parle?

— Il me dit : Bonjour, Marie, votre maman va bien? Faites-lui mes politesses.

Un jour, cependant, le fossoyeur, qui ne manquait jamais de suivre du jardin sa fille des yeux, lorsqu'elle traversait le corridor du presbytère, remarqua qu'elle s'était arrêtée pendant quelques minutes dans la cuisine, et l'interrogea d'un air soupçonneux.

— M. le curé m'a montré de belles images.

— Quelles images?

— La bonne sainte Vierge, le grand saint Joseph, toutes les saintes avec l'enfant Jésus.

Les parents, rassurés, finirent par ne plus questionner leur fille.

Elle ne se faisait pas prier pour aller au presbytère et ne se mettait jamais en retard. Midi sonnant, le curé la voyait déboucher de la ruelle avec un panier sur son bras rondelet, appuyé contre sa hanche déjà forte. Le travail du fossoyeur apportait un peu d'aisance dans le ménage, et Marie n'était plus la guenilleuse d'autrefois.

Elle était grandelette, et avec ses treize ans poussait l'instinct de la coquetterie. Elle nattait ses cheveux, portait de gros bas bleus qu'elle tricotait elle-même, et à son cou s'étalait un collier de verroteries. Quand elle entrait, elle souriait gentiment au curé, et le curé lisait dans ses yeux qu'elle avait plaisir à le voir

Mais le fossoyeur, désireux de gagner la gratification de vin quotidienne et d'être libéré de toute obligation au curé, travaillait deux fois plus. Au train ordinaire, il eût mis un mois, et Guyot voyait avec dépit que la transformation de son jardin ne durerait pas trois semaines.

— Vous vous fatiguez trop, lui dit-il, je n'en demande pas tant.

— Je gagne mon argent, répliquait l'autre.

Zèle fâcheux! Bientôt le curé ne pourrait plus voir la jolie rousse qu'au catéchisme.

Mais il ne se hâtait pas, il n'osait se hâter.

Ce n'est pas que le diable ne lui soufflât à l'oreille, mais l'énergie des grands scélérats qui fait brusquer les évènements et précipiter les crimes lui manquait. Il eût sans hésité croqué la pomme, mais à condition qu'Eve la lui présentât. Et il attendait l'occasion, s'entourant de prudence. Ses précautions étaient telles, il paraissait si indifférent au catéchisme, ou quand il rencontrait la petite, que, lorsqu'il arriva qu'une ou deux commères, dont l'attention avait été éveillée par sœur Perpétue, se hasardèrent à dire :

— Avez-vous vu comme la *Queue-de-Vache* va souvent au presbytère ?

—C'te bêtise répliquèrent les autres, elle y porte la soupe à son père.

— Ce n'est pas moi qui laisserais aller ma fille chez un curé si jeune.

— Taisez-vous, mauvaise langue. Il ne la regarde seulement pas, le brave homme ! C'est pas lui qui est jeune, c'est elle qui l'est trop.

—Allons donc, vous aviez son âge à votre première communion. Ne vous rappelez-vous plus ce que le curé vous apprit.

— Il y a curé et curé; celui-là, c'est un bon.

Le fait est que l'abbé Guyot n'avait pas encore osé dire un mot, ni faire un geste capable d'effaroucher la pudeur de l'enfant. Il l'étudiait et cherchait à lire le problème enfoui au fond de cette jeune âme.

Il se disait qu'il lui eût été facile de déniaiser une demoiselle du Sacré-Cœur dont l'éducation théorique n'avait besoin que de pratique, mais que pour cette petite paysanne naïve et inculte, en supposant qu'il en trouvât l'occasion, il ne savait trop comment commencer.

Le confessionnal était, il est vrai, un puissan
auxiliaire, mais il craignait qu'une question indiscrète ne fût rapportée aux parents soupçonneux, dont plusieurs déjà, il le savait par la mère
Griboin, avaient interrogé leurs filles.

— Que t'a dit le curé en confesse au sujet de
l'*œuvre de chair ne désireras?*

— Rien. Il a passé ce commandement.

— Et *luxurieux point ne seras?*

— Il l'a passé aussi.

Et cette habile circonspection, commentée dans
les groupes des commères, lui ralliait les derniers
hésitants.

LV

LA VACHE.

ENCORE quelques jours et le travail du fossoyeur serait fini et plus de prétexte pour attirer la petite fille au presbytère.

Il allait en être pour ses frais; une soixantaine de francs et deux douzaine de bouteilles de bon vin. Non, car il était arrivé sinon à gagner la confiance, au moins à éloigner la trop rude défiance du père et de plus, point essentiel, à gagner l'amitié de l'enfant.

Puis il lui était venu tout à coup certaine idée lumineuse; mais il lui fallait consulter le doyen, et, une après-midi, il prit le chemin de Motencourt.

Le printemps tardif s'était épanoui; il faisait chaud et la campagne se baignait dans les divins rayons du soleil.

Au bord du bois riaient les touffes de primevères, et les blancs festons des guirlandes d'aubépines couraient le long des haies.

L'abbé marchait lentement, sentant ses membres et son cœur mollir et ses sens remués par cette chaleur fécondante qui chante le mot aimer dans les souffles de l'air.

Il faut être bien enduit de vertu pour résister à ces murmures, et Guyot, qui n'était pas vertueux et que les besoins de la nature courbaient comme s'il n'avait pas porté de soutane, écoutait la douce chanson.

Il se complaisait, tout en marchant, à faire jouer sous ses yeux un diorama érotique : les images des jolies dévotes qui ornaient les heures de son passé, embellies par ses désirs et les douces souvenances de leurs pieuses caresses. Ah ! les belles lèvres qui ont baisé les sept plaies de Jésus et qui viennent trembler sur vos lèvres ; le bout des doigts trempés dans l'eau bénite, essuyés dans les cheveux de l'amant !

Ah! tout cela ! tout cela ! Et les chairs brunes et chaudes des unes ! les formes blanches et suaves des autres, les baisers hésitants et honteux que l'on voudrait reprendre, les terreurs délicieuses qui rendent plus délicieux l'abandon. « Oh! et l'enfer! et l'enfer! » murmure la dévote. « Pourquoi penser à l'enfer, puisque le bon Dieu nous met en paradis. » Et, rassurée par ces paroles, elle se livre : « Ah! doux Jésus! doux Jésus! »

Oui, Dieu a bien fait ce qu'il a fait ! le fruit serait-il aussi doux s'il ne l'avait pas défendu ?

Ainsi pensait le bon Guyot. Se rappelant le nombre d'ouailles qu'il avait su convaincre, se complaisant dans ses souvenirs, s'en repaissant, s'en abreuvant jusqu'à en devenir ivre :

« Dévotes, aimables colombes, dévotes, brebis du ciel ! »

Des cris joyeux et de frais éclats de rire le rappelèrent à lui. Il vit un sentier bordées de haies vives qui allait en zigzaguant.

Il s'y engagea, et à vingt pas de la route entra dans le buisson, tira son bréviaire et s'assit.

En face de lui, un peu plus bas, s'étendait une prairie arrosée par un ruisseau flanqué de grands saules; plus loin, des champs, des haies, des lignes de peupliers et au delà, dans une buée vaporeuse, la tour neuve de l'église de Calestroupat.

Le site avait cette beauté vulgaire des campagnes de Lorraine ; rien de remarquable, rien de grandiose, mais partout la plantureuse vie tellurienne, les bouillonnements de la nature en fermentation.

S'il était un être prosaïque au monde, c'était bien le curé de Saint-Jean-le-Faucheux. Jamais rayon de poésie n'avait traversé son cerveau, laissant, ne fût-ce qu'une seconde, comme un météore glissant dans la nuit, une traînée lumineuse; jamais nulle harmonie, à part les harmonieux contours des femmes, ne remua son intérieur.

Grands arbres, petits sentiers, source frissonnante au bord du bois ou clapotant doucement sur un lit de cailloux dans un cadre de verdure, feuillage agité sous le souffle du soir ou tremblant dans les caresses de la brise matinale, vallons fleuris, moissons blondes, vastes ou étroits horizons, toutes ces joies des yeux, ces fêtes de l'âme le laissaient indifffférent.

A ces splendeurs de la terre, il était fermé comme un paysan stupide ou un mathématicien séché par les aridités de l'x. Pour lui, le livre où lisent les poètes ne s'était jamais ouvert.

Cependant, à ce moment, il se sentit remué, son cœur battit plus vite, et ses yeux charmés s'agrandirent.

Était-ce la *folle du logis* qui montrait sa tête, le second *nous* qui s'éveillait, un germe inconnu qui surgissait tout à coup, soulevant la croûte de son prosaïsme, laissant voir sa pointe d'espérance ?

Non, s'il oublia les images des dévotes pâmées, ce fut pour se prolonger dans une mer de plus coupables convoitises.

Dans la prairie, s'ébattait avec des gazouillements de fauvettes un pensionnat de filles.

Il y en avait de petites de douze ans, il y en avait de grandes de seize. Toutes allumaient ses regards.

Il suivait leurs mouvements, se mêlait à leurs jeux, riait de leurs rires Sa pensée galopait avec elles devant, derrière, caressant les formes naissantes, s'attachant aux plis des jupes, se collant aux ondulations. Ah ! qu'il eût voulu être petite fille pour courir aussi, respirer l'odeur de leurs cheveux et le parfum de leur jeunesse, les flairer de tout près, les poursuivre, les prendre, les serrer, se faire poursuivre, lutter avec elles, les terrasser... les aimer !

Quels ébats alors, quelles culbutes, quelles cabrioles sur la verte fourrure des prés tièdes !

Deux religieuses à face pâle et à long béguin causaient tristement, surveillant cette joie.

Tout à coup, les jeux bruyants cessèrent; au

lieu de courir on chuchotta, le curé entendit des rires étouffés, puis la voix aigre d'une des religieuses qui appelait.

Et le gracieux troupeau des chevrettes vint se grouper près des deux chèvres, qui le poussèrent hors de la prairie à pas précipités.

Guyot pensa d'abord que c'était lui qu'on avait surpris, bouc enfroqué, caché dans le buisson : mais, tournant la tête, il découvrit la cause de la fugue.

Non loin de là, de l'autre côté du ruisseau, à l'ombre d'un saule, un grand taureau noir s'accouplait avec une belle génisse rousse.

LVI

LE PENSIONNAT

OMME chattes surprises convoitant un plat de crême, elles filaient tête basse, gagnant prestement la route, où, trois par trois, elles continuèrent leur promenade, les unes encore rougissantès, les autres pâles, se communiquant à voix basse leurs impressions, se questionnant, se poussant du coude, se disant : « As-tu vu ? » s'instruisant enfin, les moyennes expliquant la chose aux petites, complétant l'éducation ébauchée au confessionnal, tandis que les grandes, dont l'éducation théorique semblait complète, paraissaient prises subitement des mêmes besoins que la génisse qu'elles venaient d'entrevoir.

Quelques-unes de ces filles aux regards langoureux et voilés, quoique à peine entrées dans l'adolescence, avaient perdu la suave fraîcheur. Une science précoce brûlait leur cerveau et léchait le duvet de leurs joues.

L'effroyable perversité qui règne dans la plupart

des maisons d'éducation est une des causes de
l'abâtardissement de l'espèce humaine. Les races
chétives et étiolées qui poussent sur le sol des
grandes villes, le crétinisme et l'incurable paresse
des garçons, la débilité des filles, les faces pâles,
les poitrines étroites, les membres grêles, et surtout l'avachissement des âmes et l'émasculation
des caractères, les dos prêts à se courber sous le
bâton de tous les pouvoirs, sont la conséquence
fatale des débauches hâtives qui pourrissent les générations.

Comment arrêter cette gangrène? Mettre fin à
ces mœurs de lesbiennes et de corybantes?

Les prêtres ivrognes et lascifs qui se mêlaient
sur les montagnes de Thrace aux bacchantes
échevelées, confondant les sexes et indifférents des
âges, les sénateurs de la Rome impériale, et les
cardinaux de la Rome catholique n'avaient pas de
mœurs plus infâmes que certaines de nos chloro-
tiques et timides pensionnaires, de nos cyniques
et blafards lycéens.

Quand le pensionnat eût gagné la route, Guyot
sortit de sa cachette et, au lieu de continuer son
chemin, revint sur ses pas pour le suivre.

Depuis si longtemps, il ne voyait que paysannes, gotons mal peignées, maritornes en sa-
bots! ces petites bourgeoises le réjouissaient.

On n'était pas loin de la ville et la belle journée avait fait sortir les oisifs; il put donc observer ces gamines déployant toute la science de
coquettes consommées.

« Il n'y a pas de petites filles, a écrit Alphonse
Karr, les petites filles sont des femmes plus petites que les autres, mais ce sont déjà des femmes. Dès l'âge de dix ans, elles pensent à plaire

et sont prêtes à tout. Elles n'ont plus guère à gagner qu'en dimensions.

Donc ces femmes « de l'avenir », prématurément développées par le confessionnal, marchaient attentives à ce qui se passait autour d'elles, faisant des questions banales, peu soucieuses des réponses, observant les promeneurs, et quand un jeune se montrait, c'étaient des mines des coups d'œil en dessous, des chuchottements, de petits rires, chacune voulant attirer l'attention; mais si le passant était vieux, elles détournaient la tête, dépitées, ignorant, les naïves en corruption, que près des vieux surtout leur manège était le plus goûté.

Les chèvres embéguinées frémissaient de rage. Elles n'eussent pas mieux demandé, elles aussi, que d'attirer les regards des boucs.

Les vœux de virginité, même quand on les garde, n'excluent pas les satisfactions d'amour-propre, et il n'est pas de plus vaniteux que ceux qui font profession d'humilité.

— Votre conduite est indigne, mesdemoiselles, cria la même voix aigre, déjà entendue. Serait-ce Céleste Grugevin qui ricane ainsi?

— Non, cela n'est pas possible, ajouta l'autre sœur, ce ne peut-être l'exemplaire Céleste.

Quand elles reprirent le chemin de la ville, elles se croisèrent avec le curé. Les religieuses prirent un air béat pour répondre à son salut, les petites baissèrent les yeux pour paraître bien sages; mais plus d'une parmi les grandes regarda ce beau prêtre, de telle façon que personne ne s'y serait trompé. Ah! comme elles auraient voulu être du troupeau de ce gentil berger!

Conmme elles l'auraient pris pour confesseur, si elles avaient été libres.

L'abbé ne s'y trompa pas, et fit glisser sur elles, à mesure qu'elles défilaient, son onctueuse prunelle chargée de pieuses ardeurs. Gourmand de ces chairs jeunes, insatiable en pensées, il eût voulu choisir dans le tas, prendre et puis choisir encore, jusqu'à ce que tout fût à lui, comme ces enfants gloutons qui commencent par manger les plus beaux fruits du panier et finissent par les croquer tous.... Oui, toutes, même cette Céleste qu'il reconnut en tête du troupeau, tête et yeux baissés, feignant de ne pas le voir.

LVII

MARIOLATRIE.

L était encore tout ému de l'épa-
nouissement de ces jolies mauvaises
herbes, enviant l'ouvrier du bon
Dieu à qui incombait la mission de
sarcler dans ce terrain de vices en
friche, dégauchir ces maladresses,
guider ces demi-ignorantes, déniaiser ces petites
sottes, lorsqu'il arriva au presbytère.

— Vous devenez bien rare, lui dit le doyen.
A quoi vous occupez-vous ? Qui vous absorbe ?
Le sommeil ? Les soins de votre ventre ? Vous
faites du lard. Vous entretenez au lit votre graisse;
vous recherchez les aliments exquis, les morceaux
friands, les viandes délicates, les bons vins.

— Avec mes appointements ? s'écria Guyot indigné.

— On dit que vous avez d'autres ressources.
Vous vous êtes commandé une soutane neuve ?

— En drap grossier, oui, puisque vous avez
trouvé mauvais que je porte du drap fin.

— Sans doute, mais il fallait d'abord user
'autre. Enfin, si vous battez monnaie, tant mieux.
Je vous demanderai votre secret.

— Le tailleur est mon bedeau, il m'a fait crédit.

— Et sans doute aussi l'aubergiste et le marchand de vin. Voilà comme on s'enfonce dans les
dettes. Vous feriez mieux de songer à votre église
qui est dans un affreux dénûment. Mais, de votre
église, vous vous souciez comme de la mosquée
du grand Turc. Vous vous en plaigniez dernièrement, ainsi que des chagrins que vos paroissiens
vous causent; cependant, je le constate avec plaisir, la peine ne vous maigrit pas.

— Mes paroissiens ne me causent plus aucune
peine, j'ai forcé mon troupeau à rentrer dans le
bercail. Vous me demandez ce que j'ai fait : voilà
monsieur, ce que j'ai fait.

— Ah !

— Oui, monsieur, j'ai ramené ces rebelles à
Dieu. Vous voyez que je ne me borne pas à entretenir au lit ma graisse.

— Et comment vous y êtes-vous pris ?

— J'ai prêché d'exemple, j'ai suivi de point en
point les préceptes de l'apôtre saint Paul à son
disciple Timothée : *Exemplum esto fidelium, in
verbo, in conversatione, in charitate, in fide, in cas-
titate.* Oui, monsieur, dans cette paroisse désho-
norée par les impuretés de mes prédécesseurs,
j'ai été pur.

Calestroupat se mit à rire. Ce rire sardonique,
incrédule, révolta l'abbé.

Ainsi, il était vertueux stérilement, on ne
croyait pas à sa vertu. Depuis son arrivée, il se
martyrisait, il domptait sa chair, il écrasait la
tentation, il donnait l'exemple de toutes les hu-
milités chrétiennes et sacerdotales, édifiait le

peuple par sa piété et la régularité de sa vie, se
cachant derrière les volets de sa chambre pour
regarder les filles, ne les convoitant que dans le
huis-clos de ses désirs, allant yeux baissés pour
ne pas laisser échapper la flamme de ses prunelles
car, dit saint Jérôme, « un prêtre est obligé de
paraître tellement chaste qu'il doit se garder,
non seulement de toute action impure, mais de
tout coup d'œil déshonnête »; et si son regard
rencontrait en public celui d'une jolie fille, il
le détournait aussitôt pour le lever vers le ciel,
montrant ainsi que là-haut était l'unique but où
volaient ses désirs, se souvenant des paroles de
l'Esprit-Saint : « N'arrêtez point vos yeux sur une
vierge, de crainte que la vue d'une beauté fragile
ne devienne pour vous une occasion de chute. »

Il n'avait donc pas failli, il n'avait pas, une
seule fois, hors du catéchisme, adressé la parole
à ses élèves féminins ; il ne leur avait jamais dé-
taillé au confessionnal, suivant la règle des sévères rigoristes, les péchés de luxure commis con-
formément aux lois de la nature ni ceux commis
contrairement à ses lois ; il s'était même abstenu
pour plus de prudence, de les entretenir de ces
vilains péchés.

Il ne sortait jamais le soir de peur d'être
soupçonné d'aventures, ne se mettant même pas
à sa fenêtre, pour que sœur Perpétue ne pût l'accuser de guetter les amoureuses qui venaient,
derrière les enfoncements discrets des contreforts
de l'abside, se faire voler des baisers par leurs
promis; il n'avait eu de sérieuses convoitises que
pour la petite Marie Lecoiffier, mais enfermées
si soigneusement en lui-même que personne, pas
même l'enfant, n'avait pu les soupçonner.

Il avait été sage, vertueux, prudent, pur enfin,

et quand il s'en glorifiait à son supérieur, celui-ci ricanait.

— Oui, pur ! répéta-t-il en se frappant la poitrine avec la fierté de l'innocence, pur. Et la preuve, c'est que toutes les mères me confient leurs filles, que les plus égarées du troupeau, celles qui m'affligeaient de leur indifférence, de leurs dédains, de leurs moqueries, envoient leurs enfants au catéchisme.

— Peuh ! fit le doyen. Et c'est là le succès dont vous vous targuez; mais, mon bon ami, on est catholique ou on ne l'est pas, et le catéchisme est obligatoire.

— C'est possible ; mais la tâche a été rude. Je me suis dévoué tout entier et vous semblez n'en pas tenir compte, ajouta-t-il avec amertume ; mais, dit l'apôtre, le juste ne doit pas attendre sa récompense ici-bas. Le plus dur est fait maintenant, et le résultat obtenu m'engage à poursuivre l'œuvre.

Depuis des années la congrégation de la sainte Vierge est dissoute ; mon intention est de la reconstituer et de montrer à Monseigneur, lorsqu'il nous visitera pour la confirmation, un blanc troupeau de pieuses congréganistes. Oui, je veux me réhabiliter dans son esprit en réjouissant son regard par la vue de ce monument à la gloire de Marie... de la Vierge Marie...

Il prononçait onctueusement ce doux nom de Marie; il en avait plein la bouche. Marie ! Marie ! Ses yeux, malgré lui, se chargeaient de langueur. Il le disait en dedans, puis tout haut : Marie... la Vierge Marie ! Il lui semblait que du miel s'étalait sur ses lèvres. C'était doux.

Le doyen l'examinait d'un œil furibond.

— Ah ! je vois venir, s'écria-t-il; vous êtes comme beaucoup de prêtres de votre âge, vous avez une passion désordonnée.

— Moi, protesta Guyot, rougissant.

— Oui, vous. Faites attention. Vous tombez dans la « mariolâtrie », aussi funeste que l'idolâtrie, entendez-vous, et ça ne peut qu'offenser la Vierge céleste.

Le curé de Saint-Jean-le-Faucheux sourit. La Vierge céleste ! Il s'en souciait comme d'un trognon de pomme. Mariolâtrie ! oui, mais pas celle que supposait ce vieil imbécile, l'idolâtrie pour la Marie Tour d'ivoire, Porte du firmament Arche d'alliance, Etoile du matin, Reine des apôtres, des saints et des martyrs, stérile passion qui se consume en elle-même; mais la chaude et vigoureuse amitié pour la vierge terrestre, la seule qui le préoccupât, la fillette humble, obscure, méprisée parce qu'elle était pauvre, mais palpable, bien en chair avec un petit cœur chaud et reconnaissant, battant le branle-bas d'amour sous sa gorge naissante, la pucelette du cimetière, comme l'appelait la mère Griboin, la jolie Marie Queue-de-Vache.

LVIII.

DISETTE DE VIERGES.

’ÉTAIT pour elle et en sa gloire seule qu’il avait eu cette idée de former la congrégation. Il voyait qu’elle allait lui échapper, aussitôt la première communion finie ; à part le catéchisme de persévérance où il était peu probable que sa mère la laissât venir, il ne trouverait plus l’occasion de réjouir sa vue de son beau cou laiteux, de son regard limpide semblable à celui des madones de Sanzio, et de sa crinière d’or.

Non, il ne la verrait plus que de loin en loin, dans le village, au coin de la route, et moins que jamais il oserait lui adresser la parole.

Puis elle grandirait ; sa mère la placerait comme servante à la ville et il ne la verrait plus. Elle serait déflorée par son *bourgeois*, quelque vieux notaire, un marguillier, un clerc d’huissier cynique ; ou encore, pire chose de toutes, bonne d’enfants dans une ville de garnison, elle deviendrait, naïve fillette, la proie facile d'un misérable *tourlourou* ou d'un cavalier sans vergogne. Et bientôt la soldatesque effrénée se ruerait sur ce bouton de fleur ! Qui sait alors si le minotaure insatiable qui guette les filles séduites, le lupanar immonde, ne dévorerait pas cette riche proie !

Il voulait lui épargner ces outrages. Cette enfant était de celles que l'Eglise aime, que les hommes de Dieu couvent avec soin, les regardant croître. On n'élève pas de si gentilles poules pour les laisser béqueter par des jars. Ce mets délicat est réservé aux appétits savants des gourmets et non aux stupides gloutonneries des brutes. Née près du champ consacré, sur les dépendances du presbytère, elle appartenait de droit à M. le curé.

C'est pourquoi il la voulait congréganiste ; il lui achèterait une belle robe blanche, il fournirait la médaille d'argent et le ruban bleu. Elle serait grande, alors, eh ! eh ! elle serait grande !

Et le bon abbé Guyot passait sa langue sur ses lèvres comme s'il en récoltait le miel que cette pensée y étendait.

— Ce n'est pas être mariolâtre, répliqua-t-il humblement, que d'organiser dans ma paroisse ce que tous mes confrères possèdent dans la leur.

— Sans doute, mais la première condition pour former une congrégation de la Vierge, c'est de rassembler des vierges.

— Eh bien !

— Eh bien, où les trouverez-vous, s'il vous plaît, vos vierges ?

— Comment ! mais chez moi, dans mon village parmi mes jeunes filles, je choisirai la crème.

— Et quel sera l'âge de cette crème ?

— L'âge ? Mais depuis treize ans, aussitôt après

a confirmation, comme il est de coutume. Je commencerai par celles qni ont été confirmées l'année dernière. Je suppose que j'en trouverai.

— Vous supposez mal. Vous n'en trouverez pas.

— Pas de congréganistes?

— Non monsieur, pas de filles dignes de l'être.

— Voudriez-vous dire, s'écria Guyot stupéfait, que je ne trouverai pas de jeunes filles vierges dans ma paroisse?

— Oui, monsieur.

— Si monsieur le curé veut rire, je ne comprends pas la plaisanterie.

— Rire! Non, monsieur, je ne ris pas; il n'y a pas de quoi rire. Ai-je donc l'air d'un homme qui rit? Vous ouvrez des yeux comme si vous arriviez de l'autre monde, et cependant vous vivez dans un milieu où les scandales de vos prédécesseurs ont arraché les entrailles à l'Eglise. Ah! vous voulez une congrégation de vierges!

— Certainement, monsieur le curé, c'est mon droit tout aussi bien que mes confrères

— Mais, malheureux, ignorez-vous donc que le curé Chaubard, prédécesseur de Chiquenelle, a été le digne émule du curé de Crotelles, qui déflora toutes les petites filles de sa paroisse avant leur première communion (1)!

_____

(1) Choisnard, curé de Crotelles, âgé de plus de cinquante ans, s'est livré à une débauche telle qu'elle dépasse tout ce que l'imagination la plus dévergondée a jamais pu rêver. Au reste, il a avoué tous les faits et a même poussé le cynisme jusqu'à se présenter de lui-même devant le juge d'instruction, afin de prévenir par ce coup d'audace les accusations portées contre lui par la rumeur publique, et a prétendu expliquer ses actes par le même système que celui qui a si peu réussi à M. de Germiny, l'élève et le défenseur des Jésuites. Choisnard, lui aussi, ne faisait que des

— Qui a dit cela? fit Guyot épouvanté.

— Moi qui vous le dis, parce que je le sais; parce que je le tiens de l'abbé Chiquenelle qui a su au confessionnal leur arracher cet aveu. Et, bien que grand coupable lui-même, ainsi que l'a prouvé sa fin, il en fut si terrifié, qu'il ne crut pas devoir garder sur lui le poids de ces abominations clandestines. Il vint me les confier sous le sceau de la confession, et, sous le sceau de la confession, j'allai m'en décharger immédiatement dans le sein de l'abbé Mathias, premier vicaire de la cathédrale, qui s'en déchargea dans celui de son curé, lequel se débarrassa de ce pesant poids dans celui de monseigneur, et n'oubliez pas que c'est sous le même sceau que je vous le confie.

— Et les parents ont ignoré tout ceci?

— Les petites filles savent dissimuler. A l'époque de leur première communion, elles sont déjà presque femmes. Elles mourraient de honte d'avouer de telles choses à leur mère, et c'est sur cette honte et cette dissimulation que comptent nos misérables confrères. Ils basent là-dessus leur impunité. Remarquez que c'est presque toujours le hasard, et non les plaintes des victimes, qui fait découvrir les forfaits de ce genre. C'est pourquoi cet infâme Chaubard, qui a souillé toute la génération d'un village, a passé pour un homme de mœurs pures. Cependant l'une de ses victimes a dû parler, car il est mort, vous le savez, d'un coup

expériences philosophiques et psycologiques. Il voulait simplement savoir à quelles tentations pourrait résister la vertu ou l'innocence des enfants...

Au cours des débats, l'abbé Choisnard a avoué avoir procédé de la même façon avec toutes ses paroissiennes, avant leur première communion.

(*La Chasteté cléricale en* 1877, par Robert Charlie.)

de bêche sur la tête. Il a sauvé sa mémoire du scandale en prétendant avoir fait une chute et nous étions tous intéressés à ne pas le démentir. Il n'en est pas de même de Chiquenelle, que l'ivrognerie a poussé au suicide.

— Ah ! monsieur le curé, fit Guyot d'une voix désolée, que venez-vous de m'apprendre ? Dans ma paroisse ! plus de vierges ! Ces fillettes que je vois courir toutes joyeuses ont sur la conscience le remords d'une virginité perdue ! Je ne puis le croire; cela n'est pas possible. Il y en a sans doute parmi ces brebis qui ont échappé aux fureurs du satyre. Il doit y en avoir, j'en connais.

— Vous en connaissez? Eh bien ! laissez-les tranquilles. Ne vous mêlez pas de choses qui ne vous regardent pas. Ne réveillez pas ces virginités qui sommeillent. Ne remuez pas les eaux dormantes. Il n'en sort que de mauvaises odeurs. Ça pue, chez vous, abbé Guyot, je vous l'ai déjà dit, ça pue ! Il y a des tas d'immondices amoncelées. N'allez pas y souiller le nom de Marie ! Congrégation à Saint-Jean-le-Faucheux ! Il ne manquait plus que cela ! N'êtes-vous pas satisfait ? Voulez-vous descendre la pente rapide ? Etre de ceux qui, selon le langage du prophète, multiplient leurs péchés au delà du nombre de cheveux de leur tête ? ajouter votre nom au pilori de Saint-Jean-le-Faucheux? Des congréganistes ! C'est donc pour vous stimuler davantage ? Vous me faites suer; vous feriez bien mieux de vous occuper de quêter pour l'entretien de mon église.

LIX

LA MISSION.

CE dernier mot stupéfia peut-être encore plus l'abbé Guyot que la nouvelle qu'il n'existait aucune vierge dans sa paroisse.

— Votre église? s'écria-t-il.

— Eh bien, oui, mon église. N'est-ce pas celle du doyenné? N'êtes-vous pas intéressé à la voir achever, belle, superbe, digne de Dieu? et ne serait-ce pas un grand honneur pour vous de contribuer à cette fin?

— Mais la mienne tombe en ruine, et je ne récolte pas cinquante centimes à mes quêtes dominicales.

— Alors, que venez-vous me chanter d'avoir ramené votre troupeau! La belle aubaine de mettre au bercail brebis stériles et moutons galeux! Quel avantage d'entendre des ouailles nasiller à mes offices du latin qu'elles ne comprennent pas, si mon plateau reste vide! Payez, vieilles, payez ou occupez-vous de votre soupe, nul n'a besoin de vos

cottes, ici. Quand on a de la religion, on le prouve
argent comptant. Vous voulez chanter et psalmo-
dier, et marmotter, rien de mieux, payez la musique et les cierges. Les patenôtres qui ne coûtent
rien ne montrent pas le zèle. On débite un petit
chapelet et l'on s'en va benoîtement se croyant
quitte envers le bon Dieu.

C'est trop facile, ma foi. On gagnerait le paradis à bon marché. Allons donc, vieilles, vous
prenez le bon Dieu pour un sot. Mais quand il faut
sortir ses gros sous de sa poche, ça répugne, on
rechigne, ça pèse au cœur, c'est désagréable, c'est
dur. Voilà la mortification alors, voilà le sacrifice,
voilà la pénitence, le zèle pour le bon Dieu,
l'église et le pasteur. Le berger, le vrai berger
est celui qui sait tirer de son troupeau le meilleur
profit possible pour la gloire du Seigneur.

Les paysans, je le sais, sont plus avares que les
bourgeois, parce qu'ils gagnent plus difficilement
leurs écus, mais on ne vous envoie pas chez eux
pour tourner vos pouces et regarder les mollets
des filles. On calcule, on travaille, on s'ingénie, on
fait comme moi. Où serait le mérite, si l'argent
et les bonnes choses vous tombaient tout seuls du
ciel ! Je le répète, abbé Guyot, vous êtes un faux
berger, un pasteur endormi, un prêtre indifférent,
un mauvais curé !

L'abbé, n'ayant rien à répondre, s'informa de
son confrère Thiriot.

— Que lui voulez-vous, à l'abbé Thiriot ? Il
file un vilain coton, l'abbé Thiriot. Je serai bientôt
privé de ses services.

— Est-il donc malade ?

— Il vaudrait mieux pour lui qu'il le fût,
qu'une bonne fièvre le clouât au lit et le mît aux
portes de l'éternité ; alors peut-être s'amenderait-

t-il ? Il songerait qu'on ne l'a pas ordonné prêtre
seulement pour s'empiffrer et satisfaire ses appé-
ltits. Et lesquels ? Je n'ose y arrêter ma pensée. Il
n'y a pas huit jours, la digne supérieure du
Sacré-Cœur l'a surpris faisant des gestes inconve-
nants, prenant d'indécentes privautés avec une
jeune fille qu'il dirige. A qui se fier, bon Dieu ?
Je ne puis pourtant pas tout taire; être à la fois
dans mon église et au Sacré-Cœur. Ce n'est pas
tout. Je vous ai parlé d'une vieille dame nommée
Custor ?

— La dame aux dix mille francs.

— Précisément. Eh bien, il paraît qu'elle a
tenu une maison infâme!

— Est-ce possible? s'exclama Guyot.

— Ce n'est pas possible, c'est sûr. Donc, sans
me douter de ce qu'elle était, mais devinant quelque chose d'obscur dans son passé, j'avais entrepris, je vous l'ai dit, la conversion de cette âme,
le rachat de ce corps voué aux flammes éternelles
au prix, bien entendu, d'un sacrifice de sa part,
d'une renonciation aux biens périssables du monde.
Son argent mal acquis devait revenir à l'Église.
J'essayai de le lui faire comprendre, et alors elle
me confia avoir soustrait à la rapacité de ses enfants une somme s'élevant à 10,000 francs.

C'était justement ce qu'il me fallait pour terminer ma chapelle de l'Immaculée conception. Mais
il me la fallait de suite. J'insistai. Ces vieilles
gens sont égoïstes. Bien qu'elle vive grassement et
n'ait nul besoin de cette somme, elle me remit à
sa mort, me parla de son testament. C'était un
affreux leurre. Cette vieille se portait bien. Rien
ne me disait qu'elle ne vivrait pas plus longtemps
que moi et alors mon successeur aurait profité de

mes labeurs; à chaque peine son salaire. J'ai commencé, je veux achever.

Je me fâchai donc, continua le doyen; c'est un
tort de se fâcher, mais personne n'est parfait. Elle
me signifia mon congé de la façon la plus outrageante. J'envoyai Thiriot, qui reçut un assez bon
accueil; je le chargeai de continuer l'œuvre. Mais
Thiriot ne fait rien qui vaille; de plus, je le
soupçonne de me berner. Depuis quatre mois
bientôt, il me traîne avec cette vieille. Tantôt il
m'annonce qu'elle est fort malade, qu'elle s'est
confessée, qu'il va entrer en possession des
10,000 francs, tantôt qu'elle va mieux et refuse
de tenir sa promesse. Je ne sais à quoi m'en tenir.

Dernièrement, il me prévient qu'elle agonise;
j'avais déjà tout disposé pour un enterrement de
première classe, supputé, fait mes calculs. Et le
dimanche suivant, je la vois paraître toute flam-
boyante à la messe?

Cette vieille pécheresse se cramponne de toutes
ses forces à l'existence. Il y a des gens qui ne se
décident jamais à mourir. Je vous demande un
peu ce qu'elle fait dans le monde?

— Mais quel intérêt a l'abbé Thiriot à vous
duper?

— Est-ce que je sais? C'est un être adonné à la
chair, et à toutes sortes de chairs, vous entendez,
toutes sortes de chairs. Il allait se goberger deux
ou trois fois par semaine chez cette proxénète, et
qui oserait jurer que ses débauches se bornaient
au boire et au manger! Pour l'honneur de ma paroisse, je n'en veux plus; j'ai demandé son changement et il a paru atterré hier quand on l'a appelé à l'évêché. « Mauvais vouloir, tiédeur et
manque de zèle,» c'est tout ce que j'ai écrit au vicaire général, mais je pense qu'il n'est pas besoin

d'autres raisons. Il me faut du zèle, à moi, monsieur, ajouta le doyen en regardant fixement Guyot;
et si je vous savais homme de zèle, je vous char-
gerais d'une fructueuse mission.

— Ce sera un grand honneur pour moi.

— Il y aura surtout profit; honneur et profit.
Vous me parliez tout à l'heure de votre misère,
de vos dettes, du dénûment de votre église et enfin
de votre piété... Avez-vous véritablement le dévouement religieux nécessaire à un prêtre, un
vrai prêtre?

— Oui, dit Guyot.

— Oui... sans doute *oui*, toujours *oui*. Mais
moi je ne juge pas les gens d'après leurs paroles,
je les juge sur leurs actes. Du reste, je le répète,
tout bénéfice pour vous. Vous prenez souci de
satisfaire les exigences de votre ventre; votre
ventre sera comblé. Ne vous récriez pas, abbé
Guyot; je vous abandonnerai le dixième de la
somme, à condition que vous laisserez un petit
cadeau pour mon église. Donc, sans plus de
préambules et perte de temps, présentez-vous
chez la veuve Custor.

— Et alors?

— Et alors vous vous y implanterez.

— Et que faudra-t-il que je fasse?

— Tout ce que vous jugerez bon pour rentrer
en possession de mes 10,000 francs.

— Monsieur le doyen, répondit Guyot, qui
avait encore la scène du dîner et les injures de la
vieille, toutes fraîches en la mémoire, dispensez-
moi de cette mission. Je suis mauvais négociateur.
Moi aussi je suis emporté, je n'arriverai à rien.

— Voilà donc la mesure de votre zèle! Pour
être édifié il suffit de vous mettre au pied du mur.
Et encore ce n'est pas un service gratuit que je

demande ; il y a récompense honnête au bout.
Que serait-ce donc s'il n'y avait que la seule satisfaction du devoir accompli, la joie, stérile pour les
mondains comme vous, d'être seulement agréable
à Dieu ? Vos notes ne vous calomnient pas, en
affirmant que vous êtes un mauvais prêtre.

— Mais, s'écria Guyot, M. l'abbé Thiriot n'a
pas encore quitté cette ville ; peut-être n'obtien-
drez-vous pas son remplacement immédiat et,
alors, de quel œil verra-t-il que moi, nouveau venu,
étranger, moi, humble desservant de village, je
vienne sur ses brisées, prétendant achever chez lui
une besogne entreprise par lui.

— Eloignez ces scrupules. Quand bien même il
resterait, il ne finira rien. La vieille l'a chassé.

— Chassé ! et pourquoi ? demanda Guyot, qui
ne devinait que trop le motif de l'expulsion, et,
prévoyant les suites scandaleuses d'une sale affaire,
ne fut que plus décidé à ne pas s'y trouver mêlé.

— Le sais-je, pourquoi ? Il a prétendu que c'est
parce qu'il insistait comme je l'avais fait pour
avoir livraison immédiate de la somme; mais qui
peut se fier à ses affirmations. Je le soupçonne de
s'être attiré d'autre façon le courroux de la
veuve...Est-il besoin de tant d'explications ? Ces
vieilles infâmes, l'ignorez-vous? ont des réminis-
cences de jeunesse ; le diable les talonne jusqu'au
bord de la fosse. Aux portes de l'éternité, elles ne
se décident pas à renoncer aux coupables jouissances de leur vie impure. On essaye de les guérir;
mais quand le mal est sans remède et que les intérêts de notre sainte religion sont en jeu, le
prêtre doit savoir se dévouer. Dix mille francs
valent bien qu'on surmonte quelque répugnance,
et les Pères disent avec raison que la fin sanctifie
les voies. L'acte n'est rien, le but est tout. En sa-

erifiant aux exigences de la vieille, songez que le sacrifice est pour l'Eglise et vous ferez œuvre pie

— Excusez-moi, mon zèle ne peut aller jusque là, répondit froidement Guyot, qui, en toute autre occasion, se serait dévoué sans trop de ré;u gnance, mais qui, sachant que les 10,000 fr. convoités avaient passé par les mains de Thiriot, ne se souciait nullement de recevoir de stériles avanies.

Le doyen l'écrasa d'un regard méprisant :

— Vous êtes devenu bien pudibond et bien scrupuleux depuis vos fredaines de Saint-Evres, dit-il avec un rire mauvais. Je vois, et j'ai eu tort de ne pas m'en rapporter à vos notes ; ce ne sont pas des vieilles qu'il vous faut !

Les notes ! Si ces notes l'accusaient de dédaigner les avances des vieilles, il s'en glorifiait !

Il ne s'en glorifia pas cependant tout haut, car il entendait à demi-mot, et la remarque sarcastique du doyen lui fit peur. Il sentait trop bien la menace embusquée, comme un bandit, derrière cette phrase épineuse pour ne pas redouter sa colère au moment même où il aurait peut-être besoin de toute son indulgence. Mieux valait paraître céder aux désirs de ce maniaque.

— Ne vous emportez pas, dit-il, je ferai ce qui est saintement et honnêtement possible.

— Toute œuvre entreprise pour le bien de la religion est honnête et sainte. Alors, vous vous décidez ?... Eh bien, puisque vous vous décidez, il n'y a pas de temps à perdre.

— J'irai de ce pas, si vous le désirez.

— Oh ! il faut d'abord tâter le terrain. C'est une femme grossière, mal élevée, ignorante, mais, comme tous les gueux enrichis, pétrie de vanité et d'orgueil. Flattez-la, mais ne brusquez rien.

— Rassurez-vous.

— Soyez insinuant, habile, et quand le moment sera venu... homme. Vous avez un excellent prétexte d'introduction en annonçant le départ de Thiriot.

— Comptez sur moi.

— C'est ce que je fais. Vous m'écrirez le résultat de votre visite. Je vais présider ce soir la confrérie de Saint-Joseph, et faire un appel de fonds ; je ne rentrerai donc que très tard. Ainsi, ne m'attendez pas, et surtout, quand Thiriot sera de retour, ne le voyez pas avant moi. Maintenant, allez, et souvenez-vous que la chapelle de la Vierge repose sur votre zèle.

— Mauvaise fondation, se dit en lui-même Guyot bien décidé à s'en aller directement chez lui. Cependant, par acquit de conscience et craignant d'être suivi par son soupçonneux doyen, il remonta le faubourg et s'engagea par la ruelle où se cachait, entre cour et jardin, comme une *petite maison* de la régence, celle de la veuve Fumeron.

Il entendit un bruit insolite dans cette décente demeure, des éclats d'une voix masculine bien connue de lui, éraillée, creuse, qui avait sonné désagréablement à son oreille dans la nuit funeste d'où dataient ses désastres, cette nuit d'hiver où, appelé dans une maison infâme, il avait pour la première fois assisté, en face de l'agonie de *Sœur Cunégonde*, aux mystères des lupanars.

La ruelle était déserte.

Il s'effaça le long du mur, près de la porte grillée, de façon à écouter sans être vu. Mais il ne percevait que des bribes d'un dialogue étrange.

Il lui sembla même entendre prononcer son nom, ce qui absorba son attention de telle sorte qu'il ne s'aperçut pas de l'approche de quelqu'un.

17.

Une jeune femme posa doucement la main sur son bras.

— Oh ! s'exclama-t-il confus d'être surpris en flagrant délit d'espionnage, Mademoiselle Juliette ! j'allais rendre visite à Mme Custor, et, entendant du bruit, j'hésitais...

— Vous faites bien, dit mystérieusement la soubrette. N'entrez pas. Son fils est là, M. Jules... celui qu'on appelle *Tonton Pièce-Blanche*.

Et vive et frétillante, elle entra dans la maison.

— Abomination ! murmura le curé en suivant l'œil ravi et la lèvre humide, la gracieuse silhouette, comme le vice sait se couvrir de roses. Ah ! qu'il est parfois appétissant, le vice ! Oui, le doyen a peut-être raison. Qu'est-ce que je risque, après tout, en allant chez cette vieille ?

Et il reprit tout rêveur, le chemin de Saint-Jean-le-Faucheux.

LX

POUPÉES A TREIZE.

'ÉTAIT bien, en effet, Jules Fume-
ron, dit *Tonton Pièce-Blanche*, pro-
propriétaire du n° 59 de la rue du
Maure-qui-Trompe, derrière Saint-
Evres, qui troublait la maison de
de ses éclats de voix.

Mère et fils ne s'accordent pas toujours, et ce
jour-là Fumeron fils était bien en colère. Il arpentait avec rage la petite salle à manger où tous
deux venaient de dîner tête-à-tête, paisiblement,
sans bruit, comme gens qui savent vivre, lorsque
tout à coup, au dessert, la colère de Jules éclata.

Il faut dire que la maman avait, sans aucune
prudence et même comme à plaisir, soulevé l'o-
rage. Depuis quelques instants, alors que Jules
n'avait pas encore fini sa deuxième de *Frousac*,
elle le harcelait, au sujet de sa femme, de petits
mots piquants :

« Ta gueuse d'Aglaé par-ci, ta coquine d'Aglaé
par-là; une pourriture que j'ai retirée de l'hôpital. »

On est fils, mais on est époux, et il ne faut pas
que les égards dus à la maman fassent oublier ceux
que l'on doit à sa femme, et Jules avait fini par
se fâcher.

Il y avait de quoi, aussi! Il y avait de quoi,
indépendamment des insultes à l'absente! Il venait demander un prêt à la maman pour étendre
le cercle de ses affaires et monter sa maison sur
un plan tout nouveau, et la mère, prétendant que
sa bru n'avait d'autre plan que celui de lui soutirer ses dernières épargnes, refusait avec aigreur.

Donc Jules arpentait la chambre, sourcil froncé,
tête basse, levant de temps à autre les bras au ciel,
ramenant ses rouflaquettes, tortillant sa moustache
brune avec des gestes fébriles et tragiques.

— Tu me connais pourtant, la mère, tu sais
qu'il ne faut pas *flasquer* avec moi. J'y vais pas
par quatre chemins. On m'appelle *Tonton-Pièce-
Blanche*, parce que je suis rond et franc comme
une pièce de cent sous. Aussi je dis carrément la
chose : Faut pas *flasquer*, non, faut pas. On te
paye une bonne pension, le prix convenu, quoi!
cinq mille *balles* par an; pour une femme seule,
c'est joli. On s'en plaint pas, on les crachera jusqu'à la gauche, nom d'un veau!... jusqu'à l'ar-
rière-gauche. Tu les as bien gagnés, pas vrai?
T'as assez *turbiné*. Tu te la coules douce, rien de
mieux; mais t'as tort d'essayer de nous filouter,
rapport qu'Agaé ne te botte pas!

— C'est une coquine! hurla la vieille.

— Crie pas si fort; la maman, c'est mauvais
pour les poumons. Coquine ou non, ça me regarde. Elle fait bien marcher la boutique, je ne lui
demande que ça. Quant à la fidélité, c'est mon
affaire; je sais qu'elle l'est, ça me suffit.

—Imbécile, fichue bête, animal, jean-jean, Joseph, jocrisse, jobard, nicodème, cocu!

— De quoi trémousses-tu? Si je suis cocu, c'est pas toi qui porteras les cornes.

Mais la vieille dame se mit à pousser des éclats de rire aussi frénétiques que forcés, lesquels secouèrent convulsivement ses chairs depuis les bajoues jusqu'au ventre et furent suivies d'une furieuse quinte de toux :

— Il vient pour m'assassiner, le scélérat! sa gueuse l'envoie pour m'assassiner!

Mais lui, haussant ses larges épaules, regarda sa mère avec le calme qui caractérise les âmes honnêtes habituées à entendre siffler autour d'elles la malveillance ou les mauvais propos, ou celles accoutumées à traverser la vie au milieu des bourrasques qui surgissent entre parents et enfants, frères et sœurs, femmes et maris. Puis il prit une bouteille et remplit un verre.

— Coule-toi ça dans le goulot, maman, c'est du vieux. Siffle, rien de tel pour la toux.

— Fiche-moi la paix, brigand!

— Tu renâcles? Une..., deux..., adjugé.

— Sans cœur! il voit sa mère crever et ne pense qu'à sa gueule. Ah! mon Dieu, prenez-moi.

— Crever! allons donc. Tu nous enterreras tous. T'es solide encore, la maman, hein, t'es solide? Et le père d'Aglaé, qui est fossoyeur, nous mettra dans le trou.

— C'est elle qui te fourrera dans le trou.

— Et Guyot beuglera le *De profundis*. Tu te fendras bien pour un enterrement de première classe comme pour *sœur Cunégonde*, messe en musique, plumets, croquemorts en chapeaux de gendarme et tout le tremblement. Pas vrai, la mère?

— Ah! le filou! 1,345 francs! Je ne les ai pas

encore digérés. Nous en avons été pour plus de
400 de notre poche.

— Oui, mais on peut dire que ça a craqué dans
le quartier. La mère Lefèvre en a eu la jaunisse.
A la fin de la semaine, nous étions rentrés dans
nos picaillons avec le double de *benef*. *Pristi !* ça
boulotait. On en parle encore à Saint-Evres.
Pour bien faire, il faudrait une princesse comme
Madeleine ! Et avec ça une bonne sous-maîtresse.

— Prends Juliette !

— Deux sœurs dans la même boîte ? Jamais.
Elles se crêperaient le chignon tout le temps.

— Bah ! Juliette est bonne fille.

— Aglaé aussi.

— Pssss ! fit la vieille dame.

— Non, pas de ça, reprit Fumeron, feignant
de ne pas entendre ce sifflement ironique ; le 59
est connu pour une maison de moralité et d'ordre,
la rousse n'y entre que pour trinquer avec moi,
je ne veux pas l'y introduire par des disputes, des
beuglements et des batteries entre deux sœurs.

— Et crois-tu que la petite consentirait à servir
ta gueuse ?

— Une femme qui sort de chez la mère Lefèvre ! As-tu fini ?

— Eh bien, quoi ! la mère Lefèvre ? Qu'est-ce
qu'elle a, la mère Lefèvre ? Est-ce qu'elle ne vaut
pas les autres, la mère Lefèvre ?

— Allons, maman, ne nous emballons pas.
Vous savez bien vous-même que si la voisine du 6
essaye parfois de nous embaucher nos femmes,
nous avons pour gouverne de ne jamais prendre ses
restes. C'est vous-même qui avez établi ça comme
règle, du temps de Badinguet. Nom de nom de
nom ! Je comprends pas ça ! Alors, si vous bavez
sur vos vieux principes comme un ministre ou un

sénateur, n'y a plus moyen de rien faire, ni de causer raison, quoi! Malheur! si on peut voir des choses pareilles. Moi, je suis toujours fidèle, ajouta-t-il en se frappant la poitrine, les bons principes, la religion, nom de Dieu! la noblesse! fichtre, la royauté, coquin de sort! Mais tout ça, c'est de la blague. Ça ne vaut pas quarante sous comptant.

— Alors ta boutique ne marche plus.

— Qui a dit cela? Nom d'un veau!

— Puisque tu viens me demander de l'argent.

— Attention, la maman! Faut pas dire de mauvaises paroles. Ma maison ne marche plus! Je suis doux comme l'agneau qui tète, mais je leur mangerais le nez à ceux qui inventent des canailleries pareilles... Tiens, v'là Juliette. Avance ici! Montre tes quenottes, fais risette et donne un *béco* à Tonton. C'est égal, t'es une jolie fille; ça faisait mal de te voir chez cette mauvaise *rapiat* de bonapartiste de mère Lefèvre. T'as bien fait de bouloter avec la maman. Es-tu bien? es-tu contente? Tu te reposes, hein? Tu vis de tes rentes; te v'là femme honnête! C'est bien, ça. C'est pas une mauvaise bougresse, la maman Fumeron; un peu rageuse, mais elle a de ça dans la poitrine : pas vrai?

— Je suis très heureuse, monsieur Jules.

— Et le cent-garde? Est-ce qu'il ne te fait pas un doigt de cour? Méfie-toi de ce gendarme, c'est un grand flibustier!

— Il veut m'épouser, dit-elle en riant.

— Ah! le brigand. C'est donc ça? J'y suis, maintenant. Le *magot* que tu nous caches va danser à la noce!

— Tu en as menti, s'écria la maman Fumeron.

— Vous vous trompez, Madame n'a pas donné
un sou à votre frère.

— Qu'est-ce que c'est? Ah çà! de quoi est-ce
que je me mêle? Tais ton bec, Aglaé, je veux dire
Juliette. Allons, file dans ta chambre à coucher.
Tu regarderas entre les draps si j'y suis. Et possible que tu m'y trouves.

— Mais, s'écria la vieille, à qui crois-tu donc
parler? Ça ne respecte rien. Va-t-en, ma petite;
il est un peu dans les vignes, vois-tu; il te ferait
des indécences.

— Des indécences! jamais! Je sais trop les
égards qu'on doit à l'âge et au sexe. Mais, nom
d'un veau, faut qu'on me respecte aussi et qu'on
ne me prenne pas pour un mulet, parce qu'on me
croit dans les brindezingues. Cré mille dieux! ça
me dégoûte, parole sacré; coui, ça me retourne le
cœur. Les injustices, vois-tu, la maman, ça me dé-
molit les entrailles, et il faut pas en avoir pour
faire ce que tu fais.

— Ah! gémit la vieille dame, se saigner pour
ses enfants, leur laisser un beau fonds, un bon
commerce, maison montée, garnie, meublée et tout
pour rien, oui, messieurs, pour rien, et entendre
des saloperies pareilles. Prenez-moi, mon Dieu,
mais prenez-moi donc!

— Ta! ta! ta! Alors le gendarme t'a soutiré tes
jaunets?

— Comment peux-tu croire que j'ai avantagé
Casimir à ton détriment? tu es toujours mon chéri,
toi, *fiston*. Si j'avais voulu partager et me saigner
jusqu'à la dernière goutte de mon pauvre sang,
j'aurais coupé la pomme en deux, et t'aurais donné
la plus grosse moitié, tu le sais bien.

— Alors, si c'est pas des jaunets, aboule les
chiffons de soie. Pour voir. seulement. J'y tou-

cherai pas. Parole sacrée, sur mon honneur le
plus cher, j'y toucherai pas.

— Tu ne verras rien, je ne veux rien te montrer.
Vous êtes tous des filous. Si vous pouviez, vous
me feriez crever sur la paille, vous m'arracheriez
le pain de la bouche, vous me mangeriez mes
morceaux sous le nez. Oh! les brigands! prenez-
moi, mon Dieu! prenez-moi! Quand on voit ça,
on a assez vécu.

— Continue. Je t'écoute.

— Ton frère a *claqué* tout son saint-frusquin
avec des gouges quand il était aux cent-gardes...
S'il avait fait au moins profiter la maison.

— Est-ce de ma faute? Est-ce que j'ai mangé le
mien de saint-frusquin? Au contraire! Il a rapporté, le mien. Il a aidé à la boutique. Je suis
économe, moi, je sais le mal qu'on a pour gagner sa pauvre vie. Nom d'un veau! C'est dur!
Aussi, voilà, j'en ai assez de ce genre. Oui, c'est
fini. Ça va tourner autrement, car j'ai une idée,
une fameuse, et je vais monter quelque chose dans
le goût de chic.

— Voyons cette belle idée!

— D'abord nous balayons tout ce qui a plus
de 25 ans. 25 ans, ça représente 7 ou 8 dans la
noce. C'est *ratiboisé*, fini, des femmes à soldats,
quoi! et des militaires nous en voulons le moins
possible. Ça paye les bas prix et ça abîme la marchandise.

— Qu'est-ce qu'il vous faut? des évêques?

— Tout juste. T'as mis le nez dessus. Des évêques, des magistrats, des graines d'épinard, des
vieux penards bien dans leur linge, qui ne regardent pas à un louis de plus ou de moins pour se
glisser leurs petites satisfactions. Mais alors leurs

satisfactions, c'est des jeunes. Douze à treize ans, ça ne les effraye pas.

— Et la police ?

— Pas de danger, je fournis à domicile. Donc voilà ! j'ai imaginé d'appeler ça les *poupées à treize*, rapport à l'âge des donzelles, et une fois l'affaire en train ça marchera ou j'y perds mon nom.

— Et comment que tu la manigances ?

— Moi ! j'y suis pour rien. Je m'en mêle pas. Je touche les monacos, voilà tout. Des vieilles travaillent pour *bibi*. Seulement, tu comprends, la mère, il me faut une mise de fonds convenable. Dans ces trucs-là, faut pas s'engager sans confiture. D'abord, toujours disponible, un beurre honnête pour graisser la patte aux larbins des bourgeois ou engluer le gosier des voyous.

— Et tu as commencé ?

— Des misères ! J'ose pas me lancer faute de *douille*. J'ai cependant fourni deux poupées à un vieux juge et je les ai repassées comme pucelles à un monseigneur.

— L'évêque du diocèse.

— Non, l'autre. L'ancien patron de sœur Cunégonde. Ratiski, quoi ! Celui qui a roulé ce pauvre diable de Guyot. Ah ! c'est un amateur.

— Il n'a donc plus son sérail de religieuses.

— Toujours. Mais ça ne lui dit plus rien, paraît-il. Il aime la variété, cet homme. C'est pas moi qui lui donne tort. Eh bien, la mère ! qu'est-ce que tu dis ?

La maman Fumeron ne répondit pas ; elle était devenue rêveuse. La nouvelle branche de commerce de son fils la faisait réfléchir. A quoi ? C'est ce que se demandait Jules.

— Tu es muette ? A quoi penses-tu ?

— Je pense que je m'embête ici, fit-elle, et que

je commence à en avoir assez de cette vie que je
mène, toute seule comme un pauvre chien abandonné, et que je prie toute la sainte journée le bon
Dieu de me prendre.

— Avec cinq mille balles de rente et un magot
dans ton secrétaire! Nom d'un veau, qu'est-ce
qu'il te faut donc? Voyons, pas de bêtises : oui
ou non, la mère, réponds. Je ne demande rien
pour rien. Dix du cent! Faut-il douze?... Allons,
tiens, parce que c'est toi, quinze, quinze du cent.
Mais c'est *illico* que tu vas les cracher. Faut-il pas
se mettre à genoux pour des affaires où l'honneur
de ta maison est intéressé. Tiens, ça me fait mous-
ser, nom d'un veau. Une affaire comme ça! *Les
poupées à treize*! De l'or en barres, la mère! de l'or
en barres, nom de Dieu!

— Eh! fiche-moi la paix, s'écria la vieille dame
impatientée, fiche-moi donc la paix avec tes *poupées à treize*. J'en aurai, quand je voudrai, moi
aussi. Une idée qui m'est venue depuis longtemps;
ta coquine n'en a pas la primeur. Encore ça
qu'elle m'a volé. Si l'or en barres est bon pour
toi, il n'est pas mauvais pour moi. Assez de carottes. Montre-moi les talons. Tu répondras à ta
gueuse qui t'envoie que ce qui est bon à prendre
est bon à garder! Juliette!

Elle se leva péniblement, et trébuchante, fré-
missante, pâle d'émotion, courut à son secrétaire
en s'appuyant aux meubles et écrivit d'une main
tremblottante :

« Monsieur le curé,

« Votre vicaire, le nommé M. Thiriot, est un
filou. Je ne vous dis que ça. Voilà trois mois
qu'il me fait aller avec mes 10,000 francs. J'ai
maintenant besoin de tous mes capitaux. Dites-

lui que si je n'ai pas demain une réponse satisfai-
sante, c'est-à-dire mon argent, je m'adresserai au
commissaire.

« Je vous salue avec considération,

        « Veuve Fumeron, née Custor. »

— Et voilà, ma fille, s'écria-t-elle, tu vas porter
ce billet doux au curé. C'est comme ça que je
mène les gens qui m'embêtent, moi.

— Que diable est-ce que tu veux à ton curé?
demanda Fumeron qui avait assisté bouche béante
à la scène.

— Ça, c'est mon affaire. *Les poupées à treize*, tu
dis? Je vais te prouver à toi et à ta grue, qui
croyez tous les deux que je ne suis bonne qu'à
mettre en terre, que je suis encore bonne pour gagner des monacos. Et allez-y !

LXI

LE COLPORTEUR.

EPENDANT l'abbé Guyot arrivait à Saint-Jean-le-Faucheux.

Comme il traversait la place de l'Eglise, un escogriffe de mauvaise mine, portant sur le dos une boîte recouverte de toile cirée, l'aborda poliment.

— Des livres? monsieur le curé, de bons livres?

— Merci, mon ami, je n'en ai pas besoin.

— Pas cher. C'est un fond de magasin que j'ai acheté d'un libraire de Bruxelles qui vient de faire banqueroute, savez-vous?

— Je vous répète que je n'ai besoin de rien, et je me méfie des contrefaçons belges.

— C'est pas des contrefaçons, monsieur le curé. C'est des inédits. Et des beaux, bien imprimés, et tout.

— Je ne suis pas amateur et j'ai assez de mes livres, répondit Guyot en allongeant le pas.

— Vous n'avez pas les miens, poursuivit l'autre, j'en suis bien sûr. Si vous vouliez les regarder
pour voir.

— J'ai cinq cents volumes dans ma bibliothèque et je ne les ouvre jamais.

— Regardez seulement aux miens, continua le
colporteur emboîtant le pas du curé.

Ils étaient arrivés dans l'impasse du presbytère,
Guyot se retourna impatienté, le colporteur lui
clignait de l'œil.

— Quoi ? Que voulez-vous encore ?

— De petites machines, dit l'autre, d'un air mystérieux, que je vends beaucoup à MM. les ecclésiastiques.

— Cela m'est bien égal.

— Vous ne vous doutez pas de ce que c'est.

Le curé était arrivé à sa porte.

— Des ouvrages extraordinaires, savez-vous ?

— Alors, voyons donc pour en finir.

— Oh! monsieur, pas dans la rue, ça ne se
montre pas dans la rue!

— Eh bien, venez.

Guyot le fit entrer dans la cuisine, et le colporteur, après avoir fermé lui-même la porte, déballa
son paquet.

— Voici d'abord le *Grand Messager boiteux.*

— Triste infirmité pour un messager.

— *Le Paroissien. Traité dogmatique et pratique des
indulgences. Le Combat spirituel.*

— Allez, allez, merci !

— *Comme on se retrouve au Ciel.*

— Occupons-nous de la terre. Et cet autre,
dessous ?

— *Traité raisonné des devoirs des prêtres.*

— Je connais les miens.

— Connaissez-vous l'*Intérieur de la Vierge Marie et le moyen d'y pénétrer ?*

— Non, dit le curé, souriant de ce singulier titre, mais je n'en ai pas besoin.

— Ça peut toujours servir à des ecclésiastiques. Vous n'en voulez pas ? Alors voilà pour les petites filles 367 prières à apprendre par cœur ; une par jour. Pour les années bissextiles on en a mis deux de plus afin de remercier le bon Dieu de nous avoir donné un jour supplémentaire dans l'an.

— Et c'est tout ?

— Oui, monsieur.

— Qu'est-ce donc que ces livres extraordinaires dont vous m'avez parlé et que vous vendez en grande quantité à mes confrères ?

— Oh ! J'ai réfléchi que ça ne vous conviendrait peut-être pas.

— Quelle sorte d'ouvrages ?

— Des petites balançoires sur le socialisme.

— Peuh ! fit le curé avec mépris. Remballez.

— Attendez donc. *La Chasteté cléricale.*

— Vous voulez m'insulter, mon ami !

— Si on peut dire ! Je cherche à gagner honnêtement ma vie, monsieur le curé.

— Et ce sont les livres que vous prétendez vendre à mes confrères ?

— Pas tout à fait ceux-là. Mais puisque vous tenez à les voir, je dois vous prévenir, savez-vous ? Je suis un pauvre père de famille et vous ne voudriez pas me faire du tort. Alors je vous recommande le secret.

— C'est donc mystérieux ?

— C'est pas mystérieux, mais c'est interdit, et si vous voulez me promettre de ne pas me dénoncer...

— Je vous le promets.

— Les livres socialistes, continua le colporteur en enlevant un double fond de sa boîte, les livres socialistes ne se vendent pas dans les campagnes et mon patron, qui a fait un joli four avec, s'est dit comme ça : « Puisque *Marianne* ne prend pas chez le rural, faut le tâter avec Vénus. Au lieu de Proudhon qui se fait vieux, vendons-lui le marquis de Sade qui est toujours jeune. » Il est roublard, mon patron, savez-vous? Nous autres, les marchands, nous avons beau nous dire communards et *démoc-socs* et tout ce qu'on voudra; faut pas le croire; nous sommes pour l'ordre, la propriété, la morale, le gouvernement, le clergé...; tant que ça fait marcher la boutique.

— Vous avez les œuvres du marquis de Sade ?

— Ah ! ça, c'est du *nanan*. On n'en trouve plus. Tout mangé, avalé, disparu. Du marquis de Sade, comme vous y allez ! Patientez un peu ; je vous le dis en confidence, mon patron va en faire une édition à bon marché pour le populaire et les pauvres curés de campagne.

En attendant, voici de petites sucreries que je recommande aux gourmets. Vous en êtes un, pas vrai ? Ah ! ah ! Remouchez-moi ça, alors. *Aspice*, comme on dit au séminaire. Et il y a des gravures, savez-vous ? Hein ! Qu'est-ce que vous en dites, c'est-il joli !

Le curé, qui avait ouvert le livre, le referma presqu'aussitôt.

— Abomination !

— *Confession d'une femme du monde au temple de la volupté*, lut le colporteur, 60 gravures artistiques et libres, tirées sur acier... Une abomination, vous dites? moi je dis: un bijou !

— Combien ?

— Ah! c'est pas pour rien! Quarante francs!

Faut que ça se paye, savez-vous? Si j'étais pincé, cinq cents francs d'amende et un an de prison : Article 287 du Code Pénal ; et cependant, c'est pas juste, car ce n'est pas si poivré que le *Manuel des confesseurs* de Mgr Bouvier, évêque du Mans, ou le *Traité de chasteté* du révérend père Louvel, vendus à plus de deux cent mille. Mais nous avons meilleur marché. *Petit cabinet de Priape*, *l'Enfer de Joseph Prudhomme*. Voilà qui est *rigolo*!

Il passait les livres au fur et à mesure en appelant les titres.

L'abbé Guyot arrêta son choix sur une de ces ordures ornées de planches *artistiques et libres* et congédia le colporteur.

— *Motus!* dit celui-ci.

— Recommandation inutile, répondit le curé ; me prenez-vous pour votre complice ? Je fais en ce moment des études philosophiques et psychologiques sur la dépravation humaine et l'affaissement sans cesse croissant des principes de morale et je tenais à voir jusqu'où pouvaient descendre les turpitudes. Que voulez-vous ? il faut bien, au fond de ce village, passer à quelque chose d'utile ses loisirs !

— C'est sûr. Alors dans le *Petit cabinet*, vous trouverez tous les renseignements.

— Croyez, mon brave homme, qu'un coup-d'œil, un simple coup-d'œil m'a suffi. O humanité perverse! continua-t-il en feuilletant le livre. O doux Jésus! Mère chaste. Vierge immaculée! De telles ordures! Et des misérables s'en repaissent! Horreur!

— Ces figures sont tirées des fresques de la salle de bain du pape Paul III, dit le colporteur. Ainsi, c'est orthodoxe,

— Je ne crois pas à toutes vos abominations.

Les âmes perverses, les libertins, les impies, les
athées, les francs-maçons, les défroqués se plai-
sent, depuis qu'on a laissé à la presse une licence
odieuse, à accumuler tous les mensonges et toutes
les abominations sur notre tête. La calomnie est
érigée en principe. Mais un jour viendra où le
bras Vengeur marquera les scélérats et les grands
coupables au front.

— Allons, puisque vous raisonnez comme ça,
je reviens à mon petit commerce.

— Il est joli, votre commerce. C'est du proxénétisme.

— Peuh ! qu'est-ce qui n'est pas un peu proxénète dans le monde. On méprise ceux qui spécu-
lent sur les amourettes, mais on spécule sur les
avantages de sa femme ou on marie sa fille, sans
dot, à un vieux richard syphilitique, ce qui est du
proxénétisme tout pur. On trafique sur sa conscience, on trafique sur ses opinions, sur le scandale, sur l'argent des autres, sur la politique, sur
la religion, sur le bon Dieu. Au fond de tout cela,
on barbotte toujours un peu en eau sale. Alors,
c'est dit, vous gardez le *Petit cabinet?* Prenez-vous
cet autre? Il est gentil aussi celui-là.

— Merci, c'est assez d'un. Si je vous l'achète,
c'est pour que vous ne disiez pas que je vous ai
fait perdre votre temps.

— C'est juste ce que je pensais.

Le colporteur s'en alla en riant, faisant au
curé un clignement d'œil qui signifiait : « Nous
sommes gens qui savons nous comprendre. »

LXII

LE LIVRE DU DIABLE.

ESTÉ seul, Guyot se vautra en pen-
sées dans les priapées et reput son
imagination du spectacle des basses
œuvres de l'homme. Puis, la tête
pleine des lascives figures du livre,
il s'endormit rêvant à de déshon-
nêtes amours !

Mais pour un pauvre curé de village, en était-il
d'honnêtes? Honnête ou déshonnête, tout amour
lui est interdit. Le péché de concupiscence est un,
la punition une. Surpris, il sera aussi fustigé à
cause de la mère qu'à cause de la fille, de la servante que de la dame, de la femme libre que de
l'épouse, de la grande demoiselle que de la petite. Même scandale, ruine identique. Fruit vert
ou fruit mûr, c'est toujours le fruit défendu. Que
le diable vienne le tenter et le lui offrir. comme
il s'en délecterait !

Or, le lendemain, le diable lui souffla des pensées malsaines qui le poursuivirent jusqu'à l'autel

Il rentra chez lui, déballa un paquet de livres de la *Bibliothèque de Tours*, qu'il avait demandés pour les communiantes, les éparpilla sur la table de sa cuisine, entretint le feu et attendit midi.

Enfin, ayant entendu sonner les trois quarts, il s'en alla gravement, le nez sur son bréviaire, jusqu'au fond du jardin.

Le fossoyeur y donnait le dernier coup, bordant de buis les allées.

— Ah! ah! cela s'avance... bientôt fini!

Il paraissait tout joyeux que la besogne fût bientôt achevée, mais cependant il en était triste.

— C'est bien! c'est très bien!

Il répétait cela machinalement, la pensée ailleurs, la voix creuse, la gorge sèche, avec un poids sur la poitrine. Et de temps à autre, il jetait un regard inquiet sur la porte. Il les avait laissées toutes deux ouvertes, celle de la rue et celle du jardin, afin de voir dans l'allée.

Midi sonna.

— L'heure de votre dîner.

— Oh! la petite ne va pas tarder.

Elle arriva, alerte, ponctuelle... Il vit sa silhouette dans l'allée claire, avec son petit panier au bras et ses grands cheveux épais, frisotants, inondant ses épaules de reflets fauves. Mais il feignit de ne pas voir et prêta la plus grande attention au travail du jardinier.

La fillette s'approcha, posa son panier à terre.

— Bonjour, monsieur le curé! bonjour, papa?

Elle en sortit une écuelle pleine de soupe, du pain et un morceau de lard.

— Ah! s'écria le curé, qui d'ordinaire l'attendait au passage pour lui remettre le vin; nous avons oublié le boire aujourd'hui. Allez, vous trouverez la bouteille sur la table de la cuisine.

Il lui parlait presque sévèrement, sans son bon sourire habituel lorsqu'il recevait son bonjour à la sortie du catéchisme; puis se mit à son bréviaire.

— Il n'y a pas de bouteille sur la table, monsieur le curé! dit un instant après la petite fille du seuil de la maison.

Il le savait très bien, mais avec un geste d'impatience comme s'il était mécontent d'être dérangé de sa pieuse lecture, il rejoignit l'enfant.

— C'est bon, lui criait le fossoyeur, on s'en passera, le temps est humide, il ne fait pas soif.

Le temps était humide en effet, l'atmosphère brumeuse; la Providence qui n'abandonne jamais ses élus, favorisait les plans du bon abbé Guyot.

— Venez, dit-il en la poussant dans la cuisine où flambait un grand feu, asseyez-vous là. Vous aviez raison. La mère Griboin a oublié sa consigne; il me faut aller à la cave. Voici des livres, ma petite Marie, des livres destinés aux plus sages du catéchisme. Monseigneur me les envoie. Je vous laisserai choisir le vôtre. Amusez-vous à regarder les images: la merveilleuse histoire de saint Joseph! le patron de votre papa, n'est-ce pas, Marie?

— Oui, monsieur le curé.

— Celle du bon petit Jésus. Voyez comme la Vierge est belle. Elle a de grands cheveux d'or et de beaux yeux bleus comme vous.

Il passa la main sur ses longs cheveux un peu rudes, caressa ses joues et poussa devant elle la pile de volumes approuvés par Mgr l'archevêque de Tours, parmi lesquels il en avait glissé un autre.

Mais il n'était pas assez naïf pour le lui laisser ouvrir en sa présence; il voulait seulement attirer l'attention de l'enfant.

— Oh! s'écria-t-il en le retirant avec précipitation. Comment celui-là se trouve-t-il ici? C'est le

diable au milieu des anges. Oui, ce petit livre-là
est un livre du diable, et il faut bien vous garder
d'y toucher. Je l'ai arraché hier des mains d'un
mauvais homme, afin de l'envoyer à un magistrat,
pour qu'il défende de vendre ces indécences qui
pourraient faire rougir les petites filles.

L'enfant ouvrait des yeux énormes. Il n'avait
pourtant l'air de rien, ce vilain livre; il était comme
les autres, un peu plus petit, voilà tout.

Guyot l'enfouit au fond de la poche de sa soutane, prit une bouteille vide et sortit.

L'entrée de la cave se trouvait au dehors, du
côté du jardin. Il put voir le soupçonneux fossoyeur, qui, déjà inquiet du tête-à-tête, s'avançait
d'un air méfiant.

— J'ai laissé Marie près du feu, lui cria-t-il.

Mais à la porte de la cave, il s'aperçut qu'il
avait oublié la clef.

Il rentra, chercha, vida ses poches sur une chaise,
tirant son mouchoir, son bréviaire, le petit livre
qu'il jeta négligemment, d'une certaine façon :
retrouva enfin la clef, courut emplir la bouteille,
et, plein de complaisance, la porta au jardinier.

— Que fait Marie ? demanda ce père à méfiance
insupportable.

— Oh ! elle ne s'ennuiera pas ; je lui ai laissé
des livres et des images.

Et pour le rassurer sur ses intentions, il se promena le nez sur son bréviaire. Puis il examina
groseillers, fraisiers, plants nouveaux.

— Tout cela est très bien arrangé ! c'est parfait.
Je suis content, très content. Je vous confierai
encore le soin de mon jardin, l'année prochaine.

— L'année prochaine ! Où serons-nous ?

— Pensée toute chrétienne, Lecoiffier. Vous
avez raison, il ne faut jamais compter sur le len-

demain. Il appartient à Dieu. La mort nous saisit au moment où nous y songeons le moins. C'est pourquoi il faut être constamment prêt à paraître devant le Grand Juge. Pourquoi ne pratiquez-vous pas, Lecoiffier ?

Il parla ainsi longtemps, coulant sa morale dans l'oreille du fossoyeur, qui laissait sortir par l'autre oreille le fluide divin, secouait la tête et disait :

— Voyez-vous, j'ai pratiqué dans le temps, mais j'ai appris à mes dépens que c'était une mauvaise besogne quand on a des filles chez soi.

— Mais vous n'en avez plus.

— Et Marie !

— Oh ! une enfant.

Lecoiffier, sans répondre, reprit son travail.

— Je vais l'appeler, dit le curé.

Il frappa ses souliers dans l'allée pour en faire tomber la terre et toussa avant d'ouvrir.

La petite fille ne détourna pas la tête ; penchée sur un livre, elle paraissait absorbée dans la contemplation d'une image de la *Sainte Enfance*, représentant un bon prêtre attirant benoîtement sur ses genoux des petits garçons cafards et mafflus.

— Vous êtes-vous bien amusée, Marie ?

Il lui prit le menton et releva son joli visage couvert de rougeur. Mais il n'avait nul besoin de ce symptôme accusateur : le livre, sur la chaise, avait un peu changé de place.

— Oh ! s'écria-t-il, l'œuvre du diable que j'avais oubliée là ; j'espère bien que vous n'y avez pas touché ?...

— Non, monsieur le curé, répondit la fillette dont la rougeur gagna les oreilles.

Comme il l'eût embrassée, s'il avait osé, pour ce bon petit mensonge, plein de promesses ; mais le père était là, trop près, le père ridicule et méfiant !

LXIII

LA CONFESSION

L était bien certain qu'elle ouvrirait le livre défendu, que les planches *artistiques* passeraient sous ses yeux, l'instruisant si elle n'était pas instruite, complétant son instruction si elle était commencée.

Comme le sultan Shab-Boham du *Sopha* de Crébillon, il connaissait le cœur féminin, et les appétits féminins, et la curiosité féminine ; il savait que toute femme, enfant, vierge ou épouse, ne fait rien avec tant de plaisir que ce qui est défendu ; et que ce vieux farceur de Dieu biblique n'avait pas trouvé de meilleur moyen, pour engager Eve à croquer la pomme, que de lui défendre d'y toucher.

Et le soir même, à la nuit tombante, après avoir fermé les portes de l'église, il mit une petite bouteille d'huile dans sa poche et se dirigea avec mystère dans le confessionnal. Il y resta au moins une bonne heure et s'en revint satisfait.

Vers quel odieux attentat portait-il ses espérances ?

Il était de ceux que l'expérience frappe en vain
de son rude marteau et que rien n'arrête lorsque
la passion les pousse à la nuque. Aveugles et
sourds à tout, ils vont au but convoité, quand
même, sachant que là-bas est le gouffre où ils rouleront.

« Certes, disait Montaigne, c'est un sujet mer-
veilleusement vain, divers et ondoyant que
l'homme ; il est malaisé d'y fonder jugement cons-
tant et uniforme. » Mais il parlait de l'homme
moral ; l'homme physique, l'animal est toujours et
partout le même, violent et brute en ses appétits.

Le lendemain Guyot annonça aux petites filles,
à la fin du catéchisme, qu'il allait les confesser. Par
fournée de cinq ou six, elles devaient passer à son
tribunal. D'après sa place, Marie Lecoiffier eût dû
passer la première, mais il commença le tour au
rebours, de façon qu'elle restât seule avec lui.

Il questionna les premières avec sa prudence ha-
bituelle, les expédia rapidement, car, avec la jolie
rousse, il voulait s'étendre.

— Ah ! vous voilà, Marie, la communion approche ; oui, dans un mois vous recevrez le bon
Dieu, vous aurez la gloire et le bonheur d'introduire votre Créateur en vous. Le Dieu tout-puissant, entendez-vous, le maître du ciel et de la terre
descendra, par votre bouche, dans votre corps.
Il l'habitera, ma petite fille, il en fera sa maison.

Mais il faut que vous vous rendiez digne de
recevoir cet hôte divin ; il faut nettoyer la demeure, la laver de toute souillure, de toute tache ; il faut que votre âme, votre cœur, votre
conscience soient blancs et immaculés comme la
neige qui tombe du ciel. Les souillures de l'âme

sont les péchés, me petite Marie, et il faut me les confier tous, tous, entendez-vous, sans en oublier un, car si le bon Dieu, en entrant dans votre corps, y trouvait un seul péché, vous seriez damnée pour l'éternité. Recueillez-vous donc, et faites votre examen de conscience.

Pendant que l'enfant, cherchait, toute bourrelée de craintes, dans les profondeurs de sa mémoire, les fautes qu'elle avait pu commettre, il l'examinait, les yeux brûlants, derrière la grille du confessionnal.

Les rayons du soleil couchant filtrant au travers d'une robe rouge de sainte, l'enveloppaient d'une limbe rose mettant des flammes dans ses cheveux.

Et pendant que ses regards ardaient il marmottait le *Confiteor*, il appela les commandements de Dieu :

Un seul Dieu tu adoreras
Et aimeras parfaitement.

Il écoutait sans les entendre les réponses de la petite fille, et la pensée ailleurs et très ému, prononça le sixième :

Luxurieux point ne seras
De corps ni de consentement.

L'enfant garda le silence.

— Eh bien ! Quels sont vos péchés contre ce commandement?...

Et d'une voix pleine de caresse :

— Dites du plus loin que vous vous souvenez, au temps où vous étiez toute petite. On commet déjà des péchés sans le savoir, par ignorance ; mais le bon Dieu est indulgent pourvu que l'on dise tout au confesseur. La sainte communion exige un aveu général. Ce que vous avez confié à l'abbé Chiquenelle ou même à l'abbé Chautard, il faut me le répéter, à moi.

— Mais je n'ai rien dit à l'abbé Chautard.

— Et à M. Chiquenelle?

— A M. Chiquenelle non plus.

— Ils ne vous ont pas interrogée sur le péché de luxure !

— Je ne me suis jamais confessée.

— Eh bien, tant mieux. J'aurai la primeur de vos petits aveux. Je vous effacerai toutes vos fautes et le bon Dieu ne les verra plus. Parlez donc, chère enfant; ne craignez rien. Pensez-vous que j'irai répéter ce que vous me confierez. Oh ! mais je ne m'en souviendrai même plus une seconde après. Le bon Dieu ne permet pas que ses confesseurs se rappellent les fautes des pénitentes. Il les ôte de leur mémoire dès qu'ils sortent du confessionnal. Si vous ne m'avouez pas vos péchés, je croirai que vous en avez commis de très gros, et quand je vous verrai au catéchisme ou ailleurs, je ne pourrai m'empêcher de dire : « Cette jolie Marie Lecoiffier, qui paraît si sage, a de vilains péchés sur la conscience. Qu'a-t-elle pu faire, mon Dieu, pour le cacher ainsi ? Est-ce avec des petits garçons ou de grandes personnes ?

— Quoi ! monsieur le curé ?

— Les péchés d'impureté que vous avez commis.

— Mais, protesta l'enfant, rouge de honte, je n'ai rien commis.

— Je vois que c'est un parti-pris chez vous, dit sévèrement Guyot, et je ne pourrai vous admettre à la sainte table. C'est alors que vos camarades et le village entier vous montreront au doigt.

— Mais je vous jure, monsieur le curé, que je n'ai rien fait de mal.

— Vous mentez, mon enfant, car je sais, oui, je sais que vous avez commis un péché d'impureté. Vous avez ouvert, malgré ma défense, un petit livre oublié sur une chaise et rempli d'images abominables. Vous voyez bien que je suis instruit de tout et que rien ne sert de me mentir.

—Oh! fit-elle en sanglottant, je n'ai vu qu'Adam et Eve dans le Paradis terrestre.

— Dans le Paradis terrestre! s'écria le curé qui ne put s'empêcher de rire de cette interprétation naïve, et qu'est-ce qu'ils faisaient dans le Paradis terrestre, Adam et Eve? Voyons, ne pleurez pas ainsi, bonne petite; je ne veux pas vous gronder davantage. C'est fini. Je vous aime bien. Venez m'embrasser, venez.

Il toucha un bouton secret et le panneau qui le séparait de sa pénitente, et dont la veille il avait huilé soigneusement les rainures rouillées, glissait sans bruit. Une découverte récemment faite, invention de l'abbé Chaubard, qui expliquait *ipso facto* comment la bonne sainte Vierge se trouvait, dans ce village, privée de congréganistes.

— Vous voyez que je ne vous gronde plus et que je ne suis plus fâché, dit-il, en prenant la main de la fillette étonnée et en baisant sa joue chaude; qu'est-ce qu'ils faisaient Adam et Eve, dans le Paradis terrestre?

On n'aime pas être interrompu quand on est occupé à une agréable besogne; aussi l'abbé Guyot entra-t-il en furieuse colère, lorsqu'il entendit la porte de l'église s'ouvrir avec un fracas inconvenant, et sa fureur fit place à une impression plus désagréable encore quand retentit, sans respect pour la majesté du lieu, la voix insolente de la mère de l'ouaille qu'il dressait pour le ciel.

— Marie, criait-elle, Marie! où es-tu?

Le curé, indigné, passa la tête entre les rideaux

de serge destinés à dérober aux regards profanes les extases du juge du bon Dieu.

— Comment! c'est vous, madame Lecoiffier. Vous élevez ainsi la voix dans le temple du Seigneur. Ce n'est pas une halle, ici, madame.

— Me voici, maman, dit l'enfant se jetant hors du confessionnal.

— Qu'est-ce que tu faisais, mauvaise graine? Réponds, que faisais-tu là?

— J'étais en confesse?

— Ah! tu étais en confesse! Tiens!

Et v'lan! pif! paf! les gifles pleuvaient.

— Pourquoi frappez-vous cette enfant? demanda le curé, sortant à son tour, gêné et très pâle.

— Parce que ça me plaît. C'est ma fille et ce n'est pas vous qui recevrez les coups que son père me fichera quand il saura qu'elle a désobéi.

— Mais elle ne fait rien de mal. Elle se prépare comme les autres pour la première communion. Sept jeunes filles y ont déjà passé.

— Sept! Eh bien, merci! allons, file, toi, nou allons rire.

— C'est dégoûtant! s'écria Guyot. Vit-on jamais impiété pareille. En quel siècle vivons-nous, que les mères viennent arracher leurs filles des mains du bon Dieu?

Il se précipita sur le parvis, suivant la Lecoiffier, craignant de la voir ameuter les bonnes femmes. Mais elle traversa la place sans s'arrêter; un peu rassuré, il revint tête basse à la sacristie où il se trouva nez à nez avec Thiriot.

— Ah! vous voici, vous arrivez au bon moment pour vous assurer *de visu* comment on traite les prêtres dans cette paroisse.

— Oui, répondit en riant Thiriot.

19

— Vous riez? Il n'y a pourtant pas de quoi. Vous, moins que tout autre ne devriez rire. Car vous filez un mauvais coton, comme dit notre doyen.

— Vous aussi.

— Comment, moi?

— Cette petite fille?...

— Mon bon ami, je ne crains ni les récriminations perfides, ni les menaces des pervers. Les méchants peuvent amasser autour de moi le scandale, mais tous leurs griefs se réduiront à ceci : J'ai essayé d'arracher une jeune âme à l'impiété des siens. Oui, malgré ses parents, j'ai attiré cette enfant au catéchisme, et en dépit de ces mêmes parents abominables, je lui donnerai la première communion. Et cela, je le recommencerai encore, à toute occasion, bravant les cancans des imbéciles, les menaces et les outrages des pères et des mères impies. Tel est mon crime, monsieur l'abbé Thiriot. Vous voyez que nos causes ne se ressemblent guère et que si vous avez compté trouver en moi un confrère en faiblesse, et qui sait, peut-être un complice, vous vous trompez d'une étrange façon.

Ainsi parla Guyot, et il croisa ses bras sur sa poitrine, regardant son interlocuteur humilié.

— Je vous présente mes excuses, répondit le vicaire. Je venais vous demander avis et au besoin aide, et n'avais pas l'intention de vous offenser. Bien au contraire, si cette femme veut vous nuire, je vous apporte les moyens de lui clouer la langue. J'ai des choses sérieuses à vous confier et le moment d'agir est venu.

— C'est heureux; car depuis que vous m'avez

compromis chez cette horrible vieille, vous n'a-
vez plus donné signe de vie. Enfin vous voilà, et
je suis tout oreilles.

Six heures sonnaient. La mère Griboin apportait
le dîner. Thiriot s'opposa à un supplément de victuailles. Sa mine terreuse décelait des préoccupations qui chassent la faim et Guyot, de son côté,
n'était pas plus dispos.

LXIV

SECRETS D'ARGENT

EPENDANT ils burent ! Si les cha-
grins détruisent l'appétit, ils n'em-
pêchent pas la soif, et le vin falsifié
du maire savait en donner une factice. Devant un saladier de gros
bleu sucré, Thiriot entama le récit
de ses déboires.

— Avant de m'ouvrir à vous, dit-il, je voudrais
que, de votre côté, vous me donnassiez une preuve
de confiance.

— Ne l'ai-je pas déjà fait en couvrant vos fautes près de votre supérieur, en vous accompa-
gnant chez cette vieille infâme, en gardant le silence sur les accusations qu'elle vous jetait à la
tête. Que demandez-vous de plus ?

— Faites-moi une confidence quelconque, me
prouvant que, si je vous remets entre les mains
mon honneur, vous me donnerez le vôtre en
échange.

— Mais je n'y tiens pas le moins du monde,

riposta Guyot. Ce que vous me demandez est si grotesque que je ne puis m'empêcher d'en rire. Je n'ai pas de confidence à vous faire, jeune homme. Gardez pour vous vos histoires.

— Et si mes histoires tendaient à mettre la justice sur une voie dont elle a été dépistée.

— La justice ! Cela m'est bien égal. Vous voulez sans doute faire allusion à la fin tragique de Chiquenelle. Il a commis quelque impureté, séduit une femme ou une fille du village, et le père ou le mari s'est vengé ? Est-ce ça que vous allez m'apprendre ? Eh bien, mon bon ami, je vous réponds d'avance : que la justice se débrouille. Je n'irai pas me mêler en quoi que ce soit de cette affaire pour m'aliéner les gens du pays.

— Eh bien, oui, on a tué Chiquenelle ; mais le mobile du crime n'est pas celui que vous supposez. On l'a assassiné pour le voler.

— Le voler ! voler qui ? Chiquenelle ? Il était misérable comme un rat ! Il buvait tout ! il n'a laissé qu'une soutane en guenilles !

— C'est ce qui a dépisté la justice. Et le doyen même y a aidé. Il a même dit à M. le président : « Mettez la gendarmerie sur pied, mais pour le saint nom de Dieu, que l'honneur de l'Eglise soit sauf. » Mais je sais le fin mot.

— Et pourquoi ne l'avez-vous pas dit, le fin mot ? Est-ce dans l'intérêt de l'Eglise ?

— Oui. Du moins dans l'intérêt d'un de ses serviteurs, ce qui est tout comme.

— Et ce serviteur ?

— Est le vôtre, fit Thiriot.

— Ah ! je comprends, vous voulez donner à entendre qu'on a assassiné Chiquenelle pour lui voler les 10,000 francs confiés à vous par madame Custor et qui, à la suite d'événements dont vous allez me débrouiller le fil, se trouvaient en dépôt chez lui. Je vous vois venir. Je ne mords pas dans toutes ces fariboles. Ce sont pilules pour votre doyen. Faites-les lui avaler, vous m'avez déjà assez compromis, je vous répète que je ne veux me mêler en rien de cette affaire.

— Eh ! vous serez obligé quand même de vous en mêler, car on vous appellera certainement pour donner des renseignements puisque le voleur est votre voisin.

— Le fossoyeur ! s'écria Guyot.

— Lui-même. Vous voyez que j'avais raison en disant que je vous apportais les moyens de l'empêcher de vous nuire.

Guyot demeura un instant silencieux, tandis que le vicaire le regardait, les coudes sur la table, ouvrant de grands yeux, hochant la tête d'un air tragique.

— Des contes à dormir debout, dit enfin le curé revenu de sa première surprise. Voilà quatre mois que le crime est commis ! est-ce que Lecoiffier est plus riche qu'avant ? Ses enfants sont en haillons, sa femme n'a pas une cotte propre, et j'ai été obligé d'acheter une robe à sa fille, oui, monsieur, de mes propres deniers, pour qu'elle pût paraître décemment au catéchisme.

— La raison en est simple. Il n'ose réaliser ces valeurs, il attend un moment favorable, et c'est pour cela que rien n'est perdu. Ah ! j'ai bien réfléchi, j'ai passé bien des nuits blanches. Je suis venu, comme un maraudeur, deux ou trois fois, épier ces Lecoiffier, écouter à leur porte, pour saisir quelque parole, quelque bruit de bombance, comme ont coutume d'en faire les pauvres gens qui ont un gain inespéré, ou les malfaiteurs après un vol. Mais rien ! mes démarches aventureuses n'ont

servi à rien qu'à m'exposer à des avanies. Le coquin avait l'œil au guet.

— Grand Dieu ! dit Guyot. Mais alors c'est
vous le fantôme qui venait rôder près de la maison
du fossoyeur ! et j'ai failli être accusé de vos es-
capades Alors c'est vous que j'ai vu fouiller dans
le cimetière ! Que cherchiez-vous, malheureux,
dans ces sépulcres ?

— Je cherchais l'argent. Chiquenelle m'avait
dit, quand je lui apportai les 10,000 francs :
« Mes portes ne ferment pas, je crains d'être volé ;
la mère Griboin furette partout. Elle pourrait découvrir le magot et jaser. » Nous redoutions surtout le brigadier Fumeron.

Il ignorait que sa mère possédât ces actions,
mais il voyait d'un si mauvais œil mes visites à la
vieille, que j'étais obligé de me cacher. Et Chiquenelle, qui avait la manie de la persécution,
s'imaginait depuis quelque temps que le fossoyeur le suivait partout.

Il me parlait de cela dans le jardin, à voix
basse, l'esprit troublé, lorsque, avisant une des
tombes près de la haie, une tombe d'un de vos
prédécesseurs, il me dit : « Votre dépôt m'ob-
sède. Si vous ne me le retirez pas bientôt, je
le confierai à ce vieux pasteur dont la terre s'est
effondrée sur les os. » Il y a en effet une crevasse
sous la pierre. J'avais pris cela comme une plaisanterie ; mais quand je sus la catastrophe et que
nul argent n'avait été trouvé chez lui, je me raccro-
chai à cette idée saugrenue et je fouillai vainement
cette tombe et d'autres à côté.

— Oh ! monsieur ! s'écria amèrement Guyot,
qui ne pouvait pardonner à son confrère ses peurs
nocturnes, comment, vous, un jeune prêtre, à
peine sorti du séminaire !... Mais enfin, pourquoi

ne gardiez-vous pas ces valeurs chez vous ? Pourquoi ne les remettiez-vous pas à votre digne curé,
à qui elles avaient été promises, qui les réclame
comme son dû ?...

— Il réclame tout comme son dû. Un de ces
jours il réclamera votre casuel. Mme Custor n'a
jamais eu l'intention de lui donner un centime.
Et elle me les confiait précisément pour les soustraire à la rapacité de ses fils et de sa bru. Elle
voulait, au lieu de papier, de l'or, — manie de
vieille, — et, m'avait chargé du change. Je ne
pouvais les garder au presbytère, puisque le
doyen a la belle habitude de fouiller mes tiroirs.

— C'est son devoir, il lui est prescrit par la
règle de surveiller la vie privée d'un inférieur dont
la conduite est louche. Car votre conduite est un
peu louche, vous l'avouerez, monsieur l'abbé
Thiriot. Je ne suis pas votre supérieur, je n'ai
rien à voir en vos affaires, mais puisque vous
voulez bien me prendre pour confident, je dois
vous dire le fond de ma pensée. Je veux croire au
vol de ces dix mille francs; mais pourquoi avoir
attendu si longtemps pour le dire et pourquoi
venez-vous aujourd'hui me mêler à ces tripots?

— Pour que vous me veniez en aide. La vieille
a mis les pieds dans les plats; j'étais parvenu à la
faire patienter jusqu'ici, mais elle a écrit au curé
et me menace du commissaire de police. Je suis
un homme perdu.

— Vous n'êtes pas perdu pour cela. Racontez
les choses telles quelles. Vous n'êtes coupable
que de n'avoir pas éclairé la justice.

— Et l'osais-je ? Je n'avais pas parlé de cette
affaire au doyen. Comment expliquer que j'avais
eu entre les mains les dix mille francs convoités
par lui.

— Mais sur quelles preuves vous basez-vous pour accuser Lecoiffier.

— Des riens, gros de révélations.

— Enfin, quels sont ces riens ?

— D'abord les Lecoiffier ont une clef du presbytère.

C'était aussi l'opinion de Guyot, qui se rappelait la disparition du foulard, réapparu sur le cou de la femme du fossoyeur.

— Ces misérables peuvent pénétrer chez vous quand bon leur semble. Ils étaient au courant des habitudes de Chiquenelle, qui noyait parfois ses ennuis; et dans le sommeil de l'ivresse il est facile de faire d'un ivrogne un pendu.

— Ce n'est qu'une supposition.

— Attendez. Pour éviter les commentaires du village et les soupçons du gendarme, nous nous étions donné rendez-vous sur la route, de grand matin. Chiquenelle avait affaire à Nancy; il était convenu que nous partirions ensemble. Nous en causions près du hallier, à mi-côte du chemin creux, quand du bruit se fit à côté de nous. C'était la femme Lecoiffier qui venait d'entendre notre conversation. Nous la reconnûmes parfaitement, cherchant à se dissimuler dans les broussailles. Personne donc dans le village, hormis elle, n'avait connaissance de ce dépôt. Et voyez la coïncidence, juste quelques heures avant notre départ, c'est à-dire au moment où les valeurs transformées en espèces vont être rendues à leur propriétaire, Chiquenelle est pendu et le dépôt disparaît.

Guyot réfléchissait. Il avait d'abord été terrifié d'apprendre que Marie, la brebis de son choix, était la fille d'odieux coquins. Tout dévêtu de préjugés que l'on soit, la pensée que dans les veines de l'être aimé coule un sang de voleur et d'assas-

sin, jette un glaçon sur les plus chaudes ardeurs.
La raison et la justice ont beau réagir contre l'ini-
quité sociale poursuivant dans les enfants les fautes
paternelles, l'instinct de répulsion est plus fort
que la justice et la raison. Et peut-être n'est-ce pas
sans cause ; d'un sang vicié ne sort que pourriture.

Aussi Guyot doutait-il encore. Mais d'étranges
lueurs surgissaient dans son cerveau. Il voyait
vaguement qu'il avait à gagner dans cette mystérieuse affaire et regarda fixement son confrère pour
savoir ce qu'il attendait de lui.

L'autre aussi l'examinait. Et ils furent quelques
minutes ainsi, chacun cherchant à lire au fond de
la pensée de l'autre ; vainement, car gens d'église
comme diplomates savent tendre un invisible voile
sur les calculs et les convoitises que leur regard
pourrait trahir.

Cependant plusieurs bouteilles vides de ce gros
vin falsifié avec lequel d'honnêtes marchands empoisonnent lentement le pauvre sous l'œil paterne
du pouvoir, indiquaient que Guyot avait voulu
délier la langue de son confrère, d'après l'antique
formule : *In vino veritas.*

Et rompant le premier le silence :

— Qu'attendez-vous de moi ? dit-il.

— Rien pour rien, répliqua Thiriot.

— Alors, parlez donc.

— Votre église est pauvre, votre presbytère est
une ruine... des réparations seraient bien nécessaires. J'ai pensé que si vous consentiez à m'aider,
vous feriez deux actes méritoires: Obliger un
confrère dans l'embarras ; rendre votre autel digne
du Seigneur.

— Je m'en moque comme d'une guigne, répon-

dit Guyot, n'ayant pas l'intention de moisir ici.
Mes successeurs s'arrangeront.

— Mais vous-même, cher confrère, n'avez-vous
pas quelques besoins qu'avec votre modique casuel
vous ne pouvez satisfaire? Vous me pardonnerez
de me mêler de ce qui ne me regarde pas, mais le
doyen vous prétend criblé de dettes criardes, et
en acceptant 2,000 francs, par exemple, vous
pourriez arriver à boucher bien des petits trous,
eh, eh! oui, bien des petits trous! Car vous ac-
cepteriez 2,000 francs, n'est-ce pas? Ne me refusez
pas, faites-moi l'amitié de les accepter.

— Où sont-ils? demanda Guyot.

— Mais avec les autres; avec les dix mille volés
par votre fossoyeur. Ne froncez pas le sourcil.
Nous les lui reprendrons; la besogne est plus facile
que vous ne le pensez, puisqu'il ne peut en tirer
parti sans risquer de se faire prendre. Nous l'ef-
frayerons. Vous parliez tout à l'heure d'éclairer la
justice. A quoi bon? Faisons notre besogne sans
le concours de MM. les juges. Ils sont dévoués au
clergé, mais qu'y gagnerons-nous? Les valeurs
retrouvées seront rendues à la « vieille infâme, »
comme vous l'appelez, et voilà comment un bien
salement acquis retournera en sales mains.

— A la grande confusion des justes, M. Thiriot.
Mais savez-vous comment on nomme ce que vous
me proposez là?

— Tout dépend du point de vue où se place
M. le curé. Sans doute, si vous considérez l'acte
en lui-même au point de vue mondain, ce n'est
pas une action honnête; mais au point de vue religieux, considérant la sainteté du but, c'est une
pieuse et louable action. Car, savez-vous à quoi
cette vieille misérable veut employer cet argent et
pourquoi elle le réclame avec tant de fureur? Pour

recommencer son honteux commerce, monsieur le curé, oui, rien que pour cela.

Guyot hochait la tête.

— J'ai eu tort de vous parler de 2,000 francs, reprit Thiriot, c'est la moitié que j'entends vous offrir.

— Comment, mille ! Et pourquoi ?

Le vicaire sourit.

— Vous avez mal compris. J'entends la moitié des valeurs. Il est juste que nous partagions équitablement.

— Vous paraissez avoir un pressant besoin d'argent, fit en ricanant Guyot, et vous disposez avec assez de désinvolture du bien d'autrui ; mais comme vous le faisiez observer vous-même à notre doyen, la vieille dame n'est pas morte, et de plus elle a des héritiers.

Alors Thiriot, avec la mine fière d'un triomphateur, tira un portefeuille de sa soutane, et en sortit le billet suivant, qu'il tendit à Guyot :

« Je confie à M. Alexis Thiriot, vicaire à Motencourt, une somme en actions au porteur de dix mille francs — et cela pour la sauver de la rapacité de ma bru. — Si je venais à mourir, il pourrait disposer d'une partie pour faire dire des messes à perpétuité pour le repos de mon âme et pour l'entretien de l'église, et le reste en bonnes œuvres comme il l'entendra. Je veux ainsi prouver ma reconnaissance à M. Alexis Thiriot pour les bons soins et les consolations qu'il m'a donnés pendant ma maladie. Fait à Motencourt, saine de corps et d'esprit, veuve Fumeron, née Custor. »

— Cette vieille vous a roulé, mon bon ami.

— Je le sais bien. Mais ma conscience est à l'abri. Elle a donné ; moralement on ne peut reprendre ce qu'on a donné. Du reste, j'ai accepté évangéliquement cette épreuve. C'est moi qui lui conseillais de vendre ces actions, et j'abondais d'autant mieux dans son sens que pour recommencer sa coupable industrie elle a besoin d'argent comptant. Et me voici acculé, mon bon monsieur Guyot. Je gagnais du temps comme je pouvais. Elle est goutteuse, colère, apoplectique ; elle peut d'un moment à l'autre trépasser. J'ai déjà paré un coup, il faut m'aider à en parer un second ; gagner quelques jours... ou je suis un homme fini, vous entendez; et vous ne voulez pas être plus sévère que le bon Dieu ; vous ne voulez pas la mort du pêcheur. Vous ne devez, vous ne pouvez, en votre qualité de frère en Jésus-Christ, me refuser votre appui.

Puis ce n'est pas tout, il y a encore... des choses graves.

— Oh! avez-vous donc d'autre plaie que celle-ci, vous rongeant la conscience ?

— Oui, je vais tout vous dire, j'ai une autre plaie.

LXV

SECRETS D'AMOUR

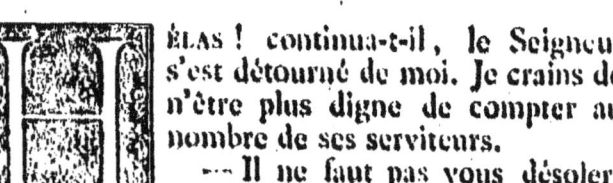

ÉLAS ! continua-t-il, le Seigneur s'est détourné de moi. Je crains de n'être plus digne de compter au nombre de ses serviteurs.

— Il ne faut pas vous désoler, répondit Guyot, riant de la mine hypocrite de son confrère, beaucoup sont comme vous.

— Vous me rassurez, fit Thiriot en vidant le fond du saladier que le cu é venait de verser dans son verre ; mais peu vont aussi bas

— Affaire d'appréciation. Tout dépend, comme vous le disiez tout à l'heure, du point de vue où l'on se place.

— N'importe où l'on se placera on me verra bien malade... Abbé Guyot ?

— Abbé Thiriot ?

— J'ai une passion.

— Qui n'en a pas ?

— Vous me rassurez, dit le vicaire en attachant

sur le desservant son œil sournoisement candide.
Je croyais qu'à nous autres prêtres, les passions
étaient interdites.

— Il faut distinguer, répliqua Guyot, il en est
de différentes sortes. Il y a la passion de Notre-
Seigneur Jésus-Christ. Il y a celle que vous m'in-
fligez en ce moment. Il y a les passions nobles,
telle que la mienne pour mon saint ministère ;
les passions ridicules, celle du doyen pour son
église, par exemple ; les passions honteuses, celle
de la vieille dame pour vous. Est-ce une passion
honteuse qui vous ravage, abbé Thiriot ?

— Ah ! vous raillez, vous goguenardez quand
je vous parle de choses sérieuses. Eh bien, j'aime
mieux cela. Nous pourrons nous entendre. Le
doyen ne rit jamais, lui. S'il avait été joyeux compagnon comme vous, je me serais plu à la cure et
n'aurais pas été chercher des distractions au
dehors. Cet être m'aurait poussé à maudire le bon
Dieu. Vieille croix de bois hérissée de clous. Vous
êtes jeune, vous ?

— Oui, fit Guyot et j'espère l'être longtemps,
n'ayant pas follement abusé de ma jeunesse.

— Vous m'en plaindrez davantage. Vous parliez de passions honteuses ; hélas ! c'est à quoi le
célibat nous pousse. Quand on prononce ses vœux
on n'a pas idée de cela. Mais quelques années plus
tard, la rage vous prend. La folie, n'est-ce pas ? ça
ne peut se comparer qu'à la folie.

— Je vous crois. Si vous n'étiez pas fou, vous
ne me feriez pas ces bavardages et vous auriez
évité l'esclandre grondant sur votre tête en sachant
garder les bonnes dispositions d'une douairière.

— Que voulez-vous ? cette vieille me dégoûtait.
On n'est pas maître de ses répugnances.

— Vous auriez pu au moins dissimuler vos

préférences pour sa femme de chambre, car c'est
là sans doute votre passion.

— Je ne vous cacherai pas que le visage de
cette fille m'était agréable; mais vous vous trompez
en supposant que j'ai été détourné par elle de la
route des saints ! Non, monsieur le curé, ma Phi-
lotée est mieux; pleine de décence... Seize ans,
bien élevée, vierge.

— Vierge, s'exclama **Guyot** en riant, comme
Marie !

— Vous l'avez dit. Le Saint-Esprit a opéré.

— Et pas de Joseph pour endosser le miracle.

— Hélas ! on ne sait jamais comment ces choses
arrivent. Mais elle prend chaque jour un développement qui tout en lui donnant de nouvelles
grâces, m'inspirent de croissantes terreurs.

— Et les parents ?

— Le moment approche où leurs yeux seront
frappés. Vous comprenez, maintenant, pourquoi je
tiens à débarrasser au plus vite le diocèse de ma
présence, et c'est pour ce faire que j'ai besoin
d'argent.

— Oh ! jeune homme, dans quelle voie marchez-
vous ? Les Pères le disent avec raison, quand Dieu
abandonne les siens, ils perdent toute prudence.

— Nous sommes faits de chair et la chair ne
raisonne pas.

— Sans doute, mais il est des degrés dans
l'échelle des emportements coupables, et vous
avez dû arriver au *summum* pour ne savoir vous
modérer. Seize ans, dites-vous ? et jolie ?

— Un ange !

— Ah ! fit Guyot enthousiasmé. Et vous l'avez
mise en tel embarras. Pauvre fille ! Mais c'est l'acte
d'un séminariste ? C'est plus que de la fornication.
que le stupre, le rapt, l'adultère ! c'est l'inceste.

oui, tout simplement, vous êtes coupable d'inceste !
lisez vos auteurs, monsieur l'abbé Thiriot, reli-
sez vos auteurs ! Mgr Bouvier, évêque du Mans,
le déclare formellement dans ses *Diaconales*. Dis-
sertation sur le VI° commandement. *Caput secun-
dum*. *Do specibus luxuriæ naturalis consummatæ.
Articulus quintus*. *De incestu*. Je connais la matière.
Je l'ai étudiée, moi. Il dit... Voici ce qu'il dit :
« Le péché de la chair entre un confesseur et sa
pénitente — car cette enfant était votre pénitente,
n'est-ce pas ? — entre un confesseur et sa pénitente se rapporte à l'inceste. »

— Mais alors, s'écria le vicaire, nous sommes
tous incestueux, car avec qui pécherions-nous si
ce n'est avec nos pénitentes !

— D'autres sont d'opinion contraire, continua
Guyot sans relever cette exclamation indécente.
Mais, ajoute Mgr Bouvier, quelle que soit l'opinion à laquelle on se range, il est certain que cette
circonstance est très aggravante, surtout si c'est à
l'occasion de quelque sacrement, que le confesseur
séduit une jeune fille — ou un jeune homme.

— C'était à l'occasion de la sainte communion
balbutia humblement Thiriot.

Guyot leva mains et yeux au ciel.

— Que Dieu vous pardonne, dit-il, car je pré-
vois de nouveaux pleurs dans Jérusalem et de nouvelles avanies sur la tête de nous tous. Et que me
faut-il faire près de cette fille de Sion, je veux
dire de Motencourt.

— Pas plus de Motencourt que de Sion, mon
pauvre curé, mais de votre paroisse, de Saint-
Jean-le-Faucheux. Tenez, ajouta-t-il, en fouillant
dans la poche de sa soutane, voici la clef de votre
sacristie, elle pourra vous servir si vous perdez
l'autre, je n'en ai plus besoin.

A cette nouvelle révélation, le curé devint pourpre de colère et frappant violemment la table du poing il se leva, renversant sa chaise.

— Abomination ! cria-t-il. Quoi ! c'est jusque dans ma paroisse, dans mon pauvre village, dans ma sacristie, vous qui regorgez de tout à la ville, que vous portez vos lascives fureurs. Mais alors ce ne sont pas mes prédécesseurs c'est vous qui me voliez mes vierges...

— Monsieur le curé, ne vous emportez pas. Cette jeune âme ne compte pas précisément dans votre troupeau. Vous comprenez bien, ajouta-t-il ironiquement, que je ne me serais pas permis de marcher sur vos pieuses brisées... Encore un coup vous voyez combien il est urgent que je débarrasse le diocèse et je ne puis m'en aller errant et nu, dans le vaste monde.

— Mais... la jeune âme ?

— Eh bien, elle est pieuse. Elle se fondra dans le sein du Seigneur. Il est tard. Accompagnez-moi jusqu'à l'embranchement de la route. Chemin faisant, nous causerons.

Ils traversèrent le village désert et descendirent la colline, se parlant à voix basse. Arrivés au bas, ils s'arrêtèrent, paraissant s'être enfin compris.

— Vous ne me méprisez donc pas trop ? demanda Thiriot avec une douloureuse inquiétude.

— Je ne vous affirmerai pas que j'ai pour vous une très haute estime ; mais à cause de notre sainte mère l'Eglise, déjà si éprouvée en ces temps d'impiété et de triomphe des pervers, ce serait acte blâmable, criminel même, de donner une nouvelle arme aux méchants ; aussi ferai-je mon possible pour vous sauver.

Et levant les yeux vers le ciel étoilé, semblable
aux martyrs d'autrefois, prêts comme eux à
s'avancer fièrement au milieu des bêtes féroces,
dans l'arène moderne des persécuteurs de la foi, ils
se serrèrent la main en silence, et chacun s'en
alla de son côté, disant :

— A demain !

LXVI

OMBRES CHINOISES.

E curé de Saint-Jean-le-Faucheux reprit lentement le chemin du village, assailli de pensées. Des aperçus nouveaux s'étaient ouverts et dans son cerveau, surchauffé par l'ardente fournaise des passions malsaines, s'agitaient ses désirs inassouvis.

Quelle aubaine pour lui que les folles imprudentes de ce petit vicieux! Au moment où le scandale le menaçait, le drôle venait parer à tout.

Si l'enfant cédait aux pressantes questions dont sa mère devait l'assaillir, il tenait un bâillon prêt pour étouffer les criailleries de la mégère et les menaces de son mari. Ah! le brigand! Et c'était ce misérable qui affectait des airs farouches, qui, au lieu d'imiter la généralité des scélérats allant se prosterner aux pieds des autels pour y mendier la bienveillance et la protection du prêtre, poussait, au contraire, l'audace de l'irréligion au point d'empêcher ses enfants de recevoir les

enseignements du serviteur de Dieu! Maladroit!
Imbécile! A son tour de trembler et de devenir
humble. On ne pardonne pas à qui vous fait peur.
Rien de plus féroce que les lâches! Pas d'atrocités
que les faibles et les timides ne soient capables
d'accomplir. Voyez les femmes au jour des terreurs. Quand une réaction est triomphante, on a
la mesure de sa couardise de la veille par la quantité de sang qu'elle verse au lendemain.

Et Guyot aiguisait ses colères, repaissait à l'a-
vance ses joies. Car soit que l'attitude du criminel
le contraignît de le livrer à la justice, soit qu'il ne
fit que tenir suspendue sur sa tête la menace, il se
voyait désormais le maître dans cette famille du
pauvre, et il saurait tirer en temps opportun ces
vengeances et ces douceurs célestes que savent si
bien apprécier les saints.

Cependant si la petite avait déjà parlé, comment empêcher les langues de courir, les méchantes gens d'aller leur train?

Le crime du fossoyeur empêcherait-il de répéter
qu'un panneau du confessionnal glissait dans ses
rainures, et qu'il avait attiré une pénitente de
treize ans contre ses genoux? Et le livre ordurier
laissé sur une chaise pour qu'il tombât sous les
yeux de l'enfant, comment expliquer son achat?
qui le croirait lorsqu'il affirmerait son désir de
faire des études sur les immondices humaines?
Que penserait de cela l'évêché?

Et semblables à une bande de chiens hargneux,
ses terreurs revenaient, l'assaillaient à la fois, le
harcelant, aboyant, hurlant à ses trousses : « Tu
es pris! tu es pris! »

La nuit était claire, le paysage dur, simple,
sauvage. Le sentier festonné de buissons noirs se
déroulait comme un ruban de deuil jusqu'à la li-

sière du bosquet. Il regardait devant lui, écoutant
s'il n'entendait pas quelque rumeur sortir du village, lorsque tout à coup il aperçut au sommet de
la colline un gendarme posté au milieu du chemin.

On sait quelles proportions démesurées prennent les objets détachés crûment sur l'horizon.
Dans la demi-obscurité, cette ombre en avait de
surhumaines; elle frappa le curé d'épouvante, surtout quand il reconnut dans la gigantesque silhouette les formes athlétiques du brigadier Fumeron.

Que faisait-il là ? Sans nul doute il l'attendait
pour l'appréhender, le saisir au collet, le traîner
à la prison du village, sans respect pour sa soutane, au milieu de la population ameutée.

Cependant il se rassura.

La silhouette du brigadier se détachait toujours
au sommet de la colline, mais une autre l'avait re-
joint; une femme se pressait contre lui. Les bras
du militaire entourèrent le corsage et les ombres
enlacées disparurent dans le taillis.

Le curé éprouva aussitôt le sentiment d'envie
de l'homme à jeun en face de gens se délectant à
table; mais si c'est un supplice pour celui que la
faim talonne de contempler l'assouvissement des
autres, il n'en est pas de même des affamés d'a-
mour. Et nous le sommes tous plus ou moins;
jeunes ou vieux, repus ou jeûnant, nous nous dé-
lectons au spectacle de l'œuvre de vie, en dépit
de nos dires hypocrites! Dévorés ou non de désirs, nous aimons à surprendre l'entrelacement
des couples, assister, témoins invisibles, aux baisers licites et surtout défendus.

Et ardents entre tous, sont les juges et les prêtres. Ils aiment à repaître leur œil des détails

dont au huis-clos du confessionnal ou du prétoire
leurs oreilles ont joui. Aussi, stimulé par ce double aiguillon, curiosité et concupiscence, le curé se
glissa sans bruit dans le bosquet où l'on chantait
une hymne à Vénus, et où le gardien de la propriété et des bonnes mœurs se livrait à d'immorales rapines sur la propriété d'autrui.

Quelle gouge rassasiait la sensualité épaisse de
ce brutal soudard? Sur laquelle de ses ouailles
s'abattait ce loup? Il brûlait de le savoir; mais,
n'osant trop s'avancer, il ne pouvait rien distinguer dans les profondeurs de l'ombre; il entendit
seulement la dernière note du refrain que les
amoureux murmurent en soupirs.

Redoutant d'être surpris il regagna la route et
se cacha derrière la haie. Il n'attendit pas longtemps, le gendarme descendit la côte, et presque
aussitôt il vit la femme courir à travers champs
vers la maison du fossoyeur.

Stupéfait du secret qu'il venait de surprendre,
et heureux de l'arme nouvelle tombée sous sa
main, il rentrait prestement au village, lorsqu'il
distingua, postée au coin d'un mur comme une
sentinelle aux aguets, une troisième silhouette,
l'ombre noire de sœur Perpétue.

LXVII

 E lendemain Guyot se leva de meilleure heure que de coutume, car quoi qu'il en ait dit au doyen, il entretenait volontiers au lit sa graisse; mais ce jour-là il fut debout avant le soleil.

Il se promena de long en large dans sa chambre comme un homme qui songe à quelque difficile entreprise, se versa un verre d'eau-de-vie de marc pour se donner du ton et remettre son estomac et son cœur fatigués des libations et des émotions de la veille, en but un second pour chasser les préoccupations mauvaises et un troisième pour attendre l'heure de la messe; puis, le cœur remis et l'esprit satisfait il se dirigea vers l'autel suivi des regards admiratifs et respectueux de la douzaine de dévotes qu'il comptait maintenant à ses messes matinales, plus un vieux, à demi crétin de naissance et mendiant de profession, qui venait de l'autre bout du village faire acte de zèle et recevoir

son sou quotidien. Le bedeau auquel il avait
donné de forts acomptes pour sa soutane neuve,
avec l'espoir d'une commande nouvelle pour une
culotte de satin, était de ses amis; les enfants de
chœur, à qui il partageait de temps en temps un
bâton de sucre d'orge, étaient de ses amis; tous
étaient ses amis, jusqu'à la sœur Perpétue, qui
semblait avoir chassé les soupçons malhonnêtes et
complétait la douzaine de ses disciples en jupons,
ce qui ne l'empêchait pas, il en avait eu la preuve
la veille, de faire garde vigilante.

Mais il sentait bien que tout cela n'était qu'un
appui de planches pourries qui s'effondrerait au
premier scandale. Protection du maire, ferveur
d'une vingtaine de paysannes, fragile ressource
en cas de désastre! Et c'était le désastre si la Lecoiffier parlait. A tout prix, il fallait lui clouer
la langue.

Rentré chez lui, il regarda dans son jardin et ne
vit pas Lecoiffier; mauvais augure.

— Thiriot a raison, se dit-il; d'une façon ou
d'une autre, je suis obligé de le sauver. Son salut
est le garant du mien.

Au moment de partir, il appela la mère Griboin :

— Voici quinze francs que vous remettrez au
fossoyeur. Je ne lui en dois que douze. Mais
j'ajoute trois francs de gratification en satisfaction
de son travail... Quant à la femme, si par hasard
elle venait, dites-lui que j'ai trouvé, cette nuit,
dans le chemin creux, près du bosquet, un cade-
nas pour les langues trop longues.

La mère Griboin ouvrit des yeux démesurés;
mais le curé partit là-dessus, laissant l'imagination
de la vieille se livrer à tous les excès.

Le soir même, vers dix heures, une voiture de

20

louage s'arrêtait à la porte de la gendarmerie de
Saint-Jean-le-Faucheux et y déposait une grosse
dame toute gémissante.

Justement à la fenêtre du rez-de-chaussée le brigadier Fumeron, en manches de chemise, savou-
rait, avant de se mettre au lit, les fraîcheurs de la
soirée et les douceurs de sa pipe, paisiblement,
honnêtement, ainsi qu'un bon bourgeois, après les
travaux du jour.

Il était en bonne humeur, car il avait reçu dans
l'après-midi une note de son capitaine lui annonçant sa nomination prochaine au grade de maré-
chal-des-logis. Mais il n'en avait rien laissé paraître
à ses gendarmes. Ancien cent-garde de l'empereur
son principe était, comme il le disait lui-même,
de ne jamais bavarder ni de *s'épater* de rien; cependant, en voyant descendre de voiture la grosse
dame, il commença une exclamation qui se fondit
en un *Nom de Dieu* énergique.

Et il courut ouvrir la porte à la vieille, en lui re-
commandant le silence pour ne pas réveiller la
brigade endormie.

Homme laconique, parlant comme un télé-
gramme, il supprimait généralement tout ce qu'il
croyait inutile à la clarté de ses phrases.

Mais la veuve Fumeron, née Custor, sans
prendre le siège que lui présentait son fils, roulait
autour d'elle ses gros yeux effarés.

— Plus de langue, la mère !

— Ah ! s'écria-t-elle enfin, plût au bon Dieu
que je n'aie jamais eu de langue, ni de bras, ni de
jambes, ni rien du tout ; ni surtout un chenapan
comme toi.

— Nerfs ? interrogea le gendarme.

Mais la vieille dame, au lieu de répondre, se précipita dans la pièce voisine, chambre à coucher du brigadier.

— Sous le lit, cria-t-il. Attention ! anse cassée.

— Eclaire, canaille.

Fumeron apporta flegmatiquement sa chandelle, la posa sur une table et se retirait avec discrétion lorsque sa mère l'arrêta.

— Pas tant de simagrées, fit-elle. On ne me la fait pas facilement, la blague, et je sais à quoi m'en tenir sur tes airs de ne pas y toucher. Je te connais, cafard. D'abord, ouvre cette fenêtre.

Le brigadier s'empressa d'obéir.

— Incommodée ? dit-il. Patchouli de caserne : Bottes, buffleteries, tabac, culots. Ça renacle.

— C'est ton jardin ? demanda-t-elle en se penchant au dehors.

— Brigade. A côté, jardin des morts. Voisins pas gais, mais pas gênants.

— Et discrets !

— Blaguent jamais.

— Et après le cimetière, derrière la haie ?

— Jardin du curé ; encore cimetière ; jardin du maire ; mur de Christophe Grelu. Tires des plans ?

— On peut aller d'ici chez le curé sans être vu ?

— Que des trépassés ! Visite à Guyot ? Un peu tard. Bah ! curés toujours prêts pour dames. Pas d'heure pour les braves, hein ?

— Ça suffit. J'ai vu ce que je voulais voir. Ferme ta fenêtre. Tu es bien seul ?

— Esclave de la morale. Ordre et principes. Nymphe ici ? Jamais.

— Alors, causons.

— Peu et bien.

— Et bas, surtout. Et maintenant regarde-moi en face si tu l'oses. Oh ! Je ne ris pas. Ecoute ceci : c'est toi qui as volé mes actions.

— Hein ! fit le brigadier.

— Oh ! tu as bien entendu. Mais je vais répéter si cela te fait plaisir.

Et mettant son visage sous celui de son fils, elle redit lentement :

— C'est toi qui as volé mes actions.

Le gendarme se mit à rire sans bruit ; courbant le corps, se tapant sur les cuisses, puis se tenant le ventre comme s'il allait éclater.

— Bonne ! très bonne, la blague ! Oh ! oh ! oh ! Vu ça par la fenêtre. Ah ! ah ! ah ! Actions ?... Inconnues à la brigade.

— Tu en as menti. Tu savais qu'elles étaient dans mon tiroir. Juliette m'a avoué aujourd'hui même que tu les avais examinées un jour que tu t'es permis de fouiller mon secrétaire pendant que j'étais malade au lit. Mes pauvres dix mille francs que j'économisais depuis vingt ans et qui étaient une poire pour la soif dans mes vieux jours. Ah ! on n'est jamais sûr du lendemain dans la vie du monde, avec des enfants. Ce n'est pas que j'accuse ce pauvre Jules ; il est incapable de me voler un sou, et il s'ôterait le pain de la bouche pour le mettre dans la mienne, mais sa gueuse de femme ne vaut pas deux liards et elle le mène par le bout du nez, ce bon garçon ! Si bien que je ne suis jamais certaine de ne pas m'endormir sur la paille ; et voilà mon autre fils qui est là devant moi, riant comme une vache ! Mais malheureux, tu ne sais donc pas que la mèche est vendue et que tu vas monter sur l'échafaud, mon pauvre cochon !

— Perds la boule, la mère ; parlons pas d'échafaud.

— Ni de pendu, n'est-ce pas ? riposta la vieille en agitant son doigt d'un air menaçant. Ah ! Retirez-moi du monde, Seigneur, avant que je voie la chair de mes propres entrailles entre les mains de l'exécuteur. Ton pauvre père l'a toujours prédit, que tu déshonorerais la famille.

Le sous-officier sourit.

— Confonds avec Jules ! Honorable lapin ! Joli métier !

— Joli métier ! répéta la vieille exaspérée. C'est peut-être à toi d'en rire. Toi, qui recevais cent sous de tous les maquereaux des Tuileries quand tu faisais faction à la porte des lieux d'aisance ! Joli métier ! Est-ce qu'il n'a pas servi à t'acheter des culottes ? à te nourrir, à t'éduquer ? à rincer les crochets de tes ivrognes du régiment ? à entretenir tes gouges ? avec quel argent ai-je payé la *grenouille* que tu as mangée, et les *poufs* que tu faisais dans les sales caboulots ? Et finalement, les dix mille francs que tu m'as volés, est-ce qu'ils viennent de notre Seigneur Jésus-Christ ? canaille ! voleur ! assassin !

Et la veuve, au paroxysme de la colère, fut prise de ses terribles étouffements. Fumeron se précipita à la porte pour donner de l'air et se trouva nez à nez avec mademoiselle Juliette.

Quand madame Fumeron se retira des affaires prenant sous son égide cette jeune personne, le galant brigadier avait entrepris une cour assidue.

Mais la maman, qui n'avait pas les yeux dans sa poche, prévint la soubrette :

— Tu sais, ma fille, pas de çà ! Ton nom n'est pas effacé des registres, et du jour où je te pince avec Casimir, tu pourras faire ton paquet pour chez la mère Lefèvre.

Mademoiselle Juliette se le tint pour dit, et, douée d'un esprit pratique, elle arrêta le gendarme au troisième baiser, en lui demandant si c'était pour le bon motif.

20.

— Bon motif? répliqua Fumeron. Excellent;
pas de meilleur !

Mais la femme de chambre lui ayant mis les
poings sur les i, il ne put s'empêcher de rire de
l'outrecuidance des risées de cette ancienne fille
soumise, et celle-ci, humiliée, avait prouvé à l'ex-
cent-garde habitué aux conquêtes faciles, par
plusieurs soufflets donnés avec à propos et vigueur, qu'il se trompait désormais d'adresse et ce
qu'était la vertu..

Il se consolait largement près de tous les jupons qu'il pouvait flairer; mais comme l'homme
pardonne rarement à une femme ses refus et que,
d'un autre côté, la femme pardonne encore moins
les mépris, ils n'étaient plus du tout camarades,
comme disait la maman Fumeron. Aussi fit-il une
forte grimace et demanda-t-il sans fard :

— Fichez-là ? vous?

— Je *fiche*, répliqua-t-elle insolemment en
poussant le gendarme, ce que madame m'a commandé. Vous n'allez peut-être pas me donner des
ordres; je ne m'appelle pas *Pandore*, moi!

— Femmes, dit silencieusement Fumeron, en
mâchant sa moustache, pendant que la fille faisait
respirer des sels à la vieille, calamité! Malheur
greffé à leurs cottes. Nom de Dieu! Tomber
dans le *conjungo!* Misères! Brûlerai la gueule,
plutôt! Des langues démolissent un homme
mieux qu'un pistolet d'arçon! « Canaille, voleur,
assassin! » comme on dirait : « Passe-moi le cognac » suer jusqu'au fin fond des bottes, nom de
Dieu?

Respect à la famille! continua-t-il après un
moment de silence coupé par les gémissements
de sa mère et les aspirations tirées de sa pipe :
ordre, morale, propriété, société; mais pas que .

les parents vous bassinent. Pas permis, nom de
Dieu! Chique sur le cœur, la mère? Crache
avec calme, dignité. Pas peur, moi. Tête haute,
moi. Partout. Dix-sept ans de service. Nom de
Dieu! Honneur militaire. Campagne de 71. Vieux
soldat, foutre. Donc, t'emballes pas. Oreilles ouvertes. Marque le pas. Posément. Lâche robinet.
Sans vacarme... Ou bien alors, sauf le respect :
boucle-selle! à cheval! au trot et guide à gauche.
Pas troubler l'ordre, ici.

Après ce discours, un des plus longs qu'il eût
sans doute jamais fait, le brigadier rallum a sa
pipe et, assis sur un coin de son bureau, regarda
alternativement sa mère et Mlle Juliette avec une
visible satisfaction.

— Non, s'écria la veuve en essuyant ses larmes, non je ne puis le croire. Je te soupçonnais
bien capable de m'avoir *carotté* mon argent, puisque c'est le tien et que mon pauvre *saint frusquin*
doit vous revenir, mais ce n'est pas toi, n'est-ce
pas, qui as étranglé ce curé de malheur?

A ces mots, le brigadier se pencha jusqu'au visage de sa mère, la regarda avec surprise, lui
posant un doigt sur le front.

— Madame, dit Mlle Juliette, ne parle pas
sans raison. Le curé d'ici es venu ce matin avec
Thiriot et ils nous ont fait une belle peur. Ils ont
dit qu'ils connaissaient le voleur des 10,000 francs;
vous savez, les actions que vous avez vues dans
le tiroir et que madame cachait à M. Jules.

— Et que je conservais soigneusement pour
vous, mes pauvres tourtereaux ; et que vous auriez été bien aises de trouver à ma mort. C'est
toujours une consolation, n'est-ce pas, mes enfants, quand on perd sa mère ou son père, de
trouver un petit sac. Alors de l'argent en papier

c'est pas sûr. On est tant filouté par ces brigands avec leurs promesses de dividendes. Ils vous promettent dix pour cent, on finit par avoir zéro, et on ne revoit plus ses écus. De la filouterie toute pure. Ah! mes pauvres enfants, quand on y pense, il n'y a pas un seul métier honnête. C'est encore le nôtre qui vaut le mieux. Au moins on voit sa marchandise, on l'examine, on la retourne, on choisit suivant son goût et on n'est pas volé. Nous ne sommes pas des monteuses de coup, nous autres, comme un tas de papillons femelles qui cherchent à gripper des maris, et quand le jobard s'éveillle au matin il ne trouve en son lit qu'une chenille. Ah! Dieu de Dieu! mon doux Sauveur! Alors je voulais changer ces chiffons en braves jaunets, et j'avais chargé le vicaire, M. Thiriot... qui devait aller à Nancy, de me bazarder ça.

— Et boustifailler tout? Et cette petite punaise m'accuse?

— Il ne vous accuse pas, M. Fumeron, dit Mlle Juliette. Seulement l'argent a filé. Comme M. Thiriot retardait son voyage, parce que, disait-il, les valeurs baissaient... Il les avait déposées chez M. Chiquenelle, se méfiant du curé Calestroupat.

— Beau monde!

— Et quand M. Chiquenelle a été pendu, on n'a plus retrouvé les valeurs.

— Alors, les ai volées?

— Je ne dis plus ça, mon fiston.

— Nom de Dieu! armoire, tiroirs, malles. Fouilles, la mère; prends; pille, emporte. Soupçonner ton fils, oh!

Et le gendarme, de ses deux mains, se frappa le front.

— Non! cria la vieille, non, mon pauvre fis-

ton je te soupçonne plus. C'est la peur, Casimir,
la peur. Ils m'ont effrayée, les deux soutanards...
« Il y aura des pleurs et des grincements de dents
au sein de votre propre famille, » dirent-ils, qu'ils
m'ont dit. Et le grand Guyot a dit : « Nous savons
tout, madame ! c'est pour éviter un scandale que
nous consentons à garder le silence quelques
jours encore, » si bien qu'on aurait dit que l'argent volé sortait de leur poche et que c'est nous
qui étions les voleuses. Puis il m'a parlé du cimetière, est-ce que je sais ? et tant et tant que ni moi,
ni Juliette n'avons rien compris, si ce n'est qu'on
avait étranglé le curé pour lui voler mes dix mille
francs et que tu étais dans le pétrin. Mais je vois
bien que c'est deux brigands et nous allons les
dénoncer.

Le brigadier avait écouté tout ce flux de paroles sans souffler mot, le sourcil froncé :

— Trouverai voleur, dit-il. Mon métier. Mais,
motus. Promet ?

— Je promets tout, pourvu que tu me trouves
mon argent.

Aussitôt sa mère partie, il jura une litanie de
noms de Dieu accompagnés de différentes épithètes.
Puis frappé d'une pensée subite, il traversa sur
la pointe du pied un long corridor et alla coller
son oreille à la serrure d'une porte portant cette
inscription :

SŒUR SAINTE PERPÉTUE
Classe de filles

— Elle ronfle, se dit-il. Pas malheureux !

Il revint dans sa chambre, consulta sa montre
qui marquait minuit.

— Peut-être pas couché. Faut voir.

Il endossa sa veste et sortit.

LXVIII

FEU AUX POUDRES

N ce moment le curé revenait de Mottencourt. Il avait joyeusement soupé en compagnie du vicaire, et ses paroissiens auraient pu voir la satisfaction s'épanouir sur sa face enluminée, si à une heure aussi avancée il y eût eu des paroissiens par les rues.

Tout allait à souhait, du moins dans sa cervelle. Le coup de la vieille était momentanément paré. Sans porter une accusation directe toujours dangereuse, les deux prêtres avaient laissé planer un vague inquiétant, un doute flottant dans les troubles crépusculaires et tout à fait suffisant pour suspendre une plainte maladroite. Ils comptaient que la veuve, ayant caché la somme à ses fils, n'oserait encore leur parler de sa perte ; mais ils n'avaient pas songé aux appréhensions maternelles, et visant Lecoiffier, beau-père de Fumeron cadet, ils avaient atteint dans l'esprit de la vieille Fumeron aîné.

Il ne s'agissait plus, d'après leur plan, que d'attaquer vigoureusement le fossoyeur en lui donnant à choisir entre la restitution immédiate et la guillotine prochaine, alternative qui ne pouvait le laisser longtemps indécis.

L'argent rendu, Thiriot prendrait la poudre d'escampette, après avoir fraternellement partagé avec le compère Guyot et ce n'est pas le fossoyeur, bâillonné par une corde de pendu, qui s'aviserait de crier au vol.

Quant à la Lecoiffier, un mot de Guyot sur les mystères du bosquet cadenasserait sa bouche sur ceux du confessionnal.

Tout cela était simple comme bonjour et marchait comme sur des roulettes.

Mais il est des gens que la mauvaise chance poursuit et qui, voulant l'éviter, se jettent au devant du désastre; ou bien, le trouvant trop long à venir, devancent l'heure du départ.

De ce nombre était Lecoiffier. Sa femme n'avait eu garde de lui souffler mot de l'aventure du confessionnal, car il eût fallu avouer au papa qu'elle envoyait l'enfant au catéchisme; mais voilà que le jour même, tandis que le fossoyeur entamait au cabaret, selon l'usage, les quinze francs du curé, il en avait appris de belles.

— Eh bien, forte gueule, avaleur de curés, dit en goguenardant un homme du village, ta Marie va donc faire sa première communion comme les camarades?

— Qu'est-ce que tu chantes?

— C'est toujours comme ça. Ceux qui posent pour les plus malins sont les plus volés. On blague le curé et on lui donne ses filles. Eh bien! oui, quoi! Toutes y passent. C'est la maladie des pucelles. Seulement la tienne est un peu jeune pour se lancer dans le bon Dieu. Après ça, aucuns disent que ça ne fait pas de mal.

— Tu vas t'expliquer ou je cogne.

— M'expliquer ? Qu'est-ce que tu veux que je t'explique? sinon que ta roussotte est devenue si amoureuse du père éternel, que ta femme a été obligée de la tirer de l'église pas plus tard qu'hier et à coups de gifles.

— On va voir ça, dit Lecoiffier.

Et c'est pourquoi un homme armé d'une forte trique et caché dans un coin obscur des arcs-boutants de l'abside, attendait depuis plus de deux heures le bon abbé Guyot.

Celui-ci arrivait d'un pas leste, fredonnant gaiement un petit cantique pieux et emblématique à l'usage des jeunes personnes du Sacré-Cœur, où il est question de volupté divine et de céleste luth :

> Mais l'emblème ne suffit pas,
> Découvrez un peu la racine,
> C'est là, dans le lieu le plus bas,
> Qu'est cette richesse divine.

A ce moment il arrivait à sa porte et, tout en fourrant la clef dans la serrure, continuait :

> Venez et vous verrez, si découvrez le reste,
> En un beau luth vibrant, ce cœur très saint changé,
> Docile sous les doigts du musicien céleste
> Rendre en accords parfaits la sainte volupté.

Mais au lieu du beau luth vibrant, ce fut le vilain Lecoiffier qui se montra; il est vrai qu'il faisait vibrer une trique.

— Hein! s'écria Guyot, brusquement interrompu à la fin de son quatrain, Lecoiffier !

— Qui voudrait vous dire deux mots, si c'est un effet de votre bonté de les entendre.

— Deux mots ! s'exclama le desservant en s'ac-

culant à la porte pour faire face à l'ennemi, et songeant tout à coup à son prédécesseur Chaubard,
assommé à la même place, et à son autre prédécesseur Chiquenelle, pendu au-dessus de sa tête.
Deux mots ! répéta-t-il, vous choisissez singuliè-
rement vos heures et vos endroits, monsieur le
fossoyeur.

— Pas plus singuliers que les vôtres, monsieur
le curé.

— Etrange manière de parler aux gens, un bâton
à la main ! ajouta Guyot d'un ton qu'il tâchait de
rendre goguenard tout en essayant d'ouvrir sa
porte.

— Pas plus étrange que la vôtre de parler aux
petites filles.

— Que voulez-vous dire, monsieur ?

— Que je vous défends de causer à la mienne.

— Et pourquoi, s'il vous plaît, monsieur ?

— Parce que vous lui apprenez des saloperies.

— Insolent !

— Cochon !

— Ah ! drôle ! vous venez donc m'injurier pour
que je vous réponde et vous autorise ainsi à vous
porter à des voies de fait. Vous avez tort, mon
ami. Je ne vous répondrai pas. Mais prenez garde !
j'en sais long sur votre compte. Dans votre position vous devriez être plus prudent. Il est dangereux de réveiller le chat qui dort, c'est-à-dire...
le gendarme !

— Dors pas ! dit une grosse voix. Gendarme
dort jamais. Œil ouvert. Jour et nuit. Ordre.
Morale. Tranquillité publique. Heure indue. Le
coiffier ivre encore. Demi-tour à gauche ; en route.
Filez.

— C'est ça : « Filez ! » c'est la ritournelle chan-
tée aux pauvres diables quand ils se plaignent des

injustices : « Filez, ou la prison. — Circulez, ou la
mitraillade. » Aux gueux la besace ! On tape dessus
et on leur crie : « Vous avez tort ! » sans même
savoir de quoi il s'agit. M. le curé est maître dans
sa boutique, possible. Il y a tous les droits, excepté
d'y attirer les enfants malgré les parents, et d'apprendre des saloperies à ma fille. Qu'il en apprenne
aux filles des autres s'il veut, c'est pas mon affaire ;
mais s'il touche à la mienne je lui casse les reins.
Voilà ce que je voulais lui dire, et je suis content
que vous soyez là, monsieur Fumeron, pour le
répéter devant vous.

— Exagérez, Lecoiffier. Berlue. Votre habitude.
Filez, filez.

— Je file, puisque j'ai dit mon fait.

Il *filait* en effet, et la dispute paraissait terminée, l'incandescence éteinte. Le brigadier, immobile, suivait de l'œil le fossoyeur qui s'en allait lentement, lorsque l'intrusion d'un nouveau personnage vint jeter de l'huile sur ce feu mourant.

Les volets de la sœur Perpétue s'ouvrirent avec
fracas et elle cria de toutes ses forces :

— Qu'est-ce qu'il y a donc ? En voilà des orgies ?
Un ivrogne insulte notre curé depuis une demi-
heure, à deux pas de la gendarmerie et personne
ne bouge.

— Mande pardon, ma sœur ; répliqua Fumeron
d'une voix haute et sévère ; suis là.

— Vous êtes là ! Ah ! mon Dieu ! qui s'en
serait douté ? Et vous laissez ainsi injurier notre
bon curé. Un malfaiteur l'assassine à sa porte au
milieu de la nuit et vous vous contentez de dire :
« Filez, filez ! » Alors, c'est très bien ; nous pouvons dormir tranquilles avec des gendarmes pareils qui soutiennent les brigands! Vous avez

donc intérêt à cela, dites? vous avez donc intérêt
à faire le doucereux avec ce fossoyeur?

— Ma sœur! sauf respect; rentrez langue.

— Que je rentre ma langue, insolent! En
voilà des orgies! Parler de la sorte à une religieuse obédiencée par Monseigneur. Ah! je sais bien
pourquoi vous voulez que je taise ma langue;
gendarme impur! Vous avez peur que je dévoile
vos atrocités! Faites vos orgies tant que vous
voudrez et avec toutes les femmes que vous voudrez, des cu's crottés et des belles dames à
chapeau, venues en carrosse de la ville, mais il
ne faut pas que pour ménager les imbéciles de
maris, vous laissiez assassiner notre pauvre curé
sur le seuil de son presbytère.

Le brigadier, exaspéré, se précipita et arriva juste
à temps pour recevoir le volet sur le nez et en
même temps un éclat de rire si sardonique, qu'il
ressemblait aux grincements de dents dont nous
autres, misérables libres-penseurs, sommes me-
nacés pour l'éternité.

— Attrape, bien fait! continua derrière son
volet la religieuse; je suis contente, oui, oui; ah!
ah! Tu es penaud, hein? Tu croyais donc que
je ne voyais pas tes manigances avec ta truie du
cimetière. Ah! doux Jésus; un homme comme
ça se cochonner avec des saloperies pareilles. Et
ça jure fidélité. Menteur! Sardanapale! Judas!

Et le gendarme, consterné, s'étant retourné, entendit le curé qui verrouillait sa porte, tandis que
le fossoyeur, abasourdi de ce qu'il venait d'apprendre, restait comme pétrifié au coin de la
ruelle.

Alors, sans plus s'en inquiéter et redoutant une
nouvelle et plus fâcheuse esclandre, Fumeron
regagna prestement la gendarmerie.

LXIX

E grand matin le village entier s'entretenait du scandale de la nuit. Deux commères du voisinage, ayant saisi quelques bribes de la dispute, s'étaient jetées hors du lit, dès l'aube, afin d'être les premières à donner une succulente pâture aux oreilles avides et aux langues épi'eptiques. Aussi Guyot commençait à peine sa messe que l s injures et les menaces de Lecoiffier, la faiblesse du brigadier, les apostrophes de sœur Perpétue commentées, embellies, grossies, dénaturées prenaient les proportions d'une histoire aussi tragique qu'inouïe où curé, gendarme, fossoyeur, sa femme, sa fille, de belles dames en chapeau venues exprès en carrosse de la ville, étaient mêlés, confondus comme les morceaux d'un gigantesque *arlequin* que chaque commère assaisonnait et cuisait à sa sauce, pimentée suivant le degré d'i-

gnorance ou de dépravation de son imagination campagnarde.

Promiscuité de débauches! coïts monstrueux, toutes sortes d'aventures horribles ! orgies, orgies ! tandis que la sainte sœur Perpétue, par un hasard miraculeux, posait le doigt sur la trame de ces abominables iniquités.

D'abord on en parla à voix basse, avec mystère, à l'oreille, deux à deux, sur le seuil des portes, à l'entrée des jardinets, puis en petit comité de trois, de quatre, de dix. Des courrières se détachaient des groupes courant de maison en maison, colporter la réjouissante et horripilante nouvelle. Chacune donnait son mot, essayait de débrouiller la mystérieuse intrigue, ajoutant du sien.

— Une histoire que le grand diab'e d'enfer n'y verrait goutte, s'écria le maire quand on vint lui raconter tout haletant la chose. Des blagues. Fichez-moi la paix.

Mais s'il était contrarié pour le curé, il était enchanté pour le gendarme.

L'ancien sergent détestait le brigadier sans trop savoir pourquoi. Peut-être parce qu'il était gendarme et que lui, épicier, vendait des denrées frelatées ! Peut-être encore parce que le chapeau galonné et les aiguillettes argent et soie du brigadier paraissaient exercer plus de prestige sur les paysans que son écharpe municipale. Ou bien simplement parce que, ayant servi dans l'humble infanterie, Fumeron le regardat du haut de sa taille et de son orgueil de cavalier d'élite. On v. it de ces jalousies d'armes après vingt ans de retraite ! C'est le vieil esprit de corps qui suit jusque dans la vie civile, innocente manie qu'il faut bien se garder de détruire, car, en rendant les

soldats fiers de leur régiment, elle entretient aux
jours d'épreuves l'émulation dans l'armée.

Quoi qu'il en fût de cette antipathie, le maire
se frottait les mains :

— Ah ! le grand sournois, disait-il en riant.
On va connaître son numéro. C'est pas mal fait.

Mais si les commères embrouillaient à l'envi
l'affaire et le fil de leurs idées, il ressortait ceci
pour les moins imbéciles : « Le fossoyeur avait
voulu casser les reins du curé parce qu'il s'était
porté à des indécences sur la petite Marie Queue-
de-Vache dans le confessionnal. Alors Guyot,
craignant pour sa peau, avait été chercher le brigadier, lequel refusait de verbaliser contre un
homme que lui-même faisait cocu. » Et la retenue de Fumeron était généralement approuvée
des commères.

Le vrai, on le voit, perçait au milieu du fatras
de mensonges. Mais le curé n'en fut que plus
maltraité.

Il y avait donc scandale abominable, et Guyot
comprit que s'il n'agissait au plus vite, le mal
serait sans remède et sa réputation à jamais perdue.

Autant il lui avait fallu de longs mois de contrainte pour se concilier la confiance et gagner
une ombre de sympathie, autant la réaction se
ferait prompte. L'étalage de sa sagesse, péniblement échafaudé, s'écroulerait d'un coup. Injustice du sort ; la malechance le poursuivrait donc
sans cesse ! Il n'avait pourtant péché que par
convoitise.

Il dépêcha un courrier à Thiriot, qui accourut
quelques heures après.

Les époux Lecoiffier avaient achevé la nuit en
aigres disputes et en batailles, car, suivant la coutume des maris trompés, au lieu d'aller direc-

tement à l'amant, le fossoyeur avait appliqué sur les joues de l'épouse les giffles destinées à deux ; puis, suivant la même coutume, la femme, forte comme toute adultère non encore prise *flagrante delicto*, prouva à un infortuné qui ne demandait qu'à être convaincu qu'elle était une innocente victime et lui une imbécile brute.

La réconciliation se faisait lorsqu'arriva la mère Griboin, envoyée par les deux ecclésiastiques pour engager le fossoyeur à la suivre au presbytère.

— A votre sacré curé, répondit l'insolent, j'ai dit hier tout ce que j'avais à dire. S'il n'est pas content des explications, qu'il vienne, je lui en donnerai d'autres qu'il comprendra mieux.

Et il fit avec son bras une série de gestes significatifs qui rendaient en effet toute explication superflue.

Il était urgent de terrifier au plus vite cet homme abominable, et, malgré la répugnance qu'éprouvaient les deux prêtres à se rendre dans l'antre du forcené, ils durent s'y décider.

Le fossoyeur parut étrangement surpris à leur vue et la marmaille, supposant qu'une bagarre allait commencer, se mit à pousser des cris de détresse. Quand à la femme, elle prit une attitude hostile et Marie s'éclipsa rapidement.

Lecoiffier, tout pâle, les lèvres blanches et les poings serrés, semblait se tenir sur la défensive, cherchant de l'œil son bâton de la veille.

— Rassurez-vous, fit Guyot avec un calme affecté; nous sommes des hommes de paix et ne venons pas vous apporter la guerre. Le danger de votre position, la charité chrétienne, la sollicitude du pasteur pour les membres de son troupeau, me

font oublier les insultes récentes et anciennes
Nous voulons vous entretenir en particulier.

— Allez-y.

— En particulier, insista Thiriot, c'est-à-dire à
vous seul.

— Quel'e est encore cette manigance ? s'écria
la femme inquiète; j'ai le droit d'entendre ce qu'on
dit à mon homme.

— Peut-être! répondit Guyot en la regardant
fixement. Je ne vois pas d'inconvénient à ce que
madame reste. Mais alors le brigadier non plus ne
serait pas de trop.

—Le brigadier! s'écria le fossoyeur en jetant sur
sa moitié un regard irrité. Qu'est-ce qu'il a à faire
dans ceci, le brigadier ? Si c'est à cause de ce que
je vous ai dit hier et pour vous l'entendre répéter
que vous parlez de lui et amenez ce monsieur,
je vais vous satisfaire; mais fallait prendre
d'autres témoins; plus y aura de monde, plus
nous rigolerons. Vous pouvez même appeler les
gendarmes.

— Hélas! infortuné, fit avec une douloureuse
pitié Guyot ; ils viendront peut-être trop tôt.

— Alors si ça vous fait tant de peine, riposta le
fossoyeur, fichez le camp ou gare la casse.

Thiriot crut devoir intervenir et, prenant un ton
sec, dogmatique et menaçant :

— Si nous partons, vous vous en repentirez;
car en quittant le seuil de votre demeure nous
secouerons la poussière de nos pieds et nous ren-
drons directement au parquet du procureur de la
République.

Mais loin d'intimider le fossoyeur, cette menace
ne fit qu'accroître sa colère.

—De quoi se mêle-t-il, celui-là ? Qu'est-ce qui
vous demande quelque chose? Allez au diable si

vous voulez. Parce que j'ai dit son fait à votre
camarade ! Mais je le répèterai devant le juge. Ah !
vous parlez du procureur ? Eh bien, ça me va.
Allons, en route. On verra si les pères de famille
sont obligés de laisser leurs filles se frotter au
dessous des soutanes. Marchons !

Et il se leva, indiquant du geste la porte.

— Il n'est pas question de soutanes, s'écria
Guyot d'une voix terrib'e, — et plus bas se penchant et accentuant ses paroles, — mais de dix
mille francs !

— Du diable si j'y comprends goutte. Est-ce
que vous voulez me donner dix mille francs ?

— Tout mauvais cas est niable, mais il est des
moments où une dénégation devient dangereuse.
Ces valeurs resteront stérilisées entre vos mains.
Jamais vous ne pourrez en toucher un centime.
Les numéros ont été envoyés à toutes les banques..

— Qu'est-ce que vous me chantez là ?

— Que vous avez commis un crime inutile et
que le châtiment de Dieu et des hommes menace
votre tête.

Lecoiffier regarda alternativement sa femme et
les prêtres et partit d'un éclat de rire visiblement
forcé.

— Je ne rigole pas souvent, dit-il, mais c'est si
drôle ! Eh bien, vrai ! Qu'est-ce qu'ils ont donc b..,
ces deux soutanards ?

— Mon ami, fit Guyot, songez à votre femme,
à vos enfants.

— Eh ! j'y songe, sacré nom de Dieu ! j'y songe.
Vous l'avez bien vu hier.

— Allons, il est oiseux d'essayer de faire entendre raison à cet insensé.

— Le juge d'instruction, plus habile que nous,
monsieur l'abbé Guyot, saura lui délier la langue.

— Il me répugne, fit le curé avec un soupir, de livrer à la cour d'assises un homme de ma paroisse, que j'ai employé chez moi, un père de famille...

— Cour d'assises! C'est vous qui y passerez quelque jour; je ne vous dis que ça.

— Partons, monsieur l'abbé Thiriot, ce malheureux est semblable à ceux dont parle l'Evangile; aveugle et sourd.

— Madame, s'écria le vicaire, navré d'abandonner ainsi la partie, et essayant d'une dernière ressource en faisant appel à la femme qui écoutait muette et stupéfaite, madame, si vous avez un reste d'influence sur votre mari, usez-en pour lui prouver qu'il s'engage dans une mauvaise voie, et qu'à cause de vous, de vos enfants, de notre sainte religion, qui recommande l'oubli des injures, nous lui donnons jusqu'à demain... pour réfléchir. Le Code pénal ne pardonne pas, madame, quand l'assassinat a pour mobile le vol.

— Vol! Assassinat! Ah! canailles, vous essayez de m'effrayer pour que je me taise au sujet de la petite, ou alors vous êtes fous! Il faut vous attacher.

— Avec la corde qui a servi à M. le curé Chiquenel e ? demanda ironiquement Guyot battant en retraite.

— Nom de Dieu! fichez le camp, brigands, ou je prends ma bêche.

— Est ce celle qui a servi à M. le curé Chaubard ? cria de loin Thiriot.

— Et qui va te servir à toi, si tu ne files.

— Vous entendez, monsieur l'abbé Guyot, le brigand avoue qu'il a assassiné le pauvre curé Chaubard. Deux au lieu d'un, monsieur l'abbé Guyot, deux au lieu d'un. Vous êtes témoin ?

LXX

L'ARRESTATION.

EPENDANT les deux prêtres résolu-
rent d'attendre jusqu'au lendemain,
espérant que le misérable réfléchi-
rait sur la gravité de sa situation
et arriverait à un amendement.
Thiriot, désespéré, parlait même
de compromis, de l'abandon d'un tiers de la
somme. Mais Guyot, plus honnête, repoussait
cette idée avec indignation. Il comptait surtout
sur les terreurs de la femme.

Sur ces entrefaites, Fumeron demanda à lui
parler.

— Plus bête que méchant, dit-il. Ignorance.
Stupidité. Mépriser. Boue de mes bottes.

Il faisait, avant d'entrer en matière, allusion
aux injures de la veille.

— Ah! dit le curé, vous prêchez pour votre
saint, brigadier. Vous n'avez pas voix au chapitre.
A bon entendeur, salut.

Le gendarme rougit comme une jeune fille que

sa mère surprend à envoyer un baiser illicite, et passa au motif de sa visite :

— Mme Custor, perdu 10,000 francs...

— Ne me parlez pas de cette histoire, interrompit Guyot, désagréablement surpris de voir que le brigadier avait déjà connaissance de l'affaire. Nous savons qui est le voleur, et la plainte est portée.

— Plainte ! fit le brigadier pâlissant. Pas de vol. Certain. Qui accusez ?

— Vous le savez bien, et le mieux que vous ayez à faire est de ne pas vous mêler de ceci, car alors on saura qui donnait des rendez-vous à la femme Lecoiffier derrière le cimetière.

— Hein ! médisances ! dit Fumeron très troublé.

L'arrivée de Grugevin, interrompit l'explication.

— Des mauvais drôles ont rincé les crochets du fossoyeur au Grand-Cerf, dit-il ; il est saoul comme la bourrique à Robespierre et débine sur vous que c'est démoralisant. Vous devriez aller voir ça, Fumeron, et faire rentrer chez lui ce sabouleux. C'est une dégoûtation !

Et quand le gendarme fut parti : « Pourquoi, tonnerre de Dieu, que vous l'accusez d'avoir serré la vis à Chiquenelle et démoli Chaubard ? S'il avait des témoins, il vous ferait marcher. En attendant il glose partout que vous avez introduit Marie-Queue-de-Vache dans le confessionnal pour lui infibuler des saloperies que le diable lui-même en serait épaté.

— Notre-Seigneur a été mis en croix entre deux larrons. Mon calvaire est encore loin du sien. Quand ce malheureux sera dégrisé, il s'amendera.

— Vous êtes par trop conscrit. Enfin si ça vous amuse. Je suis venu vous bassiner de ça, parce que je ne veux pas le coffrer sans votre objurgation. Dites un mot, je l'emballe.

Mais Guyot était trop prudent pour se hasarder à faire *emballer* le fossoyeur pour l'affaire du confessionnal, et il retardait autant que possible comptant voir à chaque moment arriver la femme Lecoiffier lui dire : « Puisque la mèche est vendue, tenez, voici les valeurs ; je les apporte en cachette de l'homme. »

Mais au lieu de la femme Lecoiffier, et à peine le maire venait-il de tourner au coin de l'église, qu'une dizaine de polissons fit irruption dans la ruelle et, cachés derrière les arcs-boutants de l'abside, ils commencèrent à imiter les cris variés des animaux de basse-cour, puis hurlèrent sur l'air des lampions :

> Queue de vache
> Et l'curé !
> Queue de vache
> Et l'curé !

Il ne fallut rien moins que la sortie inopinée de la terrible sœur Perpétue pour mettre en fuite ces drôles :

— Des enfants du catéchisme ! cria-t-elle, voilà du propre ! Mon doux Jésus ! C'est la révolution qui commence. Quelle orgie ! On va être massacré par les communards, c'est sûr. Attendez, mauvaise graine, vous périrez sur l'échafaud. Je vous connais, je vais donner vos noms aux gendarmes. Traiter de la sorte ce bon M. le curé !

Le bon M. le curé parlait encore de conciliation et de pardon des injures lorsqu'à la nuit le fossoyeur, complètement ivre et escorté de la même bande, vint faire un scandale abominable devant le presbytère.

— On t'en fournira des petites filles, brigand ! Descends un peu, je *vas* t'en donner. Je *vas* te chercher la mienne.

Et les polissons répétaient :

> Queue de vache
> Et l'curé !
> Queue de vache
> Et l'curé !

Guyot, épouvanté, ouvrit sa fenêtre, et, apercevant le gendarme Cornebois qui s'avançait pour rétablir l'ordre, lui cria d'une voix retentissante, de cette belle voix de basse, tant admirée des dévotes :

— Gendarme, arrêtez cet homme !

Et comme tout le monde riait et sœur Perpétue levait les bras au ciel, en signe de désolation, il ajouta :

— C'est un voleur et un assassin !

Les polissons se reculèrent de Lecoiffier, la foule se pressa dans la ruelle, et le fossoyeur, presque dégrisé au son de cette voix et devant cette accusation terrible, interrompit ses invectives.

Cornebois, grave et digne, s'avança. Il avait déjà reçu des ordres. Mais, levant la main sur l'épaule du fossoyeur, il interrogea encore du regard le curé.

— Gendarme, répéta Guyot, je vous somme d'arrêter cet homme que M. l'abbé Thiriot, vicaire de Mottencourt, et moi, curé de Saint-Jean-le-Faucheux, accusons ici d'avoir assassiné mon prédécesseur, M. l'abbé Chiquenelle, pour lui voler dix mille francs qu'il avait en dépôt, sans préjudice de ses autres crimes.

LXXI

LE JUGEMENT.

E village de Saint-Jean-le-Faucheux et les hameaux environnants furent frappés de stupeur et Guyot, pour un instant, grandit aux yeux des populations, surtout quand on sut que la plainte, déposée au parquet par l'abbé Thiriot, avait un caractère tellement sérieux que le lendemain, dans la matinée, deux gendarmes vinrent exprès de Mottencourt sortir Lecoiffier de la prison du village et le jeter poings liés dans une voiture de maraîcher, requise à cet effet, et partie aussitôt au grand trot vers la ville. L'instruction marcha rapidement. On se souvient que des soupçons avaient pesé sur le fossoyeur au moment de l'enquête qui suivit la mort de Chiquenelle. Les renseignements étaient du reste des plus défavorables. A quelques rares exceptions, la magistrature de province est restée cléricale. Gens de robe, rouge ou noire, se donnent tous la main.

L'irreligion bien connue de l'accusé souleva l'indignation du tribunal qui avait, aussi bien que le juge chargé d'instruire l'affaire, son opinion faite dès le premier jour. Un impie ne peut être qu'un scélérat. L'inconduite de ses deux filles aînées, celle de sa femme lui furent imputées comme charges accablantes, les petits bourgeois aisés du jury lui reprochèrent sa misère, les maris, ses infortunes de)èr : et d'époux.

Comment la justice n'avait-elle pas été éclairée plus tôt sur les allures de ce gibier de bagne? Le vicaire Thiriot l'expliquait en disant que, ne voulant porter une accusation aussi grave qu'à coup sûr, il s'était décidé à venir épier la nuit à la porte de leur demeure et qu'il avait entendu l'homme et la femme discuter sur l'emploi du larcin.

Il inventait; mais pour la bonne cause, tout mensonge est licite.

Quant à l'assassinat, il ressortait flagrant des propos mêmes de l'accusé. Le maire de Saint-Jean-le-Faucheux, décidé à se tenir à l'écart autant que possible, fut cependant obligé de déposer, sur la déclaration de l'abbé Guyot, avoir entendu la femme Lecoiffier traiter son mari d'assassin. Guyot, attaqué dans sa moralité, ayant, ainsi que Thiriot, renoncé à tout espoir sur les épaves de la vieille proxénète, ne gardait plus aucune mesure.

La mansuétude, le pardon des injures, le Christ en're deux larrons, la croix du calvaire, toutes les belles et évangéliques raisons opposées d'abord furent oubliées. Il chargea le coupable avec une rage qui étonna Grugevin.

En vain l'accusé, pour se défendre de ce qu'on appelait sa tentative nocturne sur la personne de son curé, raconta-t-il l'affaire du confessionnal:
« N'aggravez pas votre position par d'infâmes et

ridicules calomnies », lui répliqua sévèrement M. le juge d'instruction Tibulle.

Mais ce qui acheva de perdre Lecoiffier fut la clef du presbytère trouvée chez lui et surtout l'histoire du fameux foulard, dont la disparition extraordinaire avait tant intrigué Guyot. La femme du fossoyeur déclara que la clef du presbytère lui avait été donnée par le défunt Chiquenelle pour qu'elle pût entrer le matin faire son ménage sans le déranger de son somme. Quant au foulard, elle l'avait trouvé dans le vieux cimetière.

— Et qu'alliez-vous y faire ? demanda le juge.

Elle rougit et, pressée de questions, avoua ses relations avec le brigadier. Elle traversait le cimetière pour se rendre chez lui lorsqu'elle trouva ce foulard et se l'était approprié. Mais le plus remarquable, c'est que cette pièce de conviction [fut reconnue avec stupéfaction par Grugevin pour la propriété de sa fille.

On alla questionner cette jeune personne au Sacré-Cœur. Elle parut fort surprise de voir son foulard sortir de la poche d'un magistrat. Elle rougit beaucoup, et déclara qu'elle se souvenait l'avoir perdu quelques mois auparavant, mais ne pouvait préciser l'endroit. A coup sûr, ce devait être sur la route de Mottencourt ou bien à l'entrée de la ville, à moins que ce ne fût à la porte du couvent.

— Belle petite ! se disait M. Tibulle tandis qu'elle parlait. Une vraie bouchée de président. Ne serait-ce pas dans le vieux cimetière, mon enfant ?

— Dans le cimetière ? Oh ! non monsieur, répondit Céleste, en levant ses grands yeux candides sur le magistrat qui se pourléchait les lèvres ; je n'y vais jamais.

Malgré son habileté et sa longue expérience, le juge d'instruction ne put obtenir autre chose de Céleste Grugevin. Homme habile entre tous à tirer ce qui s'appelle les *vers du nez* aux plus rétifs, à forcer les muets à discourir et à convaincre les innocents de leur culpabilité, il se heurta devant l'obstination de cette petite pensionnaire comme devant une porte verrouillée ! Il sentait instinctivement qu'elle mentait et revint plusieurs fois à la charge poussé, autant par le plaisir de se trouver seul avec cette ingénue confite en bocal d'eau bénite que par le désir de sonder les mystérieux recoins de ce petit cœur de Jésus. Avec une familiarité paternelle, se départant de la gravité magistrale, il prenait les mains de Céleste et lui tapotait les joues.

La grande fille se laissait faire, rougissait, baissait les yeux, souriait niaisement. Depuis quelques semaines, elle se développait d'une façon merveilleuse. Ce n'était plus la fillette maigrelette, que Guyot avait vue à son arrivée, sa taille se formait, ses seins s'étaient développés, et ses hanches prenaient des proportions pleines d'attraits.

— Et alors, disait M. Tibulle, puritain sévère en public, mais grand admirateur en privé des jolies filles, votre chambre est au rez-de-chaussée et votre fenêtre sur le cimetière ?

— Oui, monsieur.

— Et vous pourriez aisément, si l'envie vous en prenait, vous promener dans le cimetière sans passer par la porte.

— Je n'ai jamais essayé.

— Il n'y aurait aucun mal. Et, sans doute, un soir, en vous y promenant, votre fichu mal attaché s'est envolé.

Ce disant, il posa légèrement son doigt sur le

ventre rondelet de la jeune fille, qui rougit extrê-
mement, et eut un petit mouvement de pudeur
qui plut fort au bon magistrat. Peut-être eût-il
poursuivi l'expérience, mais la sœur supérieure,
qui écoutait à quelque trou de serrure, intervint.

« Céleste Grugevin était la meilleure et la plus
sage de ses élèves, la plus pieuse et la plus docile.
Elle avait déjà eu le premier prix de candeur, celui de bon exemple, et une mention spéciale pour
d'autres vertus. Elle aurait, à la fin de l'année sco-
laire, le grand prix d'honneur et de sagesse. Que
lui voulait-on à cette enfant ? Etait-elle donc obligée de se rappeler l'endroit précis où le vent avait
emporté son foulard? Quelle niaiserie ! Comment
messieurs les juges pouvaient-ils s'occuper de
semblables puérilités!

Le magistrat, qui pour un instant avait oublié
que dans les couvents tout mur a des oreilles et
toute serrure un œil, s'en alla un peu confus.

Mais ce qui causa l'indignation générale, ce fut
l'absurde entêtement de l'accusé à refuser d'indi-
quer où il avait caché le produit stérile de son vol.
Qu'étaient devenus ces 10,000 francs?

Maison, jardin, cimetière, furent fouillés sans
résultat. On en conclut que, se voyant dans l'im-
possibilité de tirer parti de ces valeurs, il les avait
détruites. Ce vandalisme lui fit plus de tort que
l'assassinat de douze curés, et l'organe le plus
avancé du pays, l'*Archi-social, journal des prolétaires*,
dont le directeur était un ancien usurier ju t enri-
chi par l'exploitation des prolétaires, et le rédac-
teur en chef, un avocat véreux, vivant dans la crapule, par des insultes aux autorités et des menaces
aux membres du jury, acheva sa perte.

LXXII

VIEILLE CONNAISSANCE.

ES choses en étaient là, lorsqu'un soir, vers neuf heures, une dame enveloppée d'un *waterproof*, et le visage couvert d'un voile épais, frappa discrètement à la porte du presbytère.

Elle se glissa sans bruit comme une chatte voleuse et le curé qui, pour la première fois, depuis bien longtemps se trouvait seul avec une jeune et jolie femme élégante, eut des éblouissements.

Jeune et jolie ! Il n'y avait pas à s'y méprendre malgré le voile qui cachait ses traits. Il venait d'allumer sa lampe et, voyant l'éclat brillant des yeux et le sourire aux coins des lèvres, il pensa d'abord que c'était Mlle Juliette, et plein de joie, poussa une exclamation.

— Ah ! fit la dame en relevant son voile, vous me reconnaissez ?

— Quoi ! vous ! mademoiselle Aglaé !

— Aglaé Lecoiffier est mon nom de fille, je m'appelle madame Jules Fumeron.

Le curé, très pâle, fronça le sourcil. Cette femme lui rappelait ses infortunes et ses espoirs déçus. N'était-ce pas elle qui, liguée avec son ennemi puissant, l'évêque Ratiski, avait accéléré sa ruine! La fille aînée de Lecoiffier! L'ancienne pensionnaire, puis sous-maîtresse, enfin matrone d'une maison de prostitution! Que voulait-elle? venger son père? Apporter un autre malheur, une trahison, une honte?

Elle s'était assise avec son sans-gêne d'autrefois, sans qu'il lui offrît de siège, et debout, il l'examinait le menton dans une main, tandis que l'autre sur la table écornait fiévreusement son bréviaire.

— Je vous reconnais, en effet, dit-il avec amertume. Comment vous aurais-je oubliée? Il n'y a pas si longtemps, j'avais une position enviée. J'étais aimé, respecté, considéré, j'étais un prêtre d'avenir et maintenant... vous me voyez dans cette misérable masure... Et grâce à qui?

— Monsieur, répondit la jeune femme, ne m'en accusez pas. Nous avons été joués nous-mêmes par Mgr de Ratiski. Mais vous vous êtes bien vengé!

— Je ne me suis pas vengé! s'écria Guyot. Est-ce que j'ai seulement pensé à vous? Est-ce que je savais seulement que ce fossoyeur était votre père? Allons donc! vous voulez rire si vous supposez que de si viles considérations m'aient poussé. J'ai tout fait, au contraire, pour défendre cet homme dès le principe, et Dieu m'est témoin que ce n'est pas de ma faute si la chose n'a pas été étouffée. Mais il a couru lui-même, avec un entêtement qui ne serait pas explicable, sans la divine Providence, au-devant du châtiment.

— Il est innocent, j'en suis certaine. Mon père

est violent, rude, grossier, aigri par les malheurs, mais honnête.

— Peuh! fit Guyot, un homme sans religion.

— Il n'a pas toujours été ainsi, car il a laissé ma mère nous élever dans les sentiments religieux, ma sœur Juliette et moi; et les préceptes reçus quand on est enfant restent au fond du cœur. Oui, je sais bien qu'il y a un bon Dieu, et si j'ai un vilain métier, il sait, lui, que je ne l'ai pas pris par plaisir. On nous condamne sans nous entendre, nous autres, et cependant notre conscience est gonflée d'excuses, et les belles dames qui nous méprisent auraient fait comme nous.

— Les révolutionnaires, les anarchistes, les pétroleurs, racontent ces sornettes. Les principes de la morale et de vertu sucés avec le lait empêchent de tomber à de certaines profondeurs.

— Certainement les principes restent, c'est ce que je disais. Car tout à l'heure, je suis entrée dans l'église, et j'y ai revu le temps où j'étais petite fille, où je me confessais, où j'ai fait ma première communion; nous avions alors un bon curé qui m'aimait bien et m'appelait sa petite Aglaé. Je me suis agenouillée, revoyant les jours de mon enfance; et je ne sais pourquoi tout me semblait vieux, délabré, pauvre. C'était bien pourtant le même autel, les mêmes vierges et le même Saint-Jean-le-Faucheux, mais misérables. Ça me fendait le cœur. Alors j'ai pensé : Il ne sera pas dit que je suis venue dans mon village après une si longue absence sans laisser quelque chose pour la vieille église, et j'ai voulu déposer une offrande dans le tronc; il était brisé. Je me suis donc enhardie à la porter moi-même.

Et Mme Aglaé Fumeron prit dans son porte-monnaie un billet de banque.

— Cinquante francs ! fit Guyot.

— C'est peu, dit avec humilité la jeune femme, mais à mon prochain voyage, si les affaires vont mieux, je ferai un plus riche don.

Le curé eut un mouvement pour repousser le billet. Un reste de pudeur se levait-il en lui ? Non, car il était trop bien pénétré de cet axiome clérical que recevoir de Satan c'est enlever à l'ennemi; mais plein de circonspection, il redoutait, comme eût dit Sœur Perpétue, quelque nouvelle manigance, et il enveloppa l'épouse du propriétaire du numéro 59 d'un regard soupçonneux.

— Je vais me tenir sur mes gardes, prenons toujours.

Et il glissa le billet dans les pages de son bréviaire, pour le purifier en la compagnie des images de saints.

— Je vous remercie au nom de mon église, se contenta-t-il de répondre avec une simplicité digne.... mais vous gagnez donc beaucoup ?

— Nous gagnons notre vie, répliqua modestement Mme Aglaé.

— Alors vous devriez bien venir en aide à la malheureuse femme de votre père, qui se trouve sans ressources.

— C'est à quoi je pense et c'est pourquoi je viens. Mon père n'aurait jamais senti la misère s'il avait voulu que je lui vienne en aide. Il disait que mon argent puait.

Guyot haussa les épaules.

— Mais j'aiderai cette femme, non à cause d'elle, mais à cause des enfants; car elle nous a maltraitées, battues, affamées quand nous étions petites. Elle a poussé mon père à boire, en empoisonnant sa vie, en le trompant partout et avec tous, et je me demande si, pendant qu'il est en prison, il est honnête de lui laisser ma sœur.

— Ah! pensa Guyot, nous y voilà.

— Oui, ce serait un grand service à rendre à la petite que de la prendre... Et si vouliez m'aider ?

— Moi, s'écria Guyot. Que je vous aide, vous qui tenez une maison infâme, à enlever à sa mère une fille de treize ans. Mais vous perdez le sens. Pour qui me prenez-vous ? Ah! c'est trop. Je m'explique maintenant votre générosité. J'avais accepté votre argent pour l'église ; vous pouvez le reprendre s'il est le prix d'un tel marché.

— Gardez-le ; vous seriez volé s'il y avait marché. On paye plus cher des opérations de ce genre. Nous ne faisons pas ce commerce-là. Nous gagnons honnêtement notre vie et ne vendons pas les petites filles. Si je veux enlever Marie à la femme Lecoiffier, c'est que je sais que d'autres l'ont tenté. Il n'y a pas huit jours, ma belle-mère, qui l'a aperçue durant le procès, frappée de sa beauté, a fait des ouvertures. Elle se flatte, j'en suis sûre, de gagner, au moyen de cette enfant, les dix mille francs perdus.

— Horrible! dit Guyot.

— Bah! tout est horrible si l'on voyait le fond des choses.

— Et qui m'affirme que vous-même n'avez pas le même but de spéculation abominable. Trafiquer de votre sœur.

Un sourire effleura les lèvres de Mme Jules Fumeron; elle plongea ses yeux vert-pâle dans ceux du prêtre.

— Elle n'est pas ma sœur, répondit-elle, n'étant pas la fille de Lecoiffier.

— Vous m'intriguez. Qui donc est son père ?

— Les femmes, vous le savez bien, puisque vous

êtes p être, continua-t-elle en voyant l'étonnement de Guyot, les femmes font croire aux hommes ce qu'elles veulent. Les plus malins s'y laissent prendre et mon père, qui ne l'a jamais été, a gobé toutes les fariboles. Ma marâtre, qui s'appelle de son nom de famille Ballu et dont la mère, une vieille folle, habite encore, je crois, votre ancienne paroisse de Saint-Evres, ma marâtre, dis-je, apprenait l'état de couturière, lorsqu'elle a été séduite par le fils de sa patronne qui, suivant la coutume, l'a plantée là, en allant faire son droit à Paris. Il est maintenant un des plus pieux magistrats de Nancy, et, bien que marié et père de famille, il daigne quelquefois honorer notre maison quand nous avons du fruit nouveau. Passons; il n'est pas question de lui, mais d'Anastasie Ballu, qui se consola avec plusieurs élèves de l'Ecole forestière de la perte de l'étudiant en droit. Comme elle était jolie et très développée pour son âge — elle avait alors quinze ans — elle excita la compassion de membres du clergé, qui vinrent trouver la mère Ballu et lui ouvrirent les yeux sur la conduite de son enfant.

— C'est très bien cela, fit Guyot.

— On la confia à des religieuses qui se donnent pour mission de ramener dans la bonne voie les filles égarées. Là, elle montra l'exemple de toutes les vertus. Les bonnes sœurs la citaient comme modèle. Elle était surtout la préférée de l'ecclésiastique qui dirigeait les âmes de l'établissement. C'est là que mon père, jardinier dans la maison et qui la voyait du jardin travailler dans l'ouvroir comme une petite fée et prier dans la chapelle comme une petite sainte, s'en toqua. D'abord, cela déplut au sévère directeur, et il fut question de renvoyer le jardinier. Mais tout

à coup on se ravisa; on les maria et au bout de
six mois ma belle-mère accoucha.

— Votre père avait eu des relations avant le
sacrement ?

— Aucune, car il a poussé de grands cris, ju-
rant qu'il était volé. Mais tout le monde s'est
mis contre lui; on le menaça de le chasser de sa
place, et le médecin de Saint-Vincent-de-Paul
lui prouva clair comme le jour que la petite Marie
était sa propre fille. Le directeur a dû bien rire.

— Vous n'allez pas dire qu'elle était l'enfant
de ce prêtre.

— Non seulement je le dis, mais je le prouve;
car ils ont continué leurs relations jusqu'à un
beau jour où je les ai surpris. J'avais douze ans...

— Et alors?

— Alors, ma belle-mère m'a dit que si j'en
soufflais mot à papa, elle me tuerait.

— Et qu'avez-vous fait ?

— Je suis sortie et j'ai été attendre mon père
dans la rue pour tout lui raconter. Il y eut une
scène terrible; ma mère a pleuré, m'a traitée
de menteuse et de mauvaise gale et finalement,
c'est moi qui ait reçu des taloches. De ce jour,
voyant mon père si confiant et si myope, elle lui
a montré toutes les nuances du jaune. Ce n'est
pas pour vous offenser, mais beaucoup de messieurs en soutane ont eu de tendres entretiens
avec elle pendant que mon pauvre père faisait
pousser les carottes et les navets des religieuses.
On devrait les tuer, ces femmes qui trompent
leur mari et les rendent la risée de tous au moment même où il gagne durement le pain qu'elles
mangent. C'était tellement évident, que ma petite
sœur Juliette, qui avait six ou sept ans, me disait
chaque fois qu'elle rencontrait un prêtre, en allant

à l'école : « Tiens, Aglaé, en voici encore un qui
va embrasser belle-maman. » Aussi nous la génions
joliment, *la belle-maman*, et vous pensez si nous
avons reçu des gifles. Enfin, le père a fini par se
douter de quelque chose et, pour couper court à
ces dévergondages, il est revenu au pays où, par
protection, il a obtenu la p'ace de fossoyeur. Mais
la coquine a continué de nous mener la vie dure,
se vengeant sur nous de ses amants perdus, jusqu'à ce qu'elle nous ait poussées à faire comme
elle, pour être en droit de nous chasser.

LXXIII

L'ÉPOPÉE D'AGLAÉ

ON ne pousse au mal que ceux qui brûlent d'y courir, répondit le vertueux Guyot. Une mère, fût-elle une belle-mère, peut-elle conseiller le mal à sa fille ?

— Ah ! elle ne dit pas : « faites », mais elle met dans la voie en transformant la maison en enfer. On arrive à tout souhaiter plutôt que rester dans sa propre famille.

— Il fallait demander de bons conseils ; vous laisser diriger par quelque digne ecclésiastique...

— Des prêtres ! s'écria Mme Fumeron, osez-vous encore me parler de prêtres ? Savez-vous qui a eu ma virginité ? Eh bien c'est le curé de ce village, un de vos prédécesseurs.

— L'abbé Chaubard ? demanda Guyot.

— Non, avant lui, l'abbé Mathias. J'avais quinze ans ; il m'a attirée ici, m'a assise sur ses genoux, m'a embrassée, et, après de belles paroles... ça s'est fait. Je devins enceinte, heureusement l'en-

tant arriva avant terme, mort; mais mon père m'a
chassée. Je suis partie pour Nancy avec vingt
francs de mon père et vingt francs qu'il m'a donnés, lui. Je m'en rappelle comme d'hier. C'était
le matin. Il m'attendait dans le petit bois du chemin vert. Je passais bien triste, il m'a fait *pst ! pst !*
Alors je suis entrée dans le bois. Que voulez-vous ?
Une fois qu'on s'est donnée à un homme, il vous
tient. Puis c'était quelqu'un qui m'aimait au milieu
de la malédiction générale. Je le vois encore avec
sa grande soutane, me faisant des signes : « Je ne
voulais pas te laisser partir sans te causer encore
une fois. Voici vingt francs. Tu pourras trouver
une place. Ecris-moi. Je m'occuperai de toi. Viens
m'embrasser. » Je me suis laissé faire comme
une sotte, et j'ai été pincée de nouveau.

Encore enceinte. Attrape. Arrivée à Nancy, je
me plaçai comme bonne d'enfant. Quatre mois
se passent. Je faisais mon possible pour cacher
mon état. Mais voilà que madame s'en est aperçue.
Elle dit à monsieur : « Je crois qu'Aglaé est enceinte. » C'était un monsieur très pieux, je pensais qu'il allait me chasser, mais il répondit :
« Bah! bah! » Deux jours après, madame va
conduire les enfants chez sa mère à Malzeville, et
au milieu de la nuit monsieur arrive dans ma
chambre et s'allonge à côté de moi. Je veux résister : « Ne fais pas d'histoire, dit-il. Sois gentille, tu n'auras pas à te repentir. » Que vouliez-
vous que je fisse ? Quelque temps après, madame
me chasse. J'espérais que monsieur allait me soutenir. Ah! oui ; les hommes sont bien trop lâches.
Il a filé sans souffler mot pendant que madame me
donnait mon compte. Alors, indignée je m'écriai :
« Votre mari est une canaille, il est venu me trouver dans mon lit et chaque fois que vous vous ab-

sentez il me force à faire ce qu'il veut. » —« Ah!
petite vache, s'écrie-t-elle, tu es entrée ici avec
un veau dans le ventre et tu voudrais le mettre
au compte de mon mari. File, bien vite, et va
mettre bas ailleurs. »

Jeune et sans conseils, que faire ? Ma grossesse
pouvait encore se dissimuler. J'allai dans une
autre maison. Là, j'eus pour amant le fils, un séminariste. Pendant les deux mois de vacances il
escaladait chaque soir l'escalier de mon grenier,
après avoir dit ses prières avec sa mère, et se
glissait comme une ombre. Un pâle et maigre qui
ne paraissait pas avoir pour deux semaines de vie,
mais fort comme un Turc sur cet article-là. Je
n'eus plus besoin de rien apprendre quand je sortis
de ses mains. Il me répétait sans cesse : « Quand je
serai curé, je te prendrai avec moi ; tu passeras
pour ma sœur : mais il faudra nous débarrasser du
mioche ! » Alors il me donnait de grandes secousses
et des coups de poings dans les reins. Il avait entendu dire au séminaire que cela détachait le fœtus.
Je l'aimais assez d'abord, mais de ce jour-là, je le
detestai. Un mois après son départ, j'étais si
grosse qu'il n'y avait plus moyen de rien cacher.
Chassée comme de juste. Et les parents disaient :
« Voyez l'infâme, elle aurait pu compromettre ce
cher innocent ; quelles vipères on réchauffe chez
soi ! Va-t'en, gueuse; va-t'en ! » Je ne pouvais plus
aller qu'à l'hôpital et j'y fis une fausse couche ; ça
ne m'étonna pas, l'innocent m'avait tant secouée.

Pendant que j'étais au lit, une dame vint me
voir. Elle m'apportait des chatteries, des gâteaux,
un pot de confiture. J'étais toute étonnée.

— On m'a parlé de vous, me dit-elle. Des messieurs très charitables, et qui vous veulent beaucoup de bien.

— Mais je ne connais personne que mes anciens maîtres et je ne pense pas...

— Non, non, ce ne sont pas vos anciens maîtres. Ne vous préoccupez pas de qui cela peut être. Les jolies poulettes de seize ans n'ont pas à se tourmenter. On se tourmente pour elles et ça suffit.

Elle revint le surlendemain : « Que comptez-vous faire en sortant » ? me demanda-t-elle.

— Rentrer en condition, si je puis.

— Bel avenir ! fit-elle en haussant les épaules, trimer toute la journée pour des bourgeois qui vous traitent comme des chiens. Être l'esclave de sales enfants, supporter leurs caprices après avoir supporté ceux de madame et de monsieur. Qui vous a mis dans l'embarras ? Je gage que c'est un de vos maîtres. Et il vous a plantée là. Canaille ! Une si joli petite fille ! Si vous voulez être raisonnable et obéissante, je vous trouverai des amants tant que vous voudrez ; vous n'aurez qu'à choisir. Si vous voulez des jeunes, vous en aurez. Mais si vous écoutez mon expérience vous prendrez des vieux ; ils payent bien et ne sont pas si lâcheurs !

Cette femme me faisait peur ; aussi dès le lendemain je demandai à sortir. Je prétextai une place qu'il me fallait prendre de suite. Mais, qu'est-ce que je trouve à la porte de l'hospice ? La vieille, qui m'apostrophe :

— Ce n'est pas gentil ; vous vouliez vous sauver de moi, je vous effraie donc ? Quand vous me connaîtrez mieux, vous verrez que je ne vous veux que du bien. Venez, venez, ma belle petite souris blanche, je connais un bon gros chat qui veut vous croquer sans vous faire du mal. Et vous savez, il est cossu !

Alors elle m'a vendue à un vieux juge, qui m'a mise en chambre dans la rue des *Dominicains*. Il était généreux, mais un vieux, ça ne m'allait guère et je fis la connaissance d'un étudiant qui m'allait beaucoup mieux. Mais 'e juge nous a pincés. On est toujours pincé. Et c'était justement avec son fils. L'étudiant est parti pour Paris. J'ai lâché le vieux pour le suivre. Furieux, il a rogné les vivres au petit. Enfin lassée de la dèche, j'ai été avec un autre, qui m'a ramenée à Nancy. Je lui étais fidèle, mais il ne l'était pas, et m'a donné ce que vous savez, et cette fois c'est la maman Fumeron du n° 59 de la rue du *Maure-qui-Trompe* qui est venue m'attendre à ma sortie de l'hôpital. J'avais dix-sept ans et voilà mon histoire.

LXXIV

LA LOGIQUE D'AGLAÉ.

NE lamentable histoire, dit Guyot, et c'est la destinée que vous rêvez pour votre sœur putative?

—Au contraire. Je veux lui faire un sort si elle est intelligente et docile. Nous autres filles de pauvres, nous n'avons à choisir, à moins d'une chance exceptionnelle, qu'entre la prostitution et la misère. Les ouvrières crèvent de faim. Les servantes, si elles ne volent pas leurs maîtres, crèvent à l'hôpital quand elles sont vieilles. Une fille du peuple qui ne trouve de bonne heure un mari est perdue. Comment voulez-vous qu'elle se tire d'affaire toute seule? Les couvents ont cela de bon qu'ils débarrassent de la rue un trop plein de vices. Si ça m'avait été possible, je me serais faite religieuse. Mieux vaut le couvent que le lupanar. On dit que les religieuses sont inutiles à la société; mais les autres? Est-ce que les trois quarts des gens qui vivent sont utiles à la société? Et

qui est-ce qui vit pour être utile à la société? On
vit pour être utile à soi, boire, manger, jouir et
non pour son voisin. Ceux qui affirment le contraire sont des farceurs. On est utile aux autres,
oui, si ça vous rapporte en considération ou en
argent. Vous n'allez peut-être pas me faire croire
que vous dites la messe dans l'intérêt de vos semblables, et que si on ne vous payait pas le bon
Dieu que vous mangez, vous le mangeriez pour
le seul plaisir.

— Certainement, fit Guyot, l'exercice de mon
ministère est une de mes plus douces joies. Mais
vous sortez de la question; vous parlez de filles
pauvres restées filles, mais la masse se marie.

— Et sont-elles plus heureuses, à moins de
rencontrer un brave homme? Souvent c'est un
ivrogne qui boit tout ce qu'il gagne, passe ses
soirées au cabaret, lui fait un enfant tous les ans
et la bat par-dessus le marché. Et quand c'est un
bon ouvrier, rangé et sobre, est-ce qu'il n'y a pas
le chômage, les accidents, les maladies? les enfants qu'il faut habiller et nourrir en attendant
qu'ils puissent gagner, et les petites filles qu'on
a la douleur de voir mal tourner, parce qu'on n'a
pas eu le temps de les surveiller de près.

Oui, M. Guyot, je vous dis cela parce que j'en
ai le droit. Je n'ai que vingt-cinq ans, mais en
voilà dix que je connais toute la friperie de ce
monde et les saloperies des hommes. Il faut entendre les histoires des malheureuses qui viennent aborder dans les gros numéros. Certainement il y a des coquines, mais il y en a de douces
et d'honnêtes que des coquins ont perdues. Tout
pour vous, rien pour les femmes. Ah! quand
vous êtes amoureux et tirez autour d'elles la langue comme des chiens, vous leur promettez tout

et leur feriez tout. Mais après, zéro,. plus rien.
Vous montrez le dos et filez à vos affaires.

Une de plus dans le sac ou sur le carnet; c'est
là tout pour vous. Vous ajoutez le nom de Jeanne
à celui de Louise, comme vous avez mis celui de
Louise après Virginie, sans penser qu'il y a une
pauvre fille que vous avez perdue et qui n'a d'espoir qu'en vous. Et si vous y pensez, vous vous
en battez l'œil. Tenez, je vous méprise, oui,
moi, je vous méprise... parce que je vous connais. Et voilà pourquoi je ne veux pas que ma
sœur tombe entre les mains d'une brute qui la
battra ou d'un cochon qui l'abandonnera après
lui avoir planté un enfant dans le ventre. Des deux
façons misère, coups et fin finale, crevaison à
l'hôpital ou sur le fumier! Elle est trop jolie, la
petite, pour une pareille culbute. Au lieu de
cela, bien boire, bien manger, avoir de belles
robes, une chambre fraîche en été, chaude en
hiver, un bon lit et quand elle sera grande choisir dans le tas l'amant de ses rêves.

— Mais on ne vit pas que pour boire et manger, et choisir un homme ou une femme dans le
tas, comme vous dites.

— Bah! pourquoi donc vivez-vous?

— L'esprit, déclama l'abbé Guyot, est au-dessus de la matière ; l'âme, cette essence divine....

— Et du pain?

— Il y a du pain pour tous ceux qui travaillent.

— Mais pas de travail pour tous ceux qui mangent.

— Théories subversives, propos de révolutionnaires, d'athées. Le Seigneur a bien fait tout
ce qu'il a fait. Vous n'avez aucune saine notion
de notre religion divine. Les êtres adonnés à la
chair périssent misérablement. Il faut savoir

dompter ses passions, imposer silence à ses sens,
offrir ses peines en holocauste à l'Eternel.

— Ah! vous me faites joliment rire avec vos
sermons. Mais parlons affaire. C'est plus sérieux.
Voulez-vous m'aider, oui ou non, à ce qu'on me
confie Marie? C'est pour le bien de l'enfant et
vous n'aurez pas à vous en repentir.

— Un marché! protesta Guyot.

— Eh bien oui, un marché! Après? fit-elle, en
se levant et regardant effrontément le prêtre.

— Avec vous?

— Avec moi, allons, dites-le tout de suite.
j'en ai entendu bien d'autres. Un marché avec
mo I. Aglaé Lecoiffier, femme de Jules Fumeron,
matrone du nº 59 de la rue du Maure-qui-Trompe.
Une maquerelle! Il y a 500 francs à gagner.
Concluons.

— Abomination! s'écria Guyot, vous oubliez
à qui vous parlez. Sortez d'ici, madame, sortez!

— Vous me chassez?

— Non, madame, je vous prie de sortir.

— Vous me rappellerez, fit-elle en lui riant au
nez, je ne vous dis pas adieu.

— Infâme créature, s'écria Guyot, quand il
eût fermé la porte. Suis-je donc tombé si bas
qu'on ose me proposer de telles infamies. Prostituée! Proxénète!

Et quoi! naïf! prostituée? proxénète? qui ne
l'est pas un peu. Qui d nc, parmi ceux qui font
figure dans le monde, ne vit pas un peu de proxénitisme et de prostitution?

Celui-ci prostitue sa pensée, celui-là son âme,
cet autre son corps. Et quelle différence entre le
proxénitisme de l'intelligence et le trafic des
chairs!

Les lupanars de la p. esse où des jeunes gens

sans vergogne et des vieux sans convictions pros-
tituent leur talent, vendent leur conscience pour
flatter les basses passions du public.

Les lupanars de la politique, où se débitent à
coups de grosse caisse des théories dont les tri-
buns qui les étalent ne pensent pas un mot e.
surtout ne pratiquent jamais;

Les lupanars de la Bourse, où l'on s'engraisse
de fausses nouvelles, où l'on suce la chair et le
sang des dupes avides qui veulent jouir et s'enri-
chir sans travail et sans peine;

Les lupanars du commerce, où la fraude est
appelée art et le vol habileté;

Les lupanars de lettres, où les auteurs, pitres
épiques, battent eux-mêmes, sur les tréteaux de
leur baraque, le tambour de Tabarin, chantent
dans des articles dythyrambiques leur génie et
leur gloire et se brûlent sous le nez l'encens
qu'ils ont allumé.

En quoi, ces trafiquants de la plume, de la pensée, de la bourse d'autrui, de l'argent des autres,
tous ces spéculateurs, ces jouisseurs, ces farceurs,
ces voleurs, la main tendue vers la pièce de cent
sous, sont-ils de beaucoup plus honorables que
la fille qui, pour vivre et jouir comme eux, met
ses charmes à l'enchère, et l'industriel qui, pour
la même pièce de cent sous, commune convoitise,
lui prête sa cuvette et son lit!

Comme la fille, ils appellent, ils mentent, ils
flattent, se fardent, trompent, falsifient, vident les
bourses et finalement empoisonnent, dupent ou
ruinent ceux qui les ont payés.

LXXV

LE SUICIDE.

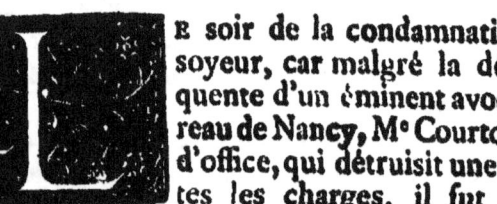E soir de la condamnation du fos-
soyeur, car malgré la défense élo-
quente d'un éminent avocat du bar-
reau de Nancy, Me Courtois, nommé
d'office, qui détruisit une à une toutes les charges, il fut condamné
avec le bénéfice des circonstances, atténuantes aux
travaux forcés à perpétuité, — le soir, dis-je, de
l'arrêt du tribunal, le brigadier Fumeron rentra
chez lui, le front soucieux.

Il n'avait pas cru un seul instant à la culpabilité
de Lecoiffier et l'avait déclaré, au début du procès,
avec une indépendance d'esprit extraordinaire chez
un membre de la gendarmerie.

— Brute. Pas méchant. Assassiner ? Jamais !
Acquitté. Blanc comme neige.

— Allons donc, disait Grugevin, c'est un malfaiteur que la *socilité* doit se dégarnir, les bons *ci-
toiliens* ils doivent se coïncider entre *eusses* contre
la malversation des dégoûtantes doctrines aussi

bien anarchiques qu'empiriques qui dévergondent les *ouverriers*. Je m'étonne, brigadier, que vous trempiez les mains dans les excuses sales en faveur de la pureté de ce forçat. Ou pour mieux dire, non, étant vu ce que nul d'ici n'ignore, je ne dois pas me stupéfier.

Et c'est surtout ce qui ridait le front du gendarme et lui faisait tirer convulsivement les poils de sa grosse moustache. Il se voyait déshonoré, perdu par ses amours avec la femme Lecoiffier, rendues publiques.

Adieu son avancement. Adieu la médaille militaire pour laquelle il était depuis quatre ans porté. Sa présence à Saint-Jean-le-Faucheux n'était même plus possible. Les paysans lui riraient au nez quand il parlerait de l'ordre et de la morale et les filles du pays, qu'il regardait d'un œil tendre, le montraient déjà au doigt.

Il réfléchissait à tout cela, le front penché dans ses mains, les coudes sur la table, lorsqu'un exprès lui apporta un pli de service.

C'était une note du chef de légion que lui communiquait son capitaine. Elle lui annonçait sa cassation et son remplacement par le gendarme Cornebois.

Alors tout pâle, les lèvres tremblantes, il appela Cornebois.

— Affaire de service? demanda l'autre du palier.

— Oui.

— Un instant, que je prenne Joséphine.

Et le gendarme, sabre au côté et chapeau en bataille, se présenta devant son chef.

— Présent!

— Cornebois, dit Fumeron la gorge serrée, rendant le salut militaire, nommé brigadier.

Et il tendit la lettre.

Il toussa à plusieurs reprises et continua :

— Brigadier, félicitations. Prendre ma place. Content pour vous. Bon soldat. Excellent gendarme. Aimé. Estimé. Permission garder local jusqu'à demain ? Faveur. Simple gendarme maintenant. Besoin d'être seul. Consentez ?

— Certainement, répondit Cornebois en pressant les mains de son ancien supérieur devenu son subordonné, certainement Fumeron, mon pauvre camarade. Faites comme chez vous. Vous êtes encore brigadier pour moi jusqu'à demain à l'heure du rapport. Vous me passerez la consigne. A votre loisir.

— ... de Dieu ! s'écria l'ex-brigadier quand il fut seul, fini !

Il jeta un long regard sur ses manches galonnées, ses aiguillettes soie et argent ; puis, semblant prendre une résolution subite, il monta sur une chaise et saisit une des bottes d'ordonnances alignées sur le haut d'une armoire. Il en renversa la tige, la secoua et un vieux portefeuille roula sur la table.

Et, s'étant assis devant son bureau, il sortit du portefeuille une liasse de valeurs qu'il déplia et compta

— Argent de famille, murmura-t-il. Repris à ces gredins de curés. Noceur peut-être, voleur, jamais. Mère toquée. Pas ma faute. Dix mille francs. Tout complet. Se plaindra pas, nom de Dieu !

Il se mit ensuite à écrire, s'arrêtant pour prendre son front dans sa main ; puis traçait quelques lignes. Quand il eut fini, il relut lentement sa lettre, plaçant minutieusement une virgule ou un accent oublié, comme s'il rédigeait un procès-verbal ; il la plia et l'enferma avec les valeurs dans une grande enveloppe de service, qu'il suscrivit ainsi :

Papiers de famille (Urgente)
Madame veuve Fumeron, née Custor,
Villa Henri V.

Mottencourt.

Et du même portefeuille, il sortit un papier, facture de la *maison Grugevin, négociant à Saint-Jean-le-Faucheux : Doit M. Chiquenelle, curé, vins et liqueurs, 50 francs.* Mais le verso était couvert d'une grosse écriture, lourde et bizarre, tracée par une main tremblante :

« Lassé d'une existence précaire et misérable,
« en butte à la malveillance des dindons et des
« oies qui composent mon troupeau, aux persécu-
« tions des loups, des porcs et des renards, mes
« supérieurs, je m'en vais voir s'il est un monde
« meilleur et si Dieu est aussi stupide et méchant
« que ses serviteurs le font. Hi! hi! hi! hi!

« Qu'on n'accuse donc de ma mort que la sotte
« vanité des ignorants paysans qui m'ont donné le
« jour et qui ont voulu voir sur les épaules de
« leur fils, au lieu de la blouse bleue du labou-
« reur, la robe noire du charlatan. Hi! hi! hi!

« Mais ils sont eux-mêmes allés chercher le
« grand inconnu, et je ne serai regretté de per-
« sonne et je ne regrette personne... »

« *François Chiquenelle, curé.* »

« Hi! hi! hi! hi! »

Cette exclamation grotesque revenait comme un sanglot de fou où le rire débordait avec les larmes.

— Pauvre diable! fit Fumeron. Ivre, raison. Vie mauvaise. Bois pas, moi. Femmes. Suffit.

Il y avait un post-scriptum :

« Je lègue mes dettes à la paroisse, et à mon
« successeur, la fille à Grugevin. »

· Ce legs était suivi de lignes de points d'exclamations entrecoupées de hi ! hi ! hi ! qui prouvaient
que l'ivrogne avait dû joliment rire.

Fumeron replia lentement le papier ; puis, sur
une feuille portant l'entête de la *gendarmerie dépar-
tementale*, il traça assez rapidement ces lignes :

     « Mon capitaine,

« J'ai l'honneur de vous envoyer le portefeuille
« de M. le curé Chiquenelle, trouvé par moi, dans
« l'exercice de mes fonctions, sous le matelas du-
« dit curé, et gardé pour des raisons dont je n'ai
« plus à rendre compte. Le condamné Lecoiffier
« est innocent.

« Juges, farceurs. Justice, blague.

« J'ai l'honneur d'être, mon capitaine,

            « Votre respectueux subordonné,
               « CASIMIR FUMERON
                  « ex-brigadier. »

Il enferma le tout dans une seconde enveloppe,
sur laquelle il écrivit S. M. (service militaire) ;
puis, prenant une troisième feuille, il commença :

     « Qu'on n'accuse personne... »

Mais brisant sa plume, il frappa un grand coup
de poing sur la table.

— Stupidité ! s'exclama-t-il. Explication ? Pour
qui ? Sauter le caisson. Regarde personne. Pauvre
vieille mère. Sa faute. Tant pis. Honneur. Gendarmerie.

Près de lui, touchant son coude, brillait à la
clarté de la lampe l'acier d'un pistolet d'arçon.
Il le prit d'une main négligeante, l'examina, es-

suya avec son mouchoir le canon terni par un peu de poussière, hocha la tête et l'arma...

— Nom de Dieu !

Puis tout à coup, d'un mouvement convulsif, il se l'appuya sur le front...

La sœur Perpétue en ce moment faisait un songe rose. Elle rêvait que les polissons du village attroupés chassaient à coups de pierre la Lecoiffier du pays, que *Marie-Queue-de-Vache* se noyait dans la grande mare, et que les abbés Guyot et Thiriot roucoulaient à ses côtés en l'appelant *divine Perpétue*. Mais elle les repoussait avec l'indignation de la vertu outragée et quand ils furent partis chargés d'opprobre, il se trouva que c'était le grand brigadier Fumeron qui la suppliait à genoux :

— Sophie ! criait-il, pardonne pas ? Désespoir ! Sauter la cervelle ?

Et comme elle le repoussait, disant : « Non. Va voir la Lecoiffier, gueux ! Va voir la Lecoiffier », il tira son pistolet et sa tête vola en éclats.

— Oui ! Oui ! Casimir ! cria-t-elle réveillée en sursaut par la terrible détonation.

Et toute tremblante, repoussant le drap qui seul la couvrait, car on était au milieu des chaleurs de l'été, elle jeta ses jambes hors du lit.

Mais aucun bruit ne se fit dans la caserne, car Cornebois, joyeux, était allé avec un camarade annoncer sa nomination au maire et dans les cabarets du village, et les deux autres gendarmes n'étaient pas revenus de tournée.

— Quel drôle de rêve ! fit-elle.

Et tandis qu'elle écoutait, jambes nues, ouvertes et pendantes, elle se sentit travailler par d'amoureux frissons.

Et souriante, les yeux mi-clos, la tête ébouriffée, se passant la langue sur les lèvres que rendait humides un agréable souvenir, elle murmura, s'étirant les bras :

— Ah ! s'il venait ! s'il venait maintenant, se mettre à genoux comme dans mon rêve, je lui pardonnerais, oui, je lui pardonnerais.

Orgies, orgies ! continua-t-elle en fermant les yeux pour mieux laisser courir sa pensée après de plaisantes images ; il est si bel homme, le gueux !

Et abîmée dans l'extase elle murmura machinalement les litanies de la Vierge :

Rose mystérieuse, ora pro nobis.
Maison d'or, ora pro nobis.
Tour d'ivoire, ora pro nobis.
Porte du ciel, ora pro nobis.

— Oh ! oui, oui, c'est la porte du ciel !

LXXVI

LA PROMESSE

LE coup de pistolet produisit dans le village le bruit d'un coup de foudre, et Guyot, avant l'aube, courut à Motencourt.

Il venait prévenir le compère Thiriot, lui parler du paquet trouvé à côté du cadavre et qui, palpé par lui, parut à son tact et à son flair clérical contenir du mystérieux.

— M. le vicaire ? demanda-t-il à la vénérable gouvernante de la maison curiale qui, brusquement réveillée par ses violents coups de sonnette, ouvrit la porte en un négligé que ne paraient pas ses soixante hivers.

— Que lui voulez-vous, au vicaire ? cria Cales troupat de son lit. Un beau coco, le vicaire ! un joli prêtre ! comme vous. On peut dire que les deux font la paire. Montez, montez, que je vous cause, car moi, ajouta-t-il, quand Guyot fut en haut, je ne suis pas le magistrat qui s'adresse au public imbécile et qui, dans l'intérêt de la religion,

cherche à pallier les fautes d'un ministre de Dieu.
Nous sommes seuls, nous pouvons laver notre
linge sale en famille ; eh bien ! il est joliment crotté
notre linge, je veux dire le vôtre. C'est le saty-
riaris tout pur, maître Guyot ; Monseigneur de
Nancy vous surnommait le bouc enfroqué de
Saint-Evres. Vous n'avez fait que changer la scène
de vos exploits. Moi je vous nomme le Satyre de
Saint-Jean-le-Faucheux. Ah ! ah ! Marie ! Marie !
Marie Queue-de-Vache ! n'avez-vous pas honte ?
Laissez-moi parler. Ne m'interrompez pas. C'est
donc pour ça que vous vouliez installer une congrégation de la Vierge. Oh ! Seigneur Jésus.
Qu'allez-vous devenir ? Qu'allons-nous devenir
tous avec de tels prêtres ? Vous étiez complice de
l'infâme Thiriot. Vous vous liguiez avec lui, contre
moi, contre mon église. Ce qui m'étonne, c'est
que vous ne soyez pas encore frappé comme l'infâme que l'évêché vient d'interdire et qui a pris
le train cette nuit, se dérobant aux regards comme
un voleur qu'il est.

— Il est parti ?

— Comme un voleur, vous dis-je. Oh ! Seigneur
tout-puissant ! Qui sait si toute cette abominable
affaire n'est pas le résultat de ses intrigues, s'il n'a
pas fait condamner un juste ; s'il n'emporte pas
mes dix mille francs ?

— Vous vous trompez certainement, répliqua
Guyot ; permettez-moi de vous faire observer que
M. l'abbé Thiriot...

Mais Calestroupat l'interrompit :

— L'infâme Thiriot, dites *l'infâme Thiriot;* il
n'a pas droit à un autre qualificatif. Bref, que lui
voulez-vous ? Pourquoi cette visite matinale autant
que suspecte ?

Guyot raconta le suicide de Fumeron. Il avait

pensé, dit-il, à Thiriot, pour prévenir la pauvre mère, amortir le coup. Peut-être s'amendera-t-elle devant la main de Dieu qui la frappe visiblement. Elle peut faire du bien à l'Eglise. Qui sait si ces dix mille francs ne se retrouveront pas ?

Les yeux du vieux prêtre brillèrent d'un éclat farouche ; il se jeta hors du lit. En chemise, maigre, avec sa face ascétique, ses orbites creux, ses grandes jambes sèches et poilues, le doigt levé en signe de menace, il terrifia Guyot.

— Ah ! ah ! s'écria-t-il, voilà le châtiment. *Debellare superbos.* Je le lui ai dit, à cette vieille impie, le jour où elle m'a chassé de sa demeure : « J'y rentrerai avec le châtiment. »

Il s'habilla en toute hâte, et comme Guyot se disposait à le suivre :

— Restez, fit-il impérieusement, attendez-moi ici ; je n'ai nul besoin de vous.

Et il partit, faisant de grandes enjambées, allant droit devant lui, farouche et indifférent, au milieu du réveil et des bruits de la ville ; et raide, dur, les lèvres serrées, il sonna.

La grosse cuisinière vint ouvrir.

— Votre maîtresse ?

— Mais, fit-elle, étonnée, madame est couchée.

— N'importe. Je dois lui parler...

Et poussant la femme stupéfaite, il passa.

Mlle Juliette, en peignoir, montrant une jambe sculpturale, une épaule blanche et le bout rose d'un sein rigide, se pencha sur l'escalier.

— Qui est là ? demanda-t-elle à la vue de cette grande ombre qui, sans façon, montait.

— C'est moi ! Un malheur !

— Cela ne m'étonne pas, puisque vous voici ; murmura-t-elle. Madame, c'est M. le curé !

— Qu'il s'en aille, glapit la vieille de dessous ses couvertures; je ne veux pas le voir.

Il entra quand même, brusquement, écartant la soubrette comme il avait repoussé la cuisinière et s'approchant du lit, regarda la vieille en face.

Les rayons du soleil levant, tamisés par les rideaux rouges, mettaient une teinte rose sur ce visage flétri, lui donnant l'aspect d'une horrible figure. d'ange boursouflé, oublié dans quelque recoin de sacristie et que la malpropreté des enfants de chœur aurait souillé de maculatures.

Pour conserver à ses joues une fraîcheur factice, l'ancienne pourvoyeuse aux plaisirs des mâles avait coutume de les enduire chaque soir d'une couche épaisse de pâte cosmétique qui, donnait à ses traits l'immobilité d'une tête de bois peint.

Ses yeux seuls vivaient, grands ouverts, pleins d'épouvantes et arrêtés sur la prunelle d'acier du ministre des célestes vengeances.

Les bras croisés, celui-ci regardait la misérable en silence, allant de cette tête de poupée sinistre, de cette couche luxueuse empuantée de parfums suspects, à un attirail de pots et de fioles rangés en bataille sur un lavabo, pommades merveilleuses, huiles souveraines, eaux de Jouvence, poudres sans pareilles, tout le laboratoire enfin où se fabrique le replâtrage d'une jeunesse enfuie.

Près du lit, au dos d'un fauteuil, s'étalaient les boucles frisées d'une perruque blonde et sur la table de nuit, à côté d'une boîte de pastilles pour chasser la mauvaise haleine, un râtelier, dans un verre d'eau, riait comme une bouche de noyé.

Le prêtre vit d'un coup d'œil ces secrètes misères et fit un geste de dégoût; puis, levant l'index sur la veuve :

— Vieille femme, dit-il, d'une voix basse et

tremblante, vous m'avez chassé. Je vous ai promis mon retour à l'heure du désastre. Me voici!

— Quoi! que voulez-vous dire?

— Que l'heure a sonné. Comprenez-vous?... Je tiens ma promesse.

Elle ne répondit pas. Sa bouche sans dents s'ouvrit et ses yeux s'égarèrent.

Lui, jouissant de son épouvante, éleva progressivement la voix:

— Vous aviez promis, vous, pendant un de ces rares instants où la grâce d'en haut touchait votre front, vous aviez promis d'aider à l'édification du temple du Seigneur; vous aviez promis de rendre à Dieu une faible partie de ce que vous avez gagné dans les œuvres de Satan... Si vous aviez tenu votre promesse, un prêtre n'aurait pas été assassiné, l'Eglise n'aurait pas été salie par deux faux apôtres, une famille ne serait pas en deuil, un misérable à tout jamais au bagne n'aurait pas été criminel! Vieille femme, voyez les résultats de votre manque de parole.

Il fit une pause et continua:

— Vous aviez promis dix mille francs pour la gloire de Dieu et pour gagner sa miséricorde... et si vous aviez tenu votre promesse...

Il s'arrêta de nouveau.

On eût dit qu'il se parlait à lui-même et que ce qu'il se murmurait, il n'osait l'exprimer tout haut. Malgré lui, sa face ascétique et dure se couvrit d'une expression de douleur si navrante, que la vieille, frappée d'horreur, lui cria:

— Grâce! Je vous les donnerai. On les retrouvera. Ne me menacez plus. Ne me regardez pas ainsi comme un fantôme. Je vous les donnerai. Je les emprunterai, s'il faut. Ils sont à vous. Grâce. Ils sont à vous. Je vous jure qu'ils sont à vous.

— Trop tard, fit amèrement Calestroupat.
Dieu s'est lassé. Sa Droite pèse sur vous. Ne la
sentez-vous pas, la Droite terrible ! Oh ! tu la
sens, créature, je vois que tu la sens.... Vieille
femme !... Ton fils est mort !

— Tu mens, oiseau de malheur. Corbeau !
Corbeau ! Tu mens, pour me soutirer mes pau-
vres écus, riposta-t-elle d'une voix étranglée.
Mon fils. Quel fils ?

Le curé eut un mauvais sourire. L'expression
douloureuse qui avait un instant adouci la du-
reté de son visage s'effaça ; et il redit, appuyant
sur chaque syllabe :

— Votre fils est mort. Hier, à minuit, le brigadier de gendarmerie Fumeron, déshonoré par
ses intrigues rendues publiques avec l'épouse
d'un criminel, cassé de son grade, s'est fait sauter
la cervelle d'un coup de pistolet.

La mère du suicidé parut d'abord ne pas comprendre ; puis se dressant tout à coup, elle arracha d'une main convulsive son bonnet garni de
dentelles, montrant son crâne lamentablement
dépouillé. Et l'œil hagard, les bras tendus, cherchant dans le vide comme si elle voulait y saisir
l'ombre de son fils, sa face s'empourpra, elle
poussa un cri et retomba râlante sur l'oreiller.

LXXVII

POUR L'ÉGLISE

PENDANT que la cuisinière courait chercher un médecin, Juliette Lecoiffier essayait de porter secours à sa maîtresse tout en accablant le curé d'invectives :

— De quoi vous mêlez-vous? Est-ce ainsi qu'on annonce la mort d'un fils à une mère? On avait bien besoin de vous.

Mais sourd à ces reproches, l'œil en feu, il se penchait sur la vieille et lui criait :

— Vous repentez-vous de vos fautes? Vous repentez-vous? Répondez. Si vous ne pouvez répondre, faites un signe de tête, un simple signe, et je vous absoudrai devant l'Éternel.

— Allez-vous-en donc, ou taisez-vous, répondait la fille, vous voyez bien qu'elle ne vous entend pas. Et vous lui faites du mal si elle vous entend.

—Il demeura quelques minutes encore penché

sur la vieille, puis descendit lentement, avec regret, écoutant à chaque marche.

— Est-ce qu'elle revient ? demandait-il.

— Non.

Quand il fut au bas de l'escalier, il cria :

— Je vais chercher les huiles. Si elle revient et qu'elle me demande, dites-lui que je suis allé chercher les saintes huiles.

Comme il ouvrait la porte, un gendarme arrivait à la grille. Il apportait à la vieille le dernier message de son fils.

En voyant le curé, hôte sinistre, debout avec sa face bouleversée, il s'arrêta.

— Sait-elle ? demanda-t-il.

— Je viens de le lui apprendre. Qu'apportez-vous ?

— Un paquet de ce pauvre diable. Je n'ai voulu en charger personne que moi; mais je ne tiens pas à voir la vieille ; ça me crèverait le cœur d'autant plus que c'est moi qui remplace son fils... Et si c'était un effet de votre bonté ?...

— Donnez.

— Vous lui direz que c'est Cornebois qui lui apporte ça avec toutes ses condoléances, le brigadier Cornebois.

— C'est bien, c'est bien !

Il s'empara du paquet, referma la porte et remonta l'escalier.

— Ah ! je crois que madame est morte, dit Juliette. Elle vient de pousser un grand hoquet et ne souffle plus.

Le curé s'approcha :

— Oui, oui, elle est morte.

Et il traça sur son front le signe de la croix ; puis s'agenouillant, pria.

— Je n'ai plus rien à faire ici, dit-il en se relevant; elle n'a plus de compte à rendre qu'à Dieu !

Il promena quelque temps autour de la chambre un regard de commissaire-priseur, puis s'en alla sans bruit et se rendit directement chez le commissaire de police.

— La veuve Fumeron, dite Custor, vient de mourir frappée d'une attaque d'apoplexie en apprenant le suicide de son fils. Elle a près d'elle une ancienne fille soumise.

— La fille de l'assassin condamné hier, répondit le magistrat; bon chien chasse de race. La sœur aînée tient une maison de prostitution à Nancy, et vous avez vu, dans le cours de ces malheureux débats, quelles étaient les précoces dispositions de la plus jeune. Celle que vous mentionnez est encore inscrite; mais comme sa conduite est régulière, nous avons toléré qu'elle restât chez cette femme qui, vous l'ignorez peut-être, était aussi une ancienne directrice de maison de tolérance.

— Joli monde ! Eh bien, mais, ajouta le doyen, maintenant que la vieille est morte, cette fille n'a aucun droit de rester là. Ces prostituées ne sont rien moins que sûres, et il y a dans cette maison des objets d'une certaine valeur. Cela ne me regarde pas; ce que j'en dis c'est pour vous avertir. En supprimant les tentations on supprime les écarts. N'est-ce pas votre avis ?

— Parfaitement, M. le curé. Et je vous remercie de m'avoir prévenu. Je vais aviser.

Calestroupat, en rentrant chez lui, y trouva Guyot qui l'attendait avec impatience.

— Eh bien, monsieur le doyen ?

— Eh bien, monsieur le curé, si votre ami l'infâme Thiriot était ici, il pourrait dire enfin : « La vieille dame est morte. »

— Est-il possible ? s'écria Guyot.

— Attaque d'apoplexie foudroyante.

— Ah ! mon Dieu ! ce que c'est que de nous.

— Oui, répéta Calestroupat, ce que c'est que de nous !

— A-t'elle a reçu le message de son fils ?

— De quoi vous préoccupez-vous ?

— Oh ! de rien.

— Si ma réponse peut vous être de quelqu'intérêt, sachez qu'un gendarme l'a apporté.

— Avant sa mort ?

— Oui, avant sa mort.

— L'a-t-elle ouvert devant vous ?

— Non.

— Vous me pardonnerez mes questions ; mais savez-vous ce qu'il contient ?

— Comment le saurais-je ?

— Eh bien, écoutez, monsieur le curé, j'ai idée qu'il contient les valeurs disparues.

— Qu'est-ce que cela peut vous faire ? Les convoiteriez-vous aussi comme vôtres ? demanda ironiquement le doyen en attachant sur Guyot son regard de basilic.

Peu éclairé par ces réponses, le curé prit congé et se dirigea vers la demeure de la morte dans l'intention de questionner Mlle Juliette, lorsqu'à sa grande stupéfaction il aperçut celle-ci, le visage caché dans son mouchoir, marchant en sanglotant, escortée d'un sergent de ville.

— Qu'a fait cette pauvre fille ? demanda-t-il.

— Oh ! monsieur le curé, répliqua l'agent en riant, c'est une brebis échappée que nous reconduisons au bercail.

Aussitôt Guyot parti, le doyen s'enferma dans sa chambre et, tirant des profondeurs de sa soutane le paquet adressé à la défunte, le retourna en tous sens.

Après l'avoir bien examiné, il le posa au dessus de la vapeur d'une bouilloire, et au bout d'une minute il n'eut qu'à glisser délicatement la lame d'un canif ; l'enveloppe s'ouvrit, et il recueillit les actions au porteur.

— Que la divine providence soit bénie ! s'écria-t-il, et louange à Dieu qui, par ses voies admirables, daigne me rendre mes dix mille francs. Car ils sont à moi ! La mourante me les a donnés. Qui oserait dire qu'ils ne sont pas à moi !

Et tombant à genoux :

« Sainte-Vierge Marie, Mère immaculée, Porte d'alliance, Rose mystique, et toi, grand saint Nicolas, mon patron, vous allez enfin avoir un autel digne de vous. »

Avec les valeurs se trouvait une lettre qu'il parcourut rapidement :

« Pauvre vieille mère,

« Trouvé magot sous matelas de Chiquenelle lors de la perquisition. Pourquoi là ? Mystère ! mais repris le bien de la famille que je pensais d'abord filouté par le vicaire Thiriot. Pas voulu d'esclandre. Devais passer maréchal des logis. Tu ne parlais pas du vol d'abord, parlais pas du magot. Soupçonnais sale affaire. Quand j'ai voulu rendre, trop tard ; tout compromis. Espérais l'acquittement de Lecoiffier. Maintenant déconsidéré, cassé, perdu. Voilà ! Adieu, pauvre vieille ! »

— Voilà, fit le doyen en haussant les épaules et jetant la lettre au feu, ce qu'on fait de pareilles missives. Pas un regret de son larcin, pas un pardon adressé au ciel pour le crime qu'il prépare.

La gangrène glisse partout, même dans la gendarrie. Et on confie à des filous de ce genre la mission de garder la propriété ! Voleur, va !

Il feuilleta une à une les actions, les caressant de ses longs doigts maigres. Puis, prenant une branche de buis trempé dans l'eau bénite, il prononça l'exorcisme et la *prière du sel.*

Vous m'aspergerez avec l'hysope, Seigneur, et je serai purifié ; vous me laverez, et je deviendrai plus blanc que la neige. Amen. Asperges me.

— Et maintenant que cet argent est purifié de la souillure de son origine, je puis le mettre en mon tiroir. Vive Jésus ! Vive Marie ! Vive Joseph ! Gloire au Père, au Fils, et au Saint-Esprit. *Amen!*

LXXIX

LE PÈRE DE MARIE

ES événements survenus depuis l'arrestation de Lecoiffier avaient emporté Guyot dans un tel tourbillon qu'il ne lui restait guère le temps de réfléchir. « Maître de la situation, » s'était-il dit. Il l'était en effet, mais comme ces massacreurs sauvages qui, après l'immolation des victimes, ne récoltent de leur furie que la puanteur des morts.

Et une puanteur persistait, celle de sa mauvaise renommée. La façon dont Lecoiffier était puni du scandale soulevé par lui, tout en terrifiant le village, laissait subsister latentes et sourdes, et par cela d'autant plus redoutables, les accusations du père irrité. On n'osait parler haut, mais moins que jamais le curé, entouré de regards haineux et vigilants, n'eût osé adresser la parole à la fille du fossoyeur.

Il n'avait donc rien gagné qu'à envoyer un ennemi au bagne, satisfaction il est vrai, mais satis-

faction stérile pour lui surtout, amant du solide
et du vrai.

Les dix mille francs étaient bien perdus, et de
la démarche dangereuse conseillée par cet abominable Thiriot, pour prix de laquelle il devait
toucher la moitié de la somme, il restait sans un
liard avec un esclandre de plus et une commu-
niante de moins.

De plus, son unique soutien dans la paroisse,
le maire, lui battait froid. La qualification de *capitaine* ne le déridait même plus. C'est qu'il commençait à douter considérablement de l'influence
de son curé et trouvait sa croix bien compromise.

Le curé, en outre, lui devait trois cents francs,
et il se demandait si c'était sur son casuel, tous
les jours diminuant, que Guyot comptait s'acquitter. Et dans ses colères de marchand effrayé,
il recommençait à parler irrévérencieusement de
la *sacrée calotte*. Oui, les affaires du curé prenaient
mauvaise tournure, ce n'était pas ce qu'il avait
rêvé. Et ses paroissiens se le montraient passer le
front pensif, indifférent en apparence aux choses de la terre, mais tout entier à ses soucis d'argent et en réalité plus préoccupé des joies du
monde qu'aucun de ces paysans qui sont peut-être
de tous les hommes ceux qui placent davantage
dans les lourds plaisirs matériels l'idéal du bonheur.

— Eh bien, monsieur le curé, lui dit un matin
le maire, quand pensez-vous me liquider mon
petit mémoire!

— Mais, capitaine...

— Il n'y a pas de capitaine, c'est de l'argent
que j'ambitionnerais. Fixez-moi une époque, ça
m'est égal, mais payez-moi.

Et Guyot, pris au dépourvu, fixa une époque.

« Trois mois, » dit--il au hasard, ne sachant pas si dans trois mois il ne serait pas plus pauvre encore; mais il gagnait du temps et qui sait d'ici trois mois ce qui se passerait.

Il se passa, en effet, des choses extraordinaires, car le jour même le maire, étant parti pour la ville en revint avec la nouvelle que Chiquenelle avait laissé un écrit, que Lecoiffier était innocent et qu'on allait réviser le procès.

Et le lendemain soir il reçut une seconde visite de Mme Aglaé.

— Encore vous! s'écria-t-il.

— Vous devriez vous étonner moins. Eh bien! mon père est innocent; vous vous êtes trompé sur son compte comme sur bien des choses.

— C'est vrai! Toute ma vie j'ai été dupe de ma confiance. Vous en êtes une preuve vivante, vous, la complice du scélérat qui s'est joué de moi.

— Je ne viens pas de Nancy pour écouter des récriminations, mais pour causer affaire.

— Si c'est pour la même affaire que l'autre jour, je n'ai qu'à vous répéter le dernier mot de l'autre jour.

— Allons, mon petit, pas de manières avec moi. Le temps presse. Service pour service. Je vous ai parlé de cinq cents francs pour les pauvres de votre paroisse?

— Ma paroisse compte en effet de nombreux pauvres; mais si Dieu a l'intention de ne pas les laisser mourir de faim il y pourvoira par des voies plus saintes. N'insistez pas, je vous prie; c'est une insulte! vous oubliez donc que j'ai déjà été votre dupe.

— Nous payons comptant ?

— Dans toute cette histoire de *Sœur Cunégonde*, continua Guyot feignant de ne pas entendre, moi, l'honnête homme et l'innocent, j'ai été puni par les coupables. Le tribunal ecclésiastique s'est conduit à mon égard comme un tribunal ordinaire. Il a ménagé le fort pour accabler le faible.

— Et le fort, c'était Monseigneur de Ratiski !

— Ah ! fit Guyot, d'une voix terrible, en levant le poing au ciel, puisse venir l'heure des représailles !

— Elle est venue, répondit Mme Aglaé.

— Comment ? que voulez-vous dire ?

— N'avez-vous pas d'yeux ? N'avez-vous donc jamais regardé ma sœur putative, cette *Marie Queue-de-Vache*, qu'au dire des mauvaises langues, vous estimez cependant si fort ? Vous me demandiez le nom de l'ecclésiastique qui fut l'amant de la femme de mon père ?... Eh bien ce nom.... ne l'avez-vous pas deviné ?... Oh! le voici, je le vois, le voici qui vient sur vos lèvres...

— Lui?... Ratiski !

— Enfin !

Guyot porta la main devant ses yeux comme pour cacher l'éclair qui brilla, jetant des lueurs dans les profondes abîmes de son âme.

Mais n'était-ce pas une ruse nouvelle de cette artificieuse créature ?... Non; il se rappelait maintenant le profil biblique de la vierge; cette exhubérance vitale qui coule dans les veines de l'antique race de Sem. Puis, sous ses traits corrects et délicats, cette peau douce et blanche, rien du sang et de la chair d'un grossier fossoyeur. Les manouvriers ne travaillent pas ainsi. Un évêque seul avait fait la besogne !

Ainsi se disait Guyot, se remémorant le visage de l'enfant aux grands yeux chargés des splendeurs de l'Asie.

La fille de ce prélat apocryphe qui l'avait bafoué, joué, humilié, ruiné ! Ah ! tout se retrouve, tout se paye, tout se punit. Qui osera maintenant nier la Providence ! Et il vit tout à coup luire le rayon si doux des vengeances assouvies.

L'autre attachait son regard sur le sien, anxieuse, souriante.

Puis elle parla longtemps encore tandis qu'il écoutait silencieux.

— Je réfléchirai, dit-il.

— Le temps presse, songez-y.

LXXX

TRAITE D'UNE BLANCHE.

JE réfléchirai, avait répondu Guyot. Et plus il réfléchissait, plus il se sentait perplexe, comme l'âne de Buridan entre deux aubaines d'égale valeur.

Mais qu'il choisisse à droite ou à gauche, qu'il accepte ou refuse le honteux marché, le plaisir de la vengeance passait dans son imagination ravie.

Mais l'enfant ? Pourquoi se venger d'elle ? Dans le cours du procès, elle ne l'avait pas accusé. Elle n'avait parlé ni du livre obscène, ni du panneau glissant du confessionnal, ni du baiser qui avait rougi sa joue. Comme une brave petite fille elle gardait ses secrets. Et toute la sotte fureur de ce misérable Lecoiffier reposait sur ce motif ridicule qu'on attirait à son insu son enfant au confessionnal.

Cette discrétion l'attachait davantage à elle et il lui répugnait de livrer ses treize ans à une dé-

bauche certaine pour la stérile et puérile satisfaction de se venger d'un père à qui elle était inconnue.

Non ! il comprenait la vengeance, mais la vengeance fructueuse; avec la haine assouvie, le désir
satisfait. Elle grandissait, la chère petite; la sève
montait ; un an encore, deux au plus, et elle serait
à lui. Car le père putatif, pourrirait en prison.
D'aussi stupides et violents drôles n'en sortent
guère. La révision du procès durerait des mois.
Innocent de l'assassinat, se laverait-il de l'accusation du vol ? Puis ce père n'ayant qu'un droit fic-
tif sur Marie, il l'éclairerait au besoin sur sa pré-
tendue paternité ! Et alors l'amour paternel se
changerait en haine.

Qui sait même si, obtenant son changement
pour une cure éloignée, il ne pourrait prendre
avec lui l'enfant. Il est des accommodements avec
les mauvaises mères aussi bien qu'avec le ciel, en
payant, bien entendu.

Ce fut l'épicier Grugevin qui l'arracha à ses
rêves en le jetant brutalement dans le terre à terre
de la réalité.

— Mande pardon, si j'outrecuide, lui dit-il,
mais vous m'avez parlé de trois mois pour la ré-
glementation de votre petit arriéré. Trois mois,
c'est un peu intempestif, d'autant plus que la révision de Lecoiffier métamorphose la surface des
affaires et que les particulières de la ville jasent
que vous aurez votre permutation d'office.

— Mon changement ne regarde que Monseigneur, répliqua fièrement Guyot.

— J'opine avec vous, étant pour la voie hiérar-
chique. Mais fixez tout de même une époque plus
dans les problèmes de la probabilité.

— Vous me prenez à la gorge, capitaine.

— Vous savez, dans le commerce, il n'y a pas
d'amis.

— A la fin du mois, fit Guyot.

Deux jours après, une vieille dame, de figure et
de mise respectables, se présenta chez M. le curé.
Après un entretien de quelques minutes il la conduisit chez le maire.

Elle était munie des meilleures recommandations et exhiba des lettres et des cartes apostillées
de plusieurs hauts fonctionnaires du département,
parmi lesquels on remarquait les noms de M. Renaud, ancien magistrat ; M. Renaud jeune, sous-
préfet ; M. Tibulle, président de la société de
Saint-Vincent-de-Paul ; madame Collard, épouse
du directeur des contributions indirectes ; M. l'abbé
Mathias, curé de Saint-Evres ; M. l'abbé Quenu-
chet, premier vicaire ; M. l'abbé Gobin, archi-
prêtre, vicaire général et autres personnages de
distinction. Mais un nom éblouit surtout l'épicier,
celui de Monseigneur de Ratiski, évêque *in partibus infidélium*, camérier de Sa Sainteté, grand'croix
d'Isabelle la Catholique, officier de Grégoire-le-
Grand, commandeur de l'Eléphant noir et du
Rossignol d'Or, officier de Saint-Maurice, chevalier de la Légion d'honneur.

A cette dernière qualification, Grugevin jeta sur
Guyot un regard désolé.

— Tant de croix ! murmura-t-il avec un rire
amer, et moi qui n'ai pas seulement une pauvre
médaille de plomb à me coller sur l'estomac !

— Votre tour viendra, capitaine, patientez.

— Oh ! laissez-moi donc tranquille. Voilà six
mois que vous me l'introduisez. C'est usé, démoli. Ça n'entre plus.

— Vous êtes trop pressé aussi. Six mois, dites

vous ? Et ceux qui attendent six ans, dix ans, vingt ans !

— Alors on les bombarde *chevalier* quand ils défilent la parade pour le champ de navets. Ça leur fait de belles cuisses !

— Eh bien ! on attache la décoration sur le cercueil, c'est un honneur pour la famille et les amis. On est fier de suivre le convoi d'un membre de la Légion d'honneur. Tenez, capitaine, je ne veux rien vous dire, parce que vous répondriez que je vous fais de vaines promesses, mais je tiens de source certaine que grâce à madame la générale de Beaupertuis on vous a fait sauter 50 places d'un coup.

— Alors je vais passer aux prochaines nominations ?

— Peut-être pas encore aux prochaines. Ecoutez donc, vous étiez le 253ᵉ sur la liste du préfet de Meurthe-et-Moselle ; vous en avez encore 203 devant vous.

— Qu'est-ce que je vous disais ? On me décorera quand je défilerai pour le cimetière.

— Mais, mon cher capitaine, c'est l'affaire de deux ou trois fournées. Vous passerez, c'est certain.

— Deux cents en deux ou trois fournées ; alors si on en fabrique des bottes comme ça ; je m'en bats l'œil.

— Que voulez vous ? la République traverse un moment difficile et elle tient à s'attacher tous les gens de mérite. Du reste, voici cette bonne dame qui, vous le voyez, connaît particulièrement quantité de hauts personnages et qui est trop bien élevée pour ignorer que service oblige.

— Certainement, répondit la dame en faisant

la révérence, j'userai de mon influence pour être utile à monsieur.

Et elle raconta sa petite affaire. Elle connaissait depuis longtemps ce pauvre Lecoiffier, depuis le temps où il était jardinier dans une pieuse maison, chez les sœurs de Sainte-Elisabeth de Hongrie, où il donnait l'exemple de toutes les vertus. Il avait bien changé, paraît-il, mais ce n'était pas tout à fait sa faute. Le mal venait de son mariage avec cette pas grand'chose de fille Ballu qui, à l'âge de quatorze ans, gourgandinait déjà avec les élèves de l'école forestière ; oui, monsieur, c'est comme je vous le dis. Enfin, qu'est-ce que vous voulez ? le malheur arrivé, plus de remède ; mais il ne faut pas que les pauvres innocents subissent la peine des crimes de leurs auteurs. On ne savait encore quand il sortirait de prison, cet homme, et en attendant il fallait que la famille mange et elle se chargerait volontiers des enfants en âge de travailler.

— En âge de travailler ? s'écria Grugevin, mais il n'y en a pas. Tout ça c'est de la merdaille bonne à ficher à l'eau, à part *Queue-de-Vache* qu'on pourrait utiliser.

— Queue-de-Vache ? demanda la dame.

— Leur fille aînée. Elle a treize ans.

— J'aurais préféré un garçon, répondit la dame, mais enfin si elle est honnête et active, je pourrais la prendre avec moi ; je la formerais au soin du ménage et si je vois qu'elle répond aux bontés, je lui ferais apprendre un état.

— Mais ça va botter la Lecoiffier, s'écria le maire coupant court à de plus amples explications ; c'est bien dommage que ses guenillards de frères ne soient pas plus grands, nous aurions débarrassé le pays de cette ripopée.

Et craignant de voir se raviser cette vieille charitable, il proposa d'aller conclure sur-le-champ
l'affaire.

Le curé s'excusa de ne pas les accompagner chez
la femme d'un homme en prison par sa faute, mais
il glissa cinq francs dans la main du maire pour
être remis à la Lecoiffier.

Elle ravaudait des hardes, quand les visiteurs
entrèrent.

Depuis l'arrestation du mari, elle vivait des légumes du jardinet et de quelques secours que lui
envoyèrent dans les premiers jours ses deux belles-
filles; aussi répondit-elle avec colère au maire qui,
pour entrer en conversation, lui demanda comment
ça marchait.

— Mais très bien ! Nous sommes en train de
ripailler avec les dix mille francs que nous avons
volés au curé Chiquenelle, après l'avoir pendu.
Vous voyez, nous faisons une noce d'enfer.

— Voilà une bonne occasion pour placer Marie.
Cette dame a besoin d'une petite.

— Pour ?

— Ce n'est pas une fille que j'aurais voulu, se
hâta de répondre la dame, mais d'apprentis. On
les aurait pris de suite. Mais M. le maire m'a dit
que tous vos garçons étaient en bas âge. Il m'a
parlé d'une petite fille, et il se trouve justement
que j'ai besoin d'une jeune servante. La mienne
vient de me quitter. Je suis seule, il n'y a pas
grand'chose à faire chez moi, et si l'enfant se conduit bien, je lui mettrai un état en main chez ma
nièce qui est fleuriste. Enfin, on verra. Je ne puis
m'engager d'avance, vous comprenez. Serait-ce
cette belle enfant ? ajouta-t-elle Oh ! mais, elle est
très gentille, plus grande et plus forte que je ne
croyais. On m'avait parlé d'une petite fille.

— Je n'ai que treize ans, madame, dit Marie, rouge comme une cerise et brûlant déjà de suivre cette bonne dame à la ville.

— Treize ans ! c'est ce qu'il me faut. Ecoutez, ma belle. Vous serez logée, — une chambre à côté de la mienne — nourrie, habillée proprement et vous recevrez quinze francs par mois, que vous pourrez envoyer à votre maman, car vous ne manquerez de rien — sans compter les petits profits. Ça vous va-t-il ?

L'enfant, toute émue de plaisir, se tourna vers sa mère.

— Ça ne me va pas, répondit celle-ci en jetant sur cette matrone un regard scrutateur et sauvage. Qui vous envoie ?

— Mais c'est moi qui m'envoie, moi toute seule. J'ai eu l'occasion de voir ce pauvre Lecoiffier du temps qu'il était jardinier chez les bonnes sœurs de *Sainte Elisabeth de Hongrie*, j'ai toujours été convaincue de son innocence et je savais qu'il a de la famille...

— Et moi, s'écria Grugevin indigné, je connais cette brave dame, j'en réponds. Votre fille sera supérieurement chez elle ; mieux que chez vous. Vous n'allez pas regimber, je présuppose ?

Mais évidemment la mère regimbait.

— Tenez, on ne fichera jamais rien avec des particuliers comme vous autres. Faudrait vous introduire les saucisses dans le goulot sans que vous ayez la peine de les frire. Vous aimez vos enfants pour vous. Ça vous embête de vous en séparer et vous préférez qu'ils crèvent la faim près de vos cottes que de les voir gueuletonner chez le voisin. C'est de la canaillerie toute pure, ma parole d'honneur !

— Est-ce M. Guyot qui vous a donné mon adresse ? demanda la Lecoiffier.

— Je ne connais pas ce monsieur, répondit avec aplomb la vieille.

— Je vous le dis, je vous le dis, s'écria Grugevin se croisant les bras avec colère, ça ramasse toutes les mauvaises raisons pour se les accrocher aux fesses.

— Ne vous fâchez pas, monsieur le maire, dit avec douceur la bonne dame. Quand on a un mari innocent en prison, il est permis de n'être pas de bonne humeur. C'est bien excusable; aussi je ne vous en veux pas, ma pauvre femme. Allons, réfléchissez que c'est votre intérêt et celui de la petite. Tenez, voici le premier mois de ses gages et j'y ajoute dix francs pour vous.

— Et en voilà cinq, continua le maire, qu'une personne charitable vous envoie.

— Et quand voulez-vous l'emmener? demanda la Lecoiffier adoucie.

— Tout de suite, répondit la vieille.

Et deux jours après Guyot reçut une lettre chargée.

LXXXI

INEXPLEBILIS CŒUNDI APPETIBUS.

E départ de Marie lui laissa une grande tristesse. Il sentait venir le remords ; mais il écrasa bien vite ces petites pointes menaçantes qui égratignaient sa conscience. Après tout, cette enfant serait plus heureuse là-bas que chez sa mère, livrée à tous les assauts et à toutes les brutalités de la misère. Elle tournerait mal fatalement... Un peu plus tôt, un peu plus tard, n'est-ce pas le lot réservé aux filles du pauvre?

Mais son souvenir occupait sa pensée et plus que jamais se sentant solitaire, il prit son village en dégoût. De tous côtés, du reste, il rencontrait les regards hostiles des premiers jours. Combien de temps lui faudrait-il vivre encore avec ces campagnards malveillants, ces paysannes imbéciles, pourries de préjugés et de sottises, brûlées du soleil, ridées avant l'âge, sales, mal peignées, lui qui aimait les jolies femmes blanches, les corsages garnis de dentelles, le dessous des jupes parfumées, le froufrou des robes de soie.

Etait-ce la visite de cette courtisane imprégnée de senteurs capiteuses, étalant dans ses mouvements de chatte les ardentes séductions des passions fiévreuses, qui rallumait ses vieux appétits ?

Et il se remémorait ses joyeuses soirées chez madame de Beaupertuis, les petits soupers à trois couronnés par la lourde ivresse du général, son ivresse à lui et celle de la dame, un peu mûre, mais savoureuse.

Et Mme Collard plus modeste, plus réservée, plus jeune, et dévote non moins ardente. Et la petite Virginie Collard si aimable, si jolie, si accomplie en tout point. Quatorze ans ! elle avait maintenant quatorze ans ! ah ! ciel, comme la sœur du Lévitique, bientôt grande et forte et prête à recevoir l'époux.

Sans ce misérable évêque il serait là-bas maintenant, près d'elle... et qui sait ? qui sait ? qui sait ?

Et plein de ces pensées, il allait, le soir venu, la tête en feu, errer dans la campagne. Et le diable l'étreignant aux reins, il attendait dans les lieux solitaires en quête de l'*inconnue*.

Mais autour des villages il n'est guère de dryades nocturnes, non que les mœurs soient plus pures aux champs qu'à la ville, mais le vice y est moins insolent. Les filles d'ailleurs ont toutes leurs amoureux, et à moins de se sentir poussées par le vent qui souffle aux flancs des génisses, les paysannes n'ont rien à gagner par les chemins quand se lève l'étoile de Vénus.

On ne rencontre que les *promises* qui se glissent au rendez-vous et le moment n'est pas venu pour celles nanties d'un mâle d'en chercher un second. Cela viendra plus tard, quand l'homme

de Dieu aura béni le couple, et comme disait la
mère Griboin, il n'est permis qu'aux femmes mariées d'avoir à la fois deux amants.

Mais pris de rage, Guyot cherchait quand
même dans les chemins creux. La première venue serait la bonne; une mendiante attardée,
quelque bohémienne à l'affût d'une poule, une
amante délaissée en quête de vengeance; une voleuse; une vieille; la première furie en jupe que
lui enverrait le sort.

Mais le sort fut impitoyable; vainement le curé
compta sur les surprises que ménage aux chas-
seurs d'aventure le hasard bienveillant.

La fortune sous ce rapport se conduisit en marâtre et chaque nuit, bredouille, il rentrait au
logis.

Sa physionomie avait pris des teintes blafardes
et grises et ses yeux creusés s'entouraient d'un
cercle de bistre. Il grossissait et chaque soir, en
se mettant au lit, il se prenait à contempler le
développement de son abdomen et murmurait
avec tristesse :

— Mauvaise graisse; l'hépatite vient.

Il n'avait pas que le foie de malade ; car il
sentait en tous ses membres tantôt des langueurs,
tantôt des tensions. Des mouvements convulsifs
l'agitaient tout à coup, sans cause apparente. Sa
tête, du côté du cervelet, était prise de douleurs
aiguës et toutes ses pensées se tournaient vers
un but : la femme. Car autour de lui s'étalait
l'amour, non l'amour du cœur, l'amour esthé-
tique, éthéré, poitrinaire, mais les ardeurs bru
tales et fécondes.

Les grosses paysannes, lascives, allaient ou revenaient de la moisson, balançant leurs hanches,
l'œil humidé, la lèvre amoureuse sentant leur

ventre frémir aux approches des mâles qui, lourds comme des bœufs gorgés de fenaison, les regardaient passer.

Mais le soir, quelles revanches! et quels assauts! et quels ruts dans les halliers !

Ah! que ne pouvait-il courir aussi, se ruer comme un bouc et se satisfaire!

Il sentait venir la folie.

Et c'était bien la folie qui venait, l'*inexplebilis cæundi appetibus* dont parle Aretée de Cappadoce et qui, furieux simoun, fouette de ses brûlures les célibataires forcément vertueux.

Que faire ? Il n'est aucun moyen connu de détruire les besoins de la nature en révolte sans altérer l'organisme, ruiner la santé, compromettre les facultés intellectuelles. La castration même n'exclut pas les désirs, puisque, sans moyen de les satisfaire, les eunuques en sont harcelés. Les tisanes antiaphrodisiaques ne sont que des palliatifs. Le remède est dans le mal.

Le docteur Esquirol raconte qu'une jeune nymphomane qu'il soignait, et pour laquelle il avait ordonné la plus grande vigilance, trompe la surveillance de ses parents et s'échappe un soir. Il la rencontre au coin d'une rue obscure, se livrant au métier qu'exerçait Messaline dans les arènes de Rome. « Malheureuse enfant, que faites-vous ?—Je me guéris, répondit-elle. »

L'abbé Guyot voulut se guérir.

LXXXII

CHAMBRE GARNIE.

L partit un matin, après sa messe, sans rien dire, comme s'il allait simplement visiter le doyen. Mais le soir, vers dix heures, il entrait à Nancy par le faubourg Saint-Georges.

Gertrude avait loué dans un quartier désert, derrière la cathédrale, du côté du couvent des sœurs de Sainte-Anne, une chambre qu'elle garnit avec le mobilier de son maître, épaves gardées soigneusement, bien qu'elle lui en eût payé en prêts successifs au moins la valeur.

C'était loin de son ancienne paroisse de Saint-Evres, et personne ne l'y connaissait. Il frappa, et une femme de trente-cinq à quarante ans, la face pâle et cauteleuse, lui ouvrit.

— Madame Gertrude n'habite plus ici, dit-elle, étonnée de voir ce prêtre, elle a trouvé une place et ne vient que rarement.

— Mais le mobilier est encore là ? demanda le curé inquiet.

— Seriez-vous M. le curé Guyot ? Oh ! alors, j'ai la clef, et si vous désirez entrer...

— Oui, certes, et coucher, dit Guyot.

La femme fit une grimace de mécontentement qu'il ne remarqua pas, alluma sa lampe et lui demanda s'il n'avait besoin de rien.

Il avait soupé en route, s'étant arrêté dans une station à deux lieues de Nancy, de crainte de se trouver au débarcadère avec des gens de connaissance, et n'avait besoin que de repos.

Il revit avec une douce satisfaction ses meubles, ses tableaux, ses livres, ses chinoiseries, ses crucifix d'ébène et d'ivoire, tout ce qu'il n'avait pas voulu se faire envoyer là-bas, espérant toujours en partir, ou ce que par pudeur il n'avait osé réclamer. Il fallait bien du reste que Gertrude eût un gîte et elle payait assez cher pour l'avoir convenable

A sa grande surprise la chambre semblait prête pour le recevoir ; le lit était fait, repliée la couverture sur le tapis de Beauvais représentant la Madelène couchée, étalant ses beaux seins éclatants de blancheur, il trouva ses pantoufles à lui, brodées pour lui, au temps de sa fortune, par les mains pieuses de madame Collard. Sur la table de nuit, comme autrefois, étincelaient son verre et sa carafe en cristal de Bohême, son sucrier, son flacon de fleur d'oranger et une bouteille d'anisette. Dans un coin, sur son guéridon de laque, présent de madame de Beaupertuis, son petit cabaret en bois de rose, souvenir de mademoiselle de Montluisant, se trouvait tout ouvert, exposant ses brillants carafons remplis de liqueurs variées, et tout à côté on voyait une boîte de Madeleines de Commercy, un pot de confitures de Bar-le-Duc et un paquet de biscuits de Reims.

Rêvait-il ? Ah ! c'était trop fort ! Gertrude l'attendait-elle ? avait-elle été prévenue de son arrivée ? oui, quelqu'un l'avait reconnu sans doute soupant dans cette auberge de village, ou marchant à grands pas sur la route et ayant rencontré la bonne femme lui avait dit : « Il arrive. »

Elle se cachait quelque part dans la maison et allait entrer tout à coup montrant sa grosse figure amie, égayée d'un rire joyeux : « Ah ! ah ! monsieur ! ah ! ah ! vous êtes bien étonné. »

Il attendit une demi-heure, trempant son biscuit dans un verre de Xérès, regardant autour de lui, souriant à tous les objets comme à de vieilles connaissances qu'on est heureux de retrouver.

Des gravures en taille-douce d'un érotisme biblique ornaient les murailles. *Joseph et madame Putiphar, les deux Vieillards et la chaste Suzanne, Loth et ses filles, Samson sur le sein de Dalila ;* mais le sacré du sujet voilait la nudité profane des personnages.

Comme il se sentait à l'aise dans ce nid mystique. Ah ! oui, voilà la vie ! voilà la vie ! Et harassé de fatigue, il s'allongea dans son lit moelleux, s'endormant doucement, écoutant la grosse cloche de la cathédrale sonner minuit dans la ville silencieuse.

LXXXIII

VIRGINIE

IL était déjà neuf heures et il finissait à peine de s'habiller quand Gertrude arriva haletante.

« Son maître ! Son cher maître ! Son bon M. Guyot ! »

Elle ne pouvait se lasser de le contempler. Elle le trouvait engraissé mais pâle et l'air fatigué. Non, il n'avait plus sa bonne mine d'autrefois ! Et suivirent les questions sans nombre.

Quant à elle, depuis cinq semaines, elle avait trouvé une place de femme de confiance. Elle n'avait pas osé le lui écrire craignant de le fâcher.

— Que voulez-vous ? Il faut bien s'occuper. Ah ! c'est toute une histoire ! Et vous ne devineriez jamais où ?... Chez votre ancienne amie, madame Collard.

— Est-il possible ? Et Virginie !

— Votre petite vierge, comme vous l'appeliez? Elle est grande et belle. Ah ! Vous ne la reconnaîtriez plus.

Et elle recommença ses bavardages, racontant comment elle avait obtenu cette place, par M. l'abbé Mathias, elle était très bien, entourée d'égards, elle ne la quitterait pas pour beaucoup de choses.

Elle espérait que le curé allait dire : « Alors vous ne m'accompagnez pas ; je venais vous chercher ; vous m'abandonnez donc, ingrate ? » Elle comptait se faire un peu prier, le taquiner, l'entendre répéter avec dépit : « Ce n'est pas bien, non, ce n'est pas bien. » Alors elle aurait ri, elle riait d'avance. Comme elle quitterait tout pour lui, et donnerait bien vite ses huit jours !

Mais Guyot ne l'écoutait même pas. Sa pensée était ailleurs, loin de sa vieille gouvernante. Alors piquée, vexée, jalouse, elle se mordit les lèvres.

— Vous ne me parlez pas de ma remplaçante?

— Une sorcière ! fit Guyot.

Et il s'informa encore de Virginie.

— Elle va être bien surprise. Je vais lui apprendre votre arrivée en cachette. Car elle est en vacances. Pauvre petite, sa mère ne s'occupe guère d'elle ; elle est toute entière au beau monseigneur que vous aimez tant ! C'est lui qui dirige madame, et je vous assure qu'on ne parle pas souvent de vous dans la maison. Mais je me dédommage avec la petite. Ah ! elle vous aime bien !...

— Elle pense encore à son grand ami ? dit Guyot tout ému.

— Oui, oui, vous la verrez...

Tout en bavardant, comme au bon temps elle fit le déjeuner de Guyot ; elle voulait le servir, lui donner les petites chatteries qu'il aimait ; puis tout à coup, regardant l'heure, se sauva.

— Je vais être obligée de mentir à cause de vous pour expliquer mon absence. Un péché ! Je mettrai cela, comme une petite servante, sur le dos d'un cousin arrivé du pays.

Et elle riait, la bonne créature, et toute joyeuse, dit en passant à la voisine, la femme pâle qui stationnait sur le pas de la porte, lèvres pincées, inquiète, guettant sa sortie :

— Soignez-le bien. Nous arrangerons cela.

— Va-t-il donc rester longtemps ?

— Plus il restera, plus je serai contente. Il est chez lui. Tout ce qu'il y a dans la chambre est à lui. C'est son mobilier.

— Ah !

— Je vais demander un congé pour demain afin de lui faire un dîner comme il les aime.

Et elle partit en courant

Une heure après environ, une jolie fillette, élégamment mise, tenant à la main un cahier de musique, s'arrêta devant la porte de la rue, restée ouverte; puis, après un moment d'hésitation, monta rapidement l'escalier et, directement, sans se tromper et sans même frapper, comme une petite folle se jeta dans la chambre de l'abbé Guyot.

— Virginie ! s'écria le curé tout pâle.

Elle était grande fille. Ses quatorze ans s'épanouissaient. Ses yeux étaient plus brillants, ses dents plus blanches, ses lèvres plus roses, son sourire plus doux. Du moins, elle parut telle au curé ébloui. Ses seins naissants faisaient onduler son corsage, et sous sa robe courte de pensionnaire se dessinaient déjà d'harmonieuses ampleurs.

Le prêtre ne se lassait pas de l'admirer. Il avait saisi ses mains et les pressait avec force; mais il eût voulu la presser toute entière, l'envelopper de caresses, la cacher sur son cœur, et elle, rougissante, souriait.

Elle le regardait aussi, sans parler, émue, heureuse; mais lui, la première surprise et la première joie passées, devint troublé, inquiet. Quelque chose le serrait à la gorge, l'étouffait. Il brûlait d'envie de porter ces petites mains à ses lèvres, de les y coller longtemps, longtemps, il n'osait, c'était elle et ce n'était plus elle. Il avait laissé une enfant, il retrouvait une jeune fille.

Dix-huit mois dressaient une barrière entre lui et les familiarités innocentes de jadis.

Innocentes ! oui, il pouvait le jurer malgré les dires des gredins qui l'avaient condamné sans l'entendre. Innocentes, car l'enfant l'était, et ignorante du mal et naïve, et pure, il le savait bien, lui qui avait écouté les premiers balbutiements de cette conscience, et il tremblait à la pensée de ce qu'entre les mains d'un autre elle était devenue.

Cependant ses yeux limpides se fixaient sur les siens avec la même assurance d'enfant.

Il ne lui parlait pas, hésitant à reprendre le tutoiement d'autre fois, craignant de l'offenser en lui disant *tu* et de ne plus pouvoir lui dire *tu* après avoir débuté par *vous*.

Enfin, tout à coup, pris de folie, il porta les petites mains à ses lèvres et en baisa l'un après l'autre tous les doigts.

— Oh ! fit-elle avec une moue enfantine, mes mains ? et gantées encore !

— Quoi ! vous voulez ? tu veux ?...

— Mais oui... comme autrefois.

Et il l'attira un peu gauchement, mettant sur ses joues empourprées deux gros baisers retentissants, des baisers de nourrice éclatants mais sains.

Elle avait tendu d'elle-même son joli visage.

On eût dit qu'elle voulait rendre le baiser — comme autrefois — et n'osait.

Puis elle s'assit à ses côtés sur le sopha, recouvert d'un ouvrage en tapisserie de sa mère et se mit à parler avec volubilité comme une petite bavarde longtemps retenue et qui, libre maintenant, laisse couler son robinet de délicieux babillage. Elle avait été bien malheureuse, avait bien pleuré le départ de son grand ami, bien pensé à lui, en secret, sans en souffler mot à personne, car tout le monde en médisait, mais elle ne croyait pas à ces méchants propos. Comment son cher abbé Guyot pouvait-il avoir fait la moindre vilaine action ! Et elle lui gardait pour toujours, toujours, une petite place au fond de son cœur.

L'autre souriait radieux.

— Et monseigneur de Ratiski ?

— Il vient quelquefois chez maman.

Et elle parlait vite d'autre chose ; de sa mère qui la négligeait un peu. Mais elle l'excusait cette pauvre maman ; elle était si pieuse, elle allait si souvent à l'église, si souvent chez les bonnes sœurs ; elle aimait tant le bon Dieu, était si occupée de son salut qu'il ne lui restait pas le loisir de s'occuper beaucoup de sa fille. Puis son père, par son irréligion, lui causait tant de chagrins ! Il la contredisait en tout, riait de ses prières, de ses jeûnes, exigeait qu'on lui servît du jambon, des saucisses et autres abominations le vendredi, déclamant contre les prêtres et pour comble de honte, toujours président de cette fameuse loge des *Prétrophobes !* Ah ! sa pauvre chère maman avait bien des soucis !

— Mgr de Ratiski, sans doute, la console ?

— Oui, mais il est très occupé. Et il a aussi tant de chagrins à cause des ennemis de la foi.

25.

— Mais parle-moi de la pension. Que faites-vous?

— Oh! nous sommes aussi bien occupées. La messe basse, tous les matins, dite par Monseigneur; puis le déjeuner, puis la prière. Après, l'étude des Évangiles, une méditation devant le Saint-Sacrement, une demi-heure de grammaire ou d'histoire ou de géographie. Une composition littéraire sur la vie des Saints. Le dîner, la récréation, la visite au Tabernacle, la garde d'honneur du Sacré-Cœur de Jésus, notre examen de conscience à écrire chaque jour, le chapelet à réciter, les correspondances avec le ciel (1); enfin on termine la journée de travail par le Salut et les cantiques dans la chapelle.

— Allons c'est très bien; je vois que vous irez au ciel tout droit... et Mgr de Ratiski?

— Eh bien? fit l'enfant en fronçant le sourcil.

— Te confesse-t-il?

— Mais, comme les autres; il nous confesse toutes puisqu'il est notre directeur.

— Ah !... Et la confession dure longtemps?

— Cela dépend des péchés,

— Elle doit être bien vite terminée avec toi, car tu ne dois pas avoir beaucoup de péchés.

— Je ne suis pas meilleure qu'une autre.

— J'espère bien que si. Tu te rappelles, autrefois, tu étais une petite fille bien sage... Quand je te confessais c'était vite fait.

(1) Les personnes pieuses, animées d'un grand esprit de foi, écrivent souvent, dit le révérend père Huguet, des billets et des lettres à Marie, à Joseph, ou quelqu'autre bienheureux influent, qu'elles déposent au pied d'une image vénérée ou qu'elles portent sur leur cœur dans une circonstance solennelle. Marie et ceux qu'on invoque ainsi, agréent ces saintes industries de la piété et exaucent les vœux de ceux qui prient avec cette touchante simplicité. (*Dévotion à Marie*, en exemples. Tome II, page 355.)

— Je suis plus grande maintenant et je pêche davantage.

— Oh! oh! mais c'est très mal. Et quels péchés?

Mais elle détourna la tête, ne voulant pas répondre, changea de conversation et continua sur les sœurs, le couvent et ses camarades, son bavardage de fillette.

Il l'écoutait, se berçant au son de cette voix aimée, rêveur, heureux, fâché, jaloux.

Que se passait-il sous le front plissé et la paupière voilée de ce prêtre?

Il n'était pas de ces enthousiastes prompts à se passionner pour l'idéal et qui, cherchant l'ange dans la femme, savent reconnaître la pureté de l'âme sous les chairs palpitantes d'amour, de ces songes creux voyageant dans la vie, comme les buveurs d'opium dans le rêve! Il voyait la nature humaine telle qu'elle est, avec ses besoins, ses imperfections, ses appétits, ses soifs et ses faims redoutables, ses désirs communs à tout être et il s'était dit cent fois que le fond de la morale pratique est de cacher le mieux possible ces *infirmités*, puisqu'il est de convention de les appeler ainsi.

Cependant en face de cette enfant nubile à peine qui se livrait à lui sans défiance, s'ouvrant comme à un ami ou un père, dans cette rue déserte, cette maison solitaire, cette chambre où ils n'étaient que deux, il fut saisi un instant d'une saine émotion qui fit taire sa furie de satyre, réveillant le germe endormi des bons instincts que tous, même les plus scélérats, ont enfoui au fond du cœur, et son cœur, secouant à grands coups sa poitrine, battait le rappel, le rappel des souvenirs.

LXXXIV

COMME AUTREFOIS.

IL l'avait connu si petite, si naïve, alors qu'amant de sa mère, elle s'introduisait dans le salon pour sauter sur ses genoux, se frotter comme une jeune chatte à sa soutane noire! Il la prenait, caressait ses joues roses, l'embrassait au front. Et maintenant était-ce naïveté ou coquetterie de fille précoce, mais elle apportait avec elle un si frais parfum d'autrefois. Et en quelques secondes, humant ce bouton, il vécut tous ses amours envolés, son bonheur évanoui, son bonheur puisé à tant de sources, cueilli dans tous les parterres, calice de miel, bouquet de vingt fleurs. L'une, cette rose-thé, Mme Collard; l'autre, cette ardente capucine, Mme de Beaupertuis; ce frais lilas, première émotion du véritable amour, la belle et suave Marie Guillemain, et ces sensitives, ces pervenches, ces tubéreuses, ces héliotropes, les belles dévotes désirées, possédées, aimées pen-

dant ses cinq années d'heureux vicariat, et par
dessus toutes, les éclipsant toutes, les effaçant
toutes de sa jeune gracilité et de sa gentillesse, le
doux bouton de rose, ou mieux le frais muguet,
retour du bonheur dont le parfum l'enivrait.

Voilà ce qu'il lui fallait, à lui, des fleurs et des
parfums ! L'autre, cette petite sotte et sale paysanne de Saint-Jean-le-Faucheux, rejeton sauvage, pour qui il s'était mis encore à deux doigts
de la ruine, s'il y pensa, ce fut avec un méchant
sourire. Comment cette *Marie Queue-de-Vache*
avait-elle pu lui faire oublier Virginie ? Il rêvait
béatement et ne sortit de son rêve que quand
cessa de murmurer à son oreille le son de cette
voix qu'il entendait sans l'écouter et mollement
le berçait.

La jeune fille ne parlait plus et ses regards
erraient machinalement autour de la chambre,
sans curiosité, comme si tout ce qu'elle voyait
lui était familier. Ils allaient du robuste Samson
dont le visage s'enfouissait dans les seins de Dalila tandis que la coquine taillait sa chevelure,
aux filles en rut du saint homme Loth et elle se
leva pour lire la légende :

> Loth! digne par ses saintes mœurs,
> D'échapper au courroux céleste
> Qui sur tant d'infâmes pécheurs
> Fit pleuvoir un feu si funeste;
> Ce saint homme avec les deux sœurs
> Ses propres filles, Dieu l'atteste,
> Par la plus grande des horreurs
> Passa de l'ivresse à l'inceste.
> Par ce trait, le livre divin
> Nous donne un exemple terrible
> Et fait voir que l'excès du vin
> Peut produire un excès horrible.

— Quel excès a-t-il commis ? dit-elle.

—Et comme Guyot, surpris, ne répondait pas,

se demandant si c'était perversité ou ignorance, elle passa à madame Putiphar, qui, nue, les yeux ardents et les jambes hors de la couche, se cramponnait au beau Joseph; mais elle ne fit qu'y jeter un coup d'œil pour aller à la chaste Suzanne, éperdue entre les deux vieillards.

— Un sujet toujours nouveau quoique biblique, fit benoîtement Guyot.

Elle rougit et revint s'asseoir à ses côtés. Il souriait en la regardant, et elle détourna la tête. Il voyait alors derrière l'oreille, sur le cou, au-dessous des frisottements fauves de la nuque, une place blanche de savoureuse chair.

— Et monseigneur de Ratiski?

— Eh bien?

— T'embrasse-t-il ainsi?

Et elle sentit sur son cou la brûlure des lèvres de l'abbé Guyot.

Elle poussa un petit cri, se retournant, plus tôt étonnée que fâchée, et lui, s'enhardissant la prit sur ses genoux.

— Te souviens-tu, je t'asseyais ainsi autrefois?

Et voyant qu'elle se laissait faire, il ajouta:

— Te prend-il ainsi, Mgr de Ratiski?

Mais elle refusa de répondre, et comme il insistait, elle s'éloigna boudeuse. Il voulut la reprendre en riant, elle se laissa glisser sur le tapis.

— Allons, relève-toi, je ne te parlerai plus de ton *bel ami*, puisque cela te fâche. Viens, près de moi, viens... Viens, ma chérie.

Et il la saisit sous les bras, délicatement, l'enleva et l'assit tout contre sa poitrine. Il faisait chaud; elle était légèrement vêtue, et il sentait la chaleur de son corps. Alors il la pressa davantage, haletant. Effrayée d'entendre tout près de sa joue cette respiration rauque, elle voulut se rejeter à terre, mais il la retint presque avec brutalité et aussitôt sur le cou, sur les cheveux, sur la nuque, sur la joue, partout où il pouvait, il faisait courir ses lèvres.

— Oh ! disait-elle, en se débattant de toutes ses forces, laissez-moi m'en aller, je ne veux pas, non, je ne veux pas.

Que signifiait ce *je ne veux pas* dans cette bouche de vierge ?

Le doute n'était plus possible, cette enfant n'ignorait pas le mal. Et *fou* d'amour, de jalousie, de rage, il continuait.

Il sentait qu'il lui mettait, avec ses baisers, des frissons sur tout le corps, des frissons qui couraient le long de l'échine, ouvrant les voies que la pudeur native essayait encore de fermer.

— Ce n'est pas bien, dit-elle, à bout de force. Je ne croyais pas cela de vous. Vous disiez : « Comme autrefois. » Puis elle se tut et s'abandonna, cachant son visage sous ses mains.

Et quand il ouvrit les bras, elle s'enfuit sans regarder en arrière, sans proférer une plainte, honteuse, affolée.

Il la regarda bêtement partir, sans essayer de la retenir, assis sur son sopha, hochant la tête, accablé de sa victoire :

— Non, murmura-t-il avec amertume. Elle n'était plus comme autrefois.

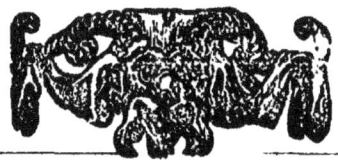

LXXXV

PETITES INDUSTRIES.

I. passa le reste de la matinée dans sa chambre, en proie à une violente surexcitation :

Ah ! le brigand! murmurait-il, le misérable!

Il demanda du papier et écrivi quelques lettres. Il prévenait Calestroupat qu'appelé par des intérêts de famille il avait dû partir sur-le-champ. Il assurait Grugevin qu'il irait le soir même chez M. le préfet, en compagnie de Mme de Beaupertuis pour *chauffer* sa candidature. Puis tout à coup déchirant ses lettres, il se disait qu'il valait mieux repartir. Il n'avait plus que faire à Nancy maintenant!

L'heure du dîner venue, il toucha à peine au poulet que son hôtesse avait fait rôtir, et lorsqu'elle vint desservir, elle le trouva endormi sur le canapé. Il avait ainsi feint le sommeil pour échapper au bavardage de cette femme qui ne tarissait pas en éloges sur madame Gertrude.

« Une excellente créature, le cœur sur la main, qui se laisserait manger la laine sur le dos. Aussi elle lui faisait des sacrifices, lui louait cette chambre pour presque rien, et le mobilier de M. le curé était en sûreté là plus qu'ailleurs. »

Elle venait de sortir depuis environ dix minutes et il se disposait à sortir lui-même, lorsqu'une voix qu'il crut reconnaître attira son attention. C'était en bas qu'on parlait : il ouvrit sans bruit sa porte et penché sur le palier écouta :

— Quel guignon ! disait la voix, et si l'autre vient ?

— Lequel ? demanda son hôtesse.

— Le vieux décoré ?

— Ils le sont tous.

— Le chauve à lunettes bleues ?

— Bah ! il est venu hier avec Lichette, il doit en avoir assez.

— Ou le colonel ?

— Je lui donnerai ma chambre, il faut bien se gêner un peu.

— Et le vieux juge ?

— Oh ! celui-là ne vient que sur commande, et jamais avant minuit ; il est bien trop prudent.

— J'ai du *nanan* pour lui. Treize ans. Ça débarque de son village et jolie comme un cœur.

— Ça a servi ?

— Intact comme un œuf frais pondu. Aussi vrai que le bon Dieu nous écoute, j'en réponds.

— Et où ça niche-t-il ? Ça ne tombe pas comme ça de son clocher ?

— Vous êtes trop curieuse, ma chatte. C'est un petit pot de crème que je me réservais, mais si vous êtes gentille, on en mettra sur votre pain.

— Vous savez, je ne demande pas mieux, si vous répondez que c'est neuf.

— Comme la sainte Vierge, je vous dis. Votre servante en personne l'a prise à sa maman. La coquine se méfiait, mais j'avais des recommandations pour les autorités du pays.

— Vieille rusée!

— On fait ce qu'on peut pour gagner sa pauvre existence.

— Eh bien, ma brebis, faut pas nous écorcher toutes vives. En admettant que c'est neuf, combien en voulez-vous?

— Je vais vous dire, mon minet. Elle n'est pas encore à moi. Il faut prendre des arrangements avec la sœur. Moi, j'aurai ma petite remise. Seulement, je vous préviens, mon rat, je crois qu'on demandera gros.

— Qu'appelez-vous *gros*?

— Dame! Est-ce qu'on sait? Cinq cents francs peut-être.

— Cinq cents francs! mon doux Jésus! alors qu'elle la garde pour le métier de rosière! Avec un louis, j'en ai tant que je veux.

— Pas tant que ça! pas tant que ça! je connais aussi bien que vous le *truc*. Et surtout pas comme celle-là, ma biche. Vous multiplieriez votre louis par cent qu'il vous faudrait frapper à bien des portes avant de trouver sa pareille. Voyez donc ça d'ici. Treize ans, je vous dis. Blanche comme du lait. Yeux bleus et sourcils noirs. Et des cheveux d'or! Et épais! Et longs! Il faut voir ça lui tomber plus bas que son beau petit derrière. Et frisée! Ah! mère de Dieu! Non, jamais, jamais...

— Vous voulez me pousser aux folies!

— Je connais des poignées de vieux qui donneront vingt-cinq louis pour un petit quart d'heure.

— Allons, ma chatte, n'essayez pas de me mon-

ter le coup. Je les connais tous les vieux de la cathédrale, et de Saint-Evres, et de Saint-Pierre et
de la Chapelle ronde, et je n'en vois pas un capable de cette largesse pour ses petites paillar-
dises. Le premier, peut-être, je ne dis pas. Et
encore où le trouver? Si vous le connaissez, ame-
nez-le.

— Je puis vous en nommer un, et qui n'est
pas vieux, — entre 40 et 50, — qui donnera sans
hésiter un billet de mille, en faveur de ce bijou-
là. Pour vous dire la première lettre de son nom,
il s'appelle Ratiski.

— L'évêque! que me contez-vous? Il en a tant
qu'il veut, de cette marchandise. Il a déniché, je
ne sais où, une petite pensionnaire de l'âge de
votre villageoise, et qui, sans faire tort à celle-ci,
vaut plus du double. Figurez-vous qu'elle est
venue ici ce matin, je ne m'explique ni pourquoi,
ni qu'est-ce; j'arrivais de l'autre bout de la rue et
je l'ai vue qui sortait avec son étui à musique.
Elle était toute rouge et paraissait suffoquée d'a-
voir trouvé à la place de son bel évêque un gros
curé de paysans.

— Vous en a-t-il parlé, ce lourdaud?

— Non; elle aura dit qu'elle se trompait de
maison. C'est tout naturel.

— S'il savait ce qu'on fait de sa chambre!

— Il rirait jaune.

— Va-t-il rester longtemps?

— J'espère que non. Quoique sa gouvernante
veuille le retenir. Elle rirait jaune aussi, si elle
savait ce qu'on fait du lit de son maître. La vieille
sainte vache!

— Oh! elle a bien dû en tâter.

— C'est ce que je crois.

— Enfin, pour notre affaire, décidez-vous.

— Écoutez, ma chère, je ne dis ni oui ni non. Vous comprenez que je ne puis acheter chat en poche. Amenez la marchandise.

— C'est facile à dire, mais on ne me la confiera que si je crache ving-cinq louis pour répondre du morceau.

— Quelle horreur! C'est sa sœur, m'avez-vous dit? En voilà une chienne! Elle peut se fouiller.

— Oh! si on ne touche pas à la petite, elle rendra les jaunets. C'est une garantie.

— Rien du tout. D'abord je ne les ai pas.

— Vous réfléchirez. Trouvez seulement l'argent avant quatre heures. A dix je vous amène la poupée. Ratiski sera prévenu et l'affaire est bâclée tout de suite. Faut pas traîner ces choses-là, et d'ici un mois vous aurez, si vous voulez, un régiment de vieux à vos trousses. Et part avec la sœur. Qu'est-ce que vous en dites?

— Repassez toujours à quatre heures, si c'est votre chemin. Nous verrons.

LXXXVI

LE DÉGUISEMENT

 peine la vieille partie, la proprié-priétaire de l'immeuble remonta prestement dans sa chambre, visita ses tiroirs, réfléchit un moment et finalement alla frapper à la porte de l'abbé Guyot.

Comme il ne répondait pas, elle entra sans bruit et le trouva allongé sur son sopha et dormant d'un si profond sommeil, qu'elle fut obligée de crier à plusieurs reprises : « M. le curé ! M. le curé ! »

— En voilà un qui fait du lard, pensa-t-elle lorsque Guyot, feignant la surprise, se dressa brusquement en se frottant les yeux. Il devrait bien se dégraisser un peu. Quel porc !

Puis elle expliqua l'objet de sa visite. Elle demandait bien pardon à M. le curé de son audace, mais elle était aux abois et ne savait à quel saint se vouer. Mme Gertrude, cette excellente femme, qui du reste devait un mois de location, lui avait

tant parlé de l'inépuisable bonté de M. le curé,
qu'au risque de passer pour indiscrète, elle se décidait à s'adresser à lui. Bref, si elle ne payait pas
une dette sacrée avant six heures, le prix de la
pension de sa pauvre petite fille, morte à l'âge de
douze ans, on saisirait son pauvre mobilier. Mais
elle tremblait, c'était une si grosse somme.

— Combien? demanda Guyot.

— Cinq cents francs, mon bon Monsieur le
curé.

— En effet, je suis loin de les avoir en poche.
Mais vous m'avez l'air d'une si brave femme! Il
ne sera pas dit que je n'ai pas fait mon possible
pour obliger d'honnêtes gens! On n'en trouve pas
à tous les coins de rue, des honnêtes gens.

— A qui le dites-vous, M. le curé! s'écria l'en-
tremetteuse, les yeux brillants d'espoir.

— Réfléchissons, continua Guyot.

— Oui, mon bon M. le curé.

— Mon mobilier, ajouta-t-il en promenant ses
regards autour de lui, vaut au bas mot quatre fois
cette somme...

— Oh! M. le curé, s'exclama l'hôtesse alarmée,
il ne faut pas vous en dessaisir pour moi.

— Rassurez-vous, ma brave dame; ce n'est pas
mon intention. Je veux seulement dire que je puis
faire un emprunt sur sa valeur. Vous connaissez
bien un brocanteur qui me prêtera 500 francs sur
ces objets?

— Oh! pour sûr! et même plus.

Une heure après, le juif Kistemœckers, de la
place du Marché, estimait à 800 francs le mobilier
de Guyot.

— Eh bien, dit Guyot, donnez-les. Je vais vous
faire un billet, et si dans trois mois vous n'êtes
pas payé, les meubles sont à vous.

— Mais, êtes-vous bien certain de payer à échéance? fit la femme pâle; moi je ferai mon possible; mais je ne voudrais pas que vous vous mettiez dans l'embarras.

— Madame, je vous en prie... A votre tour, faites-moi un billet. Voilà vos 500 francs.

Ce qui étonnait surtout l'hôtesse, c'est qu'après cette opération ridicule, le curé paraissait tout joyeux : « Quel idiot! pensait-elle, le bon Dieu l'a fait exprès pour moi. »

— Cela m'arrange, dit Guyot, semblant lire dans les yeux de cette femme son certificat de bê-tise, car je dois repartir ce soir, et j'ai quelques petits comptes à régler en ville. Vous voyez qu'en vous obligeant, je m'oblige aussi.

— Vous ne coucherez pas ici! Ah! mon Dieu! quel malheur! Et comme Mme Gertrude va être désappointée demain!

— Oh! je reviendrai demain.

Il commanda son repas pour cinq heures et se posta sur le palier.

A quatre heures précises se présenta la vieille.

— L'affaire est dans le sac, lui dit l'autre; voici le billet doux.

— Ah! ma belle minette, je savais bien que vous y viendriez et vous ne vous en repentirez pas, croyez-moi. Rien qu'à la voir vos clients s'en lècheront les pouces jusqu'au coude.

— Ai-je assez de veine! Cet idiot ne couche pas cette nuit.

— Il n'y a pas de chance que pour vous. J'ai fait aussi mes petites affaires. L'évêque est pré-venu et vous pouvez compter sur dix heures.

— Allons, tout va bien, eh! eh! eh!

— Tout ira bien, vous voulez dire, hi! hi! hi

Guyot avala son restant de poulet en toute hâte et courut chez le brocanteur.

— Vous avez fait une bonne affaire, dit-il. Payer 800 francs un mobilier de 3,000.

— Bah! répondit Ristemœckers en riant, il n'est pas encore à moi. Il ne le sera que dans 90 jours.

—Ajoutez 300 francs et je fais le billet à trente.

Il avait réfléchi que pas plus dans trois mois que dans un, il ne pourrait racheter son mobilier.

— Eh bien, dit le juif, j'aime les hommes comme vous. Vous êtes carré en affaire, au moins.

— C'est ma manière, fit Guyot.

— Mais vous êtes trop gourmand. Mettons deux cents, et j'emballe le mobilier dans huit jours.

— Trois cents, insista Guyot et vous le prendrez demain.

— Conclu, s'écria le marchand.

— Et maintenant n'avez-vous pas un costume bourgeois complet.

— Des douzaines à choisir. Ah! ah! je comprends, on est garçon aujourd'hui.

— Oui, et j'en profite.

— Et vous avez raison, vous n'en profiterez jamais si jeune. La location d'une nuit, n'est-ce pas? J'habille de temps en temps ces messieurs du séminaire et les curés des environs. On sait ce que c'est!

Et il clignait de l'œil.

Il habilla le curé des pieds à la tête et poussa la complaisance jusqu'à lui tailler les mèches trop longues de sa chevelure cléricale.

Puis il se posta devant lui pour admirer son œuvre; mais une grimace expressive fit voir à

Guyot que le costumier n'était que médiocrement satisfait.

— Comment, s'écria-t-il avec inquiétude, est-ce que je ne ressemble pas à un honnête bourgeois.

— Dans la brune, oui, ça pourra passer... Mais il ne faudra pas trop vous mettre près des becs de gaz.

Sous les becs de gaz, ne voulait pas se mettre Guyot, et il erra longtemps par les rues les plus sombres, cherchant à s'habituer à son nouvel accoutrement. A chaque passant qu'il voyait approcher, il se demandait avec effroi s'il n'allait pas être reconnu et il évitait avec grand soin les groupes de galopins, de peur d'entendre crier à ses talons : « Un curé ! un curé ! à la chienlit ! »

Enfin, s'enhardissant, il se dirigea vers le bureau du commissaire de police central. Sur l'escalier stationnait un sergent de ville qui l'examina d'un œil soupçonneux. Il faillit passer outre ; cependant, faisant un grand effort sur lui-même, il s'arrêta devant l'agent.

— Pour M. le commissaire de police, dit-il, en tendant une lettre qu'il tira soudainement d'une poche de sa redingote. C'est pressé.

— Une lettre ! De la part de qui ? demanda brutalement l'autre.

— De la mienne.

— La vôtre ? Qui êtes-vous ?

— Je vous répète que c'est pour M. le commissaire de police.

— Et moi je vous répète ma question ? répliqua le sergent avec cette aménité qui distingue généralement les fonctionnaires infimes de toutes les branches de notre belle administration.

26

— Cette lettre y répondra, fit Guyot en ga-
gnant le large.

— Eh! cria le policier, eh là-bas, l'enflé! Attendez donc, nom de Dieu! espèce d'imbécile!

Mais Guyot disparaissait au coin de la rue.

L'agent tourna et retourna la lettre, puis se
décida à aller la poser sur le bureau du commissaire.

— Il l'aura demain matin, dit-il; si ce galvaudeux croit que je vais me déranger pour faire
plaisir à sa figure à giffles!...

Mais le commissaire, contre son habitude, arriva le soir même, vers dix heures. Il paraissait
fort ému et donna à voix basse aux agents pré-
sents des ordres secrets.

— Monsieur, dit le sergent de ville, voici une
lettre qu'un homme de drôle de mine a laissée.

— Eh! sacré mille dieux! s'écria le magistrat
après l'avoir lue, il me fallait l'envoyer de suite et
surtout retenir l'homme. Ça me paraît un coup
monté ou une mystification, mais nous allons
bien voir. Et il s'élança dans un fiacre escorté de
deux agents.

LXXXVI

LUPANAR.

C E ne fut pas sans émotion que l'abbé Guyot s'enfonça dans la rue du *Maure-qui-Trompe*, derrière son ancienne église de Saint-Evres. Il se rappelait la nuit d'hiver où, pour la première fois, il avait pénétré dans ces bas fonds de ville. Que d'événements depuis ! De cette nuit datait la série de ses désastres; oui, de cette nuit néfaste où on l'avait appelé au lit de mort d'une fille perdue, autre victime de la lubricité de l'évêque *in partibus*, le malheur s'était collé aux plis de sa soutane et ne l'avait plus lâché

Alors il allait ouvertement dans le bouge, il allait, revêtu de sa robe, couvert de la sainteté de son ministère, mais maintenant...

L'heure était à peu près la même. Rien de changé dans la rue infâme. Mêmes volets clos, mêmes portes ouvertes, mêmes rideaux hermétiquement fermés sur les devantures vitrées des

cabarets louches ; et il eût juré que c'étaient les
mêmes soldats qui en sortaient, bouclant leur
ceinturon, avinés, chancelants, faisant traîner
leur fourreau de sabre.

Seulement, on ne criait plus des portes ou de
derrière les persiennes mi-closes, au milieu des
rires : « Eh! eh! beau curé, par ici, par ici! » Il
était un passant comme un autre, un client ordinaire, un bourgeois et on se contentait de dire :
« Monsieur! monsieur! *Pst! pst!* »

Il reconnut la lanterne du numéro 6 et la
grosse femme en tablier blanc sur le seuil de la
porte, regardant à droite et à gauche avec un
dandinement de hanches, qui lui dit :

— Monsieur, entrez! Nous avons des dames
du premier choix!

Oui, c'était bien la même, mais **plus vieille**,
plus avachie. Il continua son chemin sans répondre, craignant d'avoir été reconnu. Il apercevait
devant lui, à vingt pas, la lanterne rouge, le 59,
maison de Mme Fumeron, et c'est là qu'il marchait comme autrefois, au milieu des feux croisés
des appels des filles.

Il allait lentement, et, bien que la soirée fût
chaude, il était pris de frissons lorsque, passant
devant les allées éclairées, il voyait glisser de
jeunes femmes demi-nues.

Enfin, il s'arrêta sous la lanterne rouge.

Une fille se rangea pour lui faire place, l'en-
courageant d'un sourire ; mais il hésitait.

— Eh bien! entrez donc, joli cœur.

— M. Fumeron ? demanda-t-il.

— C'est ici, monsieur, fit-elle, étonnée qu'on
s'enquît du marchand au lieu d'aller à la marchandise ; vous voulez lui parler? à lui particulièrement ?

— Oui, mademoiselle.

Elle l'introduisit dans une pièce exiguë, dont l'ameublement se composait d'une petite table ronde et d'un large sopha.

Bientôt un pas traînant se fit entendre, et un gros homme d'une trentaine d'années, en gilet de velours noir et en pantalon gris collant, parut.

L'ancien vicaire de Saint-Evres reconnut sur-le-champ le fils cadet de la veuve Fumeron, et celui-ci le regardait avec surprise, lorsque tout à coup il poussa une exclamation :

— Ah ! nom d'un veau ! Si j'attendais un type, c'est pas vous. Eh bien, je suis content de vous voir tout de même, malgré l'affaire de papa beau-père ! Quelle brute ! Eh ! eh ! paraît que ça boulotte ! Etes-vous *rigolo* comme ça. C'est embêtant qu'Aglaé ne soit pas ici, elle rirait joliment. C'est égal, vous êtes gentil d'avoir pensé à à nous. Tenez, passez par ici, nous serons mieux. C'est le petit salon d'Aglaé.

Et il ajouta confidentiellement :

— Vous voulez une femme ?

— Non, se récria le curé, rougissant ; je venais seulement vous parler !

L'érotomanie ne le poussait plus en effet ; il venait savourer les préludes de sa vengeance, voir, si possible, encore une fois la jolie *Marie Queue-de-Vache*, s'assurer que c'était bien elle qu'on allait livrer là-bas, dans une heure, à son père scélérat. Peut-être, pris de remords, se demandait-il s'il laisserait le crime se consommer. En tous cas, il voulait suivre les phases préliminaires, poussé par une curiosité malsaine ; être là, au bon moment.

— Parler ! répéta Fumeron. Ah ! ah ! ah ! Si vous appelez ça *parler*, ça m'est égal. Il ne s'agit

que de s'entendre sur les mots. Je l'appellerai
prier la bonne Vierge, si vous voulez. Suffit! je vais
vous exhiber un tabernacle sur lequel vous pour
rez faire vos *oremus*. Et un fameux! Phrasie!
cria-t-il, un *cliquot* et trois verres.

Et une fort jolie fille, brune, très décolletée,
monta bientôt avec des verres et une bouteille de
champagne dont elle fit prestement sauter le bouchon.

— Tiens, Phrasie, coule-toi ça dans le cornet.
A la vôtre, monsieur. C'est la sous-maîtresse,
ajouta-t-il quand elle fut sortie. C'est frais et sain,
j'en réponds. Si vous la vouliez, faudrait qu'elle
consente. Mais nous avons aussi bie...

— Merci, dit Guyot.

— Vous ne videz pas votre verre? Eh bien, dites-
donc, en voilà des malheurs dans la famille. Mon
frère qui se brûle la gueule; la maman qui tourne
de l'œil; papa beau-père condamné pour assassinat; le saint frusquin de la mère filouté! C'est-il
du guignon!

— Et la sœur de votre femme?

— Juliette? Emballée par la police! Elle a dû
rentrer au 6. Figurez-vous que la vieille a laissé
un testament et qu'elle l'a couchée dessus pour
les dix milles francs envolés. Pas de veine, hein!

— Et pas de nouvelles de l'argent?

— Nisco! Si la mère n'avait pas été une vieille
ramollie, elle m'aurait craché les monarques,
moyennant un superbe intérêt que je lui offrais, et je
boulottais des affaires d'or. Maintenant, il me faut
liarder. Je ne peux pas me lancer, quoi! Enfin,
c'est comme ça dans la vie du monde. Malheur
partout. Rien ne marche. Oh! je suis bien dégoûté. Si j'avais ces dix mille balles, je bazar-
derais la boutique et j'irais manigancer quelque

chose à Paris. Là, seulement, on rigole. Mais,
vous-même, il paraît que vous non plus n'avez
pas de veine. On vous a fait des misères aussi?

— Quelques-unes.

— J'ai vu ça ; rapport à Marie Lecoiffier. Eh !
Eh ! C'est un morceau d'amateur. Mais défense
d'y toucher, hein, donc! Allons, vous faites bien
d'envoyer le magasin à la balançoire de temps en
temps. Ni vu ni connu ; pas vrai ! Puis chez nous,
rien à craindre. Tous dans les bons principes, de
père en fils, cléricaux, légitimistes. Voyons, sans
façon ; faut pas maniérer. *Toujon Pièce-Blanche* !
Vous vous rappelez? Nous avons déjà boulotté
ensemble, hé ! Avons-nous été roulés par ce
brigand d'évêque de juifs !

— Et la petite... Lecoiffier ? Qu'en faites-
vous ?

— C'est Ratiski qu'il faudrait l'appeler. Aglaé
vous a conté l'affaire. Ce pauvre papa beau-père,
a-t-il été cornard jusqu'à la gauche. La petite
Marie ? eh bien, elle est en train de prendre l'air
avec Aglaé. Te revoici, Phrasie ; viens donc tailler une bavette ; monsieur est un pays de la patronne.

— Un pays de madame, dit la fille en regardant
Guyot avec curiosité. Non, je ne pense pas.

— Bah ! un pays provisoire ! Cette princesse,
ajouta-t-il à voix basse est justement de Saint-Jean-
le-Faucheux ; elle s'appelle de son vrai nom Rosalie Fessard et son père est sacristain.

— Ah! fit le curé qui se rappela aussitôt la
grande Rosalie tétée par la mère Griboin, il ne
fallait pas parler de cela.

— Non d'un veau, une boulette ! Bah ! ça n'ira
pas plus loin. Ça vous coûtera un louis pour la
nuit, mais elle le vaut. Belle fille, hein, 22 ans et

solide ! Pas de corset, tâtez-moi ça ! Un louis, ça
vous effraye peut-être. Un curé n'a pas toujours un louis à cracher pour une femme ; mais
ça coûte encore moins cher qu'une petite fille,
pas vrai ? Buvez donc. A la vôtre !

— Que voulez-vous dire ? demanda Guyot le
sourcil froncé.

— Eh bien, l'affaire Ratiski ? Prenez donc un
biscuit avec.

— Quelle affaire Ratiski ?

— Comment, vous ne savez pas ? Pincé ! la
mèche est vendue.

— Avec qui ?

— Ah çà ! d'où sortez-vous donc ? Depuis plus
de deux heures on ne parle que de ça dans la ville.
Vous savez bien qu'il avait une école de petites
filles de 12 à 15 ans chez les sœurs de Sainte-
Elisabeth de Hongrie où était jadis *sœur Cunégonde* !..
Elles y ont toutes passées, quoi ! Quelle concur-
currence, messieurs les gendarmes ! et je m'éton-
nais l'autre jour avec les *zigues*, que le commerce ne
marchait plus.

— Mais à quelle heure a-t-il été pris ?

— Il n'a pas été pris. Il est plus roublard que ça.
Un particulier qui avait sa petite dans cette sacrée
boîte a fait un rapport au commissaire. Mais vous
le connaissez bien, c'est un nommé Collard, directeur des contributions indirectes. Il paraît qu'un
franc-maçon de ses amis a vu sortir ce matin la
poupée d'une maison suspecte et il a averti le
papa. Mais on a tergiversé, vous comprenez. On
n'arrête pas un évêque comme un marchand de
vin. Enfin quand on s'est décidé et qu'on a couru
à droite, le Ratiski prévenu a filé à gauche. Et il
court encore. Nous avons su ça par une vieille

dame qui nous manigance des affaires ; buvez donc, nom d'un veau !

— Où est Marie ?

— Elle file de son côté, je vous ai dit, avec Aglaé qui la ramène à sa maman. Vous comprenez que cette affaire des pucelles, va soulever du boucan. Et c'est pas prudent de la garder, pour le moment, du moins. Allons, Phrasie, fais donc boire monsieur. Un luron, hein ? Te va-t-il ? Dis *zut* à ton *meq* pour cette nuit. Je viens de bâcler l'affaire. Monsieur a un caprice pour toi. Ah ! ce Ratiski ! je me ferai réveiller pour en rire ! Eh bien ! quoi ! vous êtes pâle comme une vesse de carême. Qu'avez-vous donc ? Est-ce que ça vous fait de la peine pour cette canaille ? Eh bien ! quoi ! vous partez : Comment ? cette farce ! Je paye une deuxième de *cliquot*. Et Phrasie ! vous la lâchez comme ça. Ah ! c'est pas propre !

Mais Guyot ne répondit pas, il descendait les escaliers en chancelant, heurtant sans la voir la fille qui, sur le seuil de la porte, le regardait, étonnée, sortir.

Ainsi sa vengeance lui échappait ! sa chère vengeance ! son sacrifice restait stérile, son mobilier, vendu à vil prix pour satisfaire sa haine, lui pesait sur le cœur.

Il allait, navré. Son ennemi était perdu, mais pas de la façon rêvée, la terrible vengeance entrevue, pour laquelle il venait de tout sacrifier.

Jeter l'enfant en pâture à la lubricité du père inconscient et le faire surprendre, le crime accompli !

Voilà ce qu'il voulait ! ce qui le payait de sa ruine et de ses infortunes, et le scélérat échappait.

Mais lui-même n'allait-il pas être compromis ? C'est en sortant de ses bras que Virginie avait été vue ! Avait-elle parlé ; donné à son père le nom seul du premier séducteur ? Et en supposant qu'elle n'eût encore accusé que l'évêque , pressée plus tard par les questions d'un juge insidieux, ne se laisserait-elle pas arracher le nom de Guyot ? Oh ! *fatum*! *fatum*!

Et il lui sembla sentir à sa jambe le poids du boulet du forçat.

LXXXVII

LE NUMÉRO 6

UE faire? où aller? plus de gîte. Il ne pouvait retourner là-bas, dans la maison suspecte. Il songea à regagner sur-le-champ Saint-Jean-le Faucheux, marcher toute la nuit pour calmer sa fièvre et là, attendre. Attendre quoi? la main brutale des gendarmes? Ne valait-il pas mieux gagner la frontière avec l'argent qui lui restait?

Il tressaillit, une femme prononçait son nom. Parlait-on de lui déjà dans la ville? il se retourna effrayé. Son nom fut répété. On disait : Guyot! Guyot! Il reconnut la voix; il reconnut la femme.

— Montez vite, je vous attendais. La mère Lefebvre vous a reconnu. Elle vous a vu entrer au 59. Alors je me suis dit : J'attendrai jusqu'à ce qu'il sorte. Quelle rencontre! Vous voyez, je suis là, maintenant. Vous avez parlé à Fumeron? Que vous a dit ma sœur? Venez.

Elle l'attira presque de force, lui fit monter l'escalier, le poussa dans une chambre.

— Personne ne vous a vu entrer, on ne saura pas qui est avec moi. Il faut que je prévienne, cependant, attendez. Et, se penchant sur la rampe, elle cria : « Madame, j'ai un coucher. »

— Et maintenant, ajouta Juliette en donnant un tour de clef, nous sommes chez nous.

— Mais, protesta Guyot, je ne vais pas rester.

— Vous ne resterez pas si vous voulez, j'ai dit que j'avais un coucher pour qu'on me laisse tranquille ; j'ai besoin de causer avec vous. Eh bien ! vous êtes tout pâle et tout froid. Vous me regardiez autrement chez Mme Fumeron. Ne me jetez pas la pierre. Ne me méprisez pas trop.

Il m'a fallu rentrer dans cet enfer! Ah! il n'y a rien de ma faute! rien de ma faute!

Et elle cacha son visage dans ses mains.

Les larmes de femmes émouvaient toujours le bon Guyot; il s'approcha de Mlle Juliette, essayant de la consoler.

— Ne pleurez pas, ma pauvre enfant. A tout péché miséricorde.

— Il n'en est pas pour moi. J'étais honnête tant que j'ai pu. J'ai résisté au fils de ma maîtresse, à toutes les propositions, même à celles de votre confrère Thiriot, et à quoi cela m'a-t-il servi? La police m'a reprise comme sa proie, aussitôt madame morte, et me voici, me voici!

— Ah! l'infâme Thiriot! il allait donc puiser à toutes les sources? Jusque dans ma paroisse, il me prenait mes vierges! s'écria amèrement le curé revenant à sa marotte.

— Il me poursuit encore, dit Mlle Juliette.

— Comment? serait-il à Nancy?

— Oui, caché sous un faux nom et menant

une vie crapuleuse. Il est venu cinq ou six fois ; mais j'ai déclaré à madame que je me ferais plutôt hacher que de le subir. Je crois qu'il est mouchard, maintenant. Ah! sauvez-moi, monsieur. L'on affirmait là-bas que vous aviez de grandes relations. Ne pourriez-vous me tirer d'ici? dire que pendant plus d'un an, je n'ai pas donné prise à un reproche ?

Elle lui parla longtemps ainsi ; et des 10,000 fr. légués par la vieille, et Guyot, oubliant ses propres misères, s'attendrissait. Il lui prenait les mains, lui baisait le bout des doigts, comme le matin à Vrginie. Oh! la jolie fille ! Si séduisante dans sies larmes! Il lui enlevait le léger schall qui couvrait ses épaules, et la voyant nue, sous un peignoir entr'ouvert, toute blanche et toute parfumée, ne songea plus à partir.

— Te souviens-tu, lui disait-elle, quand tu es passé un soir d'hiver dans cette rue, pour confesser la belle Madeleine? Tu t'es arrêté à notre porte, tu as demandé le 59 à la mère Lefebvre; j'étais dans le corridor et t'ai répondu.

— Il me semblait bien t'avoir vu quelque part quand je t'ai rencontrée là-bas, chez la vieille. Tu étais toute mignonne et toute blonde, et tu retenais d'une main tes jupes qui tombaient.

Ils continuèrent à parler à voix basse, coupant leurs phrases de baisers.

Deux heures après, la fille dormait et lui veillait encore, passant la main enfiévrée sur son front comme pour en effacer un souvenir.

L'image de Virginie Collard le poursuivait dans cette couche infâme. Puis celle de la petite *Marie Queue-de-Vache*, retournée à Saint-Jean-le-Faucheux. Il allait donc la revoir!

— La revoir! la revoir!... Et le bagne!

Et il cherchait à éloigner les deux images d'enfant; et voilà que le souvenir de son mobilier perdu, de son atroce vengeance avortée, de sa vieille gouvernante qui viendrait le lendemain et trouverait la chambre vide, tenaillait son esprit.

Le remords de son ingratitude envers cette pauvre femme le harcelait. Il se sentait misérable, infâme et, regardant cette prostituée sommeillant près de lui, il se vit dans un gouffre sans issue.

— C'était pourtant une belle nature, que la mienne, et il me semble que j'aurais pu faire quelque chose de mieux. Maintenant, c'est fini. *Alea jacta est.*

Il prononça ces derniers mots à haute voix et, une femme qui faisait l'amour dans la chambre voisine, dit à son compagnon de lit :

— Je crois qu'il y a un curé avec Juliette. On l'entend parler latin.

LXXXVIII

LA POLICE

OUT dormait dans le lupanar.

L'ivresse pesait sur les uns, la fatigue sur les autres, la satiété sur tous.

A droite et à gauche, en haut et en bas, dans les chambres closes, on entendait les ronflements sonores des hommes et la respiration oppressée des filles gorgées de bière et de liqueurs. De fades odeurs emplissaient la maison.

Tout à coup un bruit de pas retentit dans la rue silencieuse et presque aussitôt l'on frappa. Et comme nul ne bougeait dans la maison, l'on frappa plus fort.

Une fenêtre s'ouvrit et la voix enrouée de la mère Lefebvre cria :

— Mes agneaux, toutes les dames sont prises.

— Ouvrez, au nom de la loi !

Il y eut une grande rumeur.

« La police ! la police ! »

Et ce nom sinistre courut de chambre en chambre, d'étage en étage. Les filles, éveillées les premières, secouaient les hommes endormis.

— La police ! dis donc ! hé, toi ! la police

— Eh bien ?

— On fait perquisition. On cherche quelqu'un ! Un voleur ou un assassin. Ce n'est pas toi, par hasard ?

La mère Lefebvre, à la hâte, était descendue, et Guyot, l'oreille au guet, tremblant, entendit le colloque.

— Vous avez un prêtre en bourgeois.

— J'ai beaucoup de monde, messieurs, je ne sais pas s'il y a un prêtre, je ne demande pas aux clients leur état.

— C'est facile à reconnaître, pourtant.

— Messieurs, je vous jure qu'il n'en est pas entré. Je crois en avoir reconnu un, en effet. Il est allé au 59.

— Oh ! dit Guyot, essuyant son front où perlait une sueur froide. C'est fini ! le bagne !

Il écouta, haletant, tandis qu'on visitait cinq ou six chambres, puis on heurta à la porte voisine, et la voix stridente de Thiriot en sortit :

— L'homme que vous cherchez est à côté. C'est le curé de Saint-Jean-le-Faucheux.

LXXXIX

SATISFACTION GÉNÉRALE

E n'était cependant pas Guyo qu'on cherchait, mais on l'arrêta quand même. En ce temps d'irréligion, on ne respecte rien. Si sa face ne l'eût fait reconnaître, sa tonsure l'aurait vendu.

Le sergent de ville à qui il avait remis la lettre se trouvait parmi les agents. Il se souvint que le commissaire de police l'avait gourmandé pour ne pas avoir retenu le porteur. Aussi, bien que Guyot se décidât à avouer qu'il était bien le curé de Saint-Jean-le-Faucheux, il dut suivre les agents au poste. On cherchait un évêque, on ramenait un desservant ; c'était faire preuve de zèle. Il fut relâché le lendemain avec des excuses ironiques ; mais bien que Virginie n'eût pas parlé, il se sentit perdu.

Il retourna de suite à son village, dit sa messe devant des bancs vides, puis se rendit à la gendarmerie et, après une courte explication avec le brigadier Cornebois, courut à Mottencourt.

— Vous m'avez menti, dit-il au doyen sans autre préambule.

— Qu'est-ce ? cria Calestroupat, blême de stupéfaction.

— Oh ! je n'ai plus peur de vous, M. le curé !

— Vous êtes donc monté en grade ?

— Mieux que cela, j'ai jeté mon froc aux orties ; et maintenant, trêves de paroles, vous allez rendre les valeurs qui appartenaient à la veuve Fumeron.

— Scélérat ! hurla le doyen.

— Voleur ! riposta Guyot.

— Ces actions sont à moi. Elle me les a données à son lit de mort.

— Les preuves ?

— En présence de la fille qui la gardait.

— Et elle les a données dans son testament à cette malheureuse que vous avez fait enfermer dans un lupanar.

— Vous en sortez, sans doute. Retournez-y, bouc enfroqué. Vous puez la débauche ! Pouah !

— Et vous, vous puerez bientôt la prison !

— Impur ! misérable ! scélérat ! excrément du clergé ! *Vade retro* ! *Satanas* ! Vidange de l'Église !

Injures ne sont pas raisons, le doyen dut rendre les valeurs, mais il les rendit trop tard.

L'affaire fit grand bruit et remplit de désolation le diocèse déjà si éprouvé. Guyot, cause une seconde fois de tout ce tapage, fut frappé d'un interdit définitif. On n'attendait que cette occasion. Mais Calestroupat, hautement désavoué et universellement honni, dût aller prendre à Saint-Jean-le-Faucheux la place que Guyot laissait vide.

Et le soir même de son installation, la mère Griboin vint lui offrit ses services.

— Ben ! je l'ai dit à M. Guyot, fit-elle, pas de curé moisit ici. Il y pleut du guignon comme aux jours de ventée des tuiles. Après tout, vous direz ce que vous voudrez, c'était pas un mauvais homme ; mais v'là, il aimait trop picorer autour des bacelles....

Quant à Mgr de Ratiski, il a gagné prudemment la frontière, et on le dit actuellement à Rome, où il occupe près du Souverain Pontife un poste important et secret. Comme il avait disparu, l'affaire des petites filles fut pieusement étouffée. A quoi bon soulever un scandale inutile, en ce temps abondant en abominations? Un vénéré cardinal profita de cette occasion pour signaler et flétrir avec une grande énergie les manœuvres des suppôts de l'enfer qui s'appliquent à diminuer, par d'infâmes calomnies, le prestige des hommes qui gouvernent Notre Sainte Mère l'Eglise à tous les degrés de la hiérarchie. « On cherche, dit ce digne prélat, à détruire le respect dû à la religion en outrageant le prêtre, et, après l'avoir rendu suspect, on travaille, sur une vaste échelle, à le couvrir de mépris. » Paroles sensées qui donnèrent à réfléchir à tous les hommes sages et les engagèrent à user de leur influence pour faire envisager aux parents cléricaux combien, en ces jours d'épreuves, il serait abominable et impie de se joindre aux pervers pour soulever un scandale nouveau.

Mais, célibataires à marier qui passez par là, gardez-vous d'épouser leurs filles, si toutefois vous êtes imbus de certain antique préjugé.

——La famille Collard a quitté Nancy, le père plus prêtrophobe et la mère plus prêtromane que ja-

mais. Quant à la jeune Virginie, elle a gardé un
silence discret sur son entrevue avec le *grand ami*
qui l'appelait jadis *ma Vierge.*

Bien que l'espérance, *aux ailes d'or,* ne s'envole
que difficilement du cœur de l'homme, l'épicier
Grugevin ne compte plus sur sa croix et lâche de
terribles invectives contre ce scélérat ve Guyot.

Et quand, à la ville, il rencontre un monsieur
décoré, ce qui lui arrive tous les cinq ou s x pas,
il sourit avec mépris et parfois hausse les épaules:

— Si c'est pas outrecuidant et enfantin, dit-il,
de se coller comme ça des bouts de ruban sur le
paletot! Ça fait uer, quoi! Et des hommes qu'on
dirait sérieux! Ah! malheur!

Il a cependant reçu une croix, une vraie, et elle
pèse lourdement sur ses épaules. Le moment des
vacances venu il alla chercher sa fille et assista à la
distribution solennelle des prix; mais à sa grande
stupéfaction, au lieu du grand prix de sagesse, elle
n'eut que le prix de santé.

Le fait est qu'il s'extasia sur sa bonne mine et
la trouva prodigieusement grasse.

— Saperlotte! s'écria-t-il, on te nourrit bien.

— Oui, papa, répondit Céleste.

— C'est drôle, comme tu as grossi, ajouta la
mère Grugevin.

— Oui, maman, c'est la santé.

La mère Grugevin, ayant mis ses lunettes, cons-
tata avec horreur que cet embonpoint extraordinaire provenait d'une maladie commune aux filles
trop dévotes en lesquelles le Saint-Esprit est souvent descendu.

Elle n'en put d'abord croire ses yeux; il fallut
bien se rendre à l'évidence.

— Malheureuse! s'écria-t-elle après une grêle
de soufflets, qui t'a mise en cet état?

Mais la jeune personne, docile aux leçons des religieuses, jura, sans se lasser, avec l'étonnement de la parfaite innocence, qu'elle ignorait comment un tel phénomène avait pu se produire.

— Peut-être en dormant, disait-elle, je couchais parfois ma fenêtre ouverte, et j'ai le sommeil dur.

Et ce fut tout ce qu'on en tira.

Heureusement le petit prodige auquel Thiriot travailla un peu partout, mais surtout dans le lit de Chiquenelle alors qu'il était en terre et pendant les nuits de sortie de l'innocente pensionnaire, quitta le monde au débarqué. Et au lieu d'un bébé suspendu à ses mignonnes mamelles, Céleste dut y subir le contact des lèvres livides de la mère Griboin : « Dix sous et une bonne goutte par goulée, » Grugevin lui-même fit le prix.

Lecoiffier attend, en prison, la révision de son procès ; et la jolie *Marie Queue-de-Vache* continue à soigner les marmots de sa mère, sans se douter du danger auquel elle a échappé. « Quand tu seras plus grande, je te prendrai, » lui a dit Aglaé, et la petite vit là-dessus, tandis que sa cervelle travaille au souvenir des belles dames entrevues chez sa sœur.

Mademoiselle Juliette est sortie du numéro 6 ; Guyot lui-même est venu l'en tirer. Avec les dix mille francs de la maman Fumeron, ils se sont installés en Belgique.

Mais comme il faut bien faire quelque chose en ce monde, quand on n'a que les appointements aléatoires que peut fournir une jolie fille, Guyot s'est fait correcteur d'imprimerie. Le métier, du reste ne lui déplaît pas, d'autant plus que ses débuts furent selon ses goûts.

Un éditeur roublard, jadis socialiste farouche,

27.

lui confia la correction des œuvres du marquis de Sade, qu'il publie à bon marché, pour la moralisation des foules, et Guyot oublie parfois, dans la lecture des épreuves de *Justine* ou des *Philosophes du Boudoir*, les douceurs intimes du confessionnal, les sourires des belles dévotes et les gloires de sa chasuble dorée.

Quant à la sœur Perpétue, scandalisée et stupéfiée par une telle accumulation d'horreurs, elle n'a plus qu'un mot à la bouche, qu'elle répète même en récitant son chapelet : *Orgies! Orgies!*

FIN

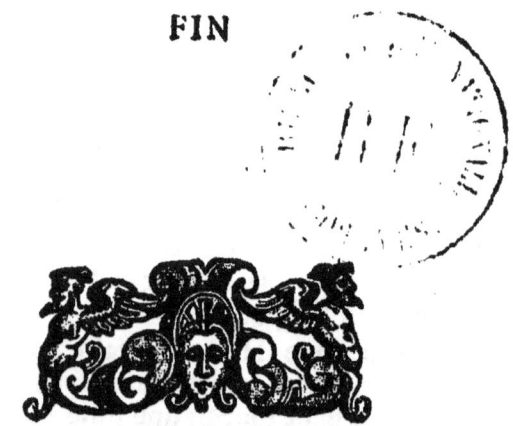

TABLE DES MATIÈRES

Paris. — Typ. Collombon et Brûlé, rue de l'Abbaye, 22.

J'ai l'honneur d'appeler votre attention sur un nouveau volume que nous venons de publier :

JEANNE ET LOUISE

ou

HISTOIRE D'UNE FAMILLE DE TRANSPORTÉS

Par EUGÈNE SUE

Ce roman, qui a été saisi sous l'Empire, est le plus complet, le plus intéressant de tous les volumes parus jusqu'à ce jour sur le Coup d'État. Toutes les souffrances, les luttes, les persécutions y sont décrites avec ce talent et cette émotion qui ont rendu si justement célèbre l'immortel auteur des *Mystères du Peuple* et du *Juif Errant*.

Le prix de ce volume, qui contient une biographie de l'auteur avec son portrait et deux jolies gravures représentant les scènes les plus pathétiques du livre, est de 3 francs.

Exceptionnellement, et dans un but de propagande, nous l'enverrons *franco*, au prix de 2 fr. 50, aux instituteurs, aux membres des cercles républicains, aux bibliothèques populaires, aux groupes de la libre-pensée et aux victimes du 2 décembre.

Une remise de 33 % sera faite aux groupes qui prendront ce volume par 8 exemplaires à la fois, envoi *franco* en gare.

Salut et fraternité.

Le directeur de la Librairie du Progrès,

HENRY ORIOL

www.ingramcontent.com/pod-product-compliance
Lightning Source LLC
Chambersburg PA
CBHW061035030726
47504CB00002B/391